本书受韩山师范学院 2017 年省市共建中国语言文学重点学科经费资助

陈培浩◎著

National and Lyrics of the Eastern Part of
Guangdong Province:
Observation on the Literature of
Eastern Guangdong in the New Century

岭东的叙事与抒情

新世纪粤东文学观察

中国社会科学出版社

图书在版编目（CIP）数据

岭东的叙事与抒情：新世纪粤东文学观察／陈培浩
著.—北京：中国社会科学出版社，2018.12
ISBN 978 - 7 - 5203 - 3792 - 2

Ⅰ.①岭…　Ⅱ.①陈…　Ⅲ.①中国文学—当代文学—
文学评论 - 文集　Ⅳ.①I206.7 - 53

中国版本图书馆 CIP 数据核字（2018）第 295095 号

出 版 人　赵剑英
责任编辑　宋燕鹏
责任校对　冯英爽
责任印制　李寡寡

出　　　版　中国社会科学出版社
社　　　址　北京鼓楼西大街甲 158 号
邮　　　编　100720
网　　　址　http://www.csspw.cn
发 行 部　010 - 84083685
门 市 部　010 - 84029450
经　　　销　新华书店及其他书店

印　　　刷　北京明恒达印务有限公司
装　　　订　廊坊市广阳区广增装订厂
版　　　次　2018 年 12 月第 1 版
印　　　次　2018 年 12 月第 1 次印刷

开　　　本　710×1000　1/16
印　　　张　20.75
插　　　页　2
字　　　数　360 千字
定　　　价　89.00 元

自序:岭东文学如何可能?

首先交代"岭东"这个概念。如陈平原先生所言,"谈'岭东',不全然是地理概念,更关切的是历史及人文,约略等于今天的潮汕以及梅州市"①,本书"岭东"所取正是这个空间范围。当然,也有其他的说法,把"岭东"的范围更扩大一些,泛指现在的广东省潮汕、兴梅惠河及福建省闽西地区、江西省赣南地区。近现代以来,"岭东"指向潮汕与梅州之说被广泛接受。

"岭东"人文传统悠久,本书处理的是"岭东文学"的"当代"。名之为观察,是因为这些文章更多是个案、局部的挖掘,虽然也有某些整体观照的篇章,但相对于"岭东"而言,这种"整体"依然是"局部"的。"岭东文学"内部是否具有某种可以描述的整全结构,并未证实和证伪,因此本书只是笔者长期生活于此,管中窥豹的结果。

困惑是当然的。古之"岭东",内部包含着客家文化和潮汕文化的巨大差异,"岭东"如何弥合这种差异,这是一个问题。对当代"岭东文学"来说,区域文化差异的影响或许并不应过分强调。对于当代潮汕作家和梅州作家来说,他们的文学资源的共通性远大于其差异性。因此,当代文学之"岭东"很可能仅是一个区域范围,而不再具有内在共通结构的文学整体。之所以依然愿意从"岭东"角度进行论述,既因为作者本人对潮汕和梅州文学都有所观察,也因为这两个具有各自独特性的行政区域在语言文化独立性、地理位置的边缘性和经济水平的相对滞后性方面具有相当一致之处。另一困惑在于,在迁徙时代下,哪些对象可以被纳入"岭东"的范畴。本书所取立场主要以在地作家为主,但并不完全拒绝外迁作家。这几乎也是当下进行区域文学论

---

① 陈平原:《六看家乡潮汕 ——一个人文学者的观察与思考》,《潮州日报》2016 年 7 月 12 日。

述者所共同采用的标准。

由于个人精力、能力所限，遗珠之憾是显而易见的。本书既非"史稿"，更非"史著"，仅是一孔之见，不少在岭东当代文学中具有重要地位的作家，并未被论述；一些本可以写作家论的作家仅分析了部分作品；从个人兴趣偏向上，对通俗文学（如影响力巨大的网络文学）也几乎没有关注到。这些显然会削弱"岭东"内在的丰富面向。只能自我宽慰说，遗憾是留给日后的空间。

虽则并无对"岭东当代文学"进行"整体观"之打算，但还是很想为相对于"国家文学"存在的"区域文学"做一点小小辩护。无疑，"岭东文学"是从属于"中国文学"的，但"岭东"作家假如不能进入巨大的时代主潮中，是不能分享到国家文学的叙述余光的。这是因为，我们习见的世界/国/省/市/县/镇的行政划分框架，强势地侵入了原本并非权力等级如此清晰的文化内部，发展成一种文化等级论述，使我们很容易接受一种全国性作家/省级作家/市级作家的划分。事实上，我之所以花大量时间关注身边的作家，很大原因在于，这些由地方出发的作家，很多时候只是因为没有处在一个更高级别的平台，他们被视为地方作者，然而这并不意味着他们的价值必然逊色于所谓的"国家作家"，他们由地方所挖掘出的思考，其价值常常是通向"世界"的。

陈平原先生引梁启超为广东论辩之文说：就中国史观之，僻居岭南的广东有如鸡肋；就世界史观之，地处交通要道的广东至关重要。"参照系变了，学术思路以及评价标准都会随着转移。依此类推，谈论作为区域文化的潮汕，应着力发掘此前在大一统格局下被遮蔽的特殊价值。"① 我想起著名诗人杨炼来潮汕时对方言现代诗的极力推崇，在他看来，任何拥有方言资源的诗人都拥有了一方不可取代的宝藏。我以为方言现代诗为传播计，必须考虑方言区以外读者的接受问题，杨炼则以此为迂腐之谈。后来我寻思，此间立场差异很可能就是参照系统的差异。当我用"国家/地方"评价体系时，很难相信潮汕方言可以脱离与普通话的沟通性而获得自足；而身处国际写作背景的杨

---

① 陈平原：《六看家乡潮汕——一个人文学者的观察与思考》，《潮州日报》2016 年 7 月 12 日。

炼，假如要融入"国际语言"写作的话，必然消解其安身立命之本，所以其中文写作本来就一直是一种国际方言，这不妨碍他向更彻底的方言去实践。这样说，在普通话参照系中，方言现代诗是荒谬的；而在国际语言参照系中，方言现代诗却是先锋的。我当然不是就此认可了方言现代诗的方案，毋宁说，区域文学表达必须挖掘出此区域真正不可替代的内质。我以为岭东作家不乏做出了如此探寻者，比如林渊液对潮汕文化孜孜不倦的现代性返观；假如我的岭东文学能够触及此种探寻，那么才是我所谓的"岭东"文学可以成立的基础。愿以此为趋向。

目　　录

第一辑　叙事

女性主义哲理小说的新可能

　　——林渊液短篇小说阅读札记 ……………………………（ 3 ）

多维探索、转益多师的艺术之旅

　　——读《陈继平中短篇小说集》 ……………………………（ 15 ）

"认命"的写作

　　——谢初勤小说阅读札记 ……………………………………（ 24 ）

一个 80 后作家的"流离"意识

　　——林培源《搬家》《躺下去就好》读后 …………………（ 36 ）

祭奠一种逝去的生存

　　——兼谈王哲珠《老寨》的抒情现实主义 …………………（ 40 ）

意识流、象征主义和孤独的现代人

　　——关于舒猫的《驯虎》 ……………………………………（ 45 ）

文学地理、历史焦虑和魔幻现实

　　——陈崇正小说阅读札记 ……………………………………（ 50 ）

第二辑　抒情

黄昏诗歌的"自然情怀"和身份焦虑消解机制 …………………（ 63 ）

寻找身份和技艺的生命之旅

　　——读阮雪芳的诗 ……………………………………………（ 76 ）

奔跑着燃烧的诗矿

  ——谈丫丫的诗歌 ·················（ 93 ）

日常与超越

  ——读余羿近年的诗歌 ·················（108）

回望及其诗意

  ——读向北的几首诗 ·················（111）

浮出潮州的诗歌地表

  ——读洪健生诗集《种子无声》 ·················（114）

人，为什么要写诗？

  ——读辛倩儿的诗 ·················（118）

小衣诗歌的身体叙事与精神镜像 ·················（127）

为至大无形赋形

  ——读陈仁凯诗集《叙述者》 ·················（138）

技艺的探寻和孤独者的内心风景

  ——读陈煜佳的诗 ·················（148）

忧郁诗人的孤独花园

  ——读泽平《独脚站立的人》 ·················（161）

放飞想象的诗歌世界

  ——读陈植旺的《形而上的树桩》 ·················（166）

信仰、家史和技艺实践

  ——读杜可风诗集《阿兰若处》 ·················（174）

新诗感觉主义者的悖论

  ——读杨略的诗 ·················（192）

语言的纹路或诗的有机性

  ——读林非夜的诗 ·················（200）

吴乙一的"沉默"诗写及迷思 ·················（208）

现代主义主情派：游子矜

  ——读游子矜《时间书简》，兼怀与老游的对话 ·················（220）

第三辑 视野

返观与复魅

    ——近年潮汕文学的一种观察 ················· （233）

新世纪潮汕文学的崛起

    ——近年潮汕文学的一种观察 ················· （248）

小径分岔的花园

    ——汕头中短篇小说印象 ··················· （251）

现代性追寻中的多元景观

    ——新世纪潮汕小说的"澄海现象" ············ （259）

近年粤东诗歌观察 ····························· （262）

韩师诗歌的四季轮回 ··························· （266）

"青草居住在它细小的腰上"

    ——近年潮州诗歌印象 ···················· （283）

完整性写作：为梦想招魂 ······················· （285）

文学守护者的文学见证

    ——读郭作哲先生《郭氏文评》 ·············· （293）

附 录

从性情到生命的书写

    ——读林渊液的散文 ····················· （303）

时代与历史，魔幻与虚无

    ——陈崇正访谈 ······················· （313）

第一辑

叙事

女性主义哲理小说的新可能

——林渊液短篇小说阅读札记

一 "骨肉"和"肌肉"：从散文到小说

关于小说和散文，林渊液说过这样打趣的话：小说是肌肉，散文是骨肉。肌肉可以锻炼，骨肉却只有那么一点。这解释了小说和散文的文体区别，同时也说明了散文的内在难度。小情小感的性情散文当然可以不断写出，但真正拓展散文可能性的经验却属于不可再生资源。这是散文家林渊液最近尝试小说的原因，在林渊液的文学观中，虚构是散文与小说的文体分界线。散文"虚构"已经颠覆了某种文学伦理，它既是一种诱惑，也是一个陷阱，林渊液对此十分警惕。近年来，当代散文在虚构和非虚构两个维度上得到拓展：在虚构一端，不少散文家在复杂的案头材料准备和对写作对象的精神测量的基础上放开散文细节虚构的传统禁区，使散文得以进入已逝而作者又不能亲历的历史。如艾云的《乱世中的离歌》《黄金版图》等作品；在非虚构一端，近年来"文学家把记者的活干了"的事情得到巨大的关注和鼓励。它是对日益空洞化的官方报告文学的反拨，也是在感时忧世的现实焦虑推动下对文学及物性的实践。这方面，梁鸿的《中国的梁庄》和《出梁庄记》是代表。

显然，这两种拓展路径跟林渊液的文学观都有所抵牾：以虚构去补经验之不足，并不足以成为散文通则；以实证去补经验之不足，在彰显散文及物性之余，艺术散文的艺术性应该仍有他路可走。这样一来，林渊液的人生积累下了很多无法在她的散文中得到表达的经验和想象，这些散文的盈余，她需要用小说去处理。我想这是一贯文体认同牢固的林渊液最近猛写小说的原因。

二 《花萼》：身体课、身份表演及主体性匮乏之由

《花萼》是林渊液拿出的第一篇小说，它有一个关键词：那便是"身体课"。"身体课"不是"体育课"，不是"生理卫生课"。"身体课"是女性身体主体性的启蒙和苏醒，是西苏所谓"没有享受过性快感的女人是不完整的女人"这种理念的贯彻。所以，"花萼"的隐喻便跟身体课内在相关。当潮剧女演员姜耶多年之后和当年的配角小七一番云雨之时，小七对着姜耶的私处说出："宝贝你自己没见过，它像一朵花，花萼打开之后，是娇嫩的粉红色。"这对姜耶而言无疑是颠覆性的，因此，姜耶在离开时也为这次身体相遇定位，面对小七的"我爱你"，她回的是"谢谢你，给我上身体课"。

可是这并不仅是一个女性身体意识觉醒的故事。女人身体苏醒的故事已经很老了，即使在中国，林白们在 90 年代就已经将这个故事讲得广为人知了。我认为，林渊液无意通过一个潮味小说奏响对 90 年代身体写作的共鸣之音。或许她更想追问的是：究竟为什么，又是什么遮住了女人看到身体花萼的盛开？

于是你会发现，小说中姜耶的潮剧女演员这个身份深度参与了小说的意义建构，它成了理解小说的核心元素，它同时是不可替代的。换言之，姜耶如果是一个公司白领、一个女教师，或者其他的什么身份，小说的意义将大打折扣。

不烦借用美国后现代女性主义哲学家朱迪士·巴特勒的一个概念——性别表演（gender performance），在她看来，主体的性别身份不是既定的、固定不变的，而是不确定和不稳定的，即是表演性的。巴特勒的观点对于解释性取向与文化规训的关系有巨大的帮助。也就是说，在巴特勒看来，每个人的社会性别（gender）都是某出已经给定的主流文化剧本提供的一个角色，而人们就扮演着这出戏规定好的身份，包括性。这个观点并不难理解，只是巴特勒将之延伸到性取向领域，便显得石破天惊。有趣的是，不难发现林渊液特别凸显了姜耶这个角色的"表演性"身份。表演及角色在小说中不但是实指的，更是隐喻的。姜耶不是一个电影演员，她是传统地方戏曲——潮剧的表演者。那么，姜耶的性别身份，她和她丈夫的性心理、性想象便不可避免地带上了极为传统的一面。

此时，我们才可以慢慢补足小说留下的空白。这是一个善于留白，经常

有意识流剪接的小说。姜耶在开车时思绪跳接到年少情事，又在轨外情爱中突然领悟丈夫的处女情结，他"需要过这一关。而已"。

当我们把留白补充起来，便发现，姜耶和丈夫的对峙与冷淡，不过是在一出老掉牙的戏中没出来而已。我们于是理解了，姜耶默默替丈夫的轨外情缘处理手尾，扮演丈夫情人潘云堕胎的陪伴者，不仅是大度，不仅是麻木，也许在她的内心同样有着一份潜意识的愧疚与不安——因了自己与前男友一次未有实质的性。林渊液是如此善于捕捉某种传统性观念影响下的尊严、嫉妒的复杂纠结。当潘云暴露之后，姜耶突然发现，她和丈夫的亲热已经多了一个人；而当姜耶的前男友暴露之后，她和丈夫的亲热有着更加的纠结：反应冷淡会被认为是想着另一个人；反应热烈，过于快乐同样可能被认为是因为另一个潜在的人。谁能说，姜耶跟小七的一番邂逅，内在不是因了姜耶家庭里这种无时不在的纠结和相互报复心理呢？

这份几乎有点"封建"的闺房纠结，在潮剧传唱的这片土地上却依然普遍而现实。这出唱了几百年的戏！这种戏种在现代化的兴起之后，已经衰落了。只是它还在零落地唱着，而"新戏"——一出具有现代意识的潮剧新戏又是多么的可遇而不可求。于是，小说中的"戏中戏"便有了另外的象征。J. 希利斯·米勒说："观看戏中戏会把一位观众变成演员，并且会怀疑整个世界可能是一个舞台，其中的男男女女不过是演员而已。读一部叙事中的叙事则会使整个世界成为一部小说，并且会把读者变成一个小说中的人物。"[1] 林渊液的"戏中戏"却不是在生活/舞台的真/假逻辑中展开的，它来自一种新与旧的纠结。

作为一个资深潮剧爱好者，林渊液甚至为这篇小说设计了一出《官梅驿》的戏。小说中，这出戏是小七为打动姜耶而倾力打造，为姜耶量身定制的剧本。而小说外，这出剧目何尝不是林渊液为这篇小说量身定制呢？那一批被清兵劫掠的潮汕妇女，何尝不可以视为被某种文化劫掠而不知何往的群体呢？历史的茫茫苍苍中，这片拈着绣花针飞舞的土地，常常把这种被文化劫掠的悲剧性消解于顺从和乐的汤汤水水之中。却居然是林渊液，以"戏中戏"为切口，撬开了这个象征性的悲怆。

我于是更加坚定地认为，林渊液不是要讲一个身体觉醒的主体性复苏的故事，她要说的是主体性匮乏的因由。于是，最后当姜耶上完身体课重新面对丈夫时，她面对的是以为"完成报复"，"过了那一关"而准备往回走的丈

---

① 引自程锡麟、王晓路《当代美国小说理论》，外语教学与研究出版社 2001 年版，第 135 页。

夫。可是，姜耶却和丈夫呈现了相反的跑动轨迹，她已经意识到："一个女子，不止有处女膜，还有花萼包裹下的花朵。如果你只纠结于失去第一次，你也只能失去更多的第一次。"她知道，"它会是一把匕首，把他刺得血流成河"。然而，当丈夫说出要带她和女儿出去走走的时候，"姜耶望着眼前的那把匕首，不知道是否自己把它吞下"。

姜耶会扔出那把匕首吗？这是林渊液留下的悬念。姜耶大概不会吧，她还是那个潮剧演员，千百年唱着那首古老的歌。一场意外的戏，不过是一场意外罢了！林渊液看着"主体性"的发芽，却也深深知道这些演员多年来接受的训练。

三 《倒悬人》："他者自我化"及一种有趣的情欲伦理

《倒悬人》是林渊液写得非常有现代感的一篇。虚构确实为她提供了另一条通道，也许一直写散文的缘故，这些需要借助虚构才能凝聚和提炼的东西，在她为虚构开了门之后，就汹涌而出。初看时，读者会觉得有点熟悉，是相对于《花萼》的熟悉，同样是跟艺术沾边的中年女人，同样是处在家庭旋涡——或者说暗礁中的女人，林渊液依然是从性别这个角度来思考问题的，我想。

某种意义上，我觉得短篇小说是一种装置艺术。短篇小说必须借助很多工具来抵达，这些工具可能是一盏灯，可能是一条河流，也可能是一缕头发、一串项链，但它们在小说中被改造成一个装置，获得某种串联或并联的能力，小说的意义空间因此才建立起来。潮汕小说家中，谢初勤的小说诗化、散文化比较突出，但甚少能找到一些有效的"装置"，而林渊液总是很快就熟悉了小说的内在秘密——因为对散文、小说文体边界的熟悉的缘故？——这篇小说一个突出的装置就是"倒悬人雕塑"。对这篇小说而言，提兰只能是弄一个雕塑，而不是其他，如画画、写作。其他的装置不具有它的发散性。这篇小说，雕塑的还是一个倒悬人，此间又使这个装置具有很强的象征性。我记得基耶夫洛夫斯基的《红》中，女大学生是在健身时一个倒悬动作中看到了老法官被指控窃听的报道，并因此开始了对真实人生的了解，有时候只有在倒悬中才能遇见真实的自己。当然此篇中，倒悬更有一种失去平衡之意。

《花萼》是在两组三角关系中来展开女性情欲自主性这个话题的。这篇显然也是一个双重三角关系：显形的三角是提兰、丈夫、小藤，隐形的三角是小藤、师兄、文科男。前者是小说叙事人讲述的，后者是小藤讲述的。这两组三角关系都指向于女性欲望可能性的问题。同时爱上两个男人和"试婚"对小藤而言都是在实践一种女性情欲的可能性（或者说婚姻与性的自由边界）。它进一步引申出"三角"中的暧昧性——小藤对于文科男理智上的拒绝和身体上的接受。甚至是由于某种复杂的原因，这种理智／身体的复杂纠结居然让快感来得像风暴一样猛烈。而"师兄"显然是无法共享这种暧昧经验的，某种意义上说，他后来的意外身亡，与此正成因果。这是小说在隐性三角关系中呈现的复杂性——纷乱而真实的情欲和排他性婚姻伦理之间的对峙，而人该如何面对这种对峙呢？

提兰显然无法自外于这一难题，从小藤意外空降，为家庭织了一张充满小藤味的网开始，提兰就不断地感受到小藤作为一个他者的压迫性。提兰就不断地用女人、姨妈和丈夫的妻子这三重角色去打量这个意外来客：她既是同类、亲人，也是入侵的敌人。很多读者都和我一样，在阅读中很快接受暗示，觉得丈夫和小藤之间一定存在着某种或隐或现的关系——那几乎是一定的。小说中的提兰更接受这种暗示，无法排除这种暗示无所不在的压迫。非常有趣的是，当小藤跟提兰讲述了她的三角故事之后，提兰和小藤的关系慢慢被改变了，她们被情欲拉到同一线上，她们成了相似的女人。当小藤成了提兰的模特之后，提兰慢慢完成着将小藤这个他者的自我化。如果说对于性别伦理有所思考的话，"他者自我化"一定是这个小说的亮点。是提兰化解三角矛盾对峙之道，是提兰区别于小藤"师兄"的为人处性之道。

正是因为把"他者自我化"，所以提兰是如此敏感地意识到向丈夫讲述小藤情事纠纷时所隐含的暧昧性——作为一个旁观者，丈夫避免了从道德的角度看待小藤；但作为一个男人，却间接见证了一个女人的情欲旋涡，如果此时夫妻做爱，很难避免小藤作为一个中介在他们身体运动中存在。小藤作为一个他者居然如此自然而不可避免地深入到提兰和丈夫的生活中来。可是，提兰心里当然装了一个"醋瓶"，但她却具有如此强的"移情"能力，她所塑造的倒悬人，本是自己的象征，她却能移情到小藤身上，让小藤充当模特；她敏锐觉察到丈夫情欲的暧昧性，却又能移情或同情于此种暧昧性——觉得小藤的身体，是她喜欢的；丈夫的身体，是她所喜欢的，那么这两个身体的结合，也应该是很自然的。就此而言，这个小说不是写实性的，而是理想性的，是借助于小说来展开一种理想的态度和人性。

就小说而言，这篇其实也是有散文化意味的，即是说它的动作性很弱，它大部分时候都是在旁述提兰的心理活动，动作也更多是通过转述来呈现的，所以它并不是以情境性、直接性和在场的气味见长。但小说本来就有很多种，我认为这样写并无不可，但如果换一种动作性特别强的叙述方式来处理相同的主题，效果会怎么样呢？我只是突然这样想，并无价值判断，也许作者有兴趣可以试试。

四 《黑少年之梦》：面具、割礼之梦和情爱乌托邦的裂痕

这篇小说继续提兰的故事，继续关于性别伦理的探讨。提兰，这个在《倒悬人》中已经感到内心危机的女艺术家——心灵历险的践行者，发展出一段婚外之情，实在是势所必然的。所以，《黑少年之梦》探讨的便是"婚外情"，只是，它无意讲一个千回百转、扣人心弦的婚外情故事，无意以消费的期待"鉴赏"一段轨道外的桃色轶事，然后又回到最安全的道德视点予以总结。它要说的也许倒是一种"可能性"，它所质疑的是霸权制的单轨道婚姻的合理性。这篇情节并不复杂的小说虚构的情景首先发出这样的疑问：生命在单轨道的婚姻公路上枯萎了怎么办？如果多轨能使生命绽放的话，那么它必然是不道德的吗？可是，这声诘问并不高亢，马上被另一种声音越过：多轨道也许重新点燃生命，可是它的破坏性一定小于创造性吗？

小说对于林渊液，确实提供了新的可能，使她可以超越散文有限虚构之文体伦理的牵扯，径自走到生命深处，搭建种种特殊的平台，透视和捕捉精神暗物质。我以为这篇小说提供了跟《倒悬人》的倒悬雕塑相近的隐喻装置，那便是"梦"——一个接受割礼的非洲黑少年：

> 那个非洲黑少年的梦境经常会在提兰面前晃动，神秘的，有着小小的惊惧。黑少年十四或者十五岁了，他被选中去参加割礼仪式，之后他和同龄伙伴还得隐居六个月的时间，回来之后他们就算长大成人。如果愿意，他们也可以爱女孩子了。从一坠地就朝夕相伴的树屋、部落和母亲，渐渐地被抛在身后，他们，被一个戴面具者引领着，穿越原始森林而去。他不知道远方是一个什么地方。面具人——黑少年从未见过他的真面目。他看起来像一个返魂的祖先，动作迟缓僵硬，声音像在唱巫歌，面无表情。不对，他的表情是固化的，而且被掩藏得很深。他的面具是五百年大树的树根雕刻而成的，雕工繁复有如一顶皇冠。冠前支着七根动物骨刀，后面的两把大羽毛是同一片大树根雕成的，漆着威严的纹路。

黑少年知道，这个面具的侧壁，是铭有咒语的。他的不安，像森林中的风卷袭落叶，时而澎湃时而萧疏。①

孤陋寡闻，我只知道很多地区存在着关于女性的割礼，却不知道有关于男性少年的割礼仪式。这点疑问存而不论，这里有关割礼的梦和面具无疑是富有深意的，它是作者有意安放在小说房间中的镜子，使空间和意义获得增殖。那么，割礼、面具与黑少年又如何具体体现跟提兰处境的相关性呢？

割礼是很多地方文化所设定的女性成人礼——或者是成人入场券，即使此处接受割礼的是男性少年，但割礼作为成人礼来看待并无不可。只有接受割礼，内化传统以庄严仪式传递过来的文化编码，才可能在这种文化内部被接纳，获得尊严。所以，割礼便是以身体的痛苦来赢得身份认可的仪式。如果针对女性而言，割礼既是少女成人礼，也是男女性别差异的文化定型器。通过割礼，女性身体的"不洁"、未完成、待改造的原罪得到了文化确认，打下了身体烙印。割礼本来是对不洁之躯的再造，但割礼仪式却反过来强化了关于女体不洁的认知。

这番关于割礼的文化解读自是老生常谈，可是我关心的是，提兰的梦折射着什么样的信息？提兰梦见的为何是黑人少年，而不是黑人少女？

我试着这样解释。提兰的性别和年龄跟黑人少年都形成某种反差和张力，这意味着，作为中年女性艺术家的提兰，其实正通过"梦"这样隐喻性机制重构自己的身份。她不再满足于包括婚姻在内的社会制度为此在的她所建造的房子，她一定是感到"中年女性"这间屋子糯稠沉闷的气息和亚热带低气压的压抑。梦见割礼少年，意味着她一种"重新成人"的潜意识；梦见少年——而不是少女，也许割礼少女所承载的被动语义实在太浓重了，而割礼少年本身却有某种主动性——它意味着抛弃幼稚而获得成人。

"面具"无疑也是这篇小说需要稍加解释的隐喻装置。前面提到，引领着黑人少年的人戴着面具，面具由五百年的大树树根雕成，雕工繁复如皇冠，冠前支着七根动物骨刀，冠后的两把大羽毛来自该树同根的树木，面具的侧壁还暗含咒文。面具本来就是某种社会身份的隐藏或凸显：一个被识别出来的面具，往往是一种非常规的社会身份编码；而一张被解读为"真实"的脸，其实不过是另一张更符合主流社会编码的面具。这篇小说中"面具"浓厚的仪式感，暗示着这是一种被主流文化所接纳的身份设计——黑少年正是在这

---

① 林渊液：《黑少年之梦》，《山东文学》2016年第7期。

样带有神秘感和权威感的引领者引领下走向生命的。

而小说一开始就说了，提兰和苏打因为一本关于制作铁器、镣铐和面具的书而起了争执，书只有一本，两人都想占为己有（提兰手头正在做着一个面具的雕塑）。如果说"割礼"是成人入场券的话，"面具"则是相对稳定的社会身份了。可是"面具"之为"面具"，正因为它有别于"真脸"。社会面具戴久了，就成了一张被内化的"真脸"。打造"面具"之于提兰，也许是另一个"梦"，为自己寻找精神性成人和相应身份的梦。

所以，"梦"和"面具"都指向了提兰再造自我身份的冲动，而且，她要抛弃文化加诸她的"成人女性"编码，她抛弃了"社会性成人"，而去创设一种"精神性成人"。

对很多女性而言，她们并未为自己活过，她们为别人活，也活在别人的模子里。她们经历着少女、少妇、中年和老年的岁月迁徙，可是她们的成人和成熟，都是社会性的，而不是自我意义上的，精神意义上的。她们学着别人那样活，她们用自己的生命小心翼翼、举步维艰地按"社会性"的模板依样画葫芦。这个过程中，"女性"便渐渐丢失了，这也许是最后苏打说那段话的原因，苏打说：

> 告诉你，我有一个毛病。我眼里看到的人与别人不一样。别人看到的正常人，我看到的很多是不正常的。我看很多女人，不是女人，是不男不女。而有的女人，只是一个母亲；有的女人，只是一个女儿。有的女人像树熊，只会往上爬；有的女人像蚂蚁，一直匍匐在地底上。有的女人轻轻的，飘在半空不着地；有的女人栽在地上生了根，迈不开步子……①

女性与社会性成人相认同，大部分难免成了某种异形的单向度物品，苏打之欣赏提兰，显然是在女性主义意义上的欣赏。提兰找到了知音。

可是，对林渊液而言，幻想一个女性主义者在身体自主性意识推动下的化蛹为蝶，并演绎一段美丽的多轨道（双心人）的柏拉图之恋依然显得过于乌托邦。《黑少年之梦》写的更是女性主义情爱乌托邦的挑战：即使他们相恋的精神基础是如此坚实地基于精神，可是纯精神之恋既是生死恋的出发点，也是生死恋的致命伤——精神毕竟是需要肉身为依傍的，至少这部小说是这样认为的。他们的危机不是来自现实物质，不是来自流言蜚语，也不是来自

---

① 林渊液：《黑少年之梦》，《山东文学》2016 年第 7 期。

对现实婚姻的愧疚或被侦破导致客观困难——而是来自孤独。

可是，他们的精神之恋，虽完全出自精神，却未必完全自绝于物质。苏打漂亮干练的妻子之所以让他觉得完全不能离婚，也许并不仅仅是孩子的原因。作为苏打的经纪人，他们的婚姻构成了苏打"精神世界"的外壳，这是另一种精神与现实的离合悖论，林渊液为我们指出了情爱乌托邦的另一道裂缝。

肉身相依、婚姻守护的情爱关系很容易走向情爱的枯竭；可是没有肉身相伴的精神之恋，因为孤独而开始，却因为开始而更加孤独。这是情爱与肉身之间的悖论，肉身的过分靠近窒息情爱，而肉身的不可靠近同样导致精神之恋徘徊无地。现实相见的爱恋很可能出乎欲止于利，精神相守的爱恋却又可能陷于现实缺氧的境地。而人如何在情爱和肉身，在精神和现实之间的离合关系中跳优雅的小狐步舞，是一个各有各解，却又永远无解的命题。

五　女性主义哲理小说的新可能

某种意义上说，林渊液还是小说领域的新手。但是，她近来的短篇小说写作却在做一桩很有创造性的事情。她的理论修养使她很自然地走在一条具有独立性的道路上，一条对中国当代小说而言不无意义的个人道路上。我想，或许可以用女性主义哲理小说来予以简单概括。

女性主义哲理小说无疑关联着女性主义小说和哲理小说这两个概念或两种小说类型，它们某种意义上都是舶来品。众所周知，法国启蒙小说家创造了哲理小说这种小说类型。穿插描写了多方面的内容，把叙事、议论、抒情、讽刺融为一体，表现作家关于政治、法律、道德、文学方面的启蒙观点，富于哲理性。其典型者，如孟德斯鸠的《波斯人信札》等。但是，启蒙小说家的哲理小说事实上缺乏了一种现代小说的文体意识。在他们那里，小说是为哲理服务的。小说穿针引线地把各种社会、人生、政治、文化的现象缝接到一起，为哲理的出场提供合适的平台。"哲理性"压倒"小说性"是这类小说的问题，至少在具有鲜明的小说文体现代意识的作家那里，启蒙哲理小说很难提供写作上的资源和启示。

正是在这些方面，林渊液的小说截然区别于启蒙哲理小说。具体地说，她的小说具有鲜明的小说文体意识。更具体地说，是一种短篇小说的文体意识。一个众所周知的说法是：短篇小说是一种切面艺术，短篇以某个横截面去展现人生的广延性。所以，短篇小说某种意义上是一种典型的现代艺术。本雅明在《讲故事的人》中有个有趣的判断："现代人不能从事无法缩减裁截的工作。"现代的社会形态改造了现代人的时间观和现代的艺术形态，短篇小说的兴起正是某种"现代"的后果。本雅明接着说：

> 事实上，现代人甚至把讲故事也成功的裁剪微缩了。"短篇小说"的发展就是我们的见证。短篇小说从口头叙述传统中剥离出来，不再容许透明薄片款款的叠加，而正是这个徐缓的叠加过程最恰当地描绘了经由多层多样的重述而揭示出的完美的叙述。①

如果接着本雅明的思路，我们甚至可以说：不经过裁截微缩的短篇小说，很难找到以一点容纳万象的结构。最典型的例子，大概是卡尔维诺所提出的"时间零"写作了。卡尔维诺认为，每一件事情的发生发展都有着一条时间链条，可以排列成时间负 N……时间负三、时间负二、时间负一、时间零、时间一、时间二、时间三……时间 N。在他看来，从时间负 N 写到时间 N 的写法是一种无效写作，这显然是一种现代小说对线性时间的反思。卡尔维诺认为写作的真正中心只在于"时间零"，找到事件中可以沟通、想象过去与未来的"时间零"便成了现代小说写作的任务。本雅明和卡尔维诺的说法解释了"切面"写作的现代因由。

但是，短篇小说未必只有"切面"，只有"时间零"一种写作。事实上，我们会发现现代短篇小说其实提供了非常多姿多彩的写法。譬如我们在苏童的《香草营》中可以读到一种"玄关式写法"——表面是按照时间线索在叙述某个事件，但却充满叙事技术上的波澜，真正的事件被叙述事件所掩盖，形成某种玄关式效果。在汪曾祺的短篇小说中，我们读到一种散文式写法。汪曾祺往往从一人一物入手，东拉西扯，状如闲谈。小说情节的虚构被刻意降到最低限度，但他笔墨所涉，一草一木，笔笔有神。这是一种需要以心性涵纳风物而产生的小说，是另一种短篇小说的奇迹。可是，在我看来，林渊液事实上创造了另一种进行哲理表达的短篇小说写法——按钮式写法。

在罗兰·巴特看来，小说可以分成意素符码、阐释符码、情节符码、象征符码和文化符码五种语码。以此观之，短篇小说的艺术特性体现在压缩情节符码而扩大象征符码，使某个象征符码成为理解全篇的钥匙或按钮。很多

---

① 本雅明：《讲故事的人》，《本雅明文选》，汉娜·阿伦特编，张旭东、王斑译，生活·读书·新知三联书店 2008 年版，第 104 页。

时候，短篇小说需要一个按钮，一条连缀全篇的红线。譬如鲁迅的"药"，莫泊桑的"项链"，都是短篇小说经典的按钮。

按钮便是短篇小说推动叙事、创设意义的重要道具，它是短篇小说文体自觉的某种结果。我们会发现，林渊液的小说在非常自觉地进行这方面的探索。在《花萼》中，这个按钮或许是"身体课"；《倒悬人》中是倒悬的雕塑；《双心人》中则有"面具""割礼"和"梦"。舍弃这些道具，林渊液不以情节和故事见长的小说将无以展开。这些小说按钮的具体内涵我在上面已经有详尽的分析，这里仅是在现代短篇小说的艺术谱系中辨认这种写法的位置。要言之，林渊液的短篇小说是剑走偏锋、独辟蹊径的，是具有鲜明小说现代感和文体意识的。可是，这种现代自觉始终是内在于某种观念表达的。跟启蒙哲理小说不同，它多了些现代小说文体意识；跟那些以情境性、叙事性见长的小说不同，林渊液的小说在艺术表达的同时，也是极其自觉的思想表达。在这方面，它又依然应该归属于哲理小说的范畴，而且这批小说都有鲜明的思想指向——女性主义性别视角下的思考。

于是说到了 90 年代以来的女性主义小说。众所周知，自由主义和后现代主义是与 90 年代市场意识形态相伴而行的主流话语。在此背景下，身体话语的勃兴便成了 90 年代思想文学界的重要景观。女性主义研究的兴起、身体写作受到主流文学界和文化市场的双重鼓励，并且相互借重相互生产出身体写作伦理的合法性。于是，"私人生活""女性身体觉醒"大行其道，成了既有文化意义依傍，又暗合市场欲望化阅读需求的文本类型。这股写作潮流在小说、诗歌中都有重要体现，并在世纪末催生了以卫慧为代表的"宝贝"女作家群。直到新世纪的底层写作兴起，这种"身体写作"的合法性才渐被消解，成了一道渐隐的背影。

如今看来，90 年代的身体写作，抛开那些迎合"欲望阅读"的消费文本不谈，即或那些具有真切身体觉醒意味和良好文学感觉的女性主义写作，都不免陷入对身体的单一理解上。这些写作基本上是在"女人要性的自主性"的表达式中进行的，这是 90 年代法国女性主义者西苏、伊莉格瑞理论的中国回声。对于中国文化传统，这自然是石破天惊，也是具有现实针对性的。女人身体意识的觉醒，性自主性的获得也许是时至今日尚没有解决的问题，这是这批作品在当初的意义。然而，性的问题不仅仅是生物之性（sexuality），而是社会文化之"性"（gender）。女性性自主权口号在文学中的喊出和陷落，事实上正印证着 sexuality 所受制的 gender 体制。女性主义研究者在不断拓展着关于"性别"多重性的思考，而女性主义文学写作却在新的文化气候下停滞不前。在这个背景下看林渊液这批短篇小说，便会发现她对于中国女性主义小说的推进。

今天女性主义写作在中国已经不再是潮流，"去性别化"重新成了诸多男性批评家对青年女作家谆谆教诲的时候，林渊液的笔再次执着触及性别的深层次话题。而且你会发现，她并非在重复当年林白们的标准动作——透过闺房镜子对身体的自我观看来昭示女性身体意识的苏醒。她写潮剧女演员姜耶身体意识的觉醒，重点不仅在于喊出"我的身体我做主"这样已成口号的老套；而是通过"花萼"的开合去透视女性自我压抑和禁闭的性别机制。又如《倒悬人》中所提供的情欲伦理，它并非一味关怀女性的情欲自主性，它甚至以"他者自我化"的换位思维，思考着此性与他性共同面临着的困境。它始终把性别置于某种多性模式下进行考察，而避免了某种性自主所导致的偏执。而在《双心人》中，我们甚至看到林渊液对于情爱乌托邦及其裂缝的揭示，这意味着，这个熟读汉娜·阿伦特、西蒙娜的女作家，她始终在寻求一个具有"可通约性"的性别立场。

正是在这种小说文体自觉和推进中国女性主义小说的背景下，我看好林渊液近来的小说写作，并认为她的写作构成一种女性主义哲理小说的新可能。

多维探索、转益多师的艺术之旅

——读《陈继平中短篇小说集》

大概在 11 年前，我和继平先生在陈海阳（我们通常称他为"海阳叔"，陈继平则称他"老海"）引见下认识，那时他仍对小说充满困惑和热情，他对现实和历史都有诸多独立见解，嬉笑怒骂，神情有不羁与落寞。写作者过于其乐融融并非好事，我欣赏他内心那份不为人知的孤独感。后来我们也在各种场合见面，以各种方式交流，因为信任打底，交流都是真诚而彼此有所触动的。再后来，我听说他工作调动到了汕头，他编剧的《厝边头尾》在潮汕地区爆红。一方面佩服他的多面手才能，另一方面也为他的小说惋惜。但是，前年渊液姐组织汕头中短篇小说研讨会，去年韩师组织新世纪潮汕文学中青年作家论坛，他都有新作参与。不久前他又邮来近十几年的小说代表作，说最近准备结集出版，嘱我作序。在我眼中，继平先生是潮汕本土有代表性的中青年作家，我佩服他的才华，敬重他的小说探索。作序之事，本该由德高望重之老师为之，但推辞不过，继平先生的信任不敢辜负，只好把我对他小说的一点理解说出来，权作交流。

解构英雄，反思历史

作家写作，大抵都跟某个念兹在兹的情结相关，这个情结在陈继平这里，大概就是创伤历史记忆。多年来，陈继平一直希望对"文化大革命"这段历史有所书写，有所反思。他以文学的虚构和变形深入了某段被可以遗忘的岁月，并从中离析出饥饿、异化、盲从病等悲剧性的人性主题，颇能发人深思。

多年前阅读他发表于 2000 年的中篇《赵林一个人的兴奋》，我和朋友们便兴奋不已，击节叫好。多年后重读，依然为他当年极佳的写作状态叫好。这篇小说，以兴奋为关键词，写的却是"文化大革命"期间的饥饿及其悲剧。

赵林家住香椿街，他是片区工厂保安，他们工厂生产援外物质肥皂和毛巾。赵林的问题是他一直蔫儿吧唧地兴奋不起来。小说中，整天屁颠屁颠的夏天听说赵林的蔫病，便问赵林，"给你一大叠票子你兴不兴奋？""叫鲜嫩的女人让你白睡，你兴奋不兴奋？"赵林都摇头。

> 夏天最后狠狠心地说，把满满一仓库的面粉给你，让你吃不完，看你兴奋不兴奋？
> 赵林说，那就是值得兴奋的事吗？①

有趣的是夏天提问的顺序，钱、性和吃三者，吃被置于最后因而也是最有爆炸性的位置上。这里事实上巧妙地关联了一个饥饿的时代背景。

这当然是一个与饥饿相关的时代悲剧。赵林将儿子带到他们工厂，希望能顶口粮。可是碰上饥荒，即使是他们这种不愁供应的工厂也开始减量限量供应了。赵林的儿子最后被夜里偷工厂面粉的窃贼砸死了。为了顶口粮而死了儿子，为了偷一袋面粉而砸死一个小孩，这种明显失重的关系中确乎透露出某种悲剧性。可是，必须说，这篇小说其实并不仅是关于饥饿的。至少在钱、性和吃三者中，赵林从来没有觉得它们有何值得兴奋之处。真正让赵林兴奋的是，如何在工厂破一桩大案，从而成为英雄，让自己的身份从保安而一跃成为公安。因此，"兴奋"话题背后隐藏的其实是饥饿时代、集体化时代的身份问题。换言之，陈继平思考的不仅仅是饥饿对人的摧残，而是早就饥饿的体制对人的身份钳制乃至于对人内在的精神异化。显然，赵林的需求已经出离于普通的钱、性、吃之外了，他渴望在体制化的时代中一跃成为英雄，某种意义上他已经成为一个被体制异化而缺乏正常生理、伦理感觉的人。对性、吃的麻木是一种生理神经的异化，对儿子被砸死这件事表现得浑浑噩噩则是一种伦理神经的异化。这就是何以被儿子意外身亡折磨得奄奄一息的妻子愤怒地要跟他离婚的原因。可是，更为悲剧性的是，作为一个卑微的小人物，赵林没有获得成为英雄的机会。儿子白白死掉了，他在缉凶过程中无意"杀死"了嫌疑犯——傻子张上游这件事也被陈继平解构了：

> "叭——"一声枪响，枪声没想象中那样响。
> 张上游应声倒地死去。但事后发现，张上游没有中弹，他是在极度惊吓中死去。而那颗子弹，不知射到哪里去。

---

① 陈继平：《赵林一个人的兴奋》，《最后的香洲》，团结出版社 2015 年版，第 218 页。

　　片区的男女都否认赵林开枪，他们没听见什么枪响，而对于张上游，谁也不相信他能偷出一袋面粉。后来，赵林也想，傻子懂得撬窗去偷面粉吗？

　　这样，那个清晨片区发生了两件不相关的事，傻子张上游惊吓过度意外死亡；保卫赵林丢失了一颗子弹。①

　　这个革命时代的异化主题，一直幽灵般地在陈继平的作品中寻求出口。写于 2014 年的《疤》同样是一个"解构英雄"的作品。只是，小说这次不再是对历史现场的直击，而是通过当代写历史。"我"是一个单位领导，诸事顺心，只是当年知青朋友谢卫红常理直气壮地给"我"添麻烦，深更半夜打来电话只为一点儿鸡毛蒜皮的小事。谢卫红当年在扑灭一场大火中被严重烧伤，从一个美丽的女青年变成一个丑陋的怪物。但是，这场火灾使谢卫红成为知青中的英雄典型，《人民日报》予以报道，她被万人敬仰，她也从此靠着"理想主义"的价值系统的精神回馈赖以为生。随着时代变迁，谢卫红的英雄光环渐渐褪去，更多被人视为不可接近的怪物。只是，"我"却始终对她保持着知青情谊而尽力照顾。一次偶然的机缘，"我"对谢卫红的照顾再次被报纸发掘，于是"我"的高尚行为被塑造成典型，成了仕途升迁的重要催化剂。只是，在戏剧性的情节背后，陈继平再次解构了理想主义"激情燃烧的岁月"。他对"我"何以多年来对谢卫红怪癖般的骚扰从未有怨言提供了双重解构：当年的大火，很可能正是百无聊赖学会抽烟的"我"扔下的烟头所致，谢卫红对此洞若观火，只是渴望成为"英雄"的她放任了大火的发生，以便自己成为扑灭大火的英雄。更讽刺的是，多年后人们考察发现，当年谢卫红殒身不顾、毁灭了青春容颜所扑灭的大火，保护的集体财产不过一百来元。如此，陈继平不但解构了英雄主义的动机，同时也解构了理想主义的客观效果。他显然对于集体主义时代中创造英雄、塑造典型的价值操作系统及其催生的精神造假和心灵异化深恶痛绝，所以，谢卫红、"我"某种意义上正是小保安"赵林"的同一物种。只是赵林渴望成为英雄而不得，谢卫红们却成功地成了英雄。无论成与不成，在陈继平看来，都不过是一场可悲的悲剧。

　　于是，我们在陈继平不无悲观主义的英雄解构中，便发现了他对集体化时代的历史反思。陈继平找到了集体化时代非常重要的一个关键词，那便是"档案"。档案关乎人的身份，档案是中国人身份管理的重要手段，档案与保

---

　　① 陈继平：《赵林一个人的兴奋》，《最后的香洲》，团结出版社 2015 年版，第 247 页。

密是共和国时代中国人特殊的生存境遇之一，影响甚至塑造着我们的人生。陈继平在未收录于本小说集的作品《档案》中，显然抱着一种一贯的自由知识分子的反宰制思路，以小说的虚构反思档案文化所塑造的档案人的悲剧人生。张默是一位档案保密人员，他因为保密工作而得以以组织的名义不跟一个农村妇女结婚，娶上了漂亮有文化的女教师。从他个人角度，他爱保密，感谢保密工作！可是，保密工作必然跟他年轻葱茏火旺的身体有冲突，所以，他有一次不惜擅自离岗逃回家跟妻子圆房。就是这次单位出了事情，档案被盗了。抓出凶手的过程，其实便是档案对人的异化过程，档案对良知的扭曲过程。张默为了自保，不惜"告发"同事，并且供出这个意志坚韧的同事的软肋。作为一种反向的惩罚，张默因为正常的性需求而卷入档案旋涡，他最终在旋涡中因良心的责问而丧失了性的兴致，最终挥刀自宫，而完全丧失性的能力。这是一个很有想法的小说，它的主题是体制与异化，良心的惩罚。这些都是很精彩的。这种历史反思的作品，在本小说集中还有《街灯》和《梦游症患者》。虽然处理同一主题，但《梦游症患者》笔触所及，反思的却是"盲众之恶"。小说以少年吴小岭的第一人称视角叙述了"我"被众人"屈打成病"的故事。吴小岭犯有狂躁症，半夜里喜欢起来走动，这是某种家庭压抑的结果。可是，一旦大家需要他成为梦游症患者，他就自然被所有人视为梦游症患者。这篇小说巧妙地写出了时代性的癫狂和压抑。人们一面在火热朝天的"理想"中干劲十足，一面却必须发泄无法排解、被驱逐于下意识的力比多。这种集体性的压抑表现为吴一川的偷情，表现为众多大人的语言性发泄：

> 我们镇上有个人写得一手漂亮文章，据说镇上的万人誓师大会的讲稿是要他写的，老师时常找来他发表在报上的文章作范文，逐字逐句分析，什么"高瞻远瞩"、什么"高屋建瓴"，什么"感情充沛""有理有据"……老师每每读后，都不由赞叹：好漂亮的文章啊！我们班的作文基本都在学他的那种写法，我在那些漂亮文章中寻找不到一点污秽，我怎么能相信他竟在深夜出没在别人的门口，用粉笔写下下流脏字呢？
>
> 下流脏字的出现让镇上所有的人难以忍受，它写的多是女人的奶子和撒尿的东西，如"××，我做梦都想捏你的奶子""××，我操你的×"之类，指名道姓，不堪入目。大家都认定是小孩所为，怀疑的重点很容易集中到我身上，镇上的人结伙一齐涌到我家，找吴一川交涉，说你要是不找大夫把孩子的梦游症治好，我们就马上报告派出所。被指

名的人家更要找吴一川拼命，交涉的人群适时阻止，他们说，看行动吧，他不行动你再拼命不迟。①

吴小岭的"狂躁症/梦游症"既是压抑时代的产物，是压抑时代的需要（人们需要一个狂躁症的小孩带着梦游症之名，掩盖那些写出冠冕堂皇文章者的压抑和卑劣；吴一川需要自己的儿子是梦游症患者，以便吴小岭丧失说出吴一川偷情事实的合法性）更是压抑时代的隐喻。这个小说荒诞地写出了众人皆狂的时代病。正确地诊断了吴小岭症状的省城大夫也被抓起来劳教。

悲剧情结：异化和荒诞

我们不难从陈继平的历史反思小说中读出心灵异化和生命荒诞的意味，事实上，异化和荒诞的主题在他的当代题材作品中得到进一步延续。《鱼人》和《异味》两篇便是通过典型的当代异化书写，呼应了鲁迅开创的"先知者悲剧"题材。

《鱼人》事实上触及了当代中国乡镇城市化过程中非常普遍的严峻的土地腐败的现实问题，并将现实问题提升到审视心灵异化的精神高度。小说中，河心洲村民原本以种植淮山为业。这是一个特别适合种淮山的小村子，土质疏松肥沃，渔村产的淮山是上等中药材，一到收获时节，外来的药贩子便从四面八方涌到了偏僻的渔村，满村子便散懒着一种若有若无的清润气味。河心洲人中，读书最多的杜渊的淮山种得最好。可是自从河心洲租给外人之后，杜渊就感觉自己病了，病愈之后听觉和嗅觉变得十分敏感，他听见老婆穿针线的声音，还听见儿子杜丁写作业的铅笔划破纸的声音，更奇异的是，他闻到了河里散发过来的一阵阵类似金属黏质，杜渊坚持自己还听见了河里鱼儿逼迫的嗫声，他逢人便说河里中魔了，魔咒已经侵入了河心。连老婆都觉得杜渊中邪了，请来的道人说杜渊冲撞了河神，河神要罚他变成一尾鱼。河心洲被租用之后，资本方开始在上面建房子。村人获得了客观的分红，个个兴高采烈，只有杜渊忧心忡忡，并极力阻止外来投资。他甚至跑到县上去告发，县上来人检查，要带河水去化验，说如果河水真的有毒，河心洲的那些房子要关掉。这使杜渊成了全村人的敌人，村长二老叔采取各种手段，希望"拯

---

① 陈继平：《夜游症患者》，《最后的香洲》，团结出版社 2015 年版，第 149—150 页。

救"杜渊，同时也拯救全村人的分红。之后，在全村人的支持下，杜渊老婆和杜渊离了婚，而杜渊则被抓进了精神病院。小说最后，杜渊从精神病院逃离回到河心洲：

> 现在的河心洲已经彻底废弃，废弃的房子和机器长满了青草，废成粉状的锈一阵阵飘出，让天空变得混浊，也让杜渊的呼吸有些阻滞和沉重。他惊异地发现，村子里的人真真切切变成鱼了，他们的脖子下面已经长出了鳍，身上不时剥落出一层有鳞片的皮，他们已经不会说人话了，因为鱼是生活在水里的，他们不可能改变这个习性，于是，在陆地上行走的鱼儿，就不停地蹦跳着，直到彻底瘫倒。杜渊摸摸自己身上的皮肤，幸好还没长出鳞片，他还是一个"人"。①

《鱼人》在资本异化乡镇的现实背景下内置了庸众/先知的冲突，先知者被逼成疯子的主题在鲁迅的《狂人日记》中已有先声，陈继平则将这一母题镶嵌于当代现实语境下，其现实忧患显而易见。

显然，《异味》正是《鱼人》的姐妹篇。《鱼人》中，杜渊的嗅觉特别灵敏，这种超人的嗅觉正是某种先知先觉的隐喻。而《异味》则干脆用刘大鼻的嗅觉作为小说原动力。小说中，海村迎来有史以来最大的一次涨潮，潮退之后，阳光大放，大地在烘烤中开始发出陈腐的气息，刘大鼻最先觉察到这股气味的异常。"异味"在小说中同样是作为精神变异的表征出现的。《异味》和《鱼人》是两篇可以对读的作品，它们内在的"迫害先知"的主题也是相近的。

《异味》《鱼人》的异化主题是用荒诞的方式来表达，相比之下，《最后的香洲》的异化主题则表现得更为隐蔽。这表面上是"单位"小说，内在的"他人即地狱"的悲剧式生命体验通过"最后的香洲"这样的命名有所暗示。小说中，孙志（是否是"孙子"的谐音而有"装孙子"之意）是省城某机要单位中一丝不苟而踏实本分之人，十几年来一直负责到异地香洲慰问探望一位前领导遗孀。这个旁人视若畏途的苦差事他却乐此不疲，既源于他的本分，也因为他在香洲结下一段隐秘的婚外情。有趣的是，从不放纵的孙志在婚外情上面也分外严谨，他跟情人柔娟约定只在来香洲出公务期间见面，一旦公务结束，便永不见面。他称情人柔娟为表妹，只有在这种称呼中他才敢于跟柔娟亲热。这里，陈继平写出了孙志内心的矛盾和纠结。他只有在种种公务

---

① 陈继平：《鱼人》，《最后的香洲》，团结出版社 2015 年版，第 77—78 页。

和身份的掩护下才敢于"越轨"，他终究是一个本分而懂脸红的男人。可是，本分也为他带来好运，他先是因为踏实可靠被单位提为部门副职，并且很快便有转为部门正职的机会。这时，各种领导的诱惑和压力如期而至，谨小慎微如孙志也不可避免地卷入了权力交换之中。这时，我们发现陈继平事实上在省城和香洲之间设置了某种价值区隔，省城代表的是权力、世俗纠缠的现实之地，而香洲则代表着某个纯粹、真诚的心灵乌托邦。诚然，柔娟果真是某种理想的男性想象的产物，为了一份爱情无怨无悔地当别人婚姻外的隐身人。而孙志老婆则现实、世俗，既善于利用孙志位置的变化争待遇，又善于以柔克刚、梨花带雨地让孙志为娘家亲戚办事。由此，往返于省城和香洲之间的孙志便是在现实和理想之地不断切换的二重身份。作者并未将孙志的出轨作为违背道德的行为来刻画，反而将香洲作为老实人孙志纯洁精神空间的一种寄托。可是，现实却是悲剧性的：一方面孙志在现实秩序中越陷越深，日渐异化，另一方面他又不可避免地被异化更严重的人所盯上。小说最后，当孙志正无限接近于部门正职的位置时，他的偷情事实被揭发了。检举人是他们单位原来的司机小郑，极善钻营的小郑在孙志提职之后对他多方巴结，孙志出于谨慎和好意拒绝了小郑的送礼，并委婉批评（内心仍关心着小郑的进步）。怀恨在心的小郑专门跟踪了孙志来到香洲，并在检举信中将孙志描述为一个贪污犯、偷情者、伪君子。因此，香洲作为一块最后的纯洁之地也坍塌了。陈继平意在指出，"没有一个人可以自成孤岛"，独自完美。有趣的是，小说中，孙志和小郑都是会脸红的男人。相比之下，孙志虽偷情却并不坏，小郑作为阴谋者和告密者，虽有着容易脸红的朴实外表，内心却龌龊得多。这里隐藏的无疑是人心异化莫测，"他人即地狱"的悲剧性体验。

多维探索, 转益多师

　　小说写作二十多年，陈继平事实上在多种题材和艺术手段上进行过探索。就题材而言，在"文化大革命"题材之外，有《异味》《鱼人》的当代乡村题材，有《游在阳台上的鱼》《误车》《杀房》这样的当代都市题材，有《无人看守的道口》这样的留守儿童题材。更重要的是，在不同题材的作品中，陈继平事实上容纳了解构主义、新历史主义、意识流、儿童视角、间离叙述、分身叙述、疾病的隐喻等极为多样的思想资源和艺术手法。

　　发表于1990年的《小镇风流》可视为陈继平的早期代表作，这个作品大概便是某种新历史主义风潮下的产物。小说在 20 世纪的历史变迁背景下叙述了莞荽婆充满戏剧性的一生：民国有钱人家的美丽小姐，在战争的时局动荡中被日本鬼子龟山太郎奸污，此事激怒了一贯暗恋小姐的大汉姜薯五，夜闯日军军营，虽未杀了龟山太郎，也砍了几个日本士兵，成就英雄美名。龟山太郎大怒下令抓人，并且瞄准了姜薯五，芫荽姐儿被龟山霸占，却也懂得感激，暗地里言语替姜薯五脱险。日本人败走，芫荽姐儿便成了人人唾弃的汉奸娼妓，姜薯五却依然对她情有所寄，只是英雄大汉却没有勇气向败落美人表白，最终让五大三粗的胡屠户将芫荽姐儿娶了去。胡屠户死去之后，芫荽姐儿也便成了芫荽婆，平日里少人注意她的故事，只有在死去时才引起一些家长里短、不痛不痒的议论。这显然是对《红高粱》重新叙述革命史的模仿，曾经宏大的革命叙事被分解为令人唏嘘的个人命运：命途多艰的芫荽姐儿，痴情不改、血性淋漓的姜薯五都在历史的长河中化作随流而去的树叶。读来令人叹息。

《误车》虽是短篇，却是意识流的实践。小说写安平乘车上省城，途中遭遇邻座美少妇，中途休息又错过乘坐的汽车，与另一同样因马大哈被抛下的老润相逢，在重新搭上车之后他们听说前面有车发生车祸，此时他们又庆幸又期盼，在潜意识中他们极度盼望发生车祸的正是他们错过的那辆车——以使他们的"错过"获得价值：

> 老润已经在心理认定这就是他坐的那一辆，他指着水面上说，看见没有？是蓝色的车，肯定是我坐的那一辆！你瞧我多幸运，我昨夜怎么还老怨那泡牛屎，没司乘的失职，我现在就是江中的淹死鬼呀！我真是太幸运了！我真是太高兴了！
>
> 如果真的是老润坐的那一辆，那么安平一夜的磨难就变得毫无意义，并且比较而言，纯粹是一种弱智的失误，安平不仅在"篾店"这个地方耽误了时间，多花了冤枉钱，而且丢了一件全新的皮褛真是倒霉透了！安平不甘心地说，也不一定，得等到吊车吊起来再说！①

小说将现代庸人无意义漂流的精神状态刻画得分外细腻有趣。众所周知，在乔伊斯著名的意识流小说《尤利西斯》中，古典英雄彻底沦为了现代庸人：驰骋疆场、力挽狂澜的英雄奥德修斯变成了逆来顺受、含羞忍辱的广告推销员布鲁姆；坚贞不渝的王后佩涅罗培变成了耽于肉欲的女歌手莫莉；助父除

---

① 陈继平：《误车》，《最后的香洲》，团结出版社 2015 年版，第 166 页。

虐的勇士忒勒玛科斯变成了精神空虚的骚客斯蒂芬。古今互喻，在古代西方英雄的衬托下，现代世界正在走向沉沦和堕落，现代生活变得卑微、苍白、平庸和渺小。《误车》中的安平和老润无疑正是中国布鲁姆，他们在无意义的生活中行走，真正有意义的倒是小说对现代庸人心理那种放大镜式的检视。

在叙事视角上，陈继平也是颇多匠心。短篇《街灯》中，作者玩了一下儿童视角和分身叙述，直到小说最后，我们才知道小说叙事人"我"便是小说中的人物卫东，小说的很多意味便藏在了这种分身叙述的虚晃一枪中。上面已经提及的《梦游症患者》同样使用儿童视角和间离叙事。小说从吴小岭的第一人称叙述，呈现了非常年代成人世界的癫狂和压抑。小说中，吴小岭称父亲吴一川和母亲孙映红都是直呼其名：

> 我常常在睡梦中被叫醒，至于老师提问什么问题，我一概打了一个长长的哈欠作答，我的滑稽作态常常引来课堂的一阵哄笑。新来的女教师气得脸上五官拧移了位，噔地把我叫到校务处，指名要家长来领。她问，你妈呢？孙映红出门去了。孙映红是谁？她一时转不过弯。你刚才不是问了吗？她终于明白过来，又问，你爸呢？吴一川也不易找，就是星期天也很少休息，他们厂总在劳动竞赛。[1]

这里的疏远称谓并非只是炫技，它所产生的间离效果确实非常契合小说中人与人的心理距离，即使是父子/母子亲情也无法消融癫狂时代人心的距离。它当然不是完全写实的，却具有更高程度的艺术概括力和真实性。

应该说，陈继平二十几年的小说写作生涯是一个多维探索，转益多师的艺术探索之旅。他的写作以 80 年代的中国小说变革为起点，在解构主义、新历史主义中汲取资源，在先锋小说中吸纳营养。他虽非离经叛道的实验小说写作者，却更不是循规蹈矩的现实主义者。他在写作中反思历史的意识尤为可贵，但某些时候过于依赖戏剧化的手段来结构小说似乎也值得重新思考。

陈继平是当代潮汕重要的小说家之一。在他之后，像厚圃、林渊液（人们之前多熟知她是散文家）、陈崇正、林培源、陈再见、吴纯、王哲珠等人的写作正呈群星灿烂之态。潮汕小说文脉不断，实为可喜！

---

① 陈继平：《梦游症患者》，《最后的香洲》，团结出版社 2015 年版，第 144 页。

"认命"的写作

——谢初勤小说阅读札记

我曾在一篇文章中说：谢初勤的小说写作是一种"认命"的写作。往实里说，在现在的写作环境下，不认命，想在写作中寄托功名与利益，不但是缘木求鱼，最终损害的还是写作；往虚里说，写作都是在认命——辨认命运。写小说不是讲故事，而是要通过讲故事去建构自己的宇宙，去呈现自己解读的命运谜底。我以为谢初勤是当下潮汕本土小说家中最有可能写出辨认命运作品的小说家，而且他也是非常突出地体现了以返观姿态实践本土现代性探索的作家。当时，我并没有对他的小说进行分析，现在我需要对这个判断进行一些补充。

诗化小说的营构:《江湖》

有一回和小说家陈海阳聊到谢初勤，他说初勤的特点也许在于某种诗化、散文化的小说写法。这个判断我很认同，但又必须有所补充。谢初勤已经写出的那些中短篇小说，其实涉及不同题材，艺术上也有多副面孔。然而，散文化、诗化的短篇写法是他擅长并取得成功的一种。

写于 2005 年的《江湖》令人印象深刻并念念不忘。这篇小说从女儿胡月的视角，写一户水上人家的生命悲欢。父亲带着妻子和一对儿女漂在河上，以船为家、四处卖艺，并在水上繁衍生殖、茶米油盐。

谢初勤小说喜欢用儿童视角，似以此篇为最佳。从女儿的角度，精微而诙谐地捕捉了寻常夫妻非浪漫化漂流生活中的日常恩爱：

> 父亲忽然说他要跟娘商量一件事。父亲说这话的时候，脸上总是带着一些不太自然的神色。胡月不知道父亲的神情为什么会突然转变得那

么快？她甚至不明白父亲为什么要对她说这种话？她有些茫然地仰视着父亲那只青幽幽的下巴。好在父亲的话并不多，他说完，从口袋里掏出一把零钱，递给他们俩，跟他们说到岸上好好玩，玩多一阵才回来。"不要太快回来，注意带好弟弟，要不，就在摊子边呆一会。"父亲用一种平常少有的关切的语气说。

　　胡月就点头，拉着小弟的手就跑——这是他们姐弟俩难得见到的钱啊！而且，这钱现在还是属于他们的，可以由他们自由做主地花！他们撒开腿飞跑着，好像怕他们跑得慢了，父亲又会反悔地把钱给讨回去了。①

　　每回胡月和弟弟回来，父母"商量"完事，"娘的脸上就会显得比平时更加的滋润，更加的有光彩，像是上了一层又滑又光的薄膜一样，在阳光下闪闪发亮。父亲虽然不说话，但是，可以从他的神情中，看出一种前所未有的满足和兴奋。他把烟抽得更加快、更加深了"。

　　儿童视角的表达，使得一切含蓄而有趣，它也隐隐为下文的不幸做了铺垫。母亲重新怀孕，却意外地死于难产。父亲因过分悲痛而神志不清，竟至撇下一对儿女而独自驾船而去，剩下胡月带着弟弟踏上漫漫的寻父之路。

　　这样的情节实在简单得可以三言两语勾勒了事，在媒体社会新闻中大概也就几百字打发。可在谢初勤手中，它却成了谐趣处令人莞尔，悲伤处令人心碎的小说。那么究竟是什么使得《江湖》截然不同于相同题材的社会奇闻呢？

　　本雅明在区分"消息"和"故事"时说："消息的价值昙花一现便荡然无存。它只在那一瞬间存活，必须完全依附于、不失时机地向那一瞬间表白自己。故事则不同。故事不耗散自己，故事保持并凝聚其活力，时过境迁仍能发挥其潜力。"（《讲故事的人·七》）他所谓的"消息"指的是现代社会的媒体报道、社会新闻，而故事则指向传统社会说书人口中的作品。那种作品往往被一讲再讲，人们并不因为对其情节的熟知而丧失兴趣。我们不得不问：故事的这种魅力所凭何物？大概是故事赖以存活的消息匮乏社会，传统社会是既没有消息也没有小说的，故事连接这两者。当故事贬值之后，消息和小说同时分解并替代了故事。前者使故事变得更加肤浅和片面，后者使故事变得更加个人和深度。

---

① 谢初勤：《江湖》，中国文联出版社 2012 年版，第 41 页。

这里事实上提出的是在故事贬值之后，如何叙事的问题。我认为谢初勤是有所回答的。他的写作显然既不同于现代媒体"消息"，也不同于前现代的说书"故事"。他是典型的现代性的"小说"——它附着于纸面，指向于内心。

小说如镜子繁殖空间，它要在简单的故事质素中繁殖出人类内心的空间。这里靠的全是具体而精细的"小动作"。《江湖》中，当母亲重新怀孕时，作者精心设计了一段对话，待产的母亲和一对儿女开着家常而温柔的玩笑：

> 娘一脸慈爱地望着胡月姐弟俩，轻声说道："你们希望有个弟弟，还是要一个妹妹呢？"胡月欣喜地回答："我要有个妹妹，这样一来，我们姐妹俩就可以合起来，把小弟打垮。"小弟却低头想了一会，突然说："我不要弟弟，也不要妹妹。"娘微微吃了一惊："为什么呢？"
>
> "如果是妹妹，她就要跟姐姐好。要是个弟弟呢，我跟他也会打架的。"弟弟天真地说。父亲听了，就哈哈大笑起来（好像，这是父亲这一生中最灿烂，也是最后的笑脸吧），"你还非要不可呢，不要还不行。"
>
> "不要不要。我就不要！"小弟哭闹着说。
>
> 娘轻轻地抚摸着小弟的脑袋，依然轻轻地说："好好好，咱不要弟弟，也不要妹妹了。娘就要小弟一个人。"①

这里很好地把握了成人和儿童两种思维的反差，把人物的不同心理期待隐于令人莞尔的对话中。另一方面，那句"咱不要弟弟"又有一语成谶之意，暗示下面的悲剧。在处理父亲悲痛发疯这个情节，小说更是步步为营却又隐而不露。

小说始终贯彻胡月的观察角度，娘死时，胡月首先看到"身材魁梧的父亲就像一根被虫子蛀空的树一样大叫一声，倒了下来"。接着她便意识到"好日子就像流水一样，再也不会回来了"。"父亲再也不会坐在船头，安静地（胸有成竹地）满足地吸着他的烟了。"

艺术必须进一步加码，于是，小说写父亲迅速地老了，"腰身像一个老人一样弯曲了。腰身弯曲了的父亲就这样整天坐在码头上，呆呆地望着什么"。父亲一坐就是整整一个月，胡月以为父亲神志不清，迷糊过去了。只能默默地擦拭着父亲卖艺的锣啊鼓呀，静静地期待着父亲神志的"醒来"。突然有一天早上，父亲"醒来"了：

---

① 谢初勤：《江湖》，中国文联出版社 2012 年版，第 43 页。

他便从身上掏出一些钱（那些钱脏兮兮的，胡月当然明白这些钱是从何而来的），父亲把钱递给胡月和小弟，示意她们两人上岸。胡月还不明白父亲的意思，他以为父亲开始苏醒过来，就像一只青蛙终于度过了冬眠期一样苏醒过来了。她以为父亲想盘点家伙了。父亲好了，她的一家又有活路了。她这么想着的时候，就高兴地带着小弟上岸了。①

等到他们回来时，父亲居然已经驾船而去。这时他们才发现，父亲没有"醒来"，而是更进一步地"晕死"过去。父亲始终无法走出过去幸福生活的强大阴影，过去的恬然安乐原来都是为此时如无声惊雷的悲痛准备着的。于是，胡月开始了寻父之路，父亲的踪迹却始终淹没于各种各样似是而非的消息中。胡月从充满着强烈的动机变得终于懒洋洋，小说的最后，小姑娘胡月在一个月夜，突然"看到了那只通体漆着墨绿色的瓜皮小船。小船上，坐着她的一家人：父亲安闲地抽着烟；娘和小弟睡得正香，均匀的呼吸声悠然、沉稳"。这个引而不发的结尾令人心碎，又一个阴影中的人"睡过去了"！

这篇小说似乎是发表于《芙蓉》，并且得到了王祥夫等作家的喜爱和推荐。我同样偏爱谢初勤八年前的这篇小说。我认为它在简单情节中的诗化叙事，隐隐接续着沈从文、汪曾祺那种在当代小说中已经颇少后继的小说类型。它在日常中擦拭出温润的光泽，却又发现了生命中如碧玉断裂的伤痕。所以，它是诗性的，又是悲剧性的。这种日常人生的诗性和悲剧性，需要一颗足够温润而浑厚的心灵才足以道出的。

散文化小说的尝试:《天涯》

很多时候，谢初勤并不是很愿意按照传统的叙事套路去经营小说，去年写出的《天涯》，便又是一种"小说散文化"的尝试。这篇小说在朋友间传读，引发了一些小小的讨论。林渊液和我都认为它应该是散文，而不是小说。但谢初勤更愿意把它视为小说写作的一种新尝试。

《江湖》写的是水上人家，《天涯》写的却是土地上的牛。《江湖》毕竟还有情节的连续及情节的转折，《天涯》则更进一步淡化人物和故事。虽然以云岩叔的大黄牯为中心，但给人的感觉，写的却更侧重于乡土之牛如何凿、

---

① 谢初勤:《江湖》，中国文联出版社 2012 年版，第 47 页。

骗、敲的过程。大而言之，写的是一头黄牛的成人史和生命史。因此，作品的关键便在于，它如何处理牛与人的关系，如何处理牛的生命程序跟乡土生活的生命程序之间的关系。这是决定这篇作品是散文还是小说的关键。

可以很轻易发现，牛在《天涯》中很大程度上被人格化、审美化。云岩叔跟他的大黄牯只是偶尔在作品中闪身，但却是作为跟那些程序化的牛的命运、程序化的人—牛关系的对立物而存在的。谢初勤在牛从凿、骟到敲的生命流程中挖掘出了某种生命的悲怆：雄浑野性的生命原力，在凿、骟的过程中被驯服了。这是理性化、社会化的胜利，却一定是审美想象的失败。作者在牛身上寄托的几乎是一种幸存于体制之外的生命理想，所以他写云岩叔的小黄牯可谓不吝赞美之词："这是头还没有超过三月大的牛犊，脑圆腮满，天角方圆，四肢健美均匀，肩峰微微突起，周身上下勾勒出一种优美流畅的线条，四蹄轻盈，好像随时都会像骏马一样腾空而起。"他写斗牛也不仅是斗牛，而是带着一种审美的眼光，他写无知无畏的小黄牯挑战两头成熟强壮的大黄牛，不禁感叹："牛角斗时一般都是拼气力拼劲头，很少有使用巧劲或阴招。两只或长或粗的牯角抵在一起，一会分开，又直愣愣地撞上来，招数笨拙直接，都是正面的交锋，谁力气大，谁就能够得胜。"

他以同样审美礼赞的笔触写牛的交配：

> 交配中的牛是最完美的。两头牛浑身上下都呈现出一种无与伦比的光辉与美丽，一上一下的牛动作时而急促，时而舒缓，但是，无论从任何角度，牛都显示出一种酣畅淋漓、神采飞扬的姿态；牛也热血沸腾起来，四蹄健起，奋步如飞，那草场仿佛就像千百年前的古战场一般，虽没有钟鼓齐鸣角号喧天，却潜藏着一股坚不可摧势不可挡的最原始最纯朴的力量，这种力量让人忘乎所以，教人超然物外。①

因为对牛的移情，写到牛的眼泪时便让人动容。牛被骗时流泪，年老被杀时同样流泪。作为人类的忠伴，牛的眼泪具有强大的文学感染力，

> 终于，临到那一天，主人把牛牵出来时，牛就流泪了。牛的流泪是无声的，也是汹涌的……人一吆喝，牛却反而停下脚步，用无助而茫然的目光瞅着人。人给瞅得心虚了，就骂："你倒是走啊。谁叫你当牛做马的，下辈子，就投胎做个人吧。"牛似乎听懂了人说什么，就走了。人走

---

① 谢初勤：《天涯》，《江湖》，中国文联出版社2012年版，第265页。

着，骂骂咧咧地，牛一边走，一边丢着脑袋，不知是在驱赶身上的蝇虫，还是对人的话表示不屑一顾呢。①

这完全是一种人物通灵的写作，牛的主人跟牛一定在某种程度上通灵，更重要的是，写作者跟牛是通灵的。启程赴死的牛泪已经让人心酸，临宰之牛的眼泪更加令人心碎：

> 这时，牛突然前蹄一软，居然向捆它的人跪下！牛一跪下，它的瞳孔一下子放大了，就像两面小而亮的镜子，把人的身子纤毫不差地映照进去。人吃了一惊，后退了几步。牛的眼泪又刷刷地掉了下来，大珠小珠扑刷扑刷地。②

初看到这里时，我心想谢初勤莫不是就是一只转世的野牛，他野性粗粝的气质令人不敢相信他如此细致地跟某种动物通灵。若非对这种动物寄托极深的感情，不可能以这样人格化的角度进行这番细致入微的观察。说到底，他是在为一种不被规训的生命原力招魂啊！

所以，你可以说大黄牯就是谢初勤，也可以说云岩叔就是谢初勤，反正小说内部的牛和人是通灵的；小说作者与牛也是通灵的。这头出走而回归的黄牛，既是谢初勤为一种不愿屈服的生命力做证，更是他为自己谱写的精神自传。与那种常规的牛生命相比，它显得多么另类，多么勇敢，又多么寂寥！正是因此，"天涯"这个命名才显出跟文本的相关性，说到底，这写的是一种比"江湖"还远，远在"天涯"的生命理想。

我毫不掩饰对《天涯》的喜爱，但也不得不指出，我始终是作为散文来阅读这篇作品的。虽然作品中的云岩叔、大黄牯都可能是虚构的，但这种虚构甚至远小于当代很多散文的"虚构"。它也许没有生活原型，不曾发生于世界的某个角落，但它是一种合情合理的存在，和小说的虚构还不是一回事。因此，我以为这个作品如果作为小说的话，确实是放弃了小说的很多特权，却做了散文的分内事。

一个可资对比的例子是莫言的《生死疲劳》。这部小说写新中国成立后大地主西门闹被处决，并从此开始了驴、牛、猪、狗、猴、人的六道轮回。小说中钉子户贫农蓝脸坚决不入合作社，跟他的驴却有着远胜于跟常人的感情。

---

① 谢初勤：《天涯》，《江湖》，中国文联出版社 2012 年版，第 268 页。
② 同上书，第 269 页。

这一点跟云岩叔爱大黄牯相仿，《生死疲劳》中，莫言同样在西门驴身上寄托着某种审美理想。第六章写西门驴遇佳偶以及智勇双全斗恶狼的情节，那种荆棘之境中的野性勃发，跟《天涯》中对牛的礼赞非常相似。然而，我们会发现《生死疲劳》是典型的小说写法，它把人与动物通灵的段落置放于小说局部，并且以夸张的想象力重构了这种关系。它充分利用了小说的虚构而彰显了"小说性"的部分。另一方面，《生死疲劳》事实上还包含了某种深刻的历史批判框架，在此不展开。我想强调的是，谢初勤《天涯》的精神命题和象征意蕴完全可以在散文的框架中解决。而他也确实是以散文的方式解决了这些问题，并成为一篇很好的作品。然而，如果视为小说——即使是散文化的小说——它依然需要更多属于小说的东西。小说的特权是通过虚构去进入散文不被允许进入的时空，这种特权不应被主动舍弃（包括汪曾祺那些诗化、散文化的小说，同样不缺乏有效的虚构）。

乡土复魅者的文化困境

谢初勤曾有过一段很长的流浪时光，他因此积累了大量的个人生命体验。然而多年以后他返回故里，他却成了一个乡土的守护者。从《江湖》《天涯》这些作品中，我们便不难发现他擅长处理的并非城市题材。他对于乡土存在的一切，有着深深的眷恋，这是一种价值论而非现实论上的眷恋。所以，他写胡月来到城里寻父，却发现"城里的月光"（一个多么熟悉的歌名，在那首流行歌曲中，"城里的月光把梦照亮"）变得陌生不可亲近：

> 城里的月亮隐隐约约，好像隐藏了一些什么心事，给人一种鬼鬼祟祟的感觉。胡月还是喜欢乡下的、野外的月，那种月光显然多么光明正大、多么坦然自若、多么大方、多么豪迈啊！胡月认定，自己一定是在那个有着同样明朗、同样光亮的野外的月夜出生的。①

他的《黑夜的翅膀》写一对背井离乡，来到城里打工的夫妻——张雄、杨宾文及几个老乡受人指点到一个叫虫山的地方寻找财路。但在杨宾文这个乡下女性看来，一切不但无可憧憬，反而充满了惶惑和恐惧。虫山在她看来"周围的山头凝重青苍，就像都用生铁铸出来一样，就连山头的草，也虚假得

---

① 谢初勤：《江湖》，中国文联出版社 2012 年版，第 37—38 页。

就像刚刚给人临时粘上去"。这是异乡人的失乡感，也是作者本人的城市疏离症。"城市让生活更美好"不过是城市自我美称的口号，城市对于乡下人杨宾文的不方便是实实在在的。找不到工作的她，在租住房门口种了一点菜，却马上遭遇"地方综合治理委员会"的干涉。城市的一切都是被管起来的，农村中可以自由释放天性和想象力的空间在城市中已经密集地盘踞着商业和权力的开发者。杨宾文于是在虫山得了一种奇怪的"失语症"，她拼命地说话，可是所有人都以为她成了哑巴。他们决定返回家乡，在路上她突然又恢复了说话能力。可是男人们却没有把她带回家乡，而是去了另一个叫糖山的异乡。于是，她再一次地失语。

谢初勤以失语的隐喻表达着一种城市化过程中乡土价值面对城市价值的强烈不适却又无可奈何的复杂纠结。他有不少小说写的正是这种进城的异乡人周转不灵的生命状态，如《风吹梨花一片白》《乡下的钞票城里花》等。对异乡人的关注，依然是某种守护乡土的姿态。正如陈晓明所说，乡土"也是现代性的一个有机组成部分，只有在现代性的思潮中，人们才会把乡土强调到重要的地步，才会试图关怀乡土的价值，并且以乡土来与城市或现代对抗。"因此，守护乡土事实上又是某种现代性焦虑的结果。现代性焦虑使得人们不得不重新在"乡土"上面发掘照亮现实的价值。于是，一个为乡土复魅的课题几乎成了现代性危机背景下的世界性主题。

在韦伯看来，现代性的发生是一个持续祛魅的过程。传统社会是一个充满各种"魅"的世界，这些魅，却被波德里亚称为"象征"——种种前现代的生活仪式。① 如果说韦伯意义上的"魅"是一种跟现代生活格格不入，不无落后色彩的前现代文化的话；波德里亚显然并不这样认为，他认为作为象征的"魅"，为人们提供了象征交换的仪式，以此承诺了生的意义，分担了死的痛楚。从韦伯到波德里亚，不难看出西方思想家从祛魅到复魅的思路转变。

在中国的现代文学传统中，在乡土中寻找价值支撑者，从沈从文到汪曾祺，这一脉发出了清丽的声响，却依然颇为寥落。这事实是因为，一方面乡土正面临着持续的异化，另一方面作家们也深刻意识到乡土并不可以被简单浪漫化。那种能够与乡土通灵的笔和心已经渐渐失去了，已经很少有人能够写出乡土之魂（某种意义上，《天涯》和《边城》一样，都是写出乡土之魂的作品）。而当代乡村生活已经成为中国生存景观中最诡异的一部分，贾平凹

---

① 参见［法］让·波德里亚《象征交换与死亡》，车槿山译，译林出版社 2012 年版。

和阎连科都深刻地书写出乡土的精神变异。在这样的背景下，我以为如果谢初勤不满足于自娱自乐、消遣为文的写作态度，如何为乡土复魅一定是他所面临的尚未解决的最大难题。

他是那么善于和乐于写乡土中的"痴人"，譬如他的《饕餮吧，鸭子》：痴人福居居然在儿子大福溺水身亡之后，还念念不忘地惦记着他的鸭子。福居同样是跟鸭、跟土地通灵者，通灵过甚便使得他成了一个现实中的傻子。谢初勤似刻意以傻子的隐喻反讽一种过于程式化、理性化和势利的正常人生活。如果不是儿子的溺亡，福居的生活甚至堪称幸福，他和妻子共同守护着一份清贫而充实的生活。小说中，"村长"的闯入也许不无寓意。代表着乡村世界权力行使者的村长，以实利化的方式安排着福居儿子的后事，其关心的焦点只在福居能否拿出钱来，供参加料理后事的村人花费。这种实利偏执，跟福居的恋物偏执（对鸭子的感情超过其他）相比，哪一种才是更不正常呢？这或许是谢初勤借此提出的问题。

我认为谢初勤一定也处于一种面对乡土而无地徘徊的困境之中：他既无法融入城市的价值中，又常常在返观乡土时生出物是人非甚至是乡关何处的感慨。他想为乡土复魅，可是又不能违心地浪漫化乡土，这种进退维谷的困难在《江湖》《天涯》中已有隐约的表露。所以，《江湖》中胡月的父亲那种传统式夫唱妇随的美好家庭模式的破碎与其说是一种意外，不如说它在隐喻的意义上触及了乡土已逝的悲伤。于是，不愿驯牛的便只有云岩叔，而那种野性的牛、审美的牛的理想就只能托之"天涯"了。这是一种典型的现代人乡愁：既无法认同于城市，又回不到曾经的乡土。这是一种具有乡土生存经验，却又遭遇了现代化巨变的现代书写者共同的认同悲哀。因此，写作便成了他们对自我经验的梳理，并借助梳理中的自我凝视而自我疗伤。

《宽银幕》中，谢初勤处理的是乡土现代化的前夜——露天电影时代的记忆。那个时代，电影作为现代化的技术符号主宰着人们对于可能性生活的想象。露天电影作为一个匮乏时代的表征，却使其设备掌握者，分享了那个特殊年代特殊的光环。很多当代小说都涉及露天电影的记忆，谢初勤的特别在于，他并非带着技术年代的优越感去俯视过去的匮乏；他也不是在回望过往中建构一种廉价的浪漫。他无地徘徊！站在小说之外，他当然知道，那个猪肉摊主的女儿可以获得尊敬乃至爱情的时代即将呼啸而过，宽银幕作为露天电影的替代品马上粉墨登场。可是，11岁那年对宽银幕的饥渴感是否因为如今宽银幕的无所不在而消解呢？或者说，这种饥饿因为被城市化生活的单向满足而变得更加饥饿呢？这是谢初勤的困惑和茫然。

处理相同年代的作品还有《一九七八年最后一场乡村电影》，这篇小说写一个懦弱而执着的农民的报复。吕中有的傻女儿在看露天电影后被人强奸了。吕中有多次要求村支书吕党正帮助调查，却只是得到拖延敷衍的回答。愤怒的吕中有决定强奸村支书的女儿吕玉米，让一个父亲明白女儿被强奸的滋味。结果却是，当他蓄谋已久并终于把村支书女儿吕玉米拖入玉米地的时候，他却"不举"而始终无法完成。谢初勤敏锐地把握住了乡村权力结构对于乡人潜意识的改造：并非出于某种法律意识或良心自责而产生突发性障碍，而是长久被权力思维所驯化而导致在最原力的领域同样被"去势"。相同的主题，毕飞宇在《平原》中有非常精彩的表现；"不举"的隐喻在《白鹿原》的白孝文身上同样有所表现。值得一提的是，谢初勤此篇中的意识流表达非常到位。

谢初勤的一些小说在我看来似乎是对他某种生命创伤经验的处理。《一声尖叫》触及了突然丧亲的痛苦体验，他需要用文学来重新组织这种经验，使自己可以从那种铺天盖地的锐痛中探出头来；《老弟的饕餮》以谢初勤喜爱的童年视角，写丧礼过程中，成人世界的人际纠结与儿童世界简单思维的反差。两个丧了父亲的儿童还无法感受到悲伤，他们也无法理解成人世界中投射在丧礼礼仪上的"人情""面子"的纠结。"丧礼"事实上是一个具有巨大文学张力的文学场景，稍微可惜的是《老弟的饕餮》并没有把丧礼置放于一个更有精神象征性的隐喻结构中。这方面，台湾电影《一一》《父后七日》对丧礼的表现，以及刘震云的小说《一句顶一万句》中罗长礼"喊丧"的部分，可以作为有益的参照。

重构世界的整体性

无须讳言，谢初勤的小说还有着明显的局限，他的小说技艺上没有纯熟到足以为每一个经验找到合适的形式。他还缺乏更强大的历史想象力和艺术想象力而足以在小说中重新发现世界。但是，他也有特别突出，甚至也是很多人不足以相比的优势——那就是"认命"的自觉。

谢初勤的人生阅历极为丰富，他的理想是期待写出足以重构他生命史的长篇小说。写作某种意义上都是现实失败者的生命之书，志得意满者或功利投机者不太可能和小说相遇。正因为谢初勤视写作为生命存在的另一种确认，加上他又具有很好的语言感觉，他是可能在小说之路上走得很远的——剩下的只是该如何来理解小说的"现代性"和"小说性"问题。

能否创造一个现代的"个人"，并且将这种个人性体现到艺术形式上，往往是衡量作品是否现代的标准。不难发现，现代小说注重叙事，强调以限知叙事替代全知全能的叙事。问题是，为什么全知全能的叙事就是不现代呢？为什么章回体就是不现代的？事实上是因为，现代艺术需要提供一个现代个人化的主体，呈现这个主体观察到的人生。全知全能的叙事显然是一种集体主体的叙事，"知道得太多"的叙事人，反而冒犯了现代艺术的"真实观"。

所以，对于现代的小说而言，最核心的问题是能否从个体的角度出发，重构一个完整而独特的宇宙，一个可以在更高精神层面解释现实、对抗现实的精神世界、个人视野。优秀的小说家，每一部作品各个不同，却都推开一扇窗，可以望向它独特的世界去。这个宇宙必须完整，才具有对现世方方面面的解释力；又必须独特，才不至于雷同于主流推销给我们的伪共识、假和谐。

小说家有自己的精神宇宙，才会发现使用意识流、限制叙事不是玩技巧，而是非如此不可，如果他有足够的悟性，便会在叙事中形成自己的语调，或者是多种语调。不难发现，大作家们都必须具有自己确认世界的独特方式，贾平凹、阎连科、苏童、毕飞宇、莫言、迟子建、王安忆、刘震云，他们之所以是优秀的小说家，不是因为他们讲了一个具有长篇长度，并具有可读性的故事，而是因为他们磨砺了自己讲故事的话语方式，并内在地拥有了观看世界的独特眼光。只要看一下《一句顶一万句》，你就会发现，刘震云不但是一个善于幽默、讽刺的作家，不但在中国小说语言的汉语性上有突出的贡献，更重要的是，他对中国式生存的信仰匮乏与饥渴的发现，使他以自己的方式重构了这个世界。

法国思想家阿兰·巴丢在《当代艺术的问题》中提到了当代艺术的危机和任务，他说：

> （当代艺术的问题）一方面是对新形式的绝对渴望，总是需要新的形式，无穷尽的渴望。现代性就是对新形式的无限渴望。而另一方面呢，迷恋身体，迷恋限定性，迷恋性、暴力、死亡。对于新形式的迷恋和对于限定性、身体、残暴、痛苦和死亡的迷恋之间有一种相互矛盾的紧张感，就像是形式主义和浪漫主义的一个合题，这就是当代艺术的主流。①

① 引自朵渔《诗如何思——巴丢诗学札记》，《名作欣赏》2013 年第 10 期。

所以，他认为艺术的任务在于创造一种新的普遍性：

> 它涵括了一种新的无限的内容，一种新的光亮的生产。我认为，这才是艺术的目的：通过精确并且有限的概括，去生产一种观察世界的新的光亮。所以，你应该改变那个矛盾。现在的矛盾存在于对新形式的无限渴望和诸如身体、性之类的有限性之间。而新的艺术有必要改变这一矛盾的词汇，为无限性这一方添加新的内容，新的光亮，一个全新的世界视野；在有限性这一方，添加意义和概括的准确度。①

"生产一种观察世界的新的光亮"并不容易，他意味着艺术家同时必须是哲学家，他的文学话语中如果没有独创性哲学，便不足以发现世界，不足以重新确认世界。这很难，但文学本来就是对可能性生活的开启，它难道不值得我们去尝试？

越来越多的人意识到，中国小说的现代性，并不能简单参照西方小说的现代性。那么，什么是中国式的文学现代性？其共性，是我上面所谓的阐释世界的个体宇宙、叙述世界的独特语调和体式，其特殊性，则是从与当代和历史的持续对话中，发展出来的能对称于当下中国精神复杂性的特殊形式。这种形式，形式上可能是"说书"，反"现代"的；但精神的底子，是对中国经验的持续焦虑和有力消化。

当下的中国现代性，首先必须去见证——见证时代经验的暗角，精神世界的破碎和价值体系的离乱；同时必须有能力看见——在个人宇宙中，挣脱遗忘的规训，解释我们如何从历史绵延而来；最后必须去确认，不再存在一种集体性的确认，一种通盘解决的确认——这本来就是现代性的结果。去确认意味着真正的作家不能浅薄，简单地乐观；不能犬儒，卸下肩上的重担；更不能投机，可耻地合唱。真正的作家看见艰难、解释艰难，同时在自己的世界中勉力地对抗艰难。这种经验，便是中国文学特殊现代性的经验；其才华卓越者，由此发现的形式，都是中国文学特殊现代性的形式。

我愿谢初勤能够抵达！

---

① 引自朵渔《诗如何思——巴丢诗学札记》，《名作欣赏》2013 年第 10 期。

一个 80 后作家的"流离"意识

——林培源《搬家》《躺下去就好》读后

在见面前，我听说过林培源，两届新概念作文一等奖，最世签约作家，已出版《南方旅馆》等四部长篇。当然是青年才俊，然而，却并不意味着和我必然有小说观念的交集。由于一个共同的朋友碰了面，在广州，他来我们下榻的旅馆，一切自然而然，三个首次见面的人，在异乡，因为谈论写作而一见如故。培源介绍爱尔兰作家托宾短篇小说的"沉默"观，我谈小说家对宇宙世界的重新确认。正说着，在我们的吞云吐雾中，本不吸烟的林培源突然说，来根烟吧，跟你们这么聊着，不抽根烟没意思。

我欣赏林培源，欣赏他的谦逊和勤奋，他对自己作为青春作家所拥有的优势和局限洞若观火。他清楚地知道，小说指向一个广阔神秘的更高世界，而他作为一个登山者，不过刚刚开始。少年成名如他，这份清醒是极难得的；作为商业运作的写作者，对纯写作拥有这份热忱和虔诚，同样是极难得的。这大概跟他的另一层身份有关——在读研究生。作为一个未来的文学研究者，他大量阅读理论书籍。我常常在微信、微博中看到他整理的读书摘要和心得，阅读对象包括福柯、罗兰·巴特、詹明信、桑塔格，等等。那些令人着迷又迷惑的理论高峰，他并不望而却步，而是流连忘返。作为一个小说家，理论的狂热是把双刃剑，我曾担心它会伤害他的写作感觉。然而，事实似乎并非如此，近一年来，林培源致力于短篇小说写作，《一个青年小说家的自画像》《小镇生活指南》《他杀死了鲤鱼》《搬家》《躺下去就好》《消失的父亲》一篇篇相继问世。在这些小说中，那个研究者林培源并未成为写作者林培源的绊脚石，他们虽互相拉扯，但终究互相推动前行。

"80 后写作"这个概念在此之前，曾长期被一种"非历史化"的拜物写作所垄断。很多人认为，80 后是缺乏历史感的一代，而郭敬明的拜物写作正是在这一方面充分显示了它的 80 后特征。随着研究的深入，越来越多人反对从郭敬明、韩寒、张悦然、笛安等少数成名 80 后作家去概括"80 后"。因为，"80 后"是异质混成而不能予以本质化处理的。李德南认为，陈崇正的小说就表现出去历史化一代的某种历史化欲望（虽然我认为陈崇正的历史化努力又常常不自觉落入去历史化的陷阱，纠结的悖论）；王威廉的小说又表现了某种现代性省思者的禀赋，有时候他简直就是 80 后中的卡夫卡，以荒诞的叙事去见证存在的悖谬。所以，另一个"80 后"需要被重新发掘，"80 后"丰富斑驳的面相需要被重新勾勒着色。在从本质化的"80 后"到异质化的"80 后"之途中，我看到了林培源有着同样值得注意的表现。在他的《搬家》和《躺下去就好》中，他事实上挖掘并表现了一种对当代青年心灵具有症候意义的"流离"意识。

《搬家》中，席乐是一个毕业后依然有着文艺理想的年轻人，于是和几个气味相投的朋友在创意园租了十五平方米的半爿店，开了一家独立文艺书店，书店的隔壁就是一家性用品店。性用品店甚至推出购书一本可享半价购安全套一个的优惠，可是显然不是书店施惠于性用品店，而是前者沾后者的光。这两家在经营内容上迥异的店面的并置，也许隐含着林培源对于精神与肉身在当代的复杂纠缠的思考。很多时候，不是精神超越于肉体，而是精神理想艰难地依附于肉体现实中。书店既是书店，又是文艺沙龙，可由于一次违规的纪录片放映，书店经营者迅速地被"饮茶"，书店也由是迅速夭折，书架和书不得不暂存于"我"租住的房子。

小说的内容只不过是书店倒闭后席乐搬家过程中对办书店点滴往事的回忆。处在进行时的叙事简直构不成真正的链条，小说不断在正搬家的此时和办书店的彼时来回切换，作者慧心不在情节，而在于现在跟过去的告白，或者是现实对理想艰难的切割。对故事而言，情节不可或缺；但对小说而言，情节却往往被小说的"触觉"所替代。所谓小说"触觉"，大概是指小说家丰盈的感觉能力。毕飞宇在评价莫言小说时说过这样的话，他说阅读莫言小说时，你会发觉莫言有一双极好的眼睛，一对极好的耳朵，一个极好的鼻子。因为别人的眼睛看到厘米，他的眼睛看到毫米；别人的耳朵听十里，他的耳朵听千里；别人的鼻子闻五味，他的鼻子闻到味外之味（大意）。这是说，小说家对书写对象的触觉必须异常灵敏，在这方面，我以为林培源虽尚不能和莫言比"视听"，但他的笔确实是一个感觉收集器，席乐的感觉中枢，确乎环绕着种种不可割舍的现实质、生活流。因此，搬家的席乐，却围绕着对面房子一家人的庸常人生：女人隆起的胸部、像一只温驯小猫的孩子、夫妻恶毒的对骂、电视机千篇一律的声音……在此，我们可以感到林培源动用全感官去体验世界的努力。

可是，我以为他的小说的真正价值还不在此，更在于我上面提到的"流离"意识。"流离"是颠沛流离、流离失所之意，人们多以为"80后"是蜜罐中长大的一代，是温床中成长的一代，所谓"流离"与这代人相去甚远。确实，他们没经历战争，也没经历灾荒剧变，因而，他们的"流离"更像是一种关于"流离"的想象。我请大家注意《搬家》中两处向历史致敬的细节：一处是书店放映的涉及历史的纪录片；另一处是北岛的诗："那时我们有梦，/关于文学，/关于爱情，/关于穿越世界的旅行。/如今我们深夜饮酒，/杯子碰到一起，/都是梦碎的声音。"我们不得不问，席乐和北岛，隔了三十几年，他们的共鸣点在哪里？北岛流亡归来的诗如此打动一个当下的文艺青年，在我看来源于一种有着不同现实内涵的"流离"感。对北岛而言，理想破碎后的"流亡"是去国，对席乐而言，则是"搬家"。也许没有任何东西比"家"对当下青年而言构成了更大的压力。对普通青年而言，"家"指的是房子，对文艺青年而言，"家"指的是书店之类存放理想、爱情的处所。可是，如今这一切显得如是艰难。消费型故事通过为大众读者造廉价虚幻之梦而置换相应的注意力和现实回馈；严肃的小说却必须对这个时代予以返身凝视，在这番凝视中，"家"的艰难和拜物一代的"流离"感被真切地发掘。正是因此，这个波澜不惊的小说，事实上是80后作家的生活自画像。它感慨，它深深地凝视并说出这个时代（我们在这篇小说中或隐或现地发现大量当下中国生存的符码）。因此，时代把自己作为一道深深的伤痕，刻在了这篇小说身上。

在我看来，《躺下去就好》是在物质世界中流离失所的一代，对于"流离"和"安居"的继续想象。跟面对当下城市的《搬家》不同，这一篇面对乡镇和历史。庆丰年近四十，在清平镇上过着本分寡淡的日子。有一天，一个外乡人余亮找到了他，为他扯开父辈的故事线头。余亮说，自己母亲是庆丰先父的恋人，他们因为历史的原因分开，如今母亲将逝，唯一的愿望是能死在庆丰父亲亲手打造的"棺材"中。没有心理准备的庆丰粗鲁地赶跑了余亮——千里迢迢为老母完成弥留愿望的儿子。可是，父辈生活的一角却忽然被掀开并照亮，从中庆丰看到了错位大历史中卑微的个人。年到四十，庆丰终于能够把自己屈辱的童年体验和父亲的悲剧人生再咀嚼一遍，父亲草民一个，不过是历史之浪打到岸上的碎贝壳。"流离"者庆丰父，他所精心雕琢的是一口棺木——有死者最后的安息地，而他的恋人，也在死前念念不忘情人亲手创造的"安居"。作者借此指出，蝼蚁般的小民，原来在流离中无时不在盼望着安居。半生浑噩，如悬空中的庆丰，突然意识到棺材的情寄，却发现棺材已经被妻子文珍低价卖给废品站。于是，他高价回收棺材，并且躺在其中，感受着"躺下来就好"的安慰。如此说来，庆丰也是渴望安居的。

可是你不免奇怪，一个出生于 1987 年的青年作者，何以为这样一个上辈人流离生命史中的悲剧感动。答案也许就在于席乐对北岛的共鸣，透过对"棺木"这一最后安居地的书写，林培源的情结也许依然在于他对物质一代"流离感"的念兹在兹。

祭奠一种逝去的生存

——兼谈王哲珠《老寨》的抒情现实主义

谢有顺曾说过一段有趣的话："若干年后，读者（或者一些国外的研究者）再来读这一时期的中国文学，无形中会有一个错觉，以为这个时期中国的年轻人都在泡吧，都在喝咖啡，都在穿名牌，都在世界各国游历，那些底层的、被损害者的经验完全缺席了，这就是一种生活对另一种生活的殖民。"（《追问诗歌的精神来历——从诗歌集〈出生地〉说起》）他是在面对很长一个阶段的"80后"文学建构而发出这番感叹的，然而，"80后"是一个不断建构、填充、定型和颠覆的文学概念。郑小琼等人用带血的工厂经验颠覆了那种都市的、小资的80后经验，而另一个80后小说家王哲珠则以一种回望的姿态，期望为一种即将逝去的老寨生存做证，并表达一个站在现代性十字路口者的喟叹与怅然。

我说的是王哲珠新近出版的长篇小说《老寨》。在很多作家选择面对城市题材类型小说的时候，王哲珠却选择了用一种缓慢、精致的笔调来写一段喧嚣现实中被冷落的存在。她的内心一定是存在着一个萦怀不息的老寨情结，她对老寨的一切才如此熟稔，草木月光人物情思，娓娓道来，含情纸背。

一　现代性的反思与喟叹

小说分为丧事、喜事、心事三部分，写两代老寨人的生活和情感纠葛，正是所谓"一座村庄的变迁图，两代乡人的心灵史"。小说第一部分"丧事"从进城务工的树春伤亡写起，却无意展开劳资冲突、底层悲怆等主题。它写的并不是"进城"而是"还寨"，是一个老寨之子在城市中受伤归来的一种纠结的老寨抚慰。树春是一个失败的老寨逃离者，被扔回了一种更死寂的老寨人生中。这里，他必须面对的不但有无法站起来的下半生，还有妻子秋柳和好友夏生那不可说出的秘密。也许，树春要逃离的不仅是老寨，更是老寨人际中可猜透但不可说破的背叛与耻辱。树春希望以进城成功者的胜利来洗刷这重耻辱的印记，可是他却被生活重新扔回了老寨，以更悲惨的失败者身份接受着妻子愧疚而隐忍的照料。

王哲珠熟悉地展开着老寨的多种人生样式，同时也展开着老寨那纠结的人情：树春的丧事中，四邻的接济和体贴，丧父之家的子女的突然成人，这一切都令人揪心；有趣的是，老寨人情又被设置于某种猜测和狐疑中：再旺对秋柳家的接济和帮助一直受着妻子少君并非空穴来风的猜疑。然而，猜疑的少君并不因此反对接济陷入困顿的秋柳家。只是，施惠者不能由再旺自己充当。这种微妙与纠结，在王哲珠那里写得丝丝入扣、入情入理。

纠结的老寨情在小说中不断演绎和加码，并转移到下一代人那里。上代人的情感纠葛虽被掩饰得无声无息，但依然在下一代处留下阴影。目击了母亲跟夏生叔私情的喜月也许将终生被阴影笼罩——和母亲的对峙、成年后对男人病态般的疏离都证明她无法从童年伤痕中摆脱出来。而喜云则以赌上婚姻的方式，再次陷入了近似上代人的三角恋：爱着已成孤儿的溜子（夏生儿子），被家境富裕并迁入城里的兴仔（再旺儿子）深深爱着。在爱与现实间，喜云把婚姻交给现实，却把心灵牢牢地留给了无法现实化的爱。在王哲珠所编织的老寨人生中，这份纠结的情缘成了水中之盐，无色月光中的深沉回味。

《老寨》中，两代人又处在一条剧变的时代分隔线上。稍有能力者纷纷搬出老寨，现代化的巨兽使老寨变得苍老、摇摇欲坠、不堪一击；老寨的儿孙们搭乘"现代"快车离去，身后的老寨成了一种即将逝去的风景。显然，《老寨》属于当下正在勃兴的新乡土写作的范畴。如果关注近年的文学现场，不难发现一股乡土写作的暗涌。这其实关联着当代的精神难题。

村庄，作为乡土最重要的居住单位，对于它的反复摹写，事实上关联着当代人的精神难题。伴随着现代化和都市化的过程，乡土常常成为文学现代性返观的对象，正如陈晓明所说，乡土"也是现代性的一个有机组成部分，只有在现代性的思潮中，人们才会把乡土强调到重要的地步，才会试图关怀乡土的价值，并且以乡土来与城市或现代对抗"[1]。换言之，"乡土"总是作为"城市""现代性"的对立面或替换性价值出现的。也就是说，村庄写作的勃兴，某种意义上正是现代性危机的精神症候。当人们越是深切感受到城市的危机时，乡土或村庄越是作为一种替代性价值被使用。然而，当人们回

---

[1] 陈晓明：《中国当代文学主潮》，北京大学出版社 2009 年版，第 555—556 页。

首村庄，却发现已经处于一种倒挂秩序时，乡关何处的追问便成了一种时代的声音了。

二　抒情现实主义

必须说，《老寨》并非一篇"动作性""情节性"突出的小说，它的情节简约，它的魅力主要来自某种抒情小说的特质。《老寨》的语言特色在于：它不是一种服务于情节推衍的语言，它的叙事节奏特别慢，写作的强度并不建构于情节、故事的曲折营构上，而是落实为语言的密度和韵味。所以，它是具有浓厚抒情色彩的语言；但是，这里的抒情，并非作为一种表达手法，而是作为一种语言气质和风格类型。细读《老寨》，会发现语言饱含情韵，却极力避免"直接抒情"，人物的情感波澜都被牢牢地控制在动作叙述的背后。一种反抒情的抒情气质，构成了《老寨》语言上的耐人寻味之处。

如果把视野放更宽的话，我们会发现，《老寨》并不处在以线性叙事为底座的"史诗"谱系中；而是处在被沈从文、陈世骧、高友工、王德威等人所念兹在兹的"抒情传统"之中。陈世骧甚至说"所有的文学传统'统统'是抒情传统"①，而王德威则认为"在革命、启蒙之外，'抒情'代表中国文学现代性——尤其是现代主体建构——的又一面向"。②（《抒情传统与中国现代性》）这种学术观念照亮了中国小说抒情叙事的幽暗面相，沈从文以降，那种并不诉诸线性时间，而以诗化、空间化为特征的小说可谓代有传人。在我看来，王哲珠的《老寨》便是80后小说家对这一抒情传统的延续。

王哲珠用现实主义的方式书写老寨，但又不难发现，它用的是一种可以称为抒情现实主义的方式。情节的曲折性、人物形象的层次性并不特别被强调，反而，小说的重心被提炼为某种融化在语言中的韵味。《老寨》的叙述节奏特别慢，尤其是前两个部分。叙事节奏的放慢意味着写作的强度被转化在语言中，像对待诗歌语言那样对待小说语言，这构成了王哲珠抒情现实主义的某种诗化特质。

一般的叙事型小说，是一个线头连着一个线头，从 A—B—……Z 的情节推衍过程。王哲珠的小说则在每个情节线头处扔下一块石头，然后从波心出

---

① 陈世骧：《中国的抒情传统 陈世骧古典文学论集》，生活·读书·新知三联书店 2015 年版。
② 王德威：《总结有情的历史——抒情传统与中国现代性》，《抒情之现代性》，陈国球、王德威主编，生活·读书·新知三联书店 2014 年版，第 741 页。

扩展出圈圈层层的涟漪。如写树春之死，作者完全放弃了将猝死作为叙事动力的意图，而是从普通老寨人、死者邻里到死者亲人逐层铺陈死亡之石在老寨平淡的湖面产生的涟漪。在这种缓慢的节奏中，事件并不推进，只是获得了无限的空间化展开。这是一种弱化时间，强化空间（以空间补偿时间）的写作。

当小说的时间维度被弱化的时候，便要求语言的空间补偿。换言之，小说不依赖于故事，语言便需出彩。《老寨》叙事缓慢却不令人厌倦，很重要的是作者把人物情思压于纸背，在动作描写背后隐含种种情感张力。树春死了，妻子秋柳的悲痛不是通过呼天抢地、心潮澎湃来表达，而是通过"没哭"的联系性动作来反衬。丈夫死了，秋柳只是忙：

> 奔进奔出地，不出一点声。当然，她自己没法安排。一切由顺老伯安排指挥，秋柳只干人家要她干的活。手脚没有一刻停下来，忙得都不知道她在忙些什么。阿婶阿姆们哎哎地叹气，说秋柳，你别乱忙了，跪到棺前去，好好号一番，泪好好地流出来，身子就通了。秋柳不哭，还是忙，团团转地找事做，抹桌子、烧火、劈柴、扫地、择菜……赶命一样的。①

情感的动作化，使作品不直露，有余味，每每在各种人物行动中可以体味其内心的千般滋味。借叙事来抒情，以抒情创造新的叙事可能，这是《老寨》值得重视之处。

如上所言，抒情构造的叙事必然更依赖于语言。确实，王哲珠的语言如精致的珠子，使那些平淡无奇的生命细节变得细腻、纹理清晰。譬如她写夏生初见秋柳时内心不可自制的慌乱和痒："秋柳一对眼神咚地掉进夏生眼里，那对眼神珠子一样，清凉、光滑、圆润，掉进去，弹跳起来，回声一片，又脆又飘。夏生耳根烘地热成一片，毫无征兆，毫无准备，夏生对胸口越礼的慌乱毫无办法，手脚无处抓挠。杯里的茶倾了，烫了指，夏生就笑了，笑得很夸张，声音很响。他相信，这样慌乱会浅淡一些。"这段描写形象细腻、有声有色、虚实兼备。

她写树春感知夏生跟秋柳间的秘密，两人变得生分："十天半月的，夏生偶尔过来坐坐，再怎么说笑，树春也是淡淡点头，表情淡淡的，洗杯沏茶，让茶让烟也让得淡淡的，该招待的都招待，丝毫不差的，可总有层什么隔着

---

① 王哲珠：《老寨》，江西高校出版社 2014 年版，第 5 页。

浮着，是说不清的东西。夏生油油的话没人应声，像落进水里，融不进去，就浮在水面上。主人客人都不自在了，问题就在主客上，分出主客了。树春和夏生两人之间本没有主客这个词，现在突然有了，像眼睛突然落了沙，睁着闭着都不自在。"用落在水里的油，掉进眼睛里的沙来形容一种令人尴尬的生分，每每令人流连。可以说《老寨》很重要的魅力正来自这种抒情气息浓厚的语言质感。

必须指出的是，语言质感跟写作题材之间有着匹配性问题。抒情的、浓稠的、绸缎般闪亮的语言并不适合所有题材，然而，它却适合《老寨》这种怀旧、回眸的写作。"老寨"曾经是何其普通、平淡、似水流年的所在，它无法支撑起大江大河、波澜壮阔的人生，也没有孕育叱咤风云、名垂千古的大人物。因此，"老寨"的底色和韵致反而需要对平淡小日子的诗化提炼才能获得。不难发现，当小说转到老寨以外的生活背景时，叙事的笔调和节奏也发生了相应的调整。当作者写到喜云在城市中倔强生存时，叙事的节奏明显快了许多。这意味着，诗化语言与老寨生存之间的对应，是王哲珠的自觉实践。事实上，它也是一种成功的实践。

意识流、象征主义和孤独的现代人

——关于舒猫的《驯虎》

获悉舒猫短篇小说《驯虎》捧得 2012 年台湾联合文学奖评审奖，欣喜之余也有约略的意外。倒不是对她才情的怀疑，而是在我的印象中，舒猫原来主攻的是诗歌，并不怎么写小说（据说到目前为止她写的小说还不足十篇）。大学期间她的诗歌写作确曾令师友侧目，大三时不动声色地拿出一组几百行长诗《练时日》。思考的是传说、生命、神性等宏大命题，以长诗的方式进行宏大思考，而丝毫不损其语言的绮丽和想象的独特，对舒猫写作的肺活量我还是有所知晓的。但她写作的活跃度仍然出乎我的意料，不免对她的小说充满好奇，于是迅速读完这个只有六小节，不足六千字的短篇。

一　一个驯虎师的中年危机

在我看来，《驯虎》写的是一个男性驯虎师的中年危机。小说中，驯虎师处在多重危机中：首先是家庭人际危机，与妻子已经难以交流，跟女儿则是另一种层面的难以交流；他也处在自我危机中，他活到了对于生命既困惑又无力的时候，自己也拿自己没办法，所以他不断沉溺于意识的幻想中，他回溯到驯猴叔叔那里去寻找生命的意义感，他透过自己和老虎在地上重叠的影子去重温一点生命交融的感觉。当人处于人际危机和自我危机时，很容易通过人—物关系的想象去重建生命意义，很多现代人对猫、狗的感情就超过对身边人的感情。小说中，驯虎师与名为孟加拉国的老虎的感情，咋看上去比跟家人更加亲密。他是透过人—物关系的重建来填补人际危机和自我危机的深渊。可是，小说最后，这条路也被堵上了，驯虎师被老虎所伤害，啼笑皆非的是，他的妻子美云误以为他是为了救自己，所以人—物关系的断裂带来表面上人际关系的修补，但它却是误打误撞的，建立在误解错认的基础上的，这是典型的现代小说写法。

小说的意识流特征非常突出，像"他摸着孟加拉国在瓷砖上的侧影，一阵风过来，瓷砖上的阴影依然冰冷安静，而他和虎的影子在水中破碎交织，就像一只虎就此走进了自己的身体"。这种行走在外在描绘和内在意识之间的意识流段落，是这篇小说极为动人的地方。

小说内蕴式的语言非常漂亮，显然是作者良好诗歌感觉的迁移。譬如写驯虎师"他很想敲一下自己的脑门，听听这个脑袋里搅动的零件声"。"休眠中的海鱼如同岿然不动的教堂，他便轻贴着她的腿，安抚的鼻骪如同年久失修的钟声。"这样漂亮的语言跟舒猫之前较长时间的诗歌写作一定是有关系的，它成了小说叙述语言中熠熠生辉的部分。

二 意识流、象征主义和孤独的现代人

这个小说也有非常浓郁的现代文学气息，它以意识流和象征手法写现代人的异化和疏离感，无论从精神气质、生命发现到写作技法都非常"现代"。从中可以读到很多现代文艺作品的互文。譬如，驯虎师的中年危机，我们在杨德昌伟大的电影《一一》中以另一种方式感受过（著名剧作家吴念真扮演的男主角令人印象深刻）。这个小说的意识流，也让我不禁想起朱天文的《柴师父》等小说。

王德威认为《柴师父》"讲一个推拿师在他垂垂老去的时候，为一个少女推拿的故事。在这里面，所有的苍凉的历史兴会，人生遭遇，最后还是化到肉身的、色相的'隔'与'不隔'的辩证上"。① 一个短篇如何去呈现"苍凉的历史兴会"，朱天文的《柴师父》提供了个人视角加意识流的艺术架构。以人物为中心（柴师父），简化叙事情节的铺陈交代，只在人物的意识流中让叙事片段偶尔浮出水面，小说于是得以在简短的篇幅中穿梭时空，交织虚实，着力追求人物意识层面的绵密细腻和语言层面的异彩纷呈。

《驯虎》在内容和精神指向上当然跟《柴师父》极为不同，我也不知道舒猫跟朱天文之间的文学渊源，但《驯虎》在以主人公意识流运转调度方面跟《柴师父》无疑正是一脉相传。从这方面看，《驯虎》的文脉是有着台湾

---

① 王德威：《抒情传统与中国现代性》，生活·读书·新知三联书店 2010 年版，第 199 页。

血缘的。

　　除了跟台湾文学的种种渊源之外，《驯虎》的象征主义手法和孤独现代人主题跟整个欧洲现代主义也有着艺术和主题上的双重关联。

　　小说在老虎和猴子身上也建立起完整的象征。森林之王老虎成了被规训、被观看的表演者，虽然仍有金黄的发肤，"野蛮而合乎常理"的睡觉和交配，但野性之王已成池中之物，被禁锢的命运是现代人生命力不断被砍伐的象征。相比男主人公在动物园水下驯虎，其叔父当年在动物杂技团驯猴显然还象征着一个人与动物更亲密无间的时代。猴与人的关系不管在现实还是文化中，从来都较少有剑拔弩张、势不两立的时刻。毋宁说，人常常在现实中借猴谋生，在文学中又借猴寄托精神想象。人猴之间不无友好浪漫的想象，因此驯猴甚至也可以成为一种值得期待的事业。但是，《驯虎》显然还是一曲挽歌，其笔不止于个体的内心困顿，而是借着从驯猴到驯虎的变迁，祭奠一个美好时代的逝去。这无疑是一个越来越"重口味"的时代，驯猴已经不再吸引眼球了，只有驯虎，而且是非常规的水下驯虎才能招徕观众。于是，人们兴高采烈地在动物园中观看着危险的人虎游戏。配合表演的虎，多么像这群被工业时代压抑着的万物之灵长——人；人们为何热衷观看危险游戏，也许正在于那种被压抑着的野性能量作祟。所以，老虎对驯虎师的伤害，正象征着这群野性未除的人对压抑制度的报复。某种意义上，驯虎师受伤，伤害了兴致勃勃的观看者看游戏的心情；可是，事实上，伤害驯虎师的并不是虎，而是观看者，他们的观看趣味创造了水下驯虎的工作。人们在重口味的时代，在被压抑的时代，创造一种越来越重口味的观看趣味，也创造一种越来越制度化的相互伤害。动物园看驯兽，其实正是在观看现代人的命运，这也许是这篇小说最核心的象征。

　　所以，《驯虎》无论在艺术上还是主题上，跟卡夫卡的《饥饿艺术家》，跟里尔克的《豹》都有着深层呼应。象征的手法，异化的主题，孤独的现代人，娴熟的意识流，精彩的语言，现代主义文学的诸多要素这篇小说都集齐了，因此，它获得台湾重要文学奖的肯定并不意外。它无疑显示了作者突出的文学才华，同时也显示了一种文学趣味的暗合。相比之下，台湾的纯文学写作依然在肯定文学之所以为文学的部分，台湾的现代主义熏陶比大陆更早也更持久，用意识流、象征手法表现现代人的疏离和孤独的小说，依然是台湾现代文学认可的重要方向。

　　相比之下，大陆新世纪以来的小说写作，则有鲜明的"非虚构"转向，这跟大陆每天都在上演的魔幻现实生活有关，连魔幻现实主义都不如生活本身魔幻了，那么现实生活的非虚构便确立了对魔幻想象的价值优势了，这折射了当代大陆文学界强烈的现实焦虑。从文学面对存在的角度看，当代大陆的非虚构转向跟文学家希望重新用文学激活现实的担当意识有关。但从文学写作的角度看，显然，不管是意识流还是非虚构，都具有可以融合的空间，也有应该融合的理由。

三　有待落实的小说气味

稍微令我意外的是，一个刚大学毕业的女作者，何以会借着一个中年男性驯虎师的身份，去表现一个她完全陌生的题材。这里有着年龄、性别和生命体验的多重隔断，而她的表现却让人不乏惊喜和期待。这或许因为，舒猫确实具有某种超越于她年龄的个人体验和文学天分；还因为，现代主义的写作天分往往能藏住年龄体验之拙，这也是人们常常说博尔赫斯可以模仿，托尔斯泰不能模仿的原因。如果说我对这个小说有些不满足的地方，恰恰就在于小说精彩技巧藏起来的"气味不调"：阅读过程中，我常有强烈的感觉，觉得这是一个可以发生于世界各处的小说，虽然小说中"计划生育"这样的背景暗示了这是个发生于中国大陆的故事，但小说并没有提供跟这种现实背景相匹配的气味。

杨庆祥在《重返小说写作的"历史现场"》中也提到跟"气味"相关的话题：

> 最近我在看美国短篇小说作家卡佛的作品，其中有一篇写一群男人野外露营，突然发现河边有一具女性尸体，于是他们把尸体绑在树上防止漂走，然后继续在旁边喝酒吃饭，到第二天回到城里才给警察打电话报案，然后就觉得事情结束了。其中一个男人回家以后才发现事情并没有结束，因为他妻子不理他了。他妻子为什么不理他，他妻子在电视上刊登这个新闻以后知道她丈夫在现场，而且非常平静地在尸体旁边喝酒吃饭，而没有及时去报案。她觉得你怎么可以这么心安理得地在犯罪现场享受自己的人生，她不能接受这样一个男性，她就跟他分居，并且去参加死者的葬礼以告慰她在天之灵。这是完全美国式的故事，只有一个美国的作家才会从这个角度去写故事。你一读就能感觉到那种强烈的美国气息。但是很多中国作家的作品好像是发生在任何地方、任何时间的

故事，没有独特性。①

　　必须说，他对卡佛这个小说的判断是很敏锐的，如果把"美国式"换成"欧美式"的话，或许就更加准确了，这种"良心的不安"确实不是中国小说的气味。他称许卡佛的小说，有着一种美国性的气息；他反对中国的小说，一种可以移植的，缺乏独特性的写作。

　　写作缺乏本土身份标识，也许是全球化时代的一种普遍症候，格非还专门讲过全球化时代作家经验同质化的问题。但如果进一步想，就会发现"经验同质化"只是一种社会现实，而绝不是一种心理现实。即或是一种现代化的现实的话，也应该是写作者自觉反抗的"现实"。有人说，当代中国的都市写作，常常让人感觉不到这是发生在中国，而觉得这个背景可以互换，上海或北京，东京或纽约，都并无不可。杨庆祥认为这是一种缺乏创造力的表现，"独特性"在这里指向的是精神发现的乏力，它或者是标注化时代类型化想象的症候。

　　但这样来要求一个文学新人是不是太苛刻了？无论如何，我们从舒猫的身上看到了一个实力新人突围而出的多种素质：语言的才华，写作的爆发力，对生命的超年龄感悟。只希望她在写作上同样有超年龄的执着和韧性。

---

　　① 杨庆祥：《重返小说写作的"历史现场"》，《上海文学》2012 年第 2 期。

文学地理、历史焦虑和魔幻现实

——陈崇正小说阅读札记

陈崇正小说被聚焦最多的角度大概是"文学地理"和"魔幻现实"了。先说文学地理，用他自己的话说，他习惯将所有人物都栽种在一个叫半步村的虚构之地。在这样相对集中的时空之中，一些人物不断被反复唤醒。在半步村中，碧河、木宜寺、栖霞山、麻婆婆、傻正、向四叔、破爷、孙保尔、陈柳素、薛神医等地点或人物反复出现，他们确实已经形成了一种方阵效应。陈崇正小说的辨析度其实还来自"魔幻"，魔幻元素确实给他的小说带来了新的生长点。这样说其实是因为，他并非一开始就"魔幻"，而更多的是有趣、顽童、黑色幽默，一种王小波式的气质。比如《半步村叙事》一开篇钱小门那些令人眼花缭乱的检讨书，这种反复叙事和顽童叙事确实有点王小波附体。可是后来就"魔幻"了，比如"分身术"。但是，魔幻同样不是优秀小说的充要条件，魔幻可能成为前现代故事和现代类型小说的主料，但作为有抱负、想对世界发言的小说，魔幻后面还必须有更多东西，这便是魔幻的象征性。也就是说，魔幻其表，象征其里，他必须找到一种方式将魔幻的概念（如分身术）跟表层的故事和深层的精神叙事象征性地勾连起来。在文学地理、魔幻现实之外，陈崇正小说还有着相当强的"历史焦虑"，这主要体现于他发表在《收获》上的《碧河往事》中，本文围绕陈崇正小说的几个关键词，将陈崇正小说的阅读札记集结呈现。

一 《半步村叙事》：魔幻村庄的存在与虚无

关于陈崇正的写作似乎正在慢慢聚焦到新乡土写作、魔幻现实主义、微缩文学地理景观、时代和民族寓言等关键词上。它们不是陈崇正写作的标签，而是解读其写作的重要通道。正如邱华栋所说："他的精神根据地来自对现实的魔幻转译和对当代精神变异的不懈勘探。他所贡献的文学半步村无疑是当代中国小说极有辨析度的文学地理符号。"

长期以来，陈崇正"将所有人物都栽种在一个叫半步村的虚构之地。在这样相对集中的时空之中，一些人物不断被反复唤醒，他们所面临的问题也反过来唤醒我"。在半步村中，碧河、木宜寺、栖霞山、麻婆婆、傻正、向四叔、破爷、孙保尔、陈柳素、薛神医等地点或人物反复出现，对半步村的反复书写已经使这个文学地理符号投射了深切的当代焦虑，获得立体的精神景深。新近出版的《半步村叙事》收录了陈崇正半步村系列中短篇小说七篇，它们分别是《半步村叙事》《你所不知道的》《春风斩》《秋风斩》《夏雨斋》《冬雨楼》《双线笔记》。这些作品中汹涌着近三十年来中国乡村剧变现实和精神转折途中喧哗与骚动的细节。在这里，我们读到"非典"、听到汪峰、看到微博、见识了全民淘宝……更重要的是，现实碎片中沉淀的是陈崇正的现实焦虑，于是再往前一步我们又看到他对村官恶霸化、女青年卖身（《半步村叙事》）、农村空心化、强征强拆（《秋风斩》《夏雨斋》《冬雨楼》）、执法队强抓计生（《春风斩》）、贩卖儿童（《你所不知道的》）、校园暴力（《冬雨楼》）、宗教商业化（《双线笔记》）等现实问题的文学表现。

陈崇正的写作中投下了很多伟大作家的身影：王小波的黑色幽默、卡尔维诺的可能性叙事、巴尔扎克的"人物再现"、金庸的江湖传奇，马尔克斯的魔幻现实，福克纳的多人物叙事（多重式内聚焦）都纷纷在其小说中登场。

《春风斩》中，向四叔连生了三个女儿，向四婶第四次怀孕时计生队闻风而至，为了保住这个可能的男胎，杀猪的向四叔彪悍地把一把杀猪刀和一沓钞票放在桌子上，对计生队喊出话"一边是刀，一边是钱，你们自个选"。最后，作为折中，向四叔保住了老婆肚子里的孩子，自己却被抓去结扎。这个在小说中几乎是轻轻带过的细节却包含了小说的重要秘密。小说在此暗示，每个人的身上都承受着历史和现实刻下的烙印，这种烙印体现为向四叔、孙保尔家里的重男情结。向娟娟是这种传统性别观的牺牲品，她的成长过程一定遭受了性别歧视，她跟孙保尔的恋爱失败，源于这种重男情结的荒谬推理：向四婶艰难得子，其女儿很可能有此"遗传"。可是，向娟娟并不具备反思这种畸形性别文化的能力，她的思想同样留着既有文化的刀痕，这表现在一种特殊的纠结：开始她和傻正相爱，但相互不敢越雷池一步。傻正甚至开玩笑说"等你不是处女了我们就做爱"。日后她真的在被混不吝的孙保尔"得手"之后找傻正行其好事。可是，她转而又对使她"破处"的孙保尔有了难以割舍的感情，并真的谈婚论嫁起来。小说正是通过这个不无王小波色彩的荒唐情节设计，昭示了"故乡沦陷"的背景：一方面故乡正在发生着前所未有的剧变；另一方面几乎每个人又都是某张陈旧文化的网中鱼，无从挣脱，并在新旧的转换中周转不灵。

《半步村叙事》则有着某种卡尔维诺式的"可能性叙事"。小说开篇钱小门的"检讨书"就是一次想象力的自我检验。钱小门向李校长检讨他的错误，每一次又都以新的借口为自己辩解。比如，把粪便扔向隔壁医院，他的检讨理由出人意表："我应该让他们用厚一点的纸包好，不能用香烟纸，太小，这样粪便是会溅出来的。""因为粪便应该用来当肥料，不应该扔给医院的，这样太亏了。"有时也狡辩："这是他们习惯不好。但他们说，如果不扔，他们就拉不出，会影响健康。"这个花样百出的检讨书居然写了十二封，检讨书到了后面，已经变成了钱小门写给李校长的关爱便条，人物的命运产生悄然的变化，小说也从一味地幽默而带上了深沉的意味。

用检讨书这种特殊的形式来推进情节，来塑造人物，来展示人心，把写作的空间进行有意识的自我窄化，并在这个相对小的空间中腾挪跳跃，像一个走钢丝的杂技演员。我认为傻正在这个部分出色地完成了自己所设定的任务。这使我们想起卡尔维诺的《树上的男爵》，一个宣称要终生生活在树上的小男孩，我们一开始以为这仅仅是一个玩笑，一种会被时间打败的威胁。但是作者却用想象力不断地延续着树上生活的真实性和多样性。所以，阅读被转换为读者和作者之间想象力的对峙：读者一心觉得在作品的限定性空间中，可能性已被耗尽。可是作者又总是从貌似被穷尽的可能性中变幻出新的可能性来。这是阅读这类作品的趣味。当然，傻正或许是在十二封检讨书之后触摸到想象力的边界，他并没有把检讨书的趣味想象力推进到《树上的男爵》那样的斑斓多样。

可是这显然不是最重要的，最重要的是，作家对写作资源的消化是否建立起自己的精神根据地。显然，陈崇正的魔幻半步村不是一夜构建起来的。写作伊始，他一定没有意识到半步村会从一颗种子变成芝麻，变成西瓜，变成一棵树，再变成一座蓊蓊郁郁的树林。几年前，我曾以"现实焦虑的江湖解法"来描述他的写作。那时，他习惯将诸种现实题材或新闻碎片编织于以半步村为背景的江湖传奇中。不得不说，那时的传奇故事中并未具有魔幻寓言的精神景深。可是随着写作的推进和自我更新，他的传奇书写开始捅破了现实之皮，他的魔幻笔触开始聚焦出存在血肉模糊、多重纠结的内在精神结构。

《秋风斩》以一种哥特式的悬疑建构了这个时代内在的精神紧张感。小说开篇，骨瓷工厂厂主许辉的妻子阿敏就因为目击一场车祸而疯了（以某个人物的疯狂为开端是当代很多小说常见的做法，这里无疑蕴含着更宽广的文化症候）。阿敏开始每天都对着丈夫说"生日快乐"，接着又有了被迫害妄想症，像一只猫那样走路，为丈夫演示作为一只猫她也可以完成刷牙、上厕所、煮饭等生活所必需的程序。在看似病愈之后，她在车库学习制作骨瓷，又执着地将身边逝去者的照片烧制到光洁的瓷盘上。瓷土成堆的车库里还养着一只巨大的鳄龟，一旦秘密被洞悉她又疯了过去，并最终在车库自焚。小说对阿敏的疯狂原因做了开发式的处理：许辉无法确定阿敏的疯狂是因为目击车祸，还是因为九年前制衣厂的一场大火中烧死了阿敏的好友阿丹。阿敏好友宫晓梅暗示当年的大火并非官方叙述的人为纵火，据说阿丹早就死在厕所里。人为纵火不过是为了掩饰阿丹的真正死因。宫晓梅提供的并非叙事人指认的可靠叙事，因为她很快也失踪了。阿丹为何死？阿敏为何疯？宫晓梅为何失踪？这些都是不解之谜，小说正是通过对确定真实的消解去指涉一个谜影重重的时代。换言之，也许正是因为无法消化那个不可说出的秘密，这些女人才出了事；而她们为何出事，又成了一个新的秘密。围绕着为阿敏治病的线索，小说组织起复杂的个人疯狂和时代疯狂的同构叙述。在阿敏的故事之外，小说以驳杂的现实碎片为疯狂故事提供广阔的生活背景：半步村附近美人城的开发，拆迁队对半步村宗祠的强行拆迁。宗祠及其象征体系作为传统乡土的信仰空间，一直源源不断地为乡民提供精神支持。小说中，许辉的母亲便是"守旧"而精神笃定的一代，在闻悉媳妇的病状之后，她挑着一担祭品把乡里的神庙转了一圈，她用一种古老而繁复的严谨程序祛除了内心的焦虑和不安。可是，许辉一代是无法回归父母辈的信仰程序了，如何消化内心汹涌的不安和不能说出的秘密，成了时代性的精神难题。小说中，代表现代医学的"薛神医"（精神病科主任医生）、《圣经》以及在广播里布道的高僧面对时代的精神病都言辞振振但苍白无力。作者在小说中提供了一种现代反思下的"虚无"，这种虚无表现在，最后连代表着某种精明理性的企业主许辉也开始迷糊了，他已经无法确认妻子阿敏仅仅是目击了车祸，还是他们当时就是车祸的制造者。

综观整部《半步村叙事》，这种"虚无"是全局性的。在各种叙事中，作者一再强调"我们都是命运的囚徒"。站在城乡转折的喧哗与骚动的门槛，半步村人是迷惘的：一直如天神般守护着爱人的何数学被恶霸张书记害死了；何数学的儿子钱小门的复仇只能是一把火烧毁村委大楼而后把自己送进监狱了。张书记代表的恶之秩序依然存在，更大的恶的秩序是将纯洁少女宁夏转变为高级妓女的世界程序。站在狱中的钱小门对此无能为力。他能有的便是满腔的感伤。

> 几乎每一个晚上，我都梦见那些死去的人们，我见得最多的居然是何数学，那个曾经被我扔进碧河的父亲，他依然是扶着墙壁走路，小心翼翼。他用口呼吸，露出两颗暗黑的铜牙，告诉我，他很冷。①

显然，这个结局是隐喻性的。可是我并不认为书写了半步村的存在与虚无的陈崇正是一种无效的逃避，正是"虚无"本身提供了光鲜亮丽的现代化叙事之胃无法消化的铁钉，提醒着大厦与幻影之间的一步之遥。但必须指出的是，虚无固然是徘徊无地的人们的精神镜像，但这显然还不是一个超越性作家的精神立场。杨庆祥说："一种现代写作如果没有关于人的新的想象方式的出现，基本上就是失败的写作。"这个说法是敏锐的。波德莱尔提供的那些波希米亚人正是一种关于人的重新想象。可是卡夫卡难道不是仅仅在荒诞之途上一条道走到黑吗？他并未想象新人，他也许正是通过将一条路走死的方式提醒想象新人的必要性。相比之下，陈崇正既不是走在波德莱尔的路上，也不是走到卡夫卡的路上，他走在马尔克斯的路上。但文学中国之所以有效，正因为马尔克斯之路未必是标准答案。陈崇正显然是懂得这一点的，他日后的《碧河往事》显然正往自己的路上再走一步。

二　剧变中国的魔幻转译

稍微关注当代中国小说的人都不难发现在剧烈的现实焦虑面前很多小说家不约而同地陷入了某种"新闻现实主义"的陷阱。最有代表性的当属余华的《第七天》，这部被寄予厚望的小说中充满了当下生活的新闻碎片。余华的错误在于在"伪亡灵叙事"的结构下大面积地搬运各种未经想象处理的现实素材。《第七天》的失败让我们意识到：当代中国城市文学在躲过了消费主义的陷阱之后，很可能落入"新闻现实主义"的泥沼。那种所谓"新闻比小说更精彩"的论调常常模糊了新闻和小说不同的职责。小说是在新闻止步的地方继续出发，敞开一个习焉不察的精神世界或想象一种新的精神方式。在这

---

① 陈崇正：《半步村叙事》，花城出版社2015年版，第79页。

一点上余华的《第七天》阴沟里翻了船，可是余华的后辈们却有着不凡的表现。我这里要说的是青年小说家陈崇正的《半步村叙事》。

事实上陈崇正的小说初始也有陷入"新闻现实主义"之危险。当代乡村被裹挟进城市化进程中产生的现实和精神剧变都是他的重要关切。因此，他也许是对当代社会事件或新生事物跟得最紧的小说家之一了。于是我们发现文学半步村的第一个层次便是汹涌的现实表象。在这里我们读到"非典"、听到汪峰。当微博流行时，他笔下的女孩子便是饭前"围脖控"（《你所不知道的》）；当人们开始全民淘宝时，他笔下的农村工厂主许辉便在淘宝上经营创意骨瓷；当人们不断吐槽寺院的商业化行径时，他笔下的便出现了包养情人的和尚（《双线笔记》）；当人们为校园暴力频现忧心时，他的小说便出现了农村中学女生对同学进行的剥光殴打（《冬雨楼》）……这些作品中汹涌着剧变中国乡村现实和精神转折途中喧哗与骚动的细节。它提供的是类似于"福斯塔夫式的背景"，其间沉淀的是陈崇正的现实焦虑。可是，他对村官恶霸化、女青年卖身（《半步村叙事》）、农村空心化、强征强拆（《秋风斩》《夏雨斋》《冬雨楼》）、执法队强抓计生（《春风斩》）、贩卖儿童（《你所不知道的》）、校园暴力（《冬雨楼》）、宗教商业化（《双线笔记》）等现实问题的文学表现仅是与新闻同构的部分，所幸它们仅是陈崇正小说洋葱的最外层，他在新闻止步处往前迈出了几步。"新闻现实"基本上被处理为故事发生的驳杂背景，在它们之外，还有着更内在的精神景深。更重要的是，个人线索和时代线索之间渐渐获得了互证的效应。

除了某种精神探索之外，《半步村叙事》系列事实上还提供了较为多面的叙事探索：《半步村叙事》中福克纳式的"多重式内聚焦"（《喧哗与骚动》）和卡尔维诺式的可能性叙事（《树上的男爵》）；《春风斩》中王小波式的黑色幽默；《秋风斩》中哥特式小说的悬疑恐怖和人物的精神分析；《夏雨斋》中博尔赫斯式书中漫游串联的多重生命空间（《小径分岔的花园》）。事实上陈崇正的写作中还投下了更多伟大作家的身影：巴尔扎克的"人物再现"、金庸的江湖传奇、马尔克斯的魔幻现实，都纷纷在其小说中登场。

显然，陈崇正在现实表象之外增加了时代的精神景深和文学的叙事景深。所谓"现实的魔幻转译"说的正是超越新闻现实主义这回事。

三　《裸奔时代》：反思无力的"现代"

在我看来，《裸奔时代》是陈崇正的"新"作品，一种需要加双引号的

"新"，不仅因为它"新"写出来，而且因为它在跟作者以前的小说做着某种告别。近年的小说中（这篇小说尤为明显），陈崇正在进行着某种告别"现代小说"，探索当代小说的尝试。

日本学者柄谷行人在《日本现代文学的起源》中对"现代文学"的反思对我们启发良多。诚然，"现代"不仅是一个时间进程中代表着先锋价值的位置，而是一种被多种文化力量凝固下来并透明化了的"认知框架"。我们很容易在鲁迅、沈从文、张爱玲的小说中读出"现代"究竟是一种什么调调；同样，赵树理、周立波、浩然等呈现的则是革命小说的另一种范式。80年代以后，重回"五四"，重回新文学传统的实质其实是重回中国的"现代文学"传统。

可是80年代以降的"现代"文学回归运动在今天的文学格局中受到了各种质疑和挑战，"现代"的表征范式和"当代"的生存经验以致"当代"的阅读成规之间产生了某种断裂。"现代"最深刻的悖论在于，它用晦涩的新鲜感反抗世界，最终却成了新世界最无力的边缘者。

我理解陈崇正近年的小说是对这种"现代"无力感的反思。通俗一点说，他希望写一种既深刻又好看的小说；既有关怀又不板着脸孔的小说。李欧梵说中国作家常常陷入一种无法自拔的感时忧世的情绪中，影响了他们的文学想象。诚然，可是感时忧世本来就是中国作家写作最深沉的动力。在《裸奔时代》中，我们读到了陈崇正这种不断萦怀的当代焦虑：几个女生对另一个女生实施的群殴、性凌辱；房地产升温和中国提速所伴生的拆迁纷争；学校强捐、慈善事业被逐层克扣……各种我们在媒介中耳熟能详的材料被作者通过"小偷"角色的串联功能并置起来。

在我看来，这篇小说最大的看点在于陈崇正把"裸奔"这一带着浓厚当代象征意味的内涵镶嵌于"悬念"这一通俗的叙事模式中。显然，"裸奔"不再是自由的反抗，而是廉耻等诸种伦理的丧失。当一群女生性凌辱着自己的同性、同龄人，我们文化教育所编织文明衣装已经脱落净尽、无以遮羞了。当林少群发出"这钱我要是不拿，不过是去为郭美美的皮包增加一条纱线"的感叹时，我们知道，这是无数人日常的感慨，这是一种裸露者的感慨，一种比谁脱得更光的游戏，说到底，它是一种贫乏时代的表征。

有趣的是，作者基本把这种焦虑压抑住（尽管有时仍不免出来说教），用一种悬念手法来表现。当小偷葱油饼为了舅舅去偷一份告发书时，无意目睹了一群女生对苏婉的凌辱；然后是强迫苏婉去为一个神秘的老大提供性服务。可是，这一切的背后，又藏着一个更大的阴谋，正是这个阴谋，把小说跟"拆迁"陷阱联系起来。"意外"是通俗小说的动力和期待，陈崇正在蜕皮般地把"传奇""通俗"嫁接到各种当代经验之上。

不好说《裸奔时代》是个多么了不起的小说，它有不少另外不满足的瑕疵；最重要的是，它为贫乏时代提供象征和故事，但无法提供面对贫乏的伦理立场（这是伟大小说的标准了）。但是，它是一个有趣的小说，一个曲折、引人入胜的小说，在一个通俗的故事框架中，你会跟很多当代经验碎片相遇。这项"既深刻又好看"的写作诉求，值得期待！

四 《碧河往事》:"历史"如何雕刻"当代"

多年以来，陈崇正一直经营着他的纸上"半步村"，这个既现实又魔幻的南方小村落在他笔下日益成为中国当代社会、历史的微缩寓言。碧河正是陈崇正笔下流经半步村的河流。与河相比，村是静态的，适合进行社会空间隐喻；而河是动态的，用于指涉历史更为相宜。显然，《碧河往事》希望处理的正是"当代"与"历史"，"创伤记忆"与当下现实之间的扭结和纠缠。

小说情节并不复杂：周初来领导着一个叫马甲的乡村潮剧团居无定所地四处演出，剧团的境况越发不济，常辗转于各地乡间的祭神节庆勉力维持。加之人才寥落，设备落后，周初来剧团的"做戏"真的只是做戏，并没有能力真唱。因此，当周初来偶识有唱戏功底的韩芳便喜出望外，招入团中。除了为剧团发展计外，他的私愿是请戏迷母亲来看一场剧团的真声演出。小说中，神神道道的周母显然有某种程度的老年痴呆及幻听症状，她向周初来索要冰淇淋，用红线将玉手镯缝在手上，夜里总是梦见白色或红色的蛇盘踞在手镯上。周母时刻担心当年的潮戏女旦陈小沫的鬼魂或家属会来索要这只手镯，据她自己说，当年批斗"四旧"中，她带头批斗陈小沫，并夺走了她的这只手镯。只是，她依然坚信自己行为的合法性："文艺黑苗就该铲除""我是替人民群众在教育她"。在这种半幻觉状态中，周母极为认真地观看了韩芳演出的《金花女》，她入戏落泪，邀请韩芳吃夜宵并为韩芳说戏；但继而她又惊恐地怀疑韩芳便是陈小沫的女儿，前来向她索要手镯，因而强硬要求韩芳退出剧团。周母扬言可以替代韩芳演出，并亲自演唱了一段《金花女》，人们惊觉周母原来真的如此懂戏。之后不久周母谢世，小说的最后，周初来为母亲的墓碑忙碌，读者于是惊讶地发现：原来周母墓碑上刻的名字竟是陈小沫。

这无疑是颇为精心营构的优秀短篇，它跟那种图穷匕见、卒章显志的写法并不相同，小说最后设置下的意外如一处强烈的光源，重新定位了小说的意义坐标，它使读者不得不重新回头思索第一次阅读时等闲视之的细节。这番叙事上的匠心独运当然可圈可点，然而我以为，更重要的是当我们从最后一句重读小说时与作者丰富而又不无苦涩的现实、历史思索的相遇。

小说对周母/陈小沫这同一人物进行了分身叙述，值得追问的是，这种遮挡式的叙事难道仅仅是为了"创造意外"？多年以后，被迫害者陈小沫为何将自己牢牢锁定在迫害者陈丹柳的位置上？这种设置的合法性何在？它又隐含何种深意？无疑，晚年的周母患有某种人格分裂症，这种分裂症在她观看韩芳的《金花女》演出时表现得极为典型：一方面她被演出召唤，重新成为演员陈小沫。当她为韩芳说戏，说出金花女"心中有不平之气，更有无限柔情，唯有柔情可以抗恶"的时候，她就是当年的陈小沫；可是，在她的身份认同结构中，陈小沫很快被一种被迫害妄想症所排挤，作为被迫害者，也许由于恐惧，她需要将自己认同为迫害者陈丹柳才觉安全。然而，当她处在迫害者的位置上，她又时刻受到往事的折磨，感受着另一种恐惧：被迫害者的报复。所以她才必须不断为"迫害"辩解。

《碧河往事》将历史创伤记忆投射在一个无限纠结、具有深刻精神分析内涵的形象之上，已经令人击节；更重要的是，陈小沫的分裂和纠结，事实上正是多种不同伦理话语的撕裂和对峙。黑格尔通过对《安提戈涅》的分析指出，悲剧表现两种不同历史伦理的对抗与和解。在我看来，《碧河往事》存在着某种不动声色的"悲剧感"，而这种悲剧感内蕴的话语分裂并没有获得黑格尔式的和解。相反，它始终在分裂和搏斗中。这两种话语是唱戏者陈小沫的"柔情抗恶"伦理和被迫害妄想者陈小沫"批斗有理、革命有理"的暴力伦理。令人惊心的是，多年以后，历史看似过去了，陈小沫的"柔情抗恶"伦理不但不能疗愈凶猛的革命暴力伦理，而且事实上正被批斗有理的暴力伦理所吞噬。这是何以周母无法居于有情者陈小沫的位置上安然自处，而时常将自己想象为施暴者陈丹柳的内在原因。这种无法和解的伦理对抗，显然比黑格尔式的古典悲剧更具现代的悲剧性。

这无疑是一篇通过当代写历史，又通过历史思索当代的佳作。作者所忧心的是，由历史延伸而来的当代，正被历史所雕刻着。这篇并不长的短篇通过二线叙事、命名隐喻等方式，使作品获得广阔的当代纵深感和现实批判立场。在周初来的剧团故事之外，我们看到了半步村村长违规卖地、公共财产分配不均、村民暴力反抗等现实元素。这些只鳞片爪的叙述既为小说提供了密实的现实背景，更通过无所不在的"暴力"与历史关联起来。当年的潮剧演员陈小沫因为演戏挨批斗，如今陈小沫的儿子周初来剧团的演员韩芳同样因为演戏挨打。世事沧桑，但历史未被有效清理，人们于是又习惯性地祭起了暴力伦理。周初来剧团名为"马甲"也不无深意，所谓"马甲"乃是一种网络上的虚假身份。"马甲"对应于剧团的"假唱"。周母看不起他的假唱剧团，因为她相信"现在假的东西太多，唯独戏应当是真的，不能假唱"。更为反讽的是，这些"假唱"的戏，通常是乡村祭祀演给天上的诸神看的。周初来对剧团的人说，"无论有没有观众，动作都要做到位，天上的神看着呢！"头顶有神明是传统中国人规约内在邪恶冲动的朴素伦理，可是，这处精彩之笔却是反讽性的。暴力泛滥的世界，神训早被抛之脑后，人们穿着各种各样的话语和身份马甲穿行于诸神缺位的世界上，只有假唱的戏还煞有介事地敷衍着天上的神。这份暴力普遍化、信仰空洞化的现实忧患其实才是小说的真正看点。

第二辑

抒情

黄昏诗歌的"自然情怀"和
身份焦虑消解机制

十年前就与黄昏认识，十年过去，黄昏依旧清瘦，所谓相由心生，可见黄昏的内心一定有某种东西从不改变。诗人天生就是与世界格格不入的个体，黄昏的清瘦，赤裸裸地对抗着这个貌似丰腴的时代。可是他的对抗是温柔的，他似乎不曾对世界发出什么绝望的号叫，他的对抗，是描画出一个温柔、美好的空间，他就躲在那里自得其乐。

黄昏也是一个让我"迷惑"的诗人：年近不惑才迸发诗歌创作的巨大热情；在一个最能使人心灵僵化的单位生活，写出的却是最温柔敦厚的句子。黄昏理科出身，无论后来成为化学教师或是街道小吏皆是与诗歌无涉的工作，然而他却在不惑之年诗艺猛进，完成了语言的现代转化和心灵的诗性皈依。所以，黄昏的写作，颠覆了诗人阿兽所谓的"诗是年轻的激情、中年的念想和年老的回忆"；也颠覆了这个时代被过分地强调的生活会无情地把我们改变的常识。在这个浮躁的年代，诗人的身份焦虑问题尤为严重，如果不能很好解决这个问题，最终的结果很可能是长期的诗歌失语并最终离开诗歌。黄昏又是如何解决这个问题呢？

因此，黄昏的诗歌对我构成了一种诱惑，我想探寻这朵不寻常的浪花里面隐含的心灵秘密，而最先让我关注的是他诗歌中的挚情和哲理。

一　黄昏诗歌的挚情与哲理

黄昏的诗歌，让人印象最深刻的是一个情字，他自己很喜欢的那首《如果爱》：

> 如果你正青春，还在盛开

　　请一定要走到我的身边来
　　让我幸福，让我爱

　　如果你已经足够苍老
　　也一定要回到我的面前来
　　让我恨，让我悲伤

　　在青春、苍老，爱与悲伤这组简单的二元对立中，一种可以称为绝对的情感流淌其间。我们会发现，黄昏很喜欢用二元对比来入诗，这种表达用于表现哲理会简单化，但用于表现情感却是相得益彰。黄昏显然是一个有性情的人，他的诗歌常会让人忘记他的年龄，一个人生活世间，自我形象认同常常妥协于现实的种种看不见的规范，因此，一个中年男人，写起文章常常变得欲说还休，即使说了，也极少在作品中抒情。叙事、哲理被视为是一个人成熟的标志，即使万不得已要抒情，那也必须面对某种类似于祖国、母亲、苦难的庞然大物，才觉得不跌份。黄昏常让我觉得特别的是，一个年过不惑的中年男子，却常常在某个时候突然失了神，那打动他的，一定是一棵草，或一份爱，他的诗歌中于是有一种一般诗人所少有的本真的情。例子俯拾皆是，又如：

　　这是春天一个盛大的节日
　　像流星一样划过
　　适合许愿，适合玫瑰花开放
　　适合所有的男人或女人
　　包括老人和小孩
　　手捧着誓言，走出家门

　　如果你找不到情人
　　请抱紧一棵树，闭上眼，吻下去
　　在这个季节里
　　它一定要发芽

　　　　　　　　　　　　　　　　　　　　　　——《情人节》

　　但如果黄昏仅仅是一个人到中年依然保持童真的"情痴"，诗人也并不全面，黄昏的诗歌中也不乏哲理的思索，他常常在生活的细节中找到缝隙，探头进去并出土发芽，让我们觉得生活的别有洞天。譬如他的《影子》：

> 在阳光下
>
> 把两个人当作一个人去生活
>
> 洗衣，做饭，爬楼梯
>
> 走路，拐弯，上班下班
>
> 无所不能
>
> 无处不在
>
> 黑暗到来的时候
>
> 影子消失。原来的影子
>
> 回到了自己的身体里面
>
> 要不，就是逃离

在自我与影子之间，在影子的出现与消失之间发现了丰富的存在意味，对影子的观察和凝视，乃是对自我生命的反思，他是一个喜欢反思自我生命的人，所以他不但常看影子，也常观察镜中的自我，所以有《自画像》：

> 在纸上，在别人面前
>
> 我不得不把自己
>
> 画成各种各样的形状
>
> 圆的。方的、粗细不一的线条
>
> 以适应不同空间的需要
>
> 在镜子前
>
> 我看到了自己的骨头
>
> 每次看到骨质增生的地方
>
> 越来越突出
>
> 而原来属于我的那部分
>
> 已经日益萎缩

这首诗思考自我与现实的关系以及现实中自我的妥协、坚守和异化萎缩，而诗人正是借助于这种对生命诗性的凝视，抖落心灵的灰尘，重新恢复生命的弹性。在我看来，挚情与哲理是黄昏诗歌不可或缺的两个要素，但进一步说，挚情与哲理却并非黄昏诗歌所专美，从某种意义上讲，这两件东西本来就是古典诗歌的重要传统。所以，我们要进一步提问，黄昏诗歌是以什么样独特的方式来呈现这种挚情与哲理呢？我的答案是黄昏诗歌中有一种"自然"情怀。

二　黄昏诗歌的"自然情怀"

　　真正的写作是一次灵魂的摄影，文本在心灵显影中确认了作者对于自我与世界关系的认知。所以，写作从来不曾反映世界，写作再造世界，而且是一个心灵的世界。当代诗歌中对自我与世界的诸种关系有过种种的尝试，政治对抗、文化寻根、语言实验、身体狂欢等都曾经或依然正在激励着诗人们从格式化的生活中叛逃，这种种诗学创作冲动既成为诗歌写作的合法性依据，同时也保障了诗人创造的激情。但是，黄昏的诗歌却是在这些主流的尝试以外的，他的诗中，最让人印象深刻的是植物花草、自然万物。黄昏的内心里有着一种强烈地皈依自然的冲动，他常常借诗歌对花草致以温柔的问候，他常常在诗中独自上山去探访一些生长于低处的蕨类植物，他又常常在自然万物中展开心灵的旅行并和读者一道打开我们从未洞开的哲理空间。无论是早期的《感受四季》或是现在的《一个人的诗歌》，在所有让他动情的事物中，花草无疑是最突出的一种，花草咏怀也是他的诗情最浓，最能打动人的一类诗。

　　他的诗中最常有的是对花草的凝视，如：

> 每个早晨
> 我都在同一时间，打开
> 灵魂的躯壳
> 从里面走出来
> 如期走向阳台
> 探望阳光，空气，看花朵
> 缓慢地生长
> 或者衰老

——《早安》

　　对花草的凝视在他那里是必须在"每天早晨""同一时间"去完成的生命习惯，他不试图在阳光、空气、花朵上书写某种强加的文化意义，因为这些物皆有其"自然"，有其生命，有生长和衰老的轨迹。它们就是我，我就是它们，这种平视的禅味有种物我皆忘的味道。

　　他除了对花道早安，也要道晚安：

我还必须保持

在每一次睡眠之前，走向

空旷的天台，对着

一盆带着夜露的热带蝴蝶兰

俯身，并道出一声：

晚安！

——《习惯》

面对自然万物，诗人有一个打开的感官世界，生命喜悦和存在万物相互唱和：

就像你，面对那些

在五彩缤纷的花朵

那些嬉戏、飞翔、追逐、跳动中的

鱼、蝴蝶、兔子、羊或者小鸟

许多来自其它生命个体的

喜悦，你身体中的

各种各样的色彩

都一一为之呼应

——《从黑色说起》

黄昏诗中的物世界为何如此生动，那是因为他用身体中的各种各样的色彩与之呼应。但是，黄昏诗歌的"自然情怀"，还不仅指他对自然事物的热爱和亲近，而是指他诗歌的咏物表现出一种截然不同于传统"托物言志"诗的生命态度。他使得托物言志诗中人与自然那种僵硬的物用关系松弛下来，而恢复为人与自然亲近、偎贴和倾听、交融的关系。

有别于很多的托物言志的咏物诗那种典型的以理制胜，黄昏的咏物诗最为强化的是情。传统的托物言志诗看起来满目皆是花草，其背后却是强烈的人的野心，是文化对于草木的肆意征用，花草物事被给定的文化意涵所包装，然后包装起写作者所谓的梅兰菊竹、剑胆琴心的清高身份。所以，在托物言志诗中，人和花草、人和世界的关系是征用与被征用，是主体与客体，究其实，它确认的不是"心性"，而是一种实用的文化包装策略。这种征用花草物事为意识形态或文化意涵服务的策略性写作在郭沫若的《百花颂》中达到了登峰造极的地步，为了配合"百花齐放"的文化政策，郭沫若以分行的文字对一百种不同的花进行文化命名，把这种托物言志诗的实用功利主义赤裸裸地暴露出来。

托物言志诗作为传统诗学的重要经验，在当代诗歌中并非没有被广泛认可的表达，像舒婷的《致橡树》、牛汉的《半棵树》、曾卓的《悬崖边的树》，这些诗歌经典同样用的是托物言志的写法，在这几个文本中，"树"作为一个空洞的能指成为诗人们心志、理想人格和理想爱情观的投影。意象"树"成了书写某种文化认同的一张白纸。显然，这三首诗中诗人那种独立、抗暴、坚韧的人生观在特定的时代显得如此动人，在"树"的背后所显影的那个"人"的精神质素在我们这个时代如此奇缺，因此，我们似乎不会把这些诗歌跟郭沫若的《百花颂》相提并论，但是这几首诗所用的托物言志的写法，这种写法所确认的写作者与世界的征用关系并没有改变。无论"橡树"还是"半棵树"抑或是"悬崖边的树"，它们的自然存在状态并不重要，重要的是诗人要让它承担的文化意义。所以，它是被诗人的心灵所征用的事象，它臣服于写作者的主观而显露出所谓的"文化面目"，所以，文化从某种意义上也正是对自然的一种遮蔽。

从这个意义上讲，黄昏的诗歌有别于这种几乎成为诗学庞然大物的托物言志诗，他总是用"平视"的眼光打量着花草，他总是用庄重的态度凝视花草，在他的诗歌中，花草自有独立的世界，花草有它们的悲欢离合，也因此，他改写了传统托物言志诗中自我与外物的关系，一种物用的关系被一种更亲密无间的心灵倾诉所代替。所以，他写花草如此之多，让我们想起的不是"梅花香自苦寒来"的理学说教，而是"只恐夜深花睡去"的深情体恤。

我们常说传统的东方生命观是"天人合一"，但这种带有深刻智慧的哲理如今却仅仅成为人们描述传统文化的一张标签，贴在事实上名实不符、天人交战的现实之上。近代以来，在积贫积弱的历史情势下，功用思维完全改写了人们关于人与世界的关系认知。20世纪的新文化运动，以围剿灭绝的态度对待传统文化；由政权体制和教育实践所确认的唯物观念、科学理性进一步强化了我们把人与世界、人与自然割裂的观念。人们视物为物，所谓"自然世界是人本质力量的外化"被演化为自然世界是人欲望的对象。在此种观念之下，文学传统是激进、是革命，那些以激烈的口号打倒或颠覆的流派层出不穷，而恬静地、安详地打量这个世界的眼光却往往被阻挡于主流的价值之外。以至于一朵花、一张桌子往往只能被进行详尽的生物或物理学意义上的描述，我们的"视界"物与人的心灵通道业已损毁，物于是便失却其诗性的光泽。

令人诧异的是，黄昏如此自然地跳脱于流俗的功用目光之外，以"平视的目光"看物，物不是一个被征用的文化符号，而是一个自然自在自足的情感世界。

《看花》最典型地显示了诗人对"物"世界的庄重：

> 看一朵花，可以
> 从侧面
> 看她的轮廓，花瓣的线条
> 从背面
> 看花的纹理，筋脉
> 俯视或仰望
> 看她的脸
>
> 如果遇上蝴蝶、蜜蜂
> 走在花的身边
> 千万不要转移视线
> 不要轻易去干扰它们的甜蜜
> 这样可以
> 得到花的更多的信任
>
> 看花的时候
> 要屏息，再慢慢呼吸
> 就能品味到
> 她藏在骨子里的香气
>
> 如果细心一点
> 要保持一定的距离
> 看花茎，看那些与她
> 血脉相连的绿叶
> 如果退后一步，就能看到
> 花的生存背景
> 她周围的光线，气候
> 温度，水分，空气
> 她扎根的
> 土壤，以及

成长的一些经历

在这首诗中，黄昏坦陈了他与花相对的各种秘密，花不再是人可以任意把赏的玩物，花不是人可以随意走近或抛开的对象物，看花必须不能"干扰它们的甜蜜"，看花必须"得到花的更多的信任"，视花为生命，视花群为有自己心灵和故事的自在世界，花才会向人敞开它的"生存背景"及其"成长的经历"。在黄昏的诗中，物不再是低于人而等待被人临幸，黄昏诗歌看物的平视视角打开了物世界自足丰盈的诗性空间，也使得其诗中万事万物皆有其灵气，有其生命并焕发着诗性的自然亮光。许多我们并不视为活物的概念，都被人化而在其诗歌中"活"过来，譬如"烟""黄昏"等。

> 爱上你，算不算
> 是一种缘？这些年
> 已经习惯你停留在
> 我身体中的这种味道
> 就像，伤不伤害
> 我一直置之度外
>
> 你贴身
> 时时紧跟我的感觉
> 我需要
> 你就开始燃烧
>
> 为此，我确信你的
> 忠诚。并如实地告诉他们
> 咳嗽，也是我的一种
> 自由

——《烟》

烟这种最常在功用的意义上被阐释的物在黄昏的心中也有着心灵的联系，"我需要/你就开始燃烧"看起来似乎是一种功利性、占有欲特别强的表述，但烟为我燃烧是忠诚，我"如实地告诉他们/咳嗽，也是我的一种/自由"何尝不是对烟的忠诚。所以，"我"和"烟"终究是平等的，我觉得"我"和"烟"的这种忠诚关系隐喻了黄昏与自然世界的关系，诗人以庄重的态度平视自然，而自然于是亲密地在诗中与他比邻而居。"平视"并非技巧，而是"诗心"，诗心所至，即使是作为时间范畴的"黄昏"在他的诗中也活了过来：

> 你说你
> 无缘无故就喜欢上这个黄昏
> 他有薄薄的嘴唇
> 浓浓的话语
> 轻轻的温暖
>
> ——《偶然》

黄昏在诗人黄昏那里是有形状、有面目、有温度的存在，这种奇特的想象暗含的是对万物的人化贴近。

三　二元对立思维的双刃剑

正如我前面提到的，黄昏的诗歌中有一种二元对立的思维，这种思维常常被用于表达某种强烈而纯粹的情感。上面举到的那首《如果爱》，就是在青春/苍老，爱/恨之间建构一种超越于此之上的绝对的情感。再看另外一首：

> 每时每刻
> 我们穿行在时间的隧道里
> 在白天，我时常遭遇一些
> 黑暗的路段
>
> 所以我喜欢这样的夜晚
> 我每次穿过你的身体
> 有烛光引路，有繁星照耀
> 比窗外的夜色
> 明亮，而温暖
>
> ——《穿过》

这是黄昏诗歌中较少的涉性诗歌，是一种温暖的性体验。用"穿过"连起两种不同的经验：一种是白天中的黑暗路段；一种是夜晚中的明亮路段——你的身体。这首诗的重点在第二节，为了强调"夜晚"，"穿过你的身体"的感受，黄昏特地设置了一个相对的白天穿过黑暗路段的第一节。对比的思维是非常明显的。再看《方向》：

> 我们躺在同一张床上
> 往不同的方向睡去
>
> 我们更多的是
> 睡在两张床上
> 梦朝着同一个方向出发

这里用身体/梦想、异向/同向的对比最终建构起"我们"的心心相印。可资对比的是《从黑色谈起》：

> 你说到你
> 身体上的一些颜色。就在
> 那些黑色的丝绸的
> 逼近和包围下，你的血液
> 始终朝着原来的方向
> 流去，发出红色的声音

这里，身体虽被黑色所包围，血液却朝着原来的方向，发出红色的声音。黑色/红色以及包围/突围的对立建构确认了诗人的某种不被掩盖的心灵方向。再如《小桃红》：

> 瘦瘦的花儿，瘦瘦的你
> 怎么就
> 给我带来了
> 胖胖的一个春天

毋庸讳言，黄昏确实是自觉地把二元对立的法则融入了自己的诗性思维中。这种对比的技巧，在新诗中最出名的应该是顾城的《远和近》。那首诗在人和云，现实的距离和心灵的距离之间的二元对立中展开了对人心隔膜的叙述，一直为人们所称道。但是这种写法也是跟它所指认的特定时代有关系，在一个黑白颠倒特别鲜明的年代，这种写法有其合理性。而在一个更加强调多元、丰富的时代，二元对立的写法在一个写作者的作品中大量地出现，却必须慎思。显然这种写法可以很轻易地建立起某种感染人的情绪，有时却有可能阻碍诗人对更复杂情感和思想的表达。或者说，它适于情感的抒发而不适于思想的表达。所以我们在读《如果爱》这类作品的时候，会感到一种强烈的情感冲击，因为情感是不需要区分对错的，这种写法强化了黄昏的挚情表达。黄昏有时也会很成功地用二元对立的思维来达到某种深刻的思考高度，譬如他的《疯子》：

> 这个上午
> 他的眼睛一直盯着自己的
> 一个脚趾，不肯离开
> 早上他的脚
> 踢翻了一块石头，给他
> 带来强烈的疼痛
> 这让他静下心来
> 有必要认真地分析
> 这只令他疼痛的脚趾，究竟
> 跟身体的其它部分
> 存在着怎样的联系
>
> 就在去年，他横过
> 马路时，撞上一辆汽车
> 失去一条胳臂
> 那时没有一点疼痛的感觉
> 甚至，直到今天
> 他从没有向任何人
> 打听过那条失踪的
> 胳臂的下落

　　这首诗的两节之间形成一种鲜明的对照：踢翻石头的脚/失去的胳膊，疼痛/没有感觉之间的强烈反差正是黄昏在其他诗歌中所常用的二元对立建构法，疯子的内涵正是在这种对立中衍生。疼痛隐喻着一个人对生命的感受能力，"他"之所以被指认为"疯子"在于他在一场导致胳膊失踪的车祸中毫无感觉；而现在"他"仅仅踢翻了一块石头就"带来强烈的疼痛"。"他"对生命感受的这种混乱反应是此诗标题的注解。我自己猜测，这里的疯子"他"这个符号可以囊括很多人：在这个奇怪的时代里，有多少病人有严重的残疾而不自知（网络上用"脑残"这个词），他们的胳膊或大腿被砍掉了他们默不作声，而他们的疼痛却来自一只踢翻了石头的脚趾头。这表达的其实是一种很荒谬的经验，荒谬的时代适于用二元对立的方式来表达，这首诗在思维方法和表达对象的合拍上和《远和近》类似，它无疑是黄昏诗歌中很节制也很有思想深度的一首。

但是，当黄昏用二元对立的思维来表述某种非荒谬经验时，就会让人觉得有点不满足了。譬如上面举到的《影子》，这首诗中诗人借影子来书写双重身份之间的重叠、纠缠，阳光下"把两个人当作一个人去生活"，而在黑暗到来的时候，影子要不"回到了自己的身体里面"，"要不，就是逃离"。这首诗中同样有阳光/黑暗，影子出现/影子消失的二元对立，它企图指涉人的多重身份的矛盾性，或者是两个人的情感的离合关系。但如果是后者，无疑太简单化了，这个诗意的内涵并不深刻；如果是前者，则它又简化了多重身份之间纠缠的复杂关系，一个人不同身份的分化是不能仅用亲密无间的"把两个人当成一个人去生活"和疏离的"逃离"来描述的，在二元之外，还有其他更丰富的可能性。关于影子，我想到鲁迅的《影的告别》："黑暗会将我淹没，而光明又会使我消失"，鲁迅虽然借用黑暗/光明的对立，但这种对立却强化出相同的结果——影子的消失，从而使"影子"成为人生两难困境的一个缩影。老实说，这两个作品的艺术感染力不可同日而语，但是都渗透了二元对立的思维，艺术效果的强化背后常常是对某种东西的有意过滤，这似乎是写作者本人必须有所深思的。

四 黄昏诗歌的身份焦虑消解

现在我或许可以试图回答我在前面提出的问题了，即黄昏如何解决他的身份危机，诗人的身份认同如何转化为他充沛的创作动力。我相信黄昏也是经历着一种内心的身份焦虑的，这在他的《自画像》《疯子》《影子》等诗中可以得到印证。《自画像》中，"在别人面前/我不得不把自己/画成各种各样的形状""以适应不同空间的需要"，这显然是现实空间对个体统一身份的切割，所以诗人感叹"骨质增生的地方/越来越突出/而原来属于我的那部分/已经日益萎缩"。这是很典型的对精神身份被现实身份所挤压而生的喟叹。如上所述，《疯子》表述的是诗人对社会荒谬经验的提炼，这意味着黄昏并非一个与现实绝缘、视诗歌为把玩酬唱、吟弄风月的诗人。他必然常常感受到生活的非诗倾向，但是这种内心的阴影为什么没有成为消解性的力量呢？我觉得原因或许在于，如前面分析，黄昏有一种强烈的"自然"情怀，他诗歌中自我与自然万物的亲近、偎贴、倾听和对话的关系松弛了在现实中所感受到的人与世界的对立，世界对人的挤压，这是黄昏的诗歌常常表露出深情、挚情的原因。

另一方面，我觉得黄昏虽常在诗中感悟哲理，但出于"自然""对话"的诗心，他对世界的想象其实偏于温情，温情的想象屏蔽了这个世界足以令人崩溃的黑暗。譬如他的诗歌《遇见》：

> 在春天。我遇见
> 一群无家可归的人
> 他们走在城市的花园里
> 努力寻找阳光
> 他们也想发芽
>
> 此刻，他们低着头
> 正在寻找扎根的土地
> 他们没有抬头
> 只要他们一抬头，就会
> 露出春天羞涩的脸

这首诗写的是底层人的生活，但是它显然没有卢卫平描写的异乡人那种阔别家乡的无奈，更没有郑小琼诗歌中所呈现的激烈的疼痛。它是一个善良的诗人，一个相信美、相信爱的诗人对于一群无家可归的人的美好祝福。用一种美好的情怀来书写现实的苦难，这或许又是黄昏诗歌的焦虑消解方式。黄昏诗歌中常用的二元对立思维，事实上强化了他以相对纯粹自然的眼光观看世界的倾向，他并不呈现世界的复杂性，而只是呈现他心灵中那个永恒的"自然"。

黄昏虽不是声名显赫的大诗人，但他在诗歌道路的求索中留下的经验却给我们很多启发。黄昏诗歌中的那种自然情怀、不竭诗心；他那些饱含深情和思悟的诗句，他纤巧而透明的诗歌风格中有着重要的审美价值；他在浮躁的时代中处理身份焦虑的经验都理应受到这个时代应有的重视。

寻找身份和技艺的生命之旅

——读阮雪芳的诗

阮雪芳是当代潮汕诗人中非常突出的一位，即使放在广东诗人的参照系中依然具有鲜明的艺术和精神辨识度。同时，阮雪芳也是个低调的女诗人。强调她的低调，是因为她不热衷于参与各种诗歌活动，她并不着急于像穿花蝴蝶那样飞行于现实诗坛中去留下些许痕迹，寻求某种出场或获取某些认同或知音。这直接导致了她的写作并没有得到应有的认可，没有在评论的话语场中获得应有的聚焦。强调她是女诗人，当然不是暗指她的写作不足以与男性诗人相提并论，而是指她的诗歌中确实具有强烈的女性经验和身份的困惑和寻找。

一　从冷雪到阮雪芳

在阮雪芳回到阮雪芳之前，她叫冷雪，她用冷雪的笔名写作了大量的作品，并且出版了诗集《经霜的事物》。可是，她却于2011年决定改笔名。这当然不是一个无聊的游戏：每个人都承受着别人的命名，也接受着一种出生时大概决定了的命运轨迹。可是，写作者却往往期待自我命名——那就是笔名，也期待写作能带来一种不一样的生命。现实中，笔名往往是一种既是自我辨认，也积累着旁人对作者的认识，形成某种认知度和文化资本。所以，如非必要，已出过书，有点知名度的作者是不会随便更名的。如此，从冷雪到陶元（在用回本名写诗之前，她一度又使用了"陶元"的笔名），从一个名字搬运到另一个名字之下，并非仅仅关于审美和情趣，也是一种身份危机和精神困境，是作者调整自我身份认同过程中做出的一种心理和文化应对。

呈现在作品之外的生活困境、日常危机并非文学批评所能全部猜测，张爱玲的一篓子垃圾都有人挑拣窥视，以便从日常窥测精神。但对于阮雪芳，我们实在只需要关心她的作品。所以，我关心的是，从冷雪到阮雪芳，精神困境及其调整在她的诗歌中产生了什么样的投射。

当年我读冷雪的作品，感到这是一个细腻婉转的女诗人，她喜欢表达内心情感的风暴和暗流。她不在诗中进行小女生娇滴滴的情感撒娇，她显然已经对生命有所了悟，她的情感经验中不无黑暗和孤冷，因而见证了世界另一些不为人知的角落和"经霜的事物"；她对语言也有所了悟，她的修辞和想象都有某些动人的闪光。但是，她的诗歌技艺显然还并不纯熟，她的某些表达太缭绕，有些诗给人感觉没有挠到精神和语言的痒处，所以就并不特别痛快解渴。她本人对于世界、人生也存在着种种困惑。老实说，老托尔斯泰对世界都充满困惑，问题是他的困惑是以某种稳定的认识论、价值观为基础的。而冷雪的困惑，却是处于认识论和写作观暧昧未明的情况下，所以，作为诗人的冷雪是一个具有很多待解问题的艺术和生命学徒。

冷雪是那种特别谦虚（甚至有点过头），不喜欢喋喋不休的人，她大概会把更多的时间用于静观或者独步的人，不知她独对过多少江边，参悟过多少黑夜，反正，不知不觉间，她变成了阮雪芳。她用阮雪芳来为冷雪画上句号，她用诗歌来昭示阮雪芳在技艺和身份认同上相对于冷雪的变化。那么，这种变化是什么？

近年来阮雪芳一直在静观内心中慢慢地进行心灵对焦的工作，现在，她的词语取景框变得更大，开始有了某些广角镜头。她的心灵对焦功能在时间的淘洗下也有了更强大的变焦倍数。那些以前她擅长的心灵细节特写如今由于角度的选取而变得更加意味深长；由于语言造型能力和想象力的提高，她的诗终于站到了更高的拍摄点观望了生命更辽阔的景象，打开了此前未曾打开的精神和语言空间。在我看来，它是诗人在技艺"准确性"上的习得；是诗人女性视角的深化和自觉化；也是诗人写作和生命认同的确立。而这三个方面，显然值得我们认真探讨，同时我也愿意借着对阮雪芳近期诗歌的讨论，来探讨诗歌表达"准确性"和女性写作以及女性与写作等话题。

二 振动"独特"和"确切"的双翼

阮雪芳会有意识地进行语言技艺的练习，这种练习处于敏感和自觉，所以很多成果并不是半成品的习作，反而是放松之下的自然佳作。

且看她的《亲爱的速度》：

风逼近一只蝴蝶
这强烈的气旋

途中，火车呼啸而过
恰好与狂野的内心接轨

热带雨林
美洲豹击穿
羚羊纯净的哀伤
不可冒犯的神秘之物

生命伊始，那跑得最快的一个
成为你
像一滴水追逐着另一滴
运行的轨迹
仿佛饱满之后对火车意象的热爱

此诗有意识地对"速度"加以诗性表现，风和蝴蝶可以是一种嬉戏的关系，当速度成为风和蝴蝶之间的关系时，蝴蝶其实处在一种强烈的精神气压之下，一种生命追赶和精神紧张。所以，对她来说，速度的诗性表现不仅是找出一系列具有速度的物象，而是去逼近速度压迫下的精神紧张感。

"呼啸而过"的火车同样是速度的化身，"火车与内心接轨"使内心获得了火车呼啸般的速度。可是，心为什么要跑这么快？什么在追赶它？阮雪芳用诗句迫使我们去思考。

美洲豹以雄浑的速度俘虏了矫健羚羊的肉身，可是羚羊被消灭前的眼神，是诗人眼中的"不可冒犯的神秘之物"。羚羊的身体可以是美洲豹的腹中物，然而羚羊的哀伤却对趾高气扬的入侵者致以柔软而不可克服的抵抗。阮雪芳的诗完成了一种对侵略性的残暴速度的反省，生命或许有一种不被高速度所驯服的低速度。哀伤是心灵的品质，甚至是某种精神品质存在的标志，它说明羚羊并不仅作为非情感动物而存在。所以，它实际上寄托着阮雪芳对于某种不可消灭的情感价值和精神价值的认同。

美洲豹的速度是一种入侵者消灭生命的速度，精子的速度则是一种初登鸿蒙者创造生命的速度。当一滴精液循着正确的轨迹，并以非凡的速度，找到了属于它的另一滴，它就完成了"饱满"的创造，这一切是对蝴蝶对火车的致敬。

因此我们发现，后两节是对前两节的应答，被风追赶的蝴蝶，内心有火车呼啸而过般狂野的速度，蝴蝶处在被命运的风裹挟和生命的火车鼓励的状态中，它必须寻找一种意义，阮雪芳在坚韧的情感和生命的本初中去为进退失据的人生找到一份精神支点。

这首很短，但很完整，由速度贯穿，既是现代诗歌独特切入角度的尝试，也是精心安排，妙手剪裁的结果。这样精简准确而饱满的短诗，是阮雪芳的新面貌。

对诗歌难度和独特性的持续思考，使阮雪芳的诗歌写作往往在切入角度上令人印象深刻。《可燃物》描述一系列可燃性的物质或精神对象，让人耳目一新：

> 在雨中的小酒馆
> 再一次和朋友
> 说到可燃物：
> 雄黄。死人骨头
> 夏夜萤火虫
> 同志的唇
> 酒精
> 异性恋者的命运
> 小口径子弹
> 黑火药
> 噤言之力
>
> 朋友在殡仪馆工作
> 他呷了一口二锅头
> 沉默良久：
> 还有茫茫人世
> 那孤单活着的悲怆

当诗人以"可燃物"为写作对象时，她已经对世界进行了一番提炼，她同时又明确设定了进入诗歌的条件，这种限制叙述提高难度的同时也提供了路径。在明确的想象路径中磨炼想象力，这是冷雪成为阮雪芳之后常自觉进行的自我训练。

又如《一颗醒着的钉子》：

深夜，地球上的一个国家

国家的一个省份

省份的一座小城

一条江，江边的

一个人，站着，好像一枚钉子

一枚醒着的钉子

冷冷地钉在地球表面

此诗写站在江边的孤独，却从极大的自然环境写起，从地球到国家到省到小城到江边的人，特别是钉子的比喻，"冷冷地钉在地球表面"同样是准确性和独特性的结合，既有钉子和地球的对比，也有将人比钉的新鲜。使得此诗有柳宗元《独钓》茫茫宇宙一片白中独钓翁之妙，也有现代诗独特角度产生的艺术效果。

她的《皈依》写"我"经常去寺庙，只是因为看到一个年轻的和尚，在他纯净的形象中淡忘了自己生命中的伤害和离别。这显然是一个特殊的凡人和宗教相遇的角度，特殊而矛盾的角度却显得特别真实：

有一段时间

我经常去韩江对岸的那座山

山上的那座寺庙

不是为了烧香、听诵经

而是庙里有一个和尚

长得俊极了

看见他

我就感觉自己干干净净

仿佛从未受过伤害

从未历经生离死别

从冷雪到阮雪芳，在艺术上还呈现为写作准确能力的习得。可以通过她的《修女的乳房》来讨论：

长在肉上的月亮，两个

忏悔的果子，贞洁

服从

她一走动

它们就在宽大的黑衣之下

抖动。她跪下

它们就倾向

绝色

虚无的嘴

时常，她双手合十，压制

潮汐，和植被

隐秘的香味

每当夜幕降临，她的双唇轻启

它们就

敞开

雪白地

落入上帝之手

　　语言的准确把握表现在对比喻的创造性运用上。比喻是一种古老的修辞技艺，比喻源于人类对白描的不满足感，考验着人们在不同事物之间唤醒关联的能力。习惯于静观沉思的写作者，通常也习惯在惯常的技艺领域内进行新的表达，但静观使她获得了对事物独特场面的呈现。阮雪芳把修女的乳房比喻为"长在肉上的月亮，两个忏悔的果子"，既有比喻，又有拼贴，特别朴素自然，同时又极为新鲜动人。

　　这种艺术效果就来自"准确"的语言造型能力。我想再说一说"准确"。很多人，甚至包括诗人、诗歌理论家卞之琳，都认为好诗的重要标准是"简练"。所谓"简"，是能少不多，能简不繁。所谓练，就是精练，是语言的提纯过程。所以简练不仅仅涉及诗歌语言的提炼和艺术加工，同时还是一种风格形态。即诗歌不但要追求"练"，也追求"简"，前者是语言，后者是风格。可事实上，诗歌的风格未必只有简约一种。

　　所以，简约的风格固然值得追求，可是诗歌，特别是现代诗歌，另有其他的风格形态可能性值得探索。所以，这个概念不如卡尔维诺的"准确"来得准确。卡尔维诺在他的《未来千年文学备忘录》（又称《美国讲稿》）中提出了关于文学的五个核心价值，分别是"轻逸"（lightness）、"迅速"（quickness）、"确切"（exactitude）、"易见"（visibility）、"繁复"（multiplicity）。我所谓准确，正是卡尔维诺意义上的"确切"，是表达对象与表达符号之间的匹配度和对比度。从古典哲学的思维中，一个对象总要一个最匹配它的符号，找到这个符号，即为准确。可是我们也会发现，通向对象的途中常常有很多道路，有常道，也有小径。不同道路都存在通向准确的可能。

我认为冷雪的诗歌实践，开始慢慢靠近可贵的"准确"，诗歌是瞬间到达的艺术，所以对于准确的要求更高。把乳房想象为月亮，已经很独特，但是如果换成"长在身上的月亮"，效果就不好，因为身上的月亮还可以是眼睛等其他部位，阮雪芳特别用"肉"加以限定，使读者的想象虽然沿着曲折的线路，却没有偏差地指向所在。而肉与月亮的反差张力，肉的形而下，月亮的形而上，肉的身体性和月亮的精神性的反差，指向了修女肉身欲望与精神修炼之间的冲突。"忏悔的果子"同样具备这种张力，精神性的形容词跟物质性的名词之间的张力，不仅仅是拟人，是拼贴，还在于这种修辞极其准确地指向修女这个对象。准确这种可贵的语言能力，阮雪芳习得了。

三　飞过存在的《蝴蝶》及其探索性

更为可贵的是，在追求表达确切的同时，偏于冷静沉稳的阮雪芳并没有丧失对探索性的追求。这从她的《蝴蝶》中可以看出：

> 既不是祝英台的蝴蝶
> 也不是庄子的蝴蝶
> 不是亚马孙河流域上的蝴蝶
> 也不是《沉默的羔羊》里的蝴蝶
> 不是存在主义的蝴蝶
> 也不是柏拉图的蝴蝶
> 它们扇动双翅，听从无声的口令
> 从森林飞来，从峡谷飞来
> 从古代飞来，从超现实时空飞来
> 从战乱中飞来，从粉饰的太平飞来
> 它们飞过马路，飞过动物园，飞过屠宰场，飞过铁丝网
> 黑压压一片，飞过学校和监狱，飞过避雷针和电视塔
> 飞过广场上的铜像，飞过市场上的豆腐摊
> 它们飞进教堂又从那里飞出来

它们飞进医院又从那里飞出来

它们飞进女人的子宫又从那里飞出来

它们飞进男人的烟斗又从那里飞出来

它们飞进人民政府又从那里飞出来

它们飞进黑洞洞的枪口又从那里飞出来

它们盘旋头顶

擦过肩膀、掠进眼睛

规整、严肃、黑压压一片

终于，蝴蝶张开翅膀

像携带细菌的口罩一样

封住了我们的嘴

《蝴蝶》无疑是阮雪芳诗歌的尝试，它是阮雪芳诗歌的例外，她的诗大部分是单句成行的短诗。

《蝴蝶》为了呼应主题，在诗形上也做了尝试，全诗连标题在内 26 行，其中最长的一行出现在第 12 行（含标题），诗歌从形式上看像一只展翅的蝴蝶，具有某种图像诗的特征。

就诗的语言来看，此诗也有以往诗歌所不具的澎湃恣肆之姿。诗开始的一系列否定性关联令人想起臧棣的那首《月亮》（臧棣从月亮之形进行的否定式连锁比喻显然更具想象的挑战性），阮雪芳从蝴蝶的相关经典进入，中国到外国，真实到虚构，文学到哲学的不同蝴蝶被阮雪芳一一否定了，她继承了第三代诗人的解构传统，想把蝴蝶身上的种种文化沉淀推开，去进入一只本然的、在场的蝴蝶（就如于坚对乌鸦的命名一样，女诗人阮雪芳选择的却是蝴蝶）。

中间从第 9 行到第 21 行的这一系列"飞进"在相近的句式中挑战着在诗歌中深呼吸的能力，一气而下的写作挑战写作者的精神视域，如果可通约的句式没有配以异质性的事物，这种写作就会被当成浪漫主义的简单排比在现代诗歌中无以立足。正是在这里，阮雪芳挑战了自己过去的小诗短诗，挑战自己以往并不强大的诗歌肺活量，更重要的是挑战了自己对世界精神本色的想象能力。在她的诗中，蝴蝶飞过古今，飞过历史，飞过抽象与具体，飞过宏大与日常，飞过成长与规训，飞过偶像与平民，飞过男性与女性，飞过男性的战争，女性的苦难，所以蝴蝶在她的诗中获得了时间的代言人功能。以前，人们用江水，用流云，用来表征时间，阮雪芳创造性地用蝴蝶扫描了生命。她精神视域的打开和语言能力的打开显然是重要原因。

放在阮雪芳本人的写作脉络中，这首诗提示了她冷静的观察下面探索的热情，她不是没有探索心的人；同时也使她诗歌主题从以往的情感体验和性别体验进入更广阔的生命体验和历史体验。

诗歌探索往往追求创新想象力，但诗歌表达准确性与创新想象力之间却构成了某种矛盾。对诗歌而言，准确的修辞和超凡的想象力是左右脚的关系。想象力迈开前进的左脚，如果没有准确修辞跟上去的右脚，就没有前进。而且，这种情况下，想象力迈的步伐越大，诗歌文本的分裂就越严重。

这里隐含着想象力与准确性的匹配问题，两者之间，准确性是基础标准，想象力是加分标准。有时候，诗人会为了准确性而调低想象的难度。表达常规的内容，容易把握的内容，实现准确性的难度就相应降低。问题是，这样的准确，往往是缺乏意义的准确。一个跳水运动员，为了准确性，而选择难度系数较低的动作，可以是一种比赛策略；一个诗人，为了表达得准确而不去挑战写作的难度、想象力的高度，写出来的作品往往没有多少毛病，但也是最大的毛病。以平庸冒充朴素，写作上丧失了跟对象之间的陌生感而进入打滑状态。以圆滑冒充纯熟。所以写作同样是需要冒险精神的，"准确"在某个作品中呈现为一种固定状态，在某个诗人身上却呈现为一种相对能力。已有的技艺，写某种难度的作品可能很准确，写另一种难度的作品却有失败——不准确的危险。

所以，对"准确"的追求并不以牺牲探索性为代价。青年诗人，在准确性上有所欠缺，或者是缺乏自觉；成名诗人，却可能在准确性标准上有自觉意识，在探索性上缺乏动力。这是各自的危机，一种理想的状态是既有能力去实现准确性，又有动力去实践探索性。

必须说，在短诗的类型中，阮雪芳渐渐地获得了准确表达的能力，也不失持续探索的动力和精神。在这两者之间，她大概前者偏强而后者偏弱。这或者是值得她思考的。

四　阮雪芳诗歌的性别场景

或许跟阮雪芳的自身经历有关，她对于主流社会的性别角色设置所带来的女性黑暗经验有特别的体察。在潮汕甚至于广东的女诗人中，阮雪芳这种性别表达的自觉是颇为独特的。

何谓女性诗歌，是个有多重答案的问题。80 年代以来由翟永明承继普拉斯的独语式表达，开启了书写女性独特性别经验和内心黑暗深渊的女性诗歌传统，而伊蕾、唐亚平、尹丽川对女性身体经验的书写，跟法国伊利格瑞和西苏等女性主义理论家对女性身体经验的强调多有呼应。所以，从狭义看，女性诗歌就是指在诗歌中传达女性成长或身体的独特经验，或者是书写女性及其社会性别身份之间的摩擦和觉悟。

广义的女性诗歌，常常被用于指称所有由女性诗人写作的诗歌。这个定义的弊病显而易见，女性虽自然具有某些女性思维特征，但这种特征如何呈现为文本上的女性特征却是需要具体讨论的。深刻地内化了男权规则的女性并不少见，我认为女性视角至少包括三个层面：其一是女性的成长和身体经验；其二是从社会性别的角度观察主流性别设定下女性经验的痛苦和遮蔽。这其实是所谓女性主义视角，女性主义视角反对的不是男性，而是男性霸权文化。毋宁说其实是一种以平等为诉求的性别视角。这是男性也可以具有的性别平等立场，所以有不少所谓的男性的女性主义者，也有大量的女性的男权文化拥戴者。性别视角层面上的书写，理论上男性也可以，但是由于缺乏一份切身体会，男性往往容易把不平等的性别设置自然化，忽略其中的等级性。第三个层面的女性视角是指女性特质投射在文本上形成的审美效果。这是最难指认的一个层面，譬如人们往往认为女性作者的作品细腻、曲折，男性作品则雄浑、崇高。这都是一种模糊而相对的判断，男性作家同样不乏细腻，女性作家也不乏追求崇高风格者。这种划分用于从整体上进行意义甚微的风格指认还差强人意，用于进行诗人个案研究则常常导致错误判断乃至于文学上的冤假错案。人们常常从这种预设中得出，女诗人不适合进行某类题材的创作，这种本质化的指认与其说发现了某种规律，不如说强制性地划定了某条界线，是值得警惕的。

所以，对我而言，我愿意从前两个层面来谈论某位女诗人的性别书写，有限度地从第三个层面来讨论女诗人整体的审美特征。

在我看来，阮雪芳是比较多地用诗歌触及女性经验的诗人，而且她显然主要是从上述第二个层面，即女性社会性别与心灵经验的摩擦来写的。

《芙蓉王》是这方面的代表：

> 他从暗处回到灯下
> 点燃一根芙蓉王
> 猛吸了一口

烟雾腾起

被热气流

一点一点

吞食

水珠滴答，脸上

分明

还有波浪的碎片

仿佛他刚从大海深处，或灾难的现场

退出

现在他

安全地

回到灯下

点燃一根芙蓉王

烟快吸完

他都没有朝暗处

斜乜一眼

似乎那个赤身裸体的女人

已被黑暗抹掉

与他

无关

此诗大概写一个性爱之后的场面，男性从身体的欢愉中出来，从黑暗回到灯下—抽烟—这非常符合俗谚所谓"事后一根烟，快乐似神仙"的习惯。"事后烟"仿佛是男性性行为后的一个仪式，是身体释放之后的另一层心理释放。在诗中，声音是缺席的，没有交流，没有对话，没有聊天，闲言碎语，甚至连争吵也没有。男性显然是背对着女性的，阮雪芳用冷峻而不无反讽的白描写道：

烟快吸完

他都没有朝暗处

斜乜一眼

似乎那个赤身裸体的女人

已被黑暗抹掉

与他
无关

　　一个也许极其普遍的性事后场面的失衡让阮雪芳捕捉到了：这是一场买欢，还是一次老夫老妻的例行公事？似乎都不是，又似乎都可以。场面被刻意去除具体性，男性角色深深地沉于自己的欲望释放中，仿佛那个刚刚在黑暗中共舞的女性，不过是一个盛放欲望的痰壶。在这场交欢中并没有任何心灵的出场和相逢，只不过是一个主体对某件物化对象的一次使用，用完就弃于一角。也许我们无须较真说即使是买欢客都不吝啬跟性工作者的调笑艳言。就态度而言，阮雪芳所呈现的这个场景无疑是具有艺术真实的。而这个场面落在男性视角中，是很难引起写作冲动的，男性写作者喜欢从性场面中去升华出政治意味和国家民族情感。最为奇特的是看过一首网络上的男性诗人的作品，内容描写一次对俄罗斯性工作者的买欢。从对俄罗斯女性的身体的占有中升华出某种中国人曾有的俄罗斯情结。那是一首令人啼笑皆非的作品，这种作品中很难对传统的性别场景背后的荒谬性有何体察。阮雪芳则显然凭着自己的性别立场表达了一种克制的愤怒。注意诗中，这盒烟叫作"芙蓉王"，这里当然意味深长，芙蓉的女性特征使得芙蓉王的吞吐间获得一种象征含义，阮雪芳用一个性后场面洞穿了大量当代男性对女性身体的一种俯视的帝王式心态。

　　如果从诗歌形式上看，我们会发现一种描写视角上的悄然转换。中国古典作品乃至现代作品中不乏女性形象，但这些形象往往是由男性来书写的。男性主体所书写的女性形象常常成了某种男性欲望的投射和对象化。钱钟书在《围城》中写方鸿渐归国船上邂逅苏晓芙，作者描写苏晓芙饱满的嘴唇，明艳流盼的眼波。在敏锐的批评家眼中，钱钟书是把苏晓芙作为一个男性欲望的对象来写的，有趣的是，性感主动的女性成为中国男性的欲望对象，却并不是他们的婚姻对象。在婚姻方面，他们往往喜欢那些如纯净水般简单的女性。

　　回到诗歌上来，很多旨在赞美女性的诗歌常常复制某种男性立场，并以美的名义完成着性别角色定位的文化规训。譬如郑愁予的《错误》，我们常常从"美丽的错误"的角度来解读其主题，从新古典主义的探索来激赏其审美创造。然而，作为一个由男性来呈现的女性（作者是男性，诗中的"我"也是男性的游子），这首诗中的女性形象处于一种典型的失声状态，她的一切完全由男性诗人和男性角色来表达，诗歌以男性的喟叹想象性地补偿了闺中等候的女性，并就此遮蔽了真实守候女性的痛苦经验（这种经验在诗歌中成为装点性的成分），将男性游子和女性守候者的性别分工加以审美的固化。所以我们在《错误》中其实看到一种典型的男性/女性的观看和被观看的关系。

我们回头看阮雪芳的这首诗，却呈现了一种女性诗人的反向观看。诗歌描写的内容虽然女性被置于黑暗中沉默，但那个芙蓉王的男性却显然在诗歌中置于一双女性眼睛的审查之下。难以想象一双男性的眼睛在这个场面中发现的是这种"芙蓉王"的荒谬。值得一提的是，阮雪芳将男性置于观看视野中，但却努力赋予其丰富性，譬如"脸上/分明/还有波浪的碎片// 仿佛他刚从大海深处，/或灾难的现场/退出/现在他/安全地/回到灯下"，这里既可视为对男性从欲望之海中退出后的描写，也可视为对男性在社会战场中的深重压力的某种体察。所以，她显然并没有把性别灾难简单地归于男性，她甚至也对置身于"大海深处""灾难现场"的他们抱有某份包容。

由于女性视角的深化和自觉化，阮雪芳诗歌的性别书写常常在冷静克制中呈现着女性生命的悲剧性，譬如她的《一把剃须刀》：

> 当你少女时，一把剃须刀引起你的好奇
> 在父亲用过之后，你拿起来，往脸上
> 推，像小小的割草器划过早晨的嫩枝
> 当你成为一个男人的妻子
> 一股吉列剃须泡沫的味道
> 扑面而来。你感到清洌的泉水
> 涌动，从身体的某处
> 在你年老时，一把剃须刀
> 将会带来什么。当他们一个接一个地离开
> 现在，你坐在客厅
> 透过镜子的影像，儿子
> 那个年轻人正第一次使用
> 你微笑，看着

此诗中，透过女性生命的三个不同时期对男性剃须刀使用场面的观看，串起了女性的一生的三种最重要的身份：女儿、妻子和母亲。剃须刀是典型的男性用品，剃须刀是男人的入场券，暗示着某种男性性别气质，它可以视为某种传统性别气质和性别身份设定下的典型道具，而女性显然正是通过对这些道具的认同而完成其性别身份的建构的。

　　这首诗写得不动声色，但却有某种暗含的机锋，女儿由于隐秘的恋父情结，是其认同男性气质和女性社会性别身份的开始；当她作为妻子时，常常因为"清洌的泉水／涌动"这种真切的灵肉交融的体验让她愿意去承担作为妻子的一切；而母亲角色却通过对儿子的爱来固定。这个过程中女性被"小小的割草器"刮去的嫩枝却少为人所察觉。

　　这首诗展示了女性对主流性别身份认同的基础，她不像尹丽川的《妈妈》一样对母亲职责发出激烈的反诘，但出示了一种温和女性主义的不动声色的悲剧性。

　　既然认识到这种被文化规训而潜移默化编织进主流性别文化身体的悲剧性，所以她也在试图退出，她在《慢慢》中展示了被编织进去的过程，也暗示了慢慢中"我变成自己"的努力：

　　　　我变成自己
　　　　之前
　　　　我是他人的一部分
　　　　是其他物质：
　　　　关窗的手
　　　　说好话的嘴
　　　　踩油门的脚
　　　　消化药片的胃
　　　　映现人群的眼睛
　　　　餐桌旁的某个座位
　　　　一本病历
　　　　身份证
　　　　几个称谓
　　　　被告席
　　　　某份合同上的指纹
　　　　奶袋
　　　　公车的填充物
　　　　快感缔造者……
　　　　那些契进去的
　　　　正在慢慢消失

　　阮雪芳诗歌的性别表达除了从女性视角呈现女性在婚姻生活场景中的悲

剧和荒谬意味之外，也触及了女性的性体验。正如女性主义者西苏等人强调没有性快感的女性是不完整的，女性应享受自己的身体一样，阮雪芳并不回避性在自己经验中的存在。《那未曾》是书写性体验的作品：

> 驶向远方的木火车
> 春天烟雨的南方兔子
> 舌尖上，蜂鸟倒悬的音乐
> 种子破壳——
> 肉体的时光之力
> 每一次靠近
> 波浪
> 击碎。那灼热
> 潮湿
> 岩石绝对的能量
> 草木生长之前
> 无意志的梦的开端
> 亲爱——
> 让我们长久保持
> 陌生。新奇
> 那尚未迷恋的部分
> 仿佛才开始相识
> 即使我已成为你的情人

显然诗歌更主要是从女性心灵的角度来写性，她不仅写性的欢愉，虽然她对性中相遇的描述颇为动人，但更值得一提的是诗中女性在获得颇有灵肉交汇意味的体验后，说出的却是"让我们长久保持陌生"。这显然早不是那种在性后退口而出"你要对我负责"的女性，享受并把握自己的身体经验，同时却不愿意受这种身体经验甚至是情感经验的奴役和规训，是这首诗的独特之处。她呈现了某种女性视野中的性景观。

五　用生命和写作相遇

女性由于痛苦而写作，是一种自发写作。很多写作的女性出于天性的敏感感受到传统性别秩序的压力和痛苦，她们找到了写作，并通过写作辨识了自己的痛苦。然而痛苦虽然文字化，却没有得到缓解，所以她们最终离弃了写作，而寻找了宗教上的皈依。某种意义上，宗教也成了写作的一个陷阱。

写作《女太监》的杰梅茵·格里尔认为，主流社会关于浪漫爱情的叙述，其实是社会对于女性进行文化规训的重要程序。女性在浪漫爱的劝说下，充满憧憬地进入了家庭，在社会关于母职神圣的编码下获得心理补偿，并因此赔上了自己的全部生命。主流社会的文化编码使得很多女性成了恋家狂和恋子狂，她们被文化建构出一种对家庭、丈夫和儿子的强烈需求。而大部分女性的生命方程式也让她们心安理得地把自己心安理得地潜入婚恋方程中去运算一生。当她们惊觉原来婚姻是一道永远无法除尽的方程时，她们又从儿子和母亲的身份中获得安慰。家庭对女性的规训作用于是复杂地呈现，女性坚持写作是一件多么困难的事情。她们很可能被赶进婚姻的避风港，然后写些撒娇的小调，或者干脆不写。如果她们坚持写的话，那么她的生命将变得特别艰难。阮雪芳是特别的，她因为对写作的坚持，而导致在日常生活中的动荡和痛苦；但这些痛苦竟然没有使她放弃，反而使她在更高的层面上跟写作相遇。

或者说，阮雪芳并不是那种因为痛苦才找到写作的人，因为痛苦而与写作相遇的人迟早要离开写作。当她发现痛苦解决了，或者发现写作无法解决痛苦时，她都将断然离开，放弃或者寻找新的解决方式。她是那种把写作当成天然的生活方式的人，所以，她越是痛苦，就越深刻地跟写作相遇，就发现写作深深地切入了她的生命。把写作当成生命的女人，"没有写作的日子是空的"，阮雪芳是一个在漫长写作中获得写作自觉的诗人，她的写作在向多种题材、多种形式、多种思考维度打开。所以，她是用生命去认同写作，她的写作动力不是源于某种名利的渴望，不是源于某种对痛苦的逃避，而是源于对写作技艺的迷恋和透过写作认识世界的渴望。这样的写作，在我看来，确是一种自觉的写作，是一种可能达致持久的写作。

稳固的写作认同的基础上，阮雪芳的写作依然充满陷阱。生活与写作如何协调，独立表达与无所不在的诱惑之间的矛盾永远存在。举例说，回到"陶元"这个笔名，这是一个中性的、温和而大气的名字，它是一种隐喻，一种生命暗示。陶可引申为一个铸造的过程，元则是本初，女性自己寻找、铸造自己的本初，这是一个艰难的过程，在社会规训使女人成为女人的过程中，女人为自己寻找一个自我，是一件多么艰难而充满陷阱的事情。

这个笔名即为一个男性诗人所提示，这当然并无不可，然而如果从隐喻的意义上看，它隐含着寻求新生的女人在男性命名指引之下行动的含义。女人新生当然并不以否定男性为前提，问题是男性的指引中也充满着种种再次当女性对象化、客体化的陷阱。这当然是隐喻意义上的。

写作永远是艰难的，女人写作必须以足够的智慧和坚韧与世界上、生命中的黑暗经验周旋。

结　语

阮雪芳、丫丫、小衣是潮汕乃至广东女诗人中的佼佼者，她不像丫丫那样斑斓，丫丫的诗中总充满如孔雀开屏般多彩的想象，丫丫如蝴蝶的尖叫激起词语小剧场内修辞的千万涌动；她也不像小衣那样决绝，小衣的诗剑走偏锋，一剑封喉，她鬼气的想象和修辞透着一往无前的狠。阮雪芳不是这样，她没有丫丫那样的语言肺活量，也没有小衣那样的语言爆发力，所以她走向冷静、精准表达的方向。她既不撒娇，也不撒野，她善良得甚至有点软弱，她甚至改了原来稍显孤冷的笔名，如陶抱拙，万象归元。在酒神和日神的两种写作类型中，她一定是属于后者的。因此，她的写作也注定是更长久的，更自觉的。她是有语言悟性和生命探索渴望的，所以阮雪芳一旦找到生命之元，就一定会走得比大部分人远。

奔跑着燃烧的诗矿

——谈丫丫的诗歌

有时候你不得不承认上天是不公平的，把那么多的阳光放在赤道，却把那么多的寒冷放在西伯利亚。让那么多的人写诗多年依然语言乏味，诗思枯竭，却让一个刚写诗不久的人像燃烧着一样迸发诗思的烟花，而且这烟花还在诗歌的天幕上持续绽放，甚至于奔跑着燃放。我这里说的是一个叫作丫丫的诗人。写诗还不足两年，却引来了民间诗坛的广泛关注和诗歌评论界的侧目。如今，各家民间诗刊随处可以看到她的诗作，在诗歌大刊上也频频露面，甚至被《诗选刊》作为头条诗人推出。著名的诗人、编辑李寒多次在《诗选刊》上选用她的作品，著名诗歌评论家向卫国称她是这么多年读诗生涯的一个奇迹。显然，她已经被视为一个充满潜力的诗人，而且正在向更加广阔的路上撒腿狂奔。

作为一个跟丫丫有着较多交往并近距离观察了她的写作轨迹的诗歌评论者，我认为我或许陷入了一种"老花"效应，向往着远方的景观，却对身边的风景缺乏敏感甚至充满警惕和怀疑。我是通过诗人黄昏认识冷雪、丫丫这批潮州本土的诗人的，我开玩笑说，自从《九月诗刊》取得影响之后，那些潜伏在本土的诗人们纷纷嗅到气味，自觉地在黄昏的身边现身了。冷雪出现的时候，带来了她的《经霜的事物》，丫丫出现的时候，却什么都没有带来，黄昏介绍说她以前是写散文的，现在正在学写诗歌。在我的偏见中，什么都不会写的人，就宣称是写散文的。丫丫参加了我们的诗歌选修课、读诗会等活动，但是我一开始却没有读到她的诗歌。感觉她是一个大大咧咧甚至太闹了的女人，她声称要踹开黄昏的办公室，把黄昏从休息室拎起来（黄昏听完只是嘿嘿笑，我们不得不对黄昏对年轻女诗人这种无原则的微笑在内心表达极大的"鄙视"）。这个据说会跳舞、会弹琴的女人，在我的自以为冷峻的眼中，就是一个舞跳不动了，琴弹不了了，在业余艺术圈中混不下去跑到业余文学圈来混的女人。这样的人，诗歌估计不会很好，我当时想；所以我并没有关注她的诗歌，她的博客倒是很热闹，点击量不低，成天热衷于去和人互相光顾提高点击量，诗歌估计不会很好，我当时又想。当然也在博客上瞥过几眼她的诗歌，又印证了我傲慢的第一印象。

大概是在去年冬天的一个周末下午，我们在黄昏的办公室举行了一个小型的读诗会。丫丫带来了她的几首诗，其中包括了《刺》《灯神》《归》这几首，不得不说，那些句子在寒冷的天气中特别突出，简直是照眼地亮了。大家一致觉得丫丫进步了，并突然发现，这个学艺术的女人，确实是有语言天分的。更准确地说，是有诗歌的天分。丫丫似乎天生就是写诗歌的一把好手，一个重要的表现是，她以后写的诗歌中，总有奇特的诗歌想象和出人意料的词语创造，她似乎就是一个词语的魔法师，总会在诗歌中变幻出种种奇异的景观来；另一个重要的表现是，到目前为止，丫丫诗歌以外的文字总是不免让人觉得稚嫩甚至于乏味。而一到诗歌的领域，她又大展身手得让你误以为这根本就是两个人。丫丫从不讳言她不读书或很少读书，我小人之心地觉得这是对她才气的炫耀，但从她目前的诗与文中，你又不能不承认这是真的。或许这就是文学吧，很多人学了很多，练了很久，文章老练、识见不凡，但写起诗歌却依然没有那种让人眼前一亮的感觉，因为，诗神并没有在他/她的身体中埋藏着诗思的矿藏，而丫丫的身体，无疑却是诗矿含量极高的所在。

以上所言无非泛泛之谈，颇类欲扬先抑的广告，所以，我们还是进入丫丫的诗歌，来一番显微镜底下的语言质检，看看她的作品有着哪些特殊的新质或微量元素。

现代诗歌由于挣脱了传统格律的紧身衣，追求诗歌表达的多种可能性，没有一个放之四海而皆准的文体模型可以作为分析时的凭借，所以常常导致很多读诗者的阅读晕眩和无效解读。但是诗歌分析的基本要素并非没有，我曾把海德格尔所谓的"天地人神"和诗歌进行简单的对接，认为诗歌中也存在着"天地人神"，即诗歌想象（天）、诗歌语言（地）、个体经验（人）、发现存在（神）。这当然是一个很简单的类比，海德格尔的"天地人神"讲的是人的"安居"，这里的"天地人神"或许可以某种程度上解释诗的"安居"。具体到丫丫的诗歌，她在诗歌语言和诗歌想象方面无疑有着精彩的表现，而在个体经验和存在发现方面，也有着自己的努力。

一　拼贴：雕刻词语绚烂的风景

我们知道，诗歌写作，无非从一个词开始，如何从无数在日常的使用中变得黯淡无光的词语堆中拈出某一个，让词语发光，让读者眼睛放光，是考验诗写者的才华和功力的。这种功夫，类似于用修辞之刀雕刻词语。丫丫在这方面总有着让人出其不意的表现。我们来看看这首《即兴曲：空心的时光》：

> 那些零碎，小小的快乐
> 在这样慵懒的午后，适合
> 用来打水漂。像小石子一样
> 在水面上翻跟斗
> 一次，两次，三次……
>
> 早春的雾气
> 让那些想象力充沛的人
> 汁液饱满。仿佛轻轻一摁
> 唇间涌动的新鲜浆汁
> 便会不自觉，流淌出来
>
> 在一整片深桨的水域中
> 我用腹语，反复呼喊
> 却寻不到一根搭救的蒿草
>
> 四周空茫
> 镜子里的松果，一颗颗
> 无理由地坠落

诗题的中心语是"时光"，这当然是个诗人们爱用的词，单此一词，却也因不断使用而使诗意单薄了。所以，必须对"词"进行雕刻，比如在动宾搭配中强化诗意，著名导演塔可夫斯基认为电影是在"雕刻时光"，雕刻时光的表达使时光成为可感可操作的对象，正是在动宾搭配中显出意味。丫丫此处却是用最简单的偏正修饰，也就是加形容词：××时光，她用的是"空心"，"时光"顿时触手可及了，大概意指某些百无聊赖的生命片段。这首诗的好，当然不仅因为一个诗题，而在于丫丫总有本事对词语进行各种诸如此类的雕刻、打光和加柔。手段细究起来也并非多么了不起，但是效果上却往往恰到好处，简单的词语因此而流光溢彩起来。这大概就只能以诗才谓之（向卫国先生就惊呼丫丫是个诗歌的天才）。

此诗第一节，以场景化来构造，散漫的口吻和口语句式，却让人眼前一亮。核心无疑在"快乐……适合用来打水漂"，其他的词语都是围绕这条词语的转轴来展开：零碎的，午后的，小小的，只是对快乐的时间、情状上加以补充；而"像石头一样，在水面上翻跟斗，一次，两次，三次"则是对打水漂的补充和展开了。我们在读诗会上读过这首诗，当时我提议大家模仿第一节，以"快乐，适合用来×××"造句，有人说"快乐，适合用来吐烟圈，一圈，两圈，三圈"；"快乐，适合用来读旧信，一句，两句，三句"，事实上，这两个模仿都是不恰当的，因为在丫丫的诗歌中，"快乐，适合用来打水漂"中的"快乐"是一个可触可感的对象，它正是用来打水漂的"手中物"，那种形象性并非模仿句子可以比拟，而且又跟前面的"小小的""零碎"对应起来，句子在形象性的同时有着内在的严密性和自洽性。以至于我们希望在"打水漂"这个位置上替换其他词语却无果而终。

如果我们看整首诗，就发现丫丫极善于进行形象化的艺术思维，某个瞬间，某些片段和细节，在她那里总是被呈现为全方位的感觉互动，第二节中又用唇间液汁流淌来形象化"想象力充沛的人"的那种饱满状态。说起来，这里无非是形象化和通感，也是耳熟能详的手法了，但善用者却往往举重若轻，恰到好处。王小波说小说家必须有些"无中生有"的能力，那么，诗人就必须有些化平淡为绚烂的本领了。怎样把平淡无奇的细节、瞬间拉开、延长并敞开一个形象化的空间，这就是艺术思维大展身手的地方了，这也是诗人语言质地上之卓越或庸碌的分水岭。

继续看丫丫雕刻"时光"的表现，"时光"这个词在她的诗中有着不同的使用：

> 可是，这有什么办法呢？
> 人与人。男人与女人。有着太多的不同
> 就像我喜欢雪白的时光，喜欢坐下来安静地谈情
> 而我的男人，他喜欢雪白的大腿，喜欢随心所欲地做爱
> ——《情人节，偶遇帕斯捷尔纳克先生》

> 左手提着变质的时间，右手
> 提着新鲜的孤独
> ——《变奏：宅时代》

看起来，丫丫偏好用形容词去想象时光的多种状态，时光于是被赋予不同的质地，提炼出不同的意蕴。我甚希望丫丫来完成一个"关于'时光'前面形容词的 N 种形态"，不知她能够翻新出几款来呢？这当然仅是玩笑，诗语

之获取常在于妙手偶得，命题之下，往往得出些平庸的结果，丫丫也是，这我们也是试过的，我不觉得她是一个词语翻新的机器，只想说明她语言运用的才华。

有时词语的妙用，并不在修饰，而在不修饰。不修饰的词语关键在于看似无意却饱含匠心的选词，这方面丫丫似乎也有天分：

> 迷宫中央
> 某些话语，找不到线头
> 寒夜，双耳失聪
>
> 用方言，喊出一个名字
> 回声，在牛皮信封里
> 凝固
>
> ——《空城》

这里说到底是怎么样在现代汉语中继续进行"隐喻"的创新。隐喻既是汉语的特性，同时也是一种在现代汉语诗歌中被质疑过的修辞，最极端的是于坚所提出来的"拒绝隐喻"。于坚的诗学倡导当然自有其现实和理论的针对性，也在他的诗歌实践中创造了优秀的文本。但是，从诗歌的特性说，隐喻又不可能真正地被拒绝，所以，问题事实上就被转化为如何更有效地在现代汉语诗歌去使用隐喻。于坚的倡导其实为我们提出了一个警示：那些在汉语诗歌传统中沉淀下来的意象必须被审慎地使用，如其不然，它们就徒具审美的外壳，并将成为跟诗人心灵无关的现实遮蔽物。

当代的汉语诗歌写作中，张枣是一个对名词的隐喻使用有着特别尝试的诗人，譬如他常用到的"木梯""镜子""理发师"等词就充满着创新性的隐喻。我要说的是，汉语由于其特性，词语具有其本义、核心义、引申义和特别的文本义。所谓隐喻，就是文本义和核心义之间的距离。一个在使用中日益老化、固化的隐喻，文本义和核心义的距离在不断缩短，文本义一旦和核心义重合，诗性就基本消失了。所以，诗人必须在具体的写作中去为词语创造文本义。但是，此间的问题又在于，文本义的生成并非绝对自由，而是作者和合格读者之间的微妙契约，而契约的条文是基于诗歌文本（小本文）以及文化背景（大本文）。如果一个隐喻永远不能被洞悉，那只能说，诗人对自我心灵景观的加密产生了乱码，它已经不再是一种艺术，而是一种无聊的游戏。

诗歌是一种讲究瞬间到达的艺术，所以，名词性隐喻的有效使用就至关重要了。上面的诗行中，"线头"和"牛皮信封"就是有效的表达。"线头"不但赋予"话语"以形象，而且又赋予它"牵一发而动全身"的功能，所以，它的含义在一个词中就引而不发，"牛皮信封"也是，这里不展开。诗句中或许并没有值得一再阐发的微言大义，但是对于词语细节的处理乃显示出诗人的功力和天分，这里的处理在丫丫的诗行中俯拾皆是。

丫丫的诗歌让人印象深刻的正是她那种对词语创造性拼贴而产生的微妙、贴切的效果，顺便举几个看看：

南方的冬天，爱已断奶
那片停落在窗棂上的雪花
丢失了秘符

———《与浪漫主义无关》

我缄默。这些年
生活的几何学，教会了我
平面与立体，理论与实践
相同的命题，可以有着截然不同的结论

———《两条平行线的交点》

交出我的姓氏、身世、声誉，
设了密码的灵魂和躯体，以及
只有我一个人的祖国

———《对一首诗虚张声势》

呛人的荷尔蒙
消磁的信仰
来不及转弯的浪漫

———《即兴曲：等》

香气的汛期
转瞬即至
潮水涨过她
荒凉的心

———《即兴曲：桃花》

他的"鱼筐"仍是空的

一如今晚的我

——《变奏：伪。读诗会或纪念日》

干杯吧！神志恍惚的星期六

除去所有衣物，两个裸体清脆地碰响

空间的伤口，时间的盐

多么恰如其分的超越和伤害

——《变奏：非命名，第六天》

拼贴是一种后现代语境中大量使用的文化策略，同时也是在诗歌中大量被实践的文本修辞，它跟特定大文化的瓜葛我们不在这里展开，只是想说，这种修辞未必伟大，它在丫丫诗歌中其实是信手拈来。有时候你不得不去佩服或惊讶，她的脑子里何以总是在闪过一些名词（爱、生活、灵魂、躯体、荷尔蒙、香气、裸体）时，又同时闪过那么些既不相干又如此契合无间的修饰（断奶、几何学、加了密码、呛人、汛期、碰响）。这些在日常使用中分属于不同层面的词语为丫丫所驱御，服服帖帖地组合成它斑斓的诗歌地图。你可以说，此雕虫小技尔，但你也不得不说，此诗才也！至于语言上的这种创造力和错位拼接能力，我认为必须到诗歌想象中去寻找答案，这个问题，我们下面会进一步分析。

二 诗思：从手绢到玫瑰到火焰的魔术

波兰诗人辛波斯卡说"再没有比思想更淫荡的事物了"，所谓"淫荡"或许指的是无拘无束地寻找"交配"的欲望；而思想无疑也有着无拘无束地寻找新可能性的冲动。思想的道德在于打破"从一而终"，在于各个交欢并繁衍出灿烂多姿的后代。由此而言，我们或许可以说，"再没有比诗歌更淫荡的文体了"，从词语、修辞到场景、想象，诗歌思维无不显示出对"语言混居杂交"模式的衷心向往。无论是蒙太奇还是通感、拼贴，都是企图从日常用语指定的语言婚姻中出逃，去寻觅词语自由主义的"纵欲生涯"。诗人语言的绚烂，或者在于一种"淫荡"的诗思。"淫荡"当然是比喻的说法，跟苏桑·桑塔格所谓的"色情的文体"正是同样的道理。诗人如若欲求诗歌之独特，当追求诗思的独特，此一点，在丫丫这里也是一再证明了的。

丫丫诗歌令人印象深刻之另一点，正是她的几乎每一首诗中，都有出人意料的想象。如前所说，她如一个魔法师一般，把诗歌变成一场表演，左手的手绢在右手就成了玫瑰，转回左手又成了火焰。

所谓诗歌思维，从本质上说是一种有意蕴的形象思维。我们的日常成人思维，事实上是为了适应社会生活需要而形成的对生活世界的认知。近代以来，社会生活中的成人思维事实上是主客两分的认知性思维。这种思维中人被确立在一个认知本体的位置上，世界就是我们认知的对象。而认知的工具，又主要以近代西方的科学化思维为主。所以，当一棵树进入一个未被社会化的儿童眼中时，经常是以形象化的形式出现的（遮风挡雨的树宫殿，有胡须的树爷爷，等等），但进入成人社会以后，这种思维日益被压缩，树开始被转化为一种功能性的存在：树不是人，树是一种植物，树具有光合作用的功能，打雷不能站在树下，等等。日常思维对世界的认知总是以压缩形象思维为代价，而诗歌思维某种意义上说是必须逃避日常思维的。所以，诗歌思维常常表现出童话思维、置换思维、天人思维等非科学认知性特征。

回到丫丫的诗歌，丫丫从不讳言自己不读书或少读书，她自称读书极少，不爱读书，但是一本书一旦被她读进去了，她就会变幻出很多东西来。这些话不管解读为对自己诗歌才华的无意识炫耀还是对客观读书状态的描述，我认为都无关紧要。重要的是，或许正是因为她几乎没有被迫接受过理论的训练（中师艺术专业毕业，没有学习理论的强迫性需要），进入一种理性的思维逻辑中，她的头脑中那片诗矿才没有被大面积地破坏。这里不是说理论思维和形象思维绝对对立，但相对对立是客观事实。当然有着不少在理论和诗歌方面都有很好作为的人，当代比如废名、郑敏、臧棣和胡续冬这些诗人，他们在理论和诗歌方面都有建树，但不得不说，一方面这是他们较高的天分，另一方面他们的诗歌也在很大程度上智力化了。

当很多人为一个奇特的诗歌场景而抓破脑袋的时候，丫丫最不缺的却是各种各样稀奇古怪的念头。所以，我们总是可以在丫丫的诗歌中读到很多特别的想象化场景，诸如"骨刺的暗语""我的耳蜗长出一条长草"之类的想象到处皆是：

床、梳妆台、墙角的仿真百合
窗帘、地上的灰尘，甚至
她脸上浅浅的小雀斑
便不安分地，动了起来

噔，噔，噔……她听到有人在体内

爬楼梯的声音。沿着肋骨，拾级而上
如果没有猜错，那人一定是
左手持着火把，右手拿着铁锹

——《灯神》

我承认：
我的神经兮兮与胡思乱想的坏毛病
有着不可分辨的关系

刚刚我不经意路过一个玻璃橱窗
看到一个熟人。她的体型，相貌，神情
像极我自己。我停下，与她对视

这个时常搅得我心神不安的主犯
竟对着我诡秘窃笑。噢，猖狂的家伙
真的无计可施？

我犹豫着。轻车熟路地
她又一次，偷走我的思想
在别处，精准地复制

——《主犯》

在现代快节奏和多层面的生活中，人们常常受着精神分裂之苦，或者说，每个人都难免有着多重的自我。诗人就更是如此了，理智与欲望，精神与物质，禁锢与自由，这种种的分裂常折磨着诗人。丫丫或许是也为此所苦，所以写作的那个自我就把那个弄得自己心神不宁、焦灼不安的自我指认为"主犯"了，怎样让这个主犯在诗中现身呢？丫丫借助了一面路边的玻璃橱窗，这无疑是中国古代以至现代诗歌中"镜子"使用的一种变体了。透过橱窗之镜照出自我心灵中的他者，这个对"我"诡秘窃笑，而我却"无计可施"的家伙"又一次，偷走我的思想/在别处，精准地复制"。这里说明，"我"是在突然之间才惊觉到另一个自我对我的入侵的，它在我的意识潜流中运作，竟如小偷一般，等到发现，往往已无可奈何了。这里借助于第三人称和第一人称的心灵对话进行的戏剧化想象其实在 30 年代卞之琳的诗歌中就开始了，但丫丫的戏剧化，更为简单和形象，她应该也没有读过太多卞之琳的诗歌，只是其诗思任意所为的产物。

在丫丫以想象见长的作品中，我比较偏爱下面这首《变奏：片段》：

巨大的浴镜前

我小心翼翼

穿上——

不锈钢内衣

塑料背心

红木短裙

玻璃外套

橡胶连裤袜

水泥长筒靴

最后不忘戴上

亲爱的纸花小礼帽

你站在镜子背面

一语不发

拿着透明螺丝刀

不慌不忙，将我

一件一件，一点一点

拆下来——

我终于成了

一堆废土

2011 - 04 - 26

如果说这首诗同样是采用戏剧化手段，并且同样是在现实的场景中引申出的奇异想象的话，那么，它跟前述想象的不同在于它显露出来的明显的超现实主义特征。同样是面对镜子，丫丫一定是一个喜欢对着镜子臭美的女人，但是看来她对着文字之镜时还不仅仅是臭美，她把现实的思考跟超现实的想象无间地融合起来了。第一节写对镜穿衣的过程，奇特的是那穿上的衣物的"硬物化特征"。无疑，内衣、背心、短裙以及衣袜这些都应该是贴身而柔软的，而如今"我"穿上的却是不锈钢、红木、塑料、水泥这些无比坚硬材质的衣物。显然，这里就是一种身份想象了：在镜前整装准备外出，所以必须为自己准备另一个可以融入公共生活的自我，或者说这身准备，乃是公共生活对书写者自我的塑形和定性。第一节在衣服的软与硬所展开的张力空间中展示了异化的过程。

有趣的是第二节，第一节是穿，而第二节却是脱，是拆（是对坚硬之物的"脱")。"镜子背面"究竟是什么位置呢？这显然不是现实更衣者的背面，而是更衣者的对面，就是镜子里面了，这不是一个现实的位置，而是一个想象的位置，所以，那个"你"，如《主犯》中的"你"一样，只不过是另一个"我"罢了。当一个"我"在穿上坚硬现实之衣的时候，另一个"我"却拿着螺丝刀，用小刀把这一切不慌不忙地拆散。所以，这首诗在我看来和《主犯》一样，都牵涉内心的拉扯和撕裂。

丫丫诗歌中这些"淫荡"的想象比比皆是，也正是她诗歌的特色，包括像《梦里的布拉格广场》《变奏：阳痿者》等诗中都有出色的表现。

三　经验、发现和待涉之河

老实说，丫丫在语言和想象方面都有令人侧目的天分，但这些天分却还没有惊世骇俗。她的语义修辞和诗歌想象并没有开创性地超越了前人的诗歌实践。在诗歌艺术上的开创既是天分也是机缘，实在是太难太难了。所以，大部分的诗人，在语言想象的储备之外，经验和发现也是他们让人记住的重要环节。

在诗歌写作的历史中，总有人靠着对特殊经验类型的敏感表现而为诗歌添光增色，譬如翟永明和伊蕾等人之于性别经验、韩东之于市民经验、黄礼孩之于宗教经验、郑小琼之于打工经验，等等。以丫丫极其平坦和幸福的现实生活而言，她并不可能占有什么独特的经验类型。但是，她也绝不是满足于在诗歌中卖弄撒娇和低吟浅唱之人，她总是努力地去思考和发现。就目前而言，她的题材领域除了爱情外（向卫国先生的诗评对丫丫诗歌的爱情主题有比较深入的分析），她也思考了自我内心的撕裂和纠缠（上节在分析她的诗歌想象时提过的两首诗即是）、婚姻中的性别对峙、女性在传统婚姻中的内耗，时代之恶在人身上的投影，并试图在此基础上去呈现当代经验，去写出配得上这个时代的诗歌。

> 这该死的东西。潜伏在他们的私生活里
> 像有毒的香水，散发着小狐狸的气味
> 诡秘。时隐时现
>
> 它，穿透发了霉的硬币背面
> 暗长在无色无味皱褶婚姻的缝隙

　　在红男绿女食不果腹的孤独里

　　一个带杂味的眼神
　　一条神差鬼役的短信
　　一场空穴来风的际遇
　　呵，这藏头露尾的鬼东西
　　冷不丁便会插伤信条和教义

　　而被戳痛了的人心
　　即使滴着血，也没有人喊疼
　　只是说：痒

——《刺》

　　刺是包裹在婚姻中无所不在、触手可及的小障碍，在"私生活"中"时隐时现"，正所谓"暗长在无色无味皱褶婚姻的缝隙/在红男绿女食不果腹的孤独里"。"刺"这种婚姻生活中的暗流，无形却有味，它不是血淋淋的刀，不是撕心裂肺的痛，而是一种若有若无，时来时去却又让人猝不及防的"痒"。丫丫在这里所捻出的"刺"和"痒"，互为表里，正是阐释日常婚姻的有效表征。

　　而在《归》中，丫丫主要从女性的角度，把婚姻诠释为一场姓氏、身体以至于心灵的"迁徙"：

　　米白色的小教堂，举行着一场葬礼
　　她的姓氏被迁徙，乳名被切割
　　吐着浅蓝火舌的躯体，被
　　命名

　　小木屋之外，少女时光被插植成
　　白色栅栏。柴扉或掩或开，竹篱外的葵花
　　只剩，一个方向。跟他上山砍柴
　　为他洗衣烧饭，缝裤补衫，疗病舔伤
　　生下儿女，一双

　　三两声鸟鸣、虫叫，一丝花香，几缕山风
　　还有他的一声声轻唤。她，寄隐于
　　一幅水墨风情画中。像诗般

　　将柴、米、油、盐，分行

　　活着与死亡。有时只是
　　对方的另一种，表现形式
　　地狱与天堂，也是

　　她，正从一扇门。通往
　　另一扇门

——《归》

　　婚礼被设置在浪漫的白色小教堂，接受着神和众人的祝福，这是所有婚姻的开始。然而，第二节马上从女性的角度对来展现婚姻对于女性触目惊心的"切割"与"迁徙"："少女时光被插植成/白色栅栏。柴扉或掩或开，竹篱外的葵花/只剩，一个方向。"女性在被合法化的"嫁出去"的婚姻制度中所承受的定型和宰制，从米白色教堂到白色栅栏的词语转变中可以窥出。

　　有趣的是，这首诗名为"归"，婚姻常常被视为女人的归宿，可是丫丫眼中，婚姻何尝不是一场刚刚开始的迁徙和流浪。所谓找到归宿的人，又该"归"向何方？婚姻，是从少女之门通往女人之门，可是在婚姻中承受着迁徙之痛的女人，又该通往哪一扇门？

　　在我看来，丫丫写出的最配得上当代经验的应该是这首《变奏：阳痿者》：

　　这并不是什么不可告人的秘密
　　被砍伐的树木
　　始终不发出任何声响

　　刀痕经常不落在躯干本身
　　阴影上的伤疤错落有致
　　知情人从不随口说出真相

　　他拿城墙当书籍阅读
　　有时书里散发出的草香夹杂
　　油漆气味

　　他找不到医治的药引
　　历史是执政者的绝缘体
　　无弹性。不透气。

·105·

街道，广场，教堂

灰尘横行……

他的偷窥癖无处可施

坚挺的理想溃败于疲软的时代

随身所带的避孕套，不是器具

只是玩具

2011 - 04 - 21

以病为喻，第一节就直接凶悍得让人惊心：树木，被砍伐，却从不发出任何声音，而这"并不是什么不可告人的秘密"。人尽皆知，在这个时代被砍伐的人们，已经拦腰截断的人们，却不认为砍伐是不可告人之羞耻，反而以病为荣者，实在多的是。这就是所谓的"伤痕从来不落在躯干本身/阴影上的伤疤错落有致/知情人从来不说出秘密"。一个病了的时代，所有人却共同缄默，刻意地把病（诗中用的是伤痕）给集体掩埋了。其间的悲剧性，有如鲁迅当面所描绘的"无物之阵"。战斗而没有对手，敌人却掩藏在所有日常的笑脸中。病而所有人皆不以为病，并且恪守着同一个秘密而后去附和轻的生活。

第三节"城墙"与"书籍"的比喻都奇特而有力，"墙"是另一个当代人所共知又共同缄默的秘密。与"墙"共存者，在把墙当成书阅读时，如何能不从青草中嗅到"油漆味"。这是丫丫对当代生活悲剧性的另一层书写，虽说她说出的并非人所未言，但应该说是尚没有用诗歌的方式去表现的。同理，第四节对"历史"的认识，并非多么了不得，关于历史的叙述，俏皮者如胡适认为"历史是一个任人涂抹的小姑娘"，深刻者如罗兰·巴特说："历史家越接近自己的时代，话语行为的压力就越大，而时间也就越缓慢：两种时间制不是等时性的（isochronic）""历史话语大概是针对着实际上永远不可能达到自身'之外'的所指之物的唯一的一种话语。""历史的试金石与其说是现实，不如说是可理解性（intelligbility）。"（罗兰·巴特：《历史的话语》，《现代西方历史哲学译文集》，上海译文出版社1984年版）但是丫丫以一个诗人的方式去表达历史，她用的是"执政者的绝缘体，无弹性，不透气"。其表达之简略与蕴藉，我们只能说，诗人不是思想家，诗人用自己的方式处理了思想。

第五节是上面的自然延伸，无所不在的墙所构筑的街道、广场、教堂，自然抑制掉人的"偷窥欲"（注意这里的反讽），公民是有东张西望的知情欲和知情权的，但人民的知情只能被定性为"偷窥"。所以，前面五节的悲剧性铺垫推出了最后的高潮：

> 坚挺的理想溃败于疲软的时代
> 随身所带的避孕套，不是器具
> 只是玩具

当然，最后是不是需要一个这么直白的"高潮"，还值得再探讨，但是这首诗说明丫丫并不甘于仅仅处理那些个人闺中闲愁之类的经验，而更愿意用笔去承担和探索当代生活和当代经验，这无疑是难得的自我打开。

结　语

应该说，丫丫是一个极有潜力的诗人，她的某些诗歌比很多写诗多年的所谓诗人都要好。但是，这并不等于她已经是一个优秀的诗人。这表现在，她的写作还并不真正稳定，很多诗歌质量还有较大起伏，她写短诗往往有出色表现，而一旦处理长诗，写作手段上开始变得不够用而不得不乞灵于浪漫主义的呼告抒情；写作的持续性问题，作为一个不怎么读书、生活阅历也并不丰富的诗人，才情能支撑写作多久，这是一个问题。从目前看来，丫丫可贵之处在于，她真正把写作当成生命中一件重要的事情来做，或许正是这种投入导致她写作的燃烧，但是她能够把这种"燃烧"的激情保持多久，同样需要观察。所以说，诗矿（说到底就是诗才）的存在，或许可以成就一个让人惊讶的潜力诗人，却未必会成就一个优秀甚至于卓越的诗人。丫丫足以让人期待，但也千万不能被太多迅猛扑来的"赞美"所"捧杀"，"虚荣"可以点燃写作，但不会是写作持久的燃料。

写于 2011 年 10 月

日常与超越

——读余辜近年的诗歌

余辜本名余史炎，这个笔名很狠，所谓死有余辜，一了百了实未了，还有抵偿不尽的罪愆。我不知道史炎当年为何取这样一个笔名，是出于对生命深深的自罪意识吗？还是出于青春期的浪漫无畏，语不惊人死不休？很可能是后者，因为"余辜"这种带着恶魔气息的笔名跟他的作品并没有对应性。事实上，青年期余辜是一个浪漫而善作情诗的抒情诗人。

有一段时间，余辜的写作处于既显露又蛰伏的状态。所谓显露是诗名已为大家所知，而且也没有小说等其他写作追求；所谓蛰伏是他不断释放出某种"不写了"的信号，他也并不热衷于在各种象征资本更高的官刊粉墨登场，或在热闹喧嚣的诗歌现场换几副金光闪闪的假面。所以，有一段时间，我其实有点担心，甚怕他在忙碌的世务中一去不回。可是，余辜近几年拿出的作品打消了我的担心。读诗通常使我们更靠近朋友们的内心，他的放荡不羁和浪漫温情并未改变，他骨子里那把傲物的骨头和在日常中觉悟的精神阅历使他的写作有了越来越开阔的超越性层面。

在我看来，余辜近年的写作呈现了一种在日常中羽化登仙的精神姿态。从前，余辜写作日常，当然不无诗意和才情，但是写日常只是日常，其自身的生命体悟并不浓厚。如今余辜写日常，既有对日常的眷恋和体认，但更多了份对日常超越性的情怀。所以，日常如果体现为一饭一蔬，超越便体现为"米饭情书"："到了一定的年龄，不适合再用玫瑰/书写路灯下的夜色。只有米饭/作诗，写在瓷碗中淡淡的味道"；"世界就饭碗那么大，琐碎的饭粒/抱成一团，日日如是/风雨在外面，不经意间成了我们的谈资"；"米饭不多，每天都抱成一团/每天都在碗中，散发着朴实的气味。"（《米饭情书》）

到了用米饭书写情书的年龄，生命也有了诸多不经意的领悟：我们的身体栽种在现实中，经受生长枯死，这是日常；但余辜又顿悟道"我们在同一个地方/宇宙、沙子同样广阔"（《我们在同一个地方》）。站在日常，超越日常，这意味着余幸已经过了那个构想"天涯新娘"的浪漫青春阶段，如今的他更欣赏的状态是"在一个叫巷口的地方，拥抱这个世界"。巷口是一种日常，如果日常不能跟更广阔的谱系相连接，日常就会显露出令人喘不过气的惰性和压迫性。可是在余幸这里，日常成了这样一个地方：

> 无数次站在那里看落日
> 无数次想着那里群山青翠，与麻雀分享粮食
> 无数次坐在那里看着寨门上的"桂云楼"
> 无数次想着在此可以是画中的几百年

——《巷口》

巷口作为日常一旦成为可以思接千载、视通万里的所在，巷口便可以是天涯，而日常也便成了云淡风轻的瞭望台。我以为余幸近年诗中呈现出来的精神姿态，是他沉潜地自我审视、自我清理的结果；也是一个诗人从青春向中年转型的自然结果。这种转型使他的写作除了书写自我的日常之外，往往包含着对现实和俗世的审视、反思和超越。我对他的这首《晚宴》印象深刻：

> 晚宴是最迷人的
> 可以安心接受一顿饱醉
> 来自四面八方的宾客
> 纷纷落在饭桌上
> 这是常有的事。主人脸上的光
> 身不由己的声音在开花
> 眼睛不停奔跑，今天谁邀请
> 那个低着头的人
> 他也满怀祝福。他看到
> 一群远去的马匹
> 桌面的草原空空荡荡
> 惟有忙碌的女人在行走

2013－10－27

是的，他写的无非是恬适晚宴中沉默低头的边缘人，他的内心也满怀祝福。如果仅止于此，那便只有日常，这首诗的看点在于化实入虚的本领：设想一下，迷人的晚宴中，大家都把酒言欢，只有那个边缘人看到了："一群远

去的马匹/桌面的草原空空荡荡/惟有忙碌的女人在行走"。骏马遁去，只有庸常盘踞在饭桌上，因此"空空荡荡"写出的其实是对现实理想性失落的隐忍忧伤。这首诗令我想起东荡子那句"他总在宴席散尽才大驾光临"，并非所有诗人都能在喧嚣的宴会场景中写出这种超越性的精神省思的。也许是因为余幸的心灵已经接通了凝望永恒的通孔，他的书写，即使有着极为直接的现实经验，但依然有跟其他经验分享的超越性，譬如这首怀念母亲的诗：

> 为什么还听不到她的声音
>
> 这是往年离去又再来的秋
> 我重新回来坐在木椅上写诗
> 我听过孩子渐熟的歌声
> 也常有她们清脆的哭泣
>
> 一个人逝去，这尘世依然喧闹
> 我敲着冬天的门环，等待了无数首诗
> 却为什么还听不到她的声音
> 为什么只能见到墙上褪色的微笑

2013 - 10 - 29

他曾用动人的散文文字书写了母亲离去产生的心碎感受，这首诗无疑也是怀母之作。可是，我总觉得，当他把这份伤逝之情置于"往年离去又在来的秋"的季节转换和对"这尘世依然喧嚣"的审视中，"为什么还听不到她的声音"便不仅是在怀念一个人，而是在审判一种存在。

回望及其诗意

——读向北的几首诗

向北，真名姚则强。笔名用于写诗；真名用于论文。向北写诗多年，姚则强醉心诗歌研究多年。我相信，姚则强的研究一定给了向北的写作很多推力和枷锁；事实上，向北之名就是姚则强取的。为什么是向北？而不是向南、向西、向东呢？我自己的猜测，向东朝气蓬勃、晨曦带露，这般励志而普遍应用不像笔名；向南有一股扑鼻而来的潮湿黏糊的南方的忧郁，固然有诗意，也许不合他的趣味；向西，好吧，"一路向西"，后来已经被玷污了；什么，向北取名时还没有《一路向西》这部电影？我的感觉是，古典诗歌不乏"帘卷西风""月满西楼"这样的意象，以至于向西实在太消沉了，他一定也不喜欢。至于向北，对于南人来说，大概代表着辽阔、苍莽、干燥而高远的境界。在这个意义上，向北是堪当笔名的。在我看来，所谓诗意，是必须从现实中疏离出来的。现实金碧辉煌使人沉醉，飞沙走石使人疼痛，这些都是经验，而非诗本身。人必须既充分地占有经验，又从经验中抽身而出，才能真正跟世界相遇，这时便有诗心，诗心如果能与对的语言相遇，才成了诗歌。

现实的情况是，很多人的诗中只有经验，而且这经验也不新鲜独特；另有很多人的诗歌只有经验，这经验虽然不乏情思，但没有遇到对的语言。这样的"诗"读起来必然面目模糊，经验没有独特性，语言也是公众化的。这大概是很多写诗者的必由之路，从校园诗人到资深青年诗人，向北也是从这条路上走过来的。可是，他的近作却令人惊喜，因为他的诗歌不但有了让人觉得"就该如此"的语言，也有着既携带经验，又疏离经验的回望姿态。"活到三十岁，生命就荒凉起来"，这是小说家路内在《慈悲》中说的。可是，活到五十岁依然懵懵懂懂的大有人在。只有懂得了肃杀和荒凉，站在更远处回望，生命才会有更多的况味。这是一种中年的姿态，一种哲思的姿态，也是向北几首诗中呈现出来的诗意姿态。

《远游》中诗人写道：为三十年后挑选一个好天气/在微风吹拂的山冈/白

发弯腰相见/看她艰难地放飞/手中的枯叶/走下山/黄昏和她一样缓慢。这里
有类似于《当你老了》那种预述未来的视角，将视点放在三十年后，写生命
晚景中的爱情绽放。"黄昏和她一样缓慢"，她的缓慢来自年龄，黄昏的缓慢
则来自心境。一种愿意湮灭在时光中的慢和从容，我以为这就是懂得停驻回
望者的诗意。

《花园》一诗"抬起头来，面容端庄的/做他的妃子"显然化自张枣的
《镜中》，不过精彩却不在此，而在于此诗那种人/物交融的写法：

> 静默的坐在她的对面
> 乳白色圆月
> 打城门列队走来
> 步伐整齐地接受检阅
> 她猫眼般的忧伤

圆月接受检阅，谁在检阅呢？她猫眼般的忧伤。月所代表的无限逝水时
间被带到有限者的面前，这种写法非常别致。这首诗引而不发，最后一节
"暴雨过后/一座花园落成"充满了跳跃和象征意味。什么暴雨？谁的暴雨？
时间中忧伤的有限者如何经历暴雨而迎接一座花园的落成？诗歌全无交代，
却全都呼之欲出。能从月下佳人这种一般化情景而引导向暴雨过后的花园落
成的生命沉思，大概也非懂得回望者不能为。

《这里》也是一首充满叙述智慧和生命沉思的作品：

> 来一杯，来
> 把酒换成茶，把茶换成水
> 盛满相遇的杯盏，盛满
> 故乡的风，吹蓝海
> 沿着树丛和山坡
> 掠过村庄和楼阁
> 来到你晚祷的窗前
> 甘冽适合稀释一曲流亡者的歌
>
> 回到这里落叶秋兴，回
> 不到黑鹅绒的春怨
> 故乡日落的秋波化作绵绵春水
> 幽蓝未缝紧远方的八音盒

回到这里便是叶落向红

月影升起，风

归来，失败者没有盛宴

只有大海思念扬帆的旅人

故乡的风，推开门

吹皱你契合的倦容

风来风也散，只有杯盏

慢慢谈论与你的孤岛相逢

这首诗特别之处在于物视角的运用，"盛满相遇的杯盏，盛满/故乡的风"，这里巧妙的书写带出了充满哲思况味的生命思索。最后一节，当"故乡的风，推开门/吹皱你契合的倦容"，这几乎是每个游子的乡愁概括了。"风来风也散，只有杯盏/慢慢谈论与你的孤岛相逢"，每个人生命中那场秘而不宣的相遇，从风里来到你心里，没有人知道，只有风和你孤单谈论。

《一个人的午后》呈现的正是这样一种典型的回望姿态，只有这样的主体，才能"懂得暴风雨后平复的云/要虚度多年的光阴，才能/陪你/促膝长饮/聊一聊山韵"。懂得放下，懂得虚度，懂得慢，懂得饮，懂得山韵，便是懂得站驻，回望，凝神，叹一声，继续脚步的中年人。

浮出潮州的诗歌地表

——读洪健生诗集《种子无声》

近十几年来，潮州的现代诗歌氛围已经形成一个小传统。以韩师诗歌创研中心和《九月诗刊》为核心，一批批诗人成长、毕业离开，又有一批批诗人汇入这个集体。在我印象中，韩山诗歌曾经有过好几次小高潮，每隔几年，随着几个对诗歌矢志不移的校园诗人的出现，韩园诗歌总会出现升温或浪潮。不过，潮州诗歌的发展还有另一个态势，就是校园诗人跟社会上诗人之间的互动。比如，丫丫、阮雪芳等人开启其诗歌道路就是在走上社会之后，但她们的成长跟整个韩山诗歌氛围有着密切关联；这几年另有令人欣喜的现象则是，洪健生、林非夜等走上社会多年的诗人浮出了潮州诗歌地表，成为令人欣喜和期待的新亮点。

跟健生兄有过几次交流，感觉他是一个实在人，让我意外的是一个在企业打滚也见识了不少世面的人，却没有淹没于浮躁的世风之中，而在进入中年之后继续保持着对诗歌的执着和真诚，这是令人感慨的。洪健生写作多年，由于为人低调，之前较少跟潮州诗歌圈有联系。近年来，他的写作显示出某种语言现代性自觉，不无中年变法的迹象和趋势。

显然，他的人生经验丰富，他的诗歌往往有着充实的体验和内涵。他在组诗《月亮，另一个样子》其二《参照物》中写道：

> 女人是水做的，就按照河流的
> 模样。最好的体态
> 一定用云岫的双臂，怀抱着
> 婴儿，而且乳房起伏不定
> 女人的心是月亮的转身
> 如月亮一般，越圆越白
> 女人和它一样

这些并不晦涩的语言里面包含着作为诗人的从容语言和丰盈体验，虽然我们很难说这些句子有特别深刻的思想。可是，诗歌难道不就是在熟悉的地方以特别的方式去书写一种特别的感觉？显然，他做到了，单凭一句"女人是水做的，就按照河流的/模样"就不是一般诗人能够写出的。洪健生的诗歌往往来自日常、家庭、亲情以及故土、风物和文化。作为一个饱含深情的诗人，他书写母亲的生命疼痛。譬如《女人和一座桥》就通过将湘子桥和母亲的并置，书写了母亲生命的风雨苦难，体会着"媳妇熬成婆"这几个字中被过滤的个人生命悲伤；后来我才懂，"男人的孝道和尊严，/有的是简单从一个女人身上的/痛苦压榨出来的"。这里不仅有对母亲的体谅和同情，也包含着作为男人对男权文化的某种自省。

当然，他也由年迈父亲生命晚景而生发了许多感慨，比如这首《惊弓之鸟》：

> 八十有四我那老父亲
> 相隔了四年，他又一次脑梗
> 只要一站，就开始在空中打转
> 西湖对坐，一言不发
> 出声的只是萍水
> 鸟时高时低，
> 好翅膀都是天生的
> 此时却如一只惊鸟

这首带着很强叙事意味的诗歌，语言简洁有力，特别是后面几句，"出声的只是萍水"开始，看似是空镜头，却每一个场景都包含着跟父亲晚景的深刻对应性。"好翅膀都是天生的/此时却如一只惊鸟"，那种面对必然衰老和疾病的生命感慨尽含其中。《惊弓之鸟》激活了一个语义固定的成语，同样激活成语的还有这首《梨花带雨》：

> 忘记等着谁
> 一见如故的水，
> 它已结过了一次次冰
> 相认的人
> 还留下一把篆刻的刀，
> 还放一把盐

一枚未圆的月亮

落款梨花带雨

此诗以水喻人，非常自然地把一个经历过种种人生沧桑和情感伤痕的生命体验带进一个丝丝入扣的情境营构中。值得一提的是，此诗具有相当好的有机性——所有情境都是由"水"引出——"结过一次次冰"，在冰面上"留下一把篆刻的刀"于是就顺理成章，因为心碎而心硬，心不可避免地被刻上了刀痕。有趣的是"还放一把盐"，这是"伤口上撒盐"的意思。"一枚未圆的月亮"投落于这带着伤痕的结冰水面，恍如一幅画，诗人还给它一个落款"梨花带雨"。在成语释义中，梨花带雨往往形容一个美女哭泣时的娇态和楚楚动人的情态。这首诗的梨花带雨却生成了具有复杂人生况味的新意涵。而且，我以为，在结冰、划痕且含盐的水面上投下"一枚未圆的月亮"，在伤痕的恨意中投入了一种新的憧憬和期待，这并非一首心死的诗歌，可谓哀而不伤。它内在的各个语言构件也关联得特别紧凑。洪健生也颇懂得用一些特别的切入方式。比如这首《第一次打量》：

我要用一辈子去仰望他

已经得到佐证

他是一位高明的调酒师

像我这样五谷杂粮

经他一次打量

之后，变成纯粮酿造——

打入体腔内的酒

需要的时候

可以在体内点燃

这首诗的支撑性比喻来自"酿酒"——"像我这样的五谷杂粮"，经一位高明调酒师的打量，变成了纯粮酿造。这里书写的是生命被某个对象所提炼、提纯、提升的经验。可是这首诗的看点还来自它的打开方式：没有从酿酒进入，而是从"一辈子去仰望"切入。"仰望"构成了与"打量"相对的另一层意义空间。如果从"打量"进入，诗意空间虽有，却不免过于直白。现代诗之现代，有时就是一种切入方式、一种神秘气氛的营造、一种可解与不可解、有限与无限之间的过渡地带。

作为一个诗人，洪健生还着力书写了故土风物和潮汕文化，这些当然也都有其独到之处。不过整体上，他的写作还存在某种需要解决的问题：比如对于大词不够警惕，喜欢在习惯用法上使用成语、熟语和习语。这导致了在某些诗歌中他并未使用诗的内在想象术，而诉诸外在的词之累加。其次，他的某些诗歌在进行思想引申时有断裂现象，并非所有诗歌都能像《梨花带雨》一样蕴含着写作的有机性。

　　洪健生的诗歌是值得期待的！这是因为他的写作显露出某种转折和质变的可能，一种思想和语言上的准备。每个人的诗歌写作史，都是跟语言的搏斗史，我相信他那些成功的诗作，必然是搏斗的结果；而随着他现代诗歌语言自觉的建立，他一定能把生命经验如盐化水地融入，从而打开更幽微复杂的诗歌境界。

人，为什么要写诗？

——读辛倩儿的诗

辛倩儿和我是大学同班同学。一晃十九年，她并不复杂的人生中的创痛转折我都知道，她的文学和精神信仰我们也有过深入交流。所以，我熟悉她写作的里里外外，也希望就此写点什么。不过终于没有写成什么，不是因为无话可说，而是总觉得说出的和想说的之间，还有很多线头没有理清楚，不如暂且按下不表。很多年了，她几乎不在诗坛走动，偶尔会有朋友念叨她的诗，翻出一些贴于曾经的论坛，后来的公号，我们才知道她其实不断有新作，虽然不多。我想说的，不仅是她才气逼人的写作的文学意义，也不仅是这种写作内部的价值转向和修辞变化，我想说的是，她的写作其实以一种颇为极致的方式逼使我们去审视写作与人生的意义这样的元命题。这样说很重，她是否担得起，我是否说得圆？可以的。

一

辛倩儿才分极高，这是所有读过她作品者的共同评价。她不需要被读懂，晦涩并不妨碍人们对她的评价，可见晦涩与晦涩之间还是有差别的。陈超说"诗不是让你懂，而是让你感受"，艾略特以为诗歌承担着维护和拓宽一个民族感受力的文化功能，把诗的任务定位在"感受"，一种马尔库塞所说具有巨大"政治潜能"的"新感性"。俄国的什克洛夫斯基换了一个思路，他以为文学的魅力来自语词的"陌生化"。"陌生化"与"生造"是两回事。"陌生化"没有想象那么容易，写作并不自由，写作者的语言疆域事实上被诸多"熟悉"的想象机制统治着，任何越雷池一步的"陌生"，都考验着作者的语言和精神想象力。不是说辛倩儿偏于晦涩的写作有多高的位置，只是创造那种语言辨析度的心灵，绝非庸常，当然跟通常所说的伟大也不是一回事。先感受辛倩儿诗歌的语言：

> 凹晶凸碧，汉字却是平面的
> 包括诗、词、分裂了又分裂的泪水
> 找不到另外一滴
> 为谁
> 流下潇湘去
>
> 站在镜子的两面，雕栏玉砌奔向透明
> 你看到的你，曲径分岔
> 通往哪一处使我达到
> 一个人的和解？
> 飞翔时态的石头游韧八荒一无所恃
> 只有我把完整和死亡叠加
> 每时每刻河流图景惊心动魄

——《红楼游戏》

这是她早期代表作《红楼游戏》的前两节，这是袭自《红楼梦》、张爱玲的绮丽和苍凉，她几乎从来没有过把云蒸霞蔚的语词做一领华美旗袍来装饰的"赋体"病。习古典文学而事写作者的通病，就是袭语词而丢心，不能洞察生命的"黑暗"，就无法进入"现代文学"的内部。我们看很多据说古典素养很好的诗人诗作，就是一个穿着旗袍走秀的木头人，那种美都是做出来的。辛倩儿当然不，她很早就读懂了"现代"之心。所以，她的写作绮丽其表，苍凉其心，这部分来自《红楼梦》，部分来自张爱玲。所以，局限就在于，此时的她的苍凉体验都是"读来"的。可是，你以为张爱玲的苍凉就是无数生活沉淀下的吗？悲苦者未必成为作家，作家也未必亲历，写作者需要有一种把间接经验吸纳凝聚的感悟力和思想力，这是他/她作为一个写作者的精神底色。在这方面，辛倩儿是出类拔萃的。大一时，她的诗歌《抵达遗忘——致鲁迅》就获得学校诗歌比赛一等奖。这个奖未必有多高的高度，但她的写作却有。一出来就立于高处，自然是要不胜寒的。这首诗最后大抵是"答你，然后离开/明白爱与蔑视不可分离"这样的句子，这种向公共文化符号发言的写作并非辛倩儿的本色，但不难辨认一个大一女学生的精神吞吐量。诗人盛名不是她"不胜寒"的原因，她本来就不甚关心外界，肯定和赞美当然会带来相应的满足甚至虚荣，但不至于改变她。"不胜寒"是内在的，是因为她的文学观，因为她选择站立的是这样人迹罕至的地方。

这要说到她曾经对文学的信仰。跟很多人把文学当成一种兴趣、职业不同，文学曾经是她的全部世界，她的生命支撑。她读书、写作、交往、恋爱，全都不离文学。她是一个如此纯粹的人，她期盼着一种完全的同一性：兴趣、生活、工作、婚恋全部化合为一。这样纯粹的观念，才是我所说的寒冷而人迹罕至之处。纯粹，而且孤独！世俗的生活充满杂质、喧嚣、热闹，人间烟火抵消了孤独的荒寒，可是这并非她想要的！因此你可以想见她何以写出那样透着冷飕飕阴风和华丽才气的句子，这就是她的日常。世俗观念追求的是平衡，文学不过是多个相互牵扯的变量中的一个，远非最重要，更非唯一；而辛倩儿的纯粹追求的是一种极致，它几乎不关心肉身和灵魂的割裂，更别说在灵魂、肉身之外再寻找一个现实来构成稳固的三脚结构。似乎可以说，世俗浑浊而稳固，对灵魂没有看得那么重，心灵没有那么敏感，坏处是无法洞开那个极致的精神世界，好处是皮实耐伤害。这样说的意思是，大学时代的辛倩儿一直在最近的精神世界中观看着"一个人内心下的雪"，这时她是矛盾而自足的。矛盾于她写着悲观苍凉的文字，但文学信念却几乎是理想主义的。所以，你甚至可以说她是"为赋新词强说愁"罢，她通过《红楼梦》、张爱玲而感慨人生"白茫茫一片真干净"，可心里分明憧憬着完全合一的人生，兴趣、工作、婚姻高度合一的爱情。

纯粹的理想主义者是无法经受伤害的，所以她幻灭了！大学末期她遭遇了一场爱的滑铁卢，这段心情记存于她的散文《梦魇三章》中。这在很长时间造成了她精神世界的大面积塌方，我记得她跌跌撞撞、失魂落魄的样子，她明明要的是百分之百，可是现实却告诉她这种纯度的爱情断供。2003—2007 年，她的精神世界经历了一场劫后重建。她并不放弃纯粹性，所以必然要寻找一种更有力量和支撑性的信仰！

二

研究生期间，在《忧伤之旅：我与文学》一文中，辛倩儿回溯反思了自己的写作。对自己写作的来路，她可谓和盘托出：

> "暗红尘霭时雪亮，热春光一阵冰凉。"从《红楼梦》到张爱玲，可谓一脉相承。张爱玲说，对读者而言，《红楼梦》永远是"要一奉十"

的，张的小说又何尝不是如此。高一时开始成为忠实"张迷"。此后，随时随地，无论悲哀或快乐，翻开张爱玲小说的任何一页都能全身心投入地读下去。因此，我可以像台湾女作家施叔青那样毫不夸张地说：张爱玲小说，是我永远的《圣经》。

下面这段文字讲述张爱玲对少年辛倩儿的影响：

> 喜欢的还有《倾城之恋》《金锁记》《红玫瑰与白玫瑰》《创世纪》《沉香屑·第一炉香》《殷宝滟送花楼会》《封锁》《五四遗事》……张爱玲笔下走动的男人、女人，总是那样的苍白而深刻，深刻而苍白。而正是这些没有气的活人，这些纸扎的死人，构建了灵异幽暗、充满无穷魅力的华丽世界。年少的我，就这样不可自拔地沉醉在张的"死世界"中夜夜做着恶梦，也做着文学梦。

虽是"张迷"，但辛倩儿跟张爱玲实在太不一样。就文学看，张爱玲是小说家，辛倩儿本质是诗人。小说家在凝望精神景深之际，并不真的忘了支撑生活的沉重的肉身。张爱玲多么俗气呀！没有那样强的现世感就不可能洞察到人与人之间那点鸡零狗碎的尔虞我诈，但那份苍凉感又拯救了张爱玲，要不然她小说的格局就真小得不能看了。跟张爱玲不同，辛倩儿是近乎只有精神世界的人，说张爱玲小说是她拥有的《圣经》，很可能是那个时候她还没有真正信仰《圣经》。

生命经历重建的辛倩儿对文学的认知也发生了变化，过去"我认为文学不需要有穿透力，因为人生的过程和终极就是黑暗，没有人能穿透一片茫茫黑暗。但现在，我开始反思自己的文字和生活：我已在黑暗中行走了27年，还要再行走下去吗？如果继续行走下去，那见到的也只是黑暗的重复、忧伤的轮回而已。有何意义？""我寻找着终极的答案。'缘起性空，性空缘起''应无所住，而生其心'、'凡所有相，皆是虚妄'的佛教思想。"她总需要取一个生命的解答，然后才能有文学的解答。写《忧伤之旅：我与文学》之际，她正处在"一步步走向神学"的途中，不能确定"文学是不是一个人最后的停泊地"，也尚没有确定基督教作为她的终生信仰，所以她会提到佛教，也提到海德格尔"天地人神""四重性"带给她的感动。

> "四重性""安居""保护"等说法，让我充满了感动。天、地、人、神的互联，如此庄严圆满，没有丝毫矛盾和破裂之处，人本质上的自由

也由此而来。据说文学是最自由的世界，而信仰会束缚一个人思想的自由。其实恰恰相反。在我看来，伟大的文学作品，无论怎样堕落绝望，也仍然会不由自主地沾染上一缕神性气息。那是人所难有的包容万物的慈悲。同样的，怀着信神之心去阅读、写作，也更容易获得生命的力度和超越感。

《圣经》上说："若有人在基督里，他就是新造的人，旧事已过，一切都变成新的了。"当我默念这句话时，心底仍潜藏深深忧伤，因为人的存在是如此不完善和痛苦。但如今我已有力量去抵御化解。我相信我的文字、我的生活，以及我去看待整个世界的目光，也会逐步走向沉静清明。我不会在忧伤中轮回。

热爱"四重性"其实就是执着于那种完全合一的纯粹性，那种肉身、现实、生命和精神世界完全的同一性，此谓之"安居"，她一直渴求着的。她终于在主的怀抱中获得了安宁。皈依宗教之后，辛倩儿对曾经抱持的"现代文学观"有了基于神学的深刻反思，在一次聊天中她说道：

> 在漫长的成长过程中，我们经常把混乱当成了最极致的美。把没有出路当成了最深刻的出路。把破碎和疼痛当成最好的自我表达。也许，应当换另一种眼光来看待。这并不是说这些都是非常不好的。除了和谐清洁的赞美诗，其他的诗歌都不能存在。要知道就连魔鬼的存在也是有用处的，魔鬼固然使人跌倒，但也使人跌倒后成长。所以全能的神才暂时不消灭魔鬼。"我们晓得万事都互相效力，叫爱神的人得益处。"（罗马书8章28节）

为何说这里是对"现代文学观"的反思？古典文学倾向于表达生命的和谐，其文学形式也是合韵而优美的；现代文学则力图去见证生命的破碎和荒诞。不识生命内部的荒凉又谈何文学呢？这是基于现代文学观说的，在此意义上，《红楼梦》是充满现代性的。曾经，这是辛倩儿文学观的基础，也是她诗歌面貌的观念底座。但是，进入神学之后，她的文学观发生了翻天覆地的变化。变化毫无疑问地体现于她的作品：

器皿

圣洁的器皿

贵重的器皿

为你所造　为你所用　为你所爱

却好像是

巨大的伤口　静静敞开

恩典盛放其上

却如同苦难重重地

压下来

诗歌从器皿中伸出

绽放赞美光芒

却似忧伤的呼喊　不幸的倒影

所以我必须向你求　不断地求

另外一种恩赐

那就是顺服

2011 - 03 - 06

理解这首诗，用她自己的话是最恰当的。在聊天中她说道："通过修复跟神的关系来安定心灵，并不是说我们把神作为一个工具，作为一种精神寄托，那样，主权就在于人自己而不是在于神了；相反，信主是把生命的主权交给主，不再任意妄为，而是把一切都交托给主去带领，去安排。当我们真正安静下来，真正学会顺服，就像一团泥在陶匠的手中那么顺服的时候，神就会按照他的心意来塑造你，使你成为美好的器皿。"我想这段话就是这首诗的思想来源。

三

走向信仰，这似乎是辛倩儿精神发展的必然逻辑。我曾经这样疑惑过：过去因为种种困惑而需要去表达，当内心皈依之后，表达就不再是建构那个独一无二的自己，而是向神倾诉，对神赞美，自我获得了神的庇护，很可能也就失去了表达的欲望。这种担忧在某种程度上是一种现实，曾经信仰文学的辛倩儿转而信仰基督之后，写作越来越隐潜，甚至于其实就是可有可无。不过，她依然在写，在她看来，并非皈依之后，所有困惑就不再存在。信徒依然活在种种困惑和求索中，皈依之后，她的写作即使涉及家庭情感等主题，也是镶嵌在绝对的神学框架中。因此，她表达的是一种宗教的情感和精神体验，而且不同于一般的宗教赞美诗，她的写作其实是自我经验和宗教经验的化合。《悬桥》《黑暗之门》《春天，被打开的事物》《创世纪：乌鸦》属于此类诗歌。

悬桥

神所设计的、独特的桥

在你我之间

悬

整个房间旋转，房间外的世界也旋转

只有我们不变

面对面

我们是茫茫宇宙中

相对静止的星球

这里设计的"悬桥""相对静止的星球"都是独特的意象，更重要的是，它不是一般性地图解教义，在神义论视域中，她依然贡献了自我的洞察：桥是渡，而悬便是艰难之渡，"悬桥"与"窄门"异曲同工。传统以为稳定的"房间""世界"在此被"旋转"起来，而"旋转"的"星球"却获得了"相对静止"。这种重构既承认了神启，又肯定了自我在茫茫宇宙中的努力。

黑暗之门

那天夜里，我的确看见——

而开启，是一种尖锐高亢的干嚎

我确信，这可怕的声音

跟我眼前的老实男人

毫无关系

只是黑暗借助他，沉重地推动自己

仿佛上帝手指投下的阴影

作为一种方法，也分享光明的庄严

那一瞬间，我只剩下本能

爱和温柔

扑过去，把门紧紧关上

　　这首诗由一场男女争执而生发出惊心动魄的内心体验和宗教辩证，"阴影"分享了"光明的庄严"，当"黑暗"借助他推动自己，发出尖锐高亢的声音，大概神也借助"我"，用本能的爱和温柔"扑过去，把门紧紧关上"，这里不由使我想起鲁迅"扛住黑暗的闸门"这个意象，谁成想，一个文化英雄式的意象在此转换成一个女性信徒化解精神冲突的宗教意象呢？在我看来，《春天，被打开的事物》同样由矛盾而抵达神学辩证。"我和你也被打开了，像花的两半/相隔不远，从此只能相望"，这是现实困难；诗歌一开始就已在"春天"的语义域中赋予"打开""尚未打开"以"花"的暗示，这里的"打开"其实是"盛开"，可是紧接着又用自我经验揭示"打开"的另一层次——"分裂"。我们能喜爱春天里"打开的事物和充盈其中的光"，那么能否在"裂开"的事物中感受到光呢？这显然是一种宗教挑战，诗人同样困惑于"这中间秘密的距离"，这究竟是为什么？她选择了相信主，"也许就是为了/让更多的光/涌进来，让更多的光/充满我们，把我们更紧密地/连接一起"。这首诗很容易让人想起科恩那句几乎被小资化的格言歌词——"万物皆有裂痕，那是光涌进来的地方"。不过与科恩静态旁观的哲理情境不同的是，此诗中包含着两个受苦而信服的精神主体的体验，所以，一个是哲理格言，一个则是宗教现代诗。

　　于是想说一下主体与诗歌的关系。世俗诗歌中，主体显露如浪漫主义，隐匿如山水诗，都在诗中居于至关重要的地位。辛倩儿曾说："写作不仅可以使一个人表达自我心灵、证明自我价值、寄托情感，而且写作本身就是让人快乐的。当一个人把自己完全地融入写作行为中，融入只有他才会想到的那些词语和句子中时，那必然充满了一种无法形容的快乐。他从这规定他的世界消失了，但他又存在着。或者说，写作完全解放了他，使他成为一个真正自由的个体化的人。"这番写作解放自我、建构自我的表白，完全符合浪漫主义以来的文学主体观，它甚至构成了文学在自我面向的大部分意义。辛倩儿承认她早期写作正是基于对自由自我的追求："我的个体化的表达，我对词语和句子的独特运用那么迷恋，可能就在于我很想在写作中找到生命的自由，并且也是通过这样一种倔强的姿态来凸显自己这一生命个体。因为在我的潜意识里，我总是很想表现自我，想树立起那个真正的自我。"值得注意的是，对宗教诗歌而言，自我也许并不重要，重要的是主，"自我"经验的表达显然并非宗教诗的正途。就像革命诗歌一样，重要的不是自我，而是革命这个大客体。不过悖论的是，假如完全取消了自我的话，仅剩下客体的革命或宗教的诗歌又几乎成了宣传品。我不知道辛倩儿是否思考过这个问题，正是她所保留的个人视角和主体经验使她的宗教体验获得文学意义。

过去，文学就是她的信仰；后来，文学表达她的信仰。这种转变在她诗歌风格的转变上表露无遗。辛倩儿在有了宗教信仰之后的诗歌，语言一脱过往的繁复曲折，更加沉静凝练，更加朴素隽永、意味深长。但她的写作立场显然变化了，从前她是为内心写作，她尽力用最复杂的语言机制去摄留最幽微分裂的内心体验；后来神赐予她心灵安宁，她用诗歌赞颂万物背后隆重的神恩。二者的差别在于，后者是目的论的；而且在后者那种万念有归的状态下感性复杂性常常是被抑制的。我以为这是辛倩儿诗歌风格从繁复到清淡变化的内在原因。风格之间无优劣，只是当写作者的写作立场从置身于剧烈创痛的精神体验中提炼释放复杂的语言感性，转而作为一个蒙受圣恩的器皿去体验和承载主的恩情时，这种清新由于携带着内在的神学意识形态，对于诗歌感性而言在某种程度上是缩减性的。但由于并不将自我完全放逐，而愿意在自我与神趋近过程的困惑和修炼中作诗，她的诗于宗教赞美诗和现代诗之间都别开生面。

最后要回到篇目提出的问题——人，为什么写诗？这当然是言人人殊的问题。辛倩儿大概属于这样的人，她不是为了职业，为了名利，为了虚荣，甚至也已不是为了"自我"写诗，她是为了与生俱来的纯粹性需求和生命信仰而写诗。不管革命还是宗教，都企图给生命意义一个终极的回答，事实上很可能不能如愿。宗教是个彼岸，人生只能永远趋近。我想，即使是最忠诚的信徒，假如放弃了自我的矛盾和智慧，他/她的表达必然丧失意义。我认同辛倩儿为意义而写作的初衷，却不愿相信生命存在着某种一劳永逸的意义解决。假如宗教定义了这种理想状态的话，在步向理想的过程中，还需要诗！因此，我也相信辛倩儿还会写诗！

小衣诗歌的身体叙事与精神镜像

  毫无疑问，新世纪潮汕文坛确实女诗人辈出。它大概平行于全国女诗人辈出的大背景，却又有自身的特殊性。与众多玩票女诗人相比，潮汕的这些女诗人对于诗本体的精研确实令人惊讶。她们有潮州的阮雪芳、丫丫，揭阳的杨略、蔡小敏，汕头的辛倩儿、小衣。她们皆有突出的诗歌天分，能够将瑰丽的想象化入有机的语言肌理中。然而，她们各异的个性对写作也有着深刻的影响：譬如，辛倩儿才分极高，对诗歌却极为恬淡，所以在皈依宗教之后，写作就渐渐放下；蔡小敏成熟沉潜，早年诗歌过于浪漫抒情，近年写作有了更多现代转化，显示出强大的写作转身能力和持久写作能力。潮汕的这批女诗人置身于当下中国优秀女诗人的行列中而毫不逊色，这真是令人欣喜的现象。在这些女诗人中，小衣是非常特别的一个。论才分，她当属诗神眷顾的几位之一；论写作状态，她是较为高产、高质而持续的一个。小衣的诗歌有很多神来之笔，她仿佛女巫般从日常中提炼出词语的魔性。因此，如果专门讨论她诗歌的技艺和诗学，一定有很多重要的发现。但是，本文却拟从她写作的一个侧面——身体叙事进入，在现代汉诗的身体叙事谱系中讨论她的身体叙事打开的诗学空间。

  身体叙事在现代汉诗中无疑具有鲜明的当代属性，我们不可能从冰心、林徽因、郑敏等现代女诗人那里读到由身体所折射的精神镜像。即使作为当代女诗人，对于性别问题有所思考的舒婷，也从未诉诸诗歌的身体叙事。只有到了伊蕾、唐亚平等人的写作，身体才不再是一个必须规避的禁忌，而是女性生命绕不过的意义疆域。小衣的写作执着于挖掘和描摹女性自我体验的复杂性和丰富性，她总是习惯性地采纳自我/身体这样的修辞策略，身体在其诗中自然成为自我表述过程中的醒目景观。

  小衣诗歌显然具有鲜明的女性诗歌属性。她以女性主体视角呈现复杂斑驳的女性体验——不同于各种男权视角下的伪女性体验（如王昌龄的《长信秋辞》、郑愁予的《错误》）。写作者固然是"她"，诗歌中的主体位置也被

"她"牢牢占据，所以，小衣诗歌是典型的"她叙事"。《将近于无》包含着她对女性肉身社会性萎缩的悲哀。

将近于无

她常常会想到的事：一个赤裸裸的人体，
多么脆弱，多么易伤的可怜。

往昔，她的容貌被认为是美好的
但现在她是无光照射的黑蔷薇
想象她的肉体，坚定而下奔的曲线，
本应成熟下去的，现在却平板起来，
而且变得有点粗糙。

这里涉及的是女性容颜老去的古老话题。女性容颜在男权文化的视野中是确认其价值的最高因素。所以"女子无才便是德"，照此逻辑，倾国倾城无疑是女子最高的道德。问题在于，男权向女性索取容颜的同时，常常将容颜从女性完整的生命体中分离，失去容颜附丽的女性生命便失去了价值。某种意义上，站在男权文化立场上的女性容颜哀歌嗟叹的只是男性失去了一朵赏心悦目的花，女性被物化的倾向是很明显的。同是这个主题，坚守"她叙事"的小衣无疑发现了更深的悲剧性：

美丽如花的女子，谁不曾被人热烈仰慕和赞美；可是，"现在她是无光照射的黑蔷薇"却是任何女人必然遭逢的身体程序。何以"一个赤裸裸的人体/多么脆弱，多么易伤的可怜"呢？原因也许在于，一方面容颜被定义为女性的最高价值，另一方面红颜易老却是与时间同行时的必然性。顺带说一句，这首诗结尾结得似乎有点仓促，有尚未终了之感。但这种仓促感又似乎跟容颜骤逝有着内在的同构。如果小衣不是有意为之，也算意外收获。

如果说《将近于无》写的是女性身体性与男权社会文化性的整体性对峙的话，那么女性的身体性必然要在具体"性"中与男性狭路相逢。小衣笔下的性场景自然不是投合男性欲望的色情写作，她挖掘的始终是女性执着于自主性的内在体验而被污名的创伤。

伤花怒放

她的胸脯上，一列火车正在开动，
汽笛的浓烟熏坏器官。

直到患上郁溃疡，仍未减弱咸味的体积。她说，

如今我盐量过重

是个难以下咽的女人。

以致我没有过多的叮咛。

只要你记住

在列车未到达目的地之时

不去尝那口

伤口上的盐。

　　这首非常精彩的作品将身体叙事跟气味叙事兼容，创造了"盐量过重""难以下咽"的女人这样令人叫绝的比喻，也创造了"郁溃疡"这样有趣、准确的仿造词。第一节显然直指某个性场景，可是小衣从中提取的并非令人陶醉的"逸乐"，而是某种不为人知的内伤——"汽笛的浓烟熏坏器官"。这个承接"火车"而来的气味隐喻打开了女性内心不为人知的深渊，也自然开启了第二节"郁溃疡""盐量过重"的形容。必须说，这首诗通过身体叙事展开的并非文化反思，而是女性内在复杂多变的心理空间。不妨将此诗与丫丫的《变奏：片段》和阮雪芳的《芙蓉王》对照一下。在《变奏：片段》中，丫丫虽借助了一个"女子窥镜"的形象，但在接下来的碎片化提升过程中，此诗指向的是一种鲜明的当代文化反思。因此，女性形象在此诗中并不具备唯一性，"她"完全可以被"他"替代。这并不构成《变奏：片段》的必然缺陷，只是说明它并非女性诗歌，而更偏向于宏大指涉的文化诗；而《伤花怒放》则具有典型的内指性的女性意识。它并未与宏大驳杂的时代短兵相接，它处理的始终是女性内部的深渊体验。跟阮雪芳的《芙蓉王》对照同样很有趣，阮诗写一个性爱之后的场面，男性从身体的欢愉中缓过神来，从黑暗回到灯下——抽烟——这非常符合俗谚所谓"事后一根烟，快乐似神仙"的习惯。这个场面被刻意去除具体性，男性角色深深地沉浸于自己的欲望释放中，仿佛那个刚刚在黑暗中共舞的女性，不过是一个盛放欲望的痰盂。在这场交欢中并没有任何心灵的出场和相逢，只不过是一个主体对某件物化对象的一次性使用，尔后便弃于一角。阮雪芳凭着自己的性别立场表达了一种克制的愤怒。诗中那盒烟叫作"芙蓉王"当然是意味深长的，芙蓉的女性特征使得芙蓉王的吞吐间获得一种象征含义，阮雪芳用一个性后场面洞穿了大量当代男性对女性身体俯视式的沙文主义心态。和小衣一样，阮雪芳的诗歌包含着某种性别立场。然而，她显然并不执着于敞开女性经验本身。《芙蓉

王》恰恰是通过对男性的书写来反思现存的性别文化机制。相比之下，小衣则更愿意从自身的体验出发，从女性体验出发，刻画女性经验的内在纹理和纠结。

必须说，小衣在女性经验的呈现方面是最大胆而决绝的。很多写作者面对过于真实滚烫而敏感有争议的内容，常常假借修辞以掩饰性别经验的真实面目。这里无疑包含着道德的自我过滤，所以这种诗曲径通幽最终以隐喻抵达性；小衣的很多诗歌，则赤露得近乎坦荡，性不是它的终点而是起点，它并不抵达性的诱惑和色情，而是抵达性的孤独和驳杂。

所谓性的驳杂，首先包含了某种滚烫炽热情欲的自我煎熬：

回忆录

盛夏还未到来
潮湿中我感到有人推门而入
一些花开了，一些花还要开
一些花的骨头，被阳光的铁锤舂得吐出碎皮肉。

这里非常有想象力地将苦夏酷烈来临之际内在的情欲煎熬写得淋漓尽致，花骨头的碎皮肉确是传神之笔。我想在写性上，比小衣大胆的早有其人也大有人在。但是写得像她这样富有文学想象力的其实并不太多。性思的文学化确是小衣写作的一个突出特征。可是，她除了面对直接"性"之外，也刻画了性中精神自立的姿态：

更快

他停住
瞭望是褐色的
长而暗红的老屋。

他绝没有梦到
今日我会比他的两匹黑白骏马更快的

他坐在马车上
噗噗响着那些号令。
他的家规的轮子走得像个病人似的缓慢。

而我呢
我是骑在人类精神功业上的

我是浅谷的上头

褐色的

鼓着鼻息的芦苇

我是乔木摆布不了的奇异野果上的黄蜂。

　　此诗虽以"他"切入，但主角却始终是"我"。"更快"是"我"和"他"两性对峙中的精神姿态。"他的家规的轮子走得像个病人似的缓慢"，而"我是浅谷的上头/褐色的/鼓着鼻息的芦苇/我是乔木摆布不了的奇异野果上的黄蜂"。当年舒婷为表现女性自立创造的意象是"橡树"旁边的"木棉"，是乔木旁边的乔木。或许是对于这种虚幻对等性的反诘，"我"并不反对芦苇，只是作为芦苇的同时，也是乔木所无法摆布的黄蜂。除了书写性背后的精神自立，小衣也书写性背后的心灵煎熬，比如孤独：

肖像

我的身体里，只有一个他是完整的

那就是他深入我时，

我的内心这样清澈

那可耻的孤独

托盘而出

这奇特的痛苦

在冬天到来之前，它一直都是美丽的。

啊！夜啊夜

这情感已旧得就要塌裂

仿佛沉湎已久的前世，就要暗下来并看不见了

噢上帝啊

他和你是一模一样

这拥抱的姿势在石膏里紧得不能再紧了

就在这，在它那脊骨相连的粗大的颈根里。

　　很多人要用许多虚文矫饰才敢于面对"深入"的字眼（当然很多人的文字直面了"深入"之事，但又只在此事上打转），小衣此诗从"深入"出发，写的却是某种孤独者的性想象。仿佛一种乌托邦之性，"他"居然足以和上帝

一模一样。所以他便如一页心灵试纸，他的深入探测出的"我的内心这样清澈/那可耻的孤独"。这里通过"性"来显影某种不可救药的孤独症，以及孤独症中似乎永不可得的理想爱侣的"肖像"。

在《肖像》中，孤独症与理想"性"如影随形。这种理想"性"的想象，在《有些爱如同一次撞击》中表现为对那种沉默中充满波澜的爱之渴慕："像礁石那头华贵的呐喊声/有些爱 如同一次撞击/它在那儿很安静，但绝对能唤起一阵波澜。"这种理想"性"在《原野》中获得了别有兴味的书写，此诗虽长却值得原文引出：

原野

恹恹的，眼看快要死去
现在，她只好隐忍
和荒草比起来，她此刻更加苍白

她跑向困惑的力气里
昨天一天，今天是十年，明天？
她想弄明白
这种赤贫空虚。

可是一切都太迟了，
古老的锁链浸没于地平线下

他走得愈加近了
他是不愿再让她受到一点儿苦了！
他青春的身躯在摇摆和扭动着
一股青草的薄荷味，于皓白的牙齿间咀嚼散发。

等待告知和等待相信的感觉！
连他的双脚都未必能理解
连她的感觉都像在梦中。
殷切
身体就范在流水充盈的行径。

当他唤起她的动作，
所有的花朵都在幻想着像她那样子摆动

生命在透明的波澜之中

激进起伏。

这个小森林，在下季到来之前
它一直没停止过深绿，
深邃，隐蔽而撩人的绿
所有金子的美丽都被拘于门外

他确实是个了不起的人！
这种交媾的平等
使他们的灵魂听到了世俗以外的声音
然后她沉浸下去，使他愈来愈高昂起来

她倾斜的身体是那样奇异，使他就像奴隶一样，
手臂酥软。

他不再是精明于商机的目空一切的空枝了，
她也不再是无光照射的，任人囚禁的小花雀。

这种自然的吻合如同一朵柔嫩的菊花在接受秋日的亲吻
包含着有意的享受和肆意的放纵。

而她呢，躺在那儿，感受着那些波澜
骄傲地，充满胜利地微笑着。

太阳暖暖烘着他，洁白而健康的臀
他的脊背稍有点黝黑，稍带点光泽。

他抚摸着
伏在自己身上那一片不安的落叶，
双脚似乎跑了很多的路，已经让他有一点儿睡意了

那些鸟雀继续啾啾，草地上仍有风在吹动。

她听见心，
一秒两秒地搏动过去
直到呼吸渐渐被平缓了下来，像一阵呻吟留在空气中。

湛蓝湛蓝的……
他们再次对生命
抱着一股崇高的热情。石嘴上，树桩前，
精灵们四处活动了起来。

　　她轻轻闭上眼睛：
山泉的流水辘辘声经过她的乳房
阳光斜射进树叶的间隙，暖暖地吻了她的前额。

汗珠在上面闪烁着，飞舞着
她的脑子里，似乎一下子充填了许多阳光，
简直能养起这儿所有牵牛花的藤儿了

现在它们在她脑中的姿态多么高贵
而且唯美。
比起她那昂贵的窗帘上的牡丹花
要精彩得多。

她的腹部半凹着，头发散在那儿
金黄的，而自然弧媚地曲着
像一只母狮子
这个森林里，唯一的
一只母狮子。

她的小腹上银色的妊娠纹有些被藤影遮住
有些还躺着光，很亮。

噢，上帝、造物者、花香、兔子……
群山蓝蓝呀，仿佛没有人经过。

但她必须马上得回去了，回到她的过去里去
回到她那令人想象不出来的窘迫里去。

她突然地
松开双手，
兰花指向上摊开
让顽强的根茎从泥土爬上石头，直到黄昏的花儿更美……

她疲倦地，很快地睡去，
世界就这样被松开在泥土之上
躺在她袒露的胸脯上的碧玺，温煦而宁静，
像一个熟睡的孩子的呼吸。

　　这首诗有如此直率的面对性，然而它面对的不是现实"性"，毋宁说是一种理想"性"，一种乌托邦"性"。与众多女性写作者将女性经验安置在"闺房"不同，小衣为"性"设置的理想场景是"原野"。诗中的"她叙事"不再由"我"承担，而是"她"和"他"承担。与《更快》《肖像》等诗中"我/他"设置不同的是，"她/他"的人称结构在这里是对虚构的暗示，换言之，这是一种构想中的性，而不是现实中的性。因此，这种理想"性"便具有对女性的拯救功能：性将她从比荒草更苍白的窘迫中拯救出来；事实上，性也拯救了他，理想"性"是对两性同时的拯救："他不再是精明于商机的目空一切的空枝了，/她也不再是无光照射的，任人囚禁的小花雀。"于是我们会发现，这首诗写的是"平等的交媾"——"使他们的灵魂听到了世俗以外的声音/然后她沉浸下去，使他愈来愈高昂起来"，或者进一步说，它写的是平等"性"的拯救性。

作为一首性诗，它几乎像童话般纯美："湛蓝湛蓝的……/他们再次对生命/抱着一股崇高的热情。石嘴上，树桩前，/精灵们四处活动了起来。""山泉的流水辘辘声经过她的乳房/阳光斜射进树叶的间隙，暖暖地吻了她的前额。""她的脑子里，似乎一下子充填了许多阳光，简直能养起这儿所有牵牛花的藤儿了。"这种性的童话化、原野化并从中寻找两性灵魂桥梁的态度跟以往女性主义诗人那种封闭于房间自我凝视的批判、决绝、寻求自足的性别立场极为不同。它让我想起王小波的《黄金时代》，在《黄金时代》中，王小波既书写了现实的乏味、荒诞，又反复书写了一种想象的理想之性：那便是王二和陈清扬在荒山中阳光照射进来的草屋中的做爱。很有趣的是，小衣和王小波相似，她的理想"性"也在荒野展开，在阳光照耀下发生。这种袒露得几近于纯洁的态度在我们性禁忌和性放纵奇异并存的文化中显得尤为难得。

在中国的文化语境中，抽象地谈性别平等是安全而讨好的，然而大部分中国人的女性自主性中并不包含性的自主性。因此，法国女性主义者西苏和伊丽格瑞的观点才显得惊世骇俗："在她的身体及快感中，此一女人到底要展示给谁看？而男人的性欲又是为了要展现给谁看？难道说淫乐大师的说词演出不就是要说给另一个男人听？在（至少）两个男人之间所建立起来的关系，无知的年轻女人便被社会预设为其中的中介物。女人一向都被摆在最醒目的前景位置，因为该场景就在男人之间上演。在此系统之中，女人的性快感到底有何作用可言？""假使女人始终对自己的快感保持沉默，假使她们始终停留在无知状态，还有谁会对此感到惊讶呢？'自然'完全臣属于男性的生产模式，便能从女人的身上攫取快感，只要她们持续屈从在完全无知的状态下。（男）淫所知稍多，这全部要感谢女人的快感，让他能从中得到无上的性快感。"①（《此性非一》）伊丽格瑞主张女人必须对自己的快感负责，快感主体性是女性主体性最重要的组成部分。因此，女性经验的表述中便包含着自主"性"经验的表述。在全球性女性主义思潮影响下，当代的中国女性诗歌中出现了大量的身体叙事，这种叙事自然具有其意义。在我看来，小衣的身体叙事在这个谱系中也具有自身的独特性。她不是最早的身体叙事者，她也不是最深刻的由身体到文化讽喻的写作者。但她始终面对着现实"性"中女性的窘迫和自立经验，又始终在现实"性"中渴慕着平等交流的理想"性"。她的性别态度不谄媚也不排拒，而是坦荡得近乎纯真。这种跳乎道德和偏执之外的性别立场在中国的语境中其实极为罕见。

必须强调的是，身体叙事仅仅是小衣诗歌的一个侧面。她的身体叙事之所以成立，也是以文学叙事为基础。换言之，在成为一个女性主义者之前，她先是一个语言主义者。正是她出色的诗歌天分，才使得那些诉诸身体的表述变得更有效。当我们读这些诗歌的身体镜像时，我们最大的感慨也许是她是一个有天分的诗人。还必须强调的是，身体写作很容易在"个人性"和"私人性"上混淆。并非书写自我的经验就必然构成"个人性"，所谓的"个人性"更指向一种跟主流、体制化文化立场的对峙，否则便不过是"私人性"的自我怨艾罢了。小衣诗歌多数是脱离社会时代语境而展开的，它们之所以不仅是私人性的经验而获得个人性，我想一方面是她赋予了这些诗歌以独特的想象力和文学品质；另一方面则是她在私人性别经验中提炼出女性的精神困境和对平等、理想"性"与性别模式的真诚追慕。

我常常诧异潮汕为何会产生小衣这样的诗人。无须讳言，潮汕文化是一种活化石般的古老文化，信鬼神，重礼仪。这里强大的传统文化程序时时准备好对偏移于传统之外的心灵进行校正。小衣生活的地区既产生黄光裕、马化腾这样的商业弄潮儿，但同时也是性别文化最保守的地区。也许正是这种极致的压抑产生了她这样勇敢地自我表达的诗人。

但是，还必须说，性别主题和身体叙事并非小衣诗歌的全部，甚至不是大部。她还有大量情致自现，如阳光在树叶上闪耀的抒情短诗，它们无关性，甚至不一定关怀爱情，但它们瞬间敞开，一剑封喉：

---

① 露西·伊丽格瑞（LuceI Rigaray）：《此性非一》，钟吟真编，李金梅译，桂冠图书股份有限公司 2005 年版。

造出一段斜坡

造出一段斜坡，明亮的
清晰的崎岖。
在这里
你的双脚会多次向你问好
然后一齐颤下去。

仿佛一个深爱的人
在开导着另一个更深爱的人

"造出一段斜坡""清晰的崎岖"这样的句子如横空出世，标示出女性曲折幽深的内心。而像《山盟》这样的超短章同样很有意思："孤寂是满山苍翠/不能要求它开出一朵红花/这就是赞美。"从"山盟海誓"的成语中拆出"山盟"，并将它还原到"山"的苍翠本色，诗人看来，翠山是孤寂（但不是枯寂），它不开出红花，这便是它的内在律令，它的孤芳自赏。芝麻并不梦想成为西瓜，翠山也并不梦想分享红花的恩宠。如果这是"山盟"，那么它不是关于情爱之盟，而是关于自我之盟。诗人内心的这个孤独自足的自我，才是诗歌最大的秘密。最后我必须说，她首先是一个好诗人，然后才是一个好的女性诗人。

为至大无形赋形

——读陈仁凯诗集《叙述者》

　　和陈仁凯相识多年，第一篇诗评便是关于以他为重要代表的澄海诗歌；第二篇诗评是关于他的诗集《河流的梦想》。后来依然继续关注他的写作，在《迷舟摆渡》一书中收入了关于他的专论《圆满的危机：江南侠客陈仁凯》。窃以为，陈仁凯的精神姿态洒脱高蹈，语言锤炼则纯熟自如。我当时以为一种过分圆熟的写作也许是有问题的——这意味着诗人没有找到一种挑战自我语言边界的新思想——今天我依然这么认为。出于对陈仁凯写作的期待提出这样的苛求，看来并未引起他的不满和抵触。我想这是作为真正爱诗者的底线，就诗论诗，可以亮剑，但一定要说理分析，完了求同存异，各归人生，不留心结。

　　近年来，陈仁凯的写作装上了新的发动机，隐约开出了新天地，马力也很足，拿出了一本新的诗集《叙述者》。诗集分为"叙述者""时光信札""死亡肖像"和"无妄之途"四辑。不难发现陈仁凯写作上的两个动向：更喜欢组诗化的写作、更喜欢对时间与死亡当事物进行诗性的勘探和哲学的思辨。这当然大大增加了他作品的深广度，但我们也会发现他其实存在两副笔墨，或者说两种写作路径：其一是内在冥思的，由于有内在冥思往往在诗中伴以较为内在化的想象装置，从而导致了对存在新的发现；其二则是外在语言组装型的，这些诗歌主要集中于第四辑的种种咏物诗、咏人诗、酬唱诗。应该说，从中也不难见出陈仁凯的才气风流。这种去到一地便留一诗的写作是古典诗歌遗韵。但它跟现代诗歌的表达其实是有冲突的。古典诗歌形式凝定，内容稍变，可以无限写下去，当然要写好也需要体验和才气。可是现代诗歌随物赋形，写作要对存在有新发现，对语言有新创造，这些都使得诗人不敢像古典诗人那样风雅得可以处处留诗。两相比较，我自然并不喜欢他第四辑很多诗歌的写法，那是违背现代诗写作的方向的。这个我下面会谈到。

但是我也颇为他那些经由内在思索和想象更新的哲理性写作欣喜。陈仁凯有诗才和写作追求，会追求写作难度；但是他又是一个热爱风雅生活的诗人，所以不时也动用一些词语和知识贮备，组装几首华丽的应景诗歌，似乎不是那么难以理解。我相信他心里是有数的：他应该知道他诗歌有价值的部分并不在于那些语言组装型的作品，而在于那些内在冥思型的诗篇——他近年完成的三组组诗《死亡肖像》《时光信札》和《叙述者》是他对生命、生死、时空和存在意义这些元命题进行深入探寻的结果，值得认真分析。

死亡作为生命终点的存在事实上既取消了某个此在生命，但又赋予了普遍生命以独特意义。或者说，生命的很多意义恰恰来自死亡这一必然程序的存在。人之生如夏花，恰因为人是作为有死者存在的。可是中国传统文化认为"死生亦大矣"，但是又信奉"未知生，焉知死"，对于死亡有着浓重的禁忌。应该说，即使是现代中国人也是普遍缺乏死亡教育的。这使得我们诗歌对于死亡主题极少涉及，也缺乏真正深入有效的死亡想象乃至于死亡诗学。不得不说，《死亡肖像》是陈仁凯面对宏大的生命元命题迎难而上的努力。他由德国摄影师瓦尔特·舍尔斯（Walter Schels）为重症病人拍摄的肖像及记录的遗言出发，以此为桥梁去追问面对死亡更超越性的生命立场，以及诗歌作为一束光抵御死亡终将来临之黑的可能性。组诗其一以埃德尔嘉德·克莱维（Edelgard Clavey）的遗言"我真的渴望死亡，我渴望融入那非凡的深邃之光"为引子。死亡在此不是作为一个灾难性的终结程序，一种不可忍受的寒冷和惩罚，而是一个温暖的归宿，一个抵达更高存在并照亮此在的开始，这大概可以成为一种天堂想象。天堂想象无疑是抱慰死之荒凉的最古老的想象程序，陈仁凯在此戏拟了圣经体的"上帝说要有光，于是便有了光"而为"你说光，便有了光"，间或暗示着生命主体面对死亡的态度将如上帝一般裁定活着的意义。组诗其二以克拉拉·贝伦斯（Klara Behrens）的遗言"我不怕死，我只是那沙漠亿万沙粒中的一颗"为引，阐释的是一种通过将个体融入某种群体秩序来获得意义升华的向死伦理。我想陈仁凯一定深深地领悟了这些临终的智语，如此，他诗中，风与风，蕨类植物与化石及沉睡的牧羊人之间都存在着冥冥的意义关联，教堂庇护了旷野上流浪者的灵魂。

《死亡肖像》以病人遗言为引，《时光信札》组诗则以圣经箴言为引。时空是存在者赖以依存的最基本维度，诗人当然不能简单对凡俗的时间观念进行分行图解。陈仁凯的时间想象充满了雄大的气魄和古朴原初的生命野力。我将组诗其一中的"我"视为时间的拟人化，诗人通过对"时间之我"的多重想象，赋予了"时间"几副充满诗学活力的面孔。时光具有丰收的秉性

（第一节），具有哲思的维度（第二节），具有走兽的生命力（第三节），更具有循环回复的自然性（第四节"我在秋天醒来，在冬天睡去"）。诗人最后写道：

> 我折下一把树枝
>
> 在收割后的盆地里写上
>
> 自己的名字

如何为至大无形的时间赋形呢？唯有同样至大无形的想象力可堪应之，我为这几行诗背后那个气魄宽广的精神主体感动不已。当代诗在一己之悲欢的泥沼中且行且远久矣，陈仁凯的这种雄大写作可谓提神醒脑。

在追问了"死"与"时"这些存在的寄存维度之后，陈仁凯用《叙述者》组诗来追问存在者的生存意义，并借用了尼采的不少警句为引。为什么是"叙述者"？诗人间或暗示着：存在者便是生命的叙述者，叙述本身正在赋予着生命以意义。这便是说，有什么样的叙述，便会有什么样的存在者和生命世界。如此，个人的意义便从上帝和总体论那里赎回了，它重申了尼采意义上的超人式生命美学的可能。

《叙述者》（组诗）前面三首其实包含着一种存在主义的生命智慧，比如第一首以尼采《萨勒克》的两句为引题——我觉得骑士走出坟墓，/重振他们古老的声威——便颇有意味。古老的骑士如何从中世纪的坟墓中走出来？被时间和种种现实规范的尘土埋葬的事物如何走出坟墓呢？这其实是一个生命存在的议题。

> 我们同被埋葬，肉体腐败
>
> 而骨头还在。月亮是一面真实的
>
> 镜子：巨大的水
>
> 荡涤泥土、朽木和欲望
>
> 大地断裂。我们听得见空谷的回响
>
> 睡着了，也应该醒来
>
> 招魂的声音敲击着齐整的旗幡
>
> 回去吧。一万头雄狮
>
> 盘踞不眠的内心
>
> 所有的枷锁已被砸碎，坟墓

只是一座座死去的监狱

灵魂的看守者，在雨水的冲刷中

迷失，并且惊慌叛逃

我们终被解放。黑天鹅之舞

引领天空的吻痕：重蹈昔日荣光

整理好盔甲和马匹

长剑与铁矛闪现嗜血的锋芒

太阳已死，黑夜是惟一的亮色

我相信这里有着西绪福斯推石上山，在生命的绝境中重新出发的存在主义内涵蕴藉其中。而第二首其实是"流浪与还乡"的主题，海德格尔说"诗人的天职在于还乡"，可是诗人如何还乡实在是一个每个人各有回答的问题。

沿着河流的纹理，洄游的鱼群

是我们的影子。水草丰茂

我们沉溺于方寸之地

觅食、繁殖或者把自己的一生

交予闭不上的眼睛，在安静中失语

谁与谁都可以相对无言

就如我与你相遇，就是故乡

你我相遇便是故乡这样的结尾稍微乏力，不过总体上还是可以作为对生命还乡的呼应。第三首写的是存在的内在阴影，所以诗人说：

我觉得自己是一个思想者

向大地致敬，胸内装满丘壑

和海洋。风暴无法掀开涟漪

只与闪电和雷鸣对峙

诗人写"我对旧时光充满抗拒和愧疚/被一场疾病所伤。在清晨/割下一捆青草，以此为药/喂养梗塞的血管和骨头"。存在之徒的生命内伤当然也是一个非常值得思索的话题。不过《叙述者》后三首却似乎滑向了更加生活化的对妻子衰老的愧疚等复杂的日常情感中。不是说这个生活化的题材不能写，而是说这个生活题材在这里只是被日常化的表现，而没有得到存在性的挖掘。

所以这组诗似乎存在前后失衡的瑕疵。不过，《叙述者》《死亡肖像》《时间信札》三组诗似乎又在构成着一个更宏大的生命组诗。只能说，陈仁凯也许确实有着这样持续地为至大无形赋形的雄心。

我想稍微再说一下我为什么不认同"无妄之途"一辑中的很多作品。比如《字里行间》（组诗）第一首：

王羲之·兰亭集序

卧榻听雨
醒来已是江南三月
鹅池桑芽新露
仿若宿墨溅满清浅的砚台
陌上初霁　春风暗渡
衣裳正被折叠成
单薄的流水和相逢

牛车载酒
也载一些暧昧的辞藻和意象
永和九年
会稽山下可以袒胸露臂
放浪形骸
也可以披头散发
饮一杯杯酒
写一首首诗
甚至可以生发一点点
孤傲的痛痒与牢骚

杯盏
漂浮在曲折的权势之上
竹林与宫廷相去甚远
歌赋　吟诗　作画
清朗的词章入木三分
墨迹深浅浸润魏晋散逸的风骨
铺毫使转
一笔一划便是内心不倒的
王朝

陈仁凯自己也写字，在临帖过程中产生诗性感受也是正常的，问题是这首诗完全是装饰性的写作，可以说作者文采斐然，更像是在铺陈"汉赋"，然而并没有新的想象力和新的精神发现。而这一辑中写城市的也大部分如此，诗人对于一个城市一定要有深沉真切的体验才不会浮光掠影地拿一些公共文化符号来写诗。所以对照之下，这一辑中这首《高速公路》完全像一首放错了地方的无辜的作品。大概这首诗在主题上跟其他相似，都是"途中"的写作，然而它跟其他的作品不同之处在于它是内在化的——也许因为陈仁凯有很多的在高速路上开车的经验，这种体验一旦内化就能够衍生出动人的想象：

高速公路

薄雾抹不开

逐渐加深的暮色

它们已经漫过

我将去往的方向

不打开灯

我只打开音乐

这些虚无的声音

从耳朵出发

淹没我的心脏、头脑

和空荡荡的双手

像一群虫子

噬咬我洁白的骨节

我不会演绎速度与激情

但我会让一切慢下来

活在回忆之中

让中年回到青年

让青年回到童年

让童年回到母亲的体内

我也会消弭无谓的激情

面对一棵被砍伐的树

我会辗转难眠

面对一只罹病的猫

> 我会暗自伤心
> 面对女儿转身的背影
> 我会感到已经苍老
>
> 而这条公路
> 始终慢不下来
> 薄雾还在漫延
> 我已然穿过暮霭
> 抵达多年约定的夜晚

最后，我只想说，陈仁凯的写作到了这个时候，不为名利，有关风雅。虽然也许他内心也不看重那些语言装饰性的作品，但作为一个资深诗人，也许可以有这样一种自觉：宁肯少写十组价值暧昧的诗，也要多写一组有突破性的作品。

内心的突围：《易经》组诗

仁凯兄来电说最近诗兴又入高潮，用了一个月的时间写了夜读《易经》组诗，相当可喜可贺。

陈仁凯的诗，正如我以前说过的那样，喜欢从阅读中寻找启示，这方面的例子著名的有夜读《水浒》，写下了《无雪，我与林冲对饮孤独》，现在他不读《水浒》了，他读《易经》。

《易经》是中国人的智慧书，据说人生的所有奥妙都隐藏在乾坤八卦之中，而陈仁凯这次的读经，莫非是想参透人生的什么秘密，揭开生命的某个密码？而我也正是带着这样的期待来阅读这组诗的。

让我惊讶的是原来在我眼中爽朗英俊的江南警察陈仁凯的心中也有如此的苦涩，组诗中用了相当多的分量来渲染这种内心的苦涩：

> 昆虫们应约而来。它们歌唱
> 雾气打湿了尚未展开的翅膀
>
> ——《萃》
>
> 浮云被微风赶走。荆棘与
> 玫瑰纠缠不休：带刺的

言语挡住了阳光的去处

——《讼》

小径向远方伸开
满天的星斗找不到去往银河的路

——《涣》

最集中地表现他的这种生命苦涩的是下面这首诗：

失语的人躲在夜的深处哭泣
他听见的只有风。他看见的
只有迷漫的星群。夜莺的
歌唱让他成为智慧的哑巴

黎明来临时他害怕失去眼睛
铺天盖地的黑夺走内心的
光亮。一双手抚摸的将是
孤寂的琴弦：声音如此凄怨

——《团》

上面的所有诗句都在渲染一种失路的悲辛，在一组几十首的诗中如此密集地出现这些生命被困的意象绝非偶然，它清晰地表明了诗人被包围的内心。

我原以为，《易经》是中国的智慧书，是笃信命运之人的启示录，陈仁凯的读经是想给我们一些生命智慧的启示。现在我明白了，读经不过是一次寻找，是在心灵被围之后朝向智慧之书的寻找。这个时候的陈仁凯，已经不像以前那样的儒雅从容，慢慢地读书、品茗、听曲，偶尔把剑从墙上摘下来，抽出剑刃优雅地说，好剑好剑。这个时候，他像一个失路的孩子，一头扎进了《易经》中去寻找启示；这个时候，他是无助的，而无助是另一个圆的开始。

这个时候，我想知道的是，在《易经》中，陈仁凯找到了什么来抵抗这种生命失路的感觉。智慧书没有把他引向某个生命虚无的路径，他想抓住的仍是理想，因此，理想——这个陈仁凯曾经用白马、用河流表现过的主题，依然是他生命陷入困顿之中的主题：

远行的人独坐在窗外

> 隔壁的歌声吹熄了雨后的
> 蜡烛：一匹披着红布的马
> 在空墙上扬起长长的鬃毛
>
> ——《节》

> 一把火照亮神的宫殿
> 燃烧的泪水响彻高高的云层
>
> ——《晋》

> 在不被看见的隐秘的家园
> 积蓄梦想、快乐和蜕化的舌头
>
> ——《观》

> 在铺满黄金的道路上
> 孤独地呼喊和奔跑
>
> ——《乾》

我突然发现，这组诗的主题其实正是被困中的呐喊，是内心的突围。我以前觉得陈仁凯的诗非常的圆满，而在圆满中却没有获得新的动力。现在却不然，现在我们看到一个充满困惑的陈仁凯，他的困惑要跑去《易经》中寻找解答。或许这种困惑就孕育了新的起点。

但是，我对陈仁凯突围的方式却是有点想法，我愿意回到诗歌文本中来：

在这一组诗中，陈仁凯显示了一种比较相似的风格，这组诗在一个比较集中的时间段中所写，它也许是作者突然被诗魔所虏获的结果，连其家人也觉得他怪怪的。这组诗不但在风格上一致，甚至在叙事的模式上也相当的相似；每首诗的第一句几乎都是"主语＋动词＋宾语"的结构：

> 巨大的鸟巢悬在槐树的枝桠
> 羚羊跃过矮小的灌木丛
> 雪在竹林里融化。

> 游离的鱼回到水里。
> 乌鸦的聒噪击落成熟的果实

这里我仅仅是摘取其中的几首诗的首句用于说明问题，这种如此相似的开始似乎说明诗人确实是沉浸在同样的一种思索中而不自觉。除了相同的开首之外，我们还很容易就发现诗里面人的缺席，动物、花草成为精神性意象而大量铺陈。我以前说过的陈仁凯的那种通过词语错位搭配而在词的关节间打开空间或者设置不同主体而进行精神对话的诗歌技巧在这组诗中几乎没有出现。这组诗显示了一种几乎可以称为精神恋物癖的特点，在我看来，这组诗像极了朦胧诗。在陈仁凯成长的过程中，朦胧诗不可能不起到巨大的作用，但是我不知道他为什么在精神的回溯中一下子跑回到了朦胧诗那里。

当年的朦胧诗既是一种先锋，也是一种现实的表达策略，但是现在的朦胧诗就只剩下了精神恋物癖。但是在朦胧诗或许也是陈仁凯的表达策略中，他是优异地把现实生活跟诗歌生活分开来的人。他渴望的是诗歌世界的生活，所以他无意间丢弃了生活世界里的诗歌。他的诗歌越来越显示了一种生活的不在场，他不想去追求心灵与生活的碰撞和扭曲，他其实已经相当像一个古典文人。所以他的书也越读越古越读越玄，从《水浒》变成《易经》。

通过这组诗，我得以清晰地发现陈仁凯心中的矛盾：那就是怎样把诗歌生活跟现实生活区分开来，这个事情他曾经做得非常好，那种状态下的他，我称之为江南侠客书生。而现在他似乎企图突破，但是他依然一头扎进了书籍中去寻找出路。

或许现实生活的残忍和破碎跟陈仁凯的审美理想有距离，于是怎样把我们正每天面对的生存，更重要的是面对这种生存的心灵诗人也许正是我们当下的诗人必须解决的问题。

在一个非诗的年代，在生存跟旧的诗歌表达方式完全相反的年代，我们的诗歌如果遵循了旧的传统，就意味着对生活的背叛。我们的诗歌想要寻找出路，却经常会不知道路在何方。但是我觉得，路不在某本跟生活距离遥远的书中。

作为一个我喜欢的诗人，我喜欢陷入困境的陈仁凯，也期盼他能够在新的契机中找到新的出路。

技艺的探寻和孤独者的内心风景

——读陈煜佳的诗

这只是一个梦，上帝
允许的造假。但死在你梦中，
却是我的疏忽，一次追尾，
使你染上一种怪癖：
我和死神的斗争
就是你和梦的斗争。

——《赠——》

套用臧棣的一句诗来形容煜佳，"你的诗是一座空荡荡的房子"（《新诗的百年孤独》），原因是他的这座房子并不待客，而且又刻意不设门牌，以至于虽然并非在什么荒郊野岭，但是很多诗歌观光客却不能找到。就是一些熟悉地方诗歌地理的爱好者也很难找到他这里。因此，似乎可以说，煜佳不是一个诗人，而是一个刚好也写点诗的人。

说到什么是诗人，似乎又会引出一番讨论了。写过诗就是诗人吗？如果他写的根本不叫作诗呢？（这个时代什么是诗其实已经很成问题了）出过诗集就是诗人吗？现在出诗集也太容易了，以至于有些也出诗集的人跟你站在一起时，你很害怕承认自己也弄这玩意儿。世界就是这样奇怪，有的人从来没写过一首像样的诗，也从来没有把写诗当成一件多么要紧的事情，可是他们最喜欢标榜自己是诗人（但是他们往往除了是诗人之外，还有其他很多身份）；有的人很郑重地对待写诗这件事，也写出很不错的诗歌，但是他们却将诗人的身份紧紧地锁在抽屉里，用《重庆森林》里的话说叫作"这么私人的事情怎么可以随便给人看"。

这个世界烂诗太多，假诗人太多，真诗人就躲了起来，陈煜佳无疑就是其中一位。他真是一个诗歌的隐士，认真地对待诗歌和语言，但这仅是生活中较为隐私的部分，极少诗歌活动，较少发表，如果不是因为意外的缘分，我也不会跟他有太多交集。

一　用诗歌重新定义世界

优秀的诗人必须提供独特的语言，同时提供独特的"视界"，在语言中刷新人们对世界的陈旧认知，换言之，优秀诗人必须有用诗歌重新定义世界的能力。煜佳诗歌纯熟的技艺，就常常表现在他对一些日常事象进行诗性的定义上，这样的例子在他的诗歌中可谓俯拾皆是，我仅举一例——《早恋》：

> 我的理解是：我们只是
> 比别人早生了几年；
> 或者我们的感情
> 更适合矮小的身体。
>
> 完全是经历被经验
> 压得喘不过气的结果。
> 造成了桥与路，盐与饭
> 之间比例的失调。
>
> 是逻辑学的烟雾
> 让我们迷失在延误里；
> 而教育心理学正用尽全力
> 想把权力的插头拔出来。
>
> 也许选择自助餐
> 就是一个根本性错误：
> 遗传的因素使我们更倾心于
> 命运的苦头，而不是甜头。

显然，煜佳不是从现实、情感、社会学、青少年心理学等角度来进入早恋这个题材，他的角度就是智力修辞，早恋在他眼中是一种比例失调的关系，而他所找到的跟早恋同构的关系："完全是经历被经验/压得喘不过气的结果。/造成了桥与路，盐与饭/之间比例的失调"不能不让人有一扇门突然被踢开的感觉。

用诗歌重新定义世界的能力，归根结底依赖于诗歌技艺水平。所以，重新发现世界，往往需要重新发现语言。陈煜佳的诗似乎很少让我失望过，恰恰相反，它们修辞的机锋总给我出其不意的快乐。煜佳说过这样的话："锤炼一种可靠的诗艺才是最重要的"，而事实上他也是这么做的。朱自清说过，新诗就是寻找新语言，发现新世界。陈煜佳所谓的诗艺指的便是一种新语言。我们会发现他对于新语言装置的摆弄，已经兼具灵性和火候在内。稍微写过诗的人都知道，比喻这种最普通的修辞往往是考察诗人语言灵性、火候的试金石。譬如这首《学二饭堂》：

> 它用一顿饭
> 拉近我们与现实的距离。
> 只不过那样的动作
> 像在拉裤链。
>
> 事实上，我们的确
> 站成两排，
> 仅仅比胃病和贫困
> 松散了一点。
>
> 打饭之前，
> 我们反复掂量着：
> 插队，还是心平气和地
> 让思想去赴牙齿的约会。
>
> 而当心灵以为真的享受了
> 一次免费的午餐时，
> 却发现青菜里有一条虫
> 正在为我们的风流付账。

2005－06－06

煜佳用智性的语言对一次无聊而乏味的排队打饭进行诗性的凝视，诗歌叙述的生活本身是极其乏味的，但是将乏味生活的诗化却又妙趣横生：

食堂用一顿饭，拉近了我们与现实的距离，只不过那样的动作，像在拉裤链。真是漂亮的譬喻和发现。诗人和现实生活的离合关系靠着食堂吃饭这条裤链在维系，我们又何尝不是呢？

　　来到食堂，人太多了，所有人排成了紧紧的两排，其紧密状如"胃病和贫困"的距离，又一个创造性的比喻，修辞的机锋再次打亮了乏味的现实。

　　究竟是老老实实排队，还是插队，这是一个问题，太老实的煜佳，一定是选择了排队，其直接结果是早已磨刀霍霍的牙齿暂时受到了冷落，作为一种补偿，那就胡思乱想或者发呆吧，煜佳美其名叫作"让思想去赴牙齿的约会"（思想从来是物质的替补，就像文学常常是政治的小妾，开句玩笑）。

　　排队的结果是买到的青菜里有条虫，诗人姑且把它看成是为思想和牙齿的一场风流所付的账。

　　不难发现，陈煜佳诗歌中变着法子在使用比喻，全诗四节，没有一节没有比喻的，只是又没有一节是用常规的比喻装置。有心者不妨尝试一下，如果用常规的方式来譬喻，我们是否能够到达陈煜佳诗歌所到达的地方？

　　煜佳创造的那些新的、让人眼前一亮的话语装置可谓比比皆是：

> 诗歌是我的燃料，
> 也许是饲料。
> 在剩下的日子里，
> 回忆是一只替罪羊。
>
> ——《重逢》
>
> 在镜中，她感到她的脸
> 像上帝一个不攻自破的谎言。
> 衰老围堵着它。
> 往事和泪水冲刷着耻辱。
> 在董坑村，她的伤风败俗
> 谱写了它一段不光彩的历史。
> 她的名字成为晦气的象征。
> 人们躲着她，没有人给她的不幸
> 一个台阶。她拥有那样的
> 权利，她曾绝望地相信。
>
> ——《为一个农妇立传》
>
> 她十六岁就生了一个孩子。
> 十七。十八。十九。
> 都是她们生孩子的年龄。
> 她们并不着急，

但生活可不想等待。

——《朋友们》

每换一个地方，
二胡都是我的试金石。
靠这门手艺，
我走遍大半个中国。

我不是艺术家，
但饥饿时，能拉响整条街，
使陌生人回头，或头也不回地
嘲笑我的煽情。

有时甚至驱赶
也是机会。
不然，我能拿他们
优越的命运怎么办？

我头发苍白，记忆衰退，
已学不会尊严这种方言。

——《乞丐》

太多太多，以至于我不能一一列举了。

二 "语势、句势是更需探寻的一种技艺"

陈煜佳还说过："语势、句势是更需探寻的一种技艺"，"语势""句势"并非诗歌批评界常用的概念，却是诗人写作必然会注意到的写作现象。对于"语势"和"句势"，显然不同的诗歌写作范式有不同的立场。陈煜佳还说过："写作中的惯性是最危险的敌人。要尽力避免词生词，句生句。"显然，他反对和警惕语势的惯性运用，这是一种很典型的现代诗学趣味。现代诗学排斥排比句，就是因为排比句有着太明确的句势力，相同的句式造成一种不可阻挡的势能，在主导了阅读的情感方向之余，也排斥了微妙丰富的内涵，这跟现代诗学孤独的、嘲讽的、精微的心灵质地显得格格不入。

对"语势""句势"的自觉使陈煜佳探寻着一种高密度的诗歌语言。他往往通过远喻、拼贴、串行、重新定义等方式使语义的密度大大提高，诗歌语言像一条被技艺扭动到极限的绳子，处于高度紧绷的状态，一旦放手，诗歌之绳就会不由自主地旋转，析出不同的语义。这种高密度的语言截然不同于松松垮垮的日常语言，它来自陈煜佳对语势惯性的有意逃避，这种复杂的语言方式刚好对应于现代孤独个体复杂幽深的心理体验，是一种典型的孤独者之诗，聪明人之诗。

> 想成为一本书
> 已经来不及——
> 一份合同给我们
> 指明了另外的方向：
>
> 像一枚导弹，射出后
> 却又像泼出去的水
> ——而生活就是编织
> 那个装不了水的竹篮。
>
> ——《毕业歌》

这是他的《毕业歌》的前两节，这里不但高密度地使用着各种远喻：书、合同、导弹、竹篮，更重要的是不断地创新着比喻的使用方式。如果我们有兴趣去补足并把这些句子还原为日常性的以喻词连接，本体、喻体俱全的比喻句，那么就会发现，陈煜佳的诗歌句子常常被削尖、斩断、扭转，就像编织一个诗歌花篮一样，句子的日常态势（语势、句势）被改变组装进整体的诗中，像竹篾的正常延展性被改变，以便更好地进入一个整体的竹篮。

在句子内部对语言进行破坏惯性的重组，这主要体现为对"语势"的谋求，在句子与句子之间，他的"句势"自觉又是如何体现呢？

> 这只是一个梦，上帝
> 允许的造假。但死在你梦中，
> 却是我的疏忽，一次追尾，
> 使你染上一种怪癖：
> 我和死神的斗争
> 就是你和梦的斗争。
> 这不对，不应该从梦里
> 寻求快感，尽管我们离得越近

> 梦就越少，少到一次
> 就决定生死。

> ——《赠——》

　　此诗在串行中制造陌生化，而串行显然正是对传统新诗一句一行的形式成规的逃避。全诗十行，五行串行。仔细辨析不难发现，串行与不串行其实跟诗人对语势的谋求有密切关系。

　　第一句中，"上帝允许的造假"是前面句子中"梦"的补充说明，也是其喻体，用常规的方式表达，"梦是上帝允许的造假"。这里明喻喻词被替为逗号，"上帝允许的造假"又被分割成两行；第二行中，句号前后，同样并置着两句原本会被分行的句子。如果按照一般的新诗分行法，前面几句大概会分成：

> 这只是一个梦，
> （梦是）上帝允许的造假。
> 但死在你梦中，
> 却是我的疏忽，
> 一次追尾，
> 使你染上一种怪癖：

　　这两种分行法，究竟有何不同？不难发现，串行造成一种交错纠缠的效果，这种纠缠是梦与现实的纠缠，是"我"和"你"的纠缠，当诗歌进入更加明晰、更斩钉截铁的地方时，诗人显然更愿意使用单句单行的形式：

> 使你染上一种怪癖：
> 我和死神的斗争
> 就是你和梦的斗争。

　　此处，"我和死神的斗争"暗示着我拒绝死于你的梦，"你和梦的斗争"暗示着你拒绝梦。"我"和"你"显然是南辕北辙的关系，离心大于纠缠，因此不采用串行。串行使诗歌的纠缠获得形式标示，串行是 90 年代以来诗歌重要的形式探索。我如是理解陈煜佳此诗对语势的探求，应该不算过度阐释。仅是提醒在阅读陈煜佳诗歌时，必须进入更加微观的层面。

　　陈煜佳这类智力型诗歌，常常面临质疑，有时还会被斥为雕虫小技。长期以来，我们习惯于形式和内容的两分法，内容决定形式，形式服务于内容。

形式诚然是重要的，但更重要的是内容。在这种思维范式的观照下，如果一首诗没有被解读出一种具体且"有意义"的生活内涵来，那么不是被斥为空洞无物就是被讥为形式化、炫技、花哨。即使是早有江湖地位的臧棣都不免面临这样的质疑。

事实上，诗歌技艺是将诗歌的触角深入到存在、领悟的重要途径。当代哲学已经揭示了，我们曾经以为客观的"世界"其实更应该表述为"视界"，存在在语言中现身，我们日常以为正常的世界其实是由主流化的语言体系所承载的。诗人的天职在于发现，在于呈现一个被庸常性所遮蔽的角落，而创新的语言表现就是诗人把我们送到这个角落的重要保障。

关于技艺与写作的关系，臧棣有过很精确的阐述：

"在写作中，我们对技巧（技艺）的依赖是一种难以逃避的命运。……在根本意义上，技巧意味着一整套新的语言规约，填补着现代诗歌的写作与古典的语言规约决裂所造成的真空。"①

技艺实质是"主体和语言之间相互剧烈摩擦而后趋向和谐的一种针对存在的完整的观念及其表达"，它可被视为"语言约束个性、写作纯洁自身的一种权力机制"，因此，更为内在地说，"写作就是技巧对我们的思想、意识、感性、直觉和体验的辛勤咀嚼，从而在新的语言的肌体上使之获得一种表达上的普遍性"②。

从某种意义上讲，写作就是技艺本身。不知煜佳对臧棣的这种观念是否会觉得于我心有戚戚焉。但我却常常感到他诗歌中朴素的野心：那就是像一个匠人一样锻造出不同的修辞工具，并且用它们有效地捕获直觉、感悟和存在。

我们来看一个例子：

> 他的脸像一张
> 刚刚撤掉影像的幕布：
> 平息了生活的风暴。
> 一种不能解释的
> 表情我们称之为亲切：
> 却因为符合死亡的逻辑
> 而充满了敌意——

---

① 臧棣：《后朦胧诗：作为一种写作的诗歌》，《文艺争鸣》1996 年第 1 期。
② 同上。

每一个瞻仰它的人获得

的胜利叫做卑躬屈膝。

——《遗容》

此诗出手不凡，煜佳从对死亡的现实情绪中摆脱出来，以一种近乎零度情感的理智清理着死者及其身后的仪式所隐含的暗示。"他的脸像一张／刚刚撤掉影像的幕布"是一个简单的修辞，本体和喻词都平常得很，但是喻体和本体的巨大距离却使得这一次的修辞行动令人期待，后面精彩的补喻充实了这个比喻的具体内涵。一场电影结束了，只留下空荡得有些苍白的幕布，一个生命从一具躯体中出走，留下一张单调的脸，你甚至难以想象这张脸上曾经承载的表情和生活的风暴。很难想象，在日常化的、缺乏弹性的修辞话语装置能够承载这样的发现和领悟。

三 现代诗学：孤独者幽深的内心风景

陈煜佳的诗歌是典型的现代诗学趣味，现代诗学将诗定义为语言和心灵的双重探秘，正是为了进入幽深的内心，所以必须探索新的技艺。现代诗学的诗歌趣味可以从叶芝"诗是内心的辩论"看出来，也可以从特朗斯特罗姆关于诗的看法中见出：

诗是对事物的感受，不是再认识，而是幻想。一首诗是我让它醒着的梦。诗最重要的任务是塑造精神生活，提示神秘。①

如果不避简化的话，我们或许可以说，现代诗学趣味在陈煜佳身上体现为如下特征：

首先是对语言本体观的服膺。对现代诗学而言，语言不仅仅是诗歌要处理的首要对象，它简直就是诗歌的全部，是诗之为诗的原因。所以，陈煜佳孜孜不倦地探求的诗艺正是诗歌语言修辞的秘密。由于对语言奥秘的倾心，现代诗学必然面临"懂与不懂"的问题。陈煜佳认为"懂与不懂，只是技术问题，不是道德问题"。显然是为有难度的现代诗歌谋求合法性，至于"诗歌

---

① 引自傅小平：《李笠：通往优雅高贵的林间小路》，《四分之三的沉默：当代文学对话录》，广西师范大学出版社 2016 年版，第 475 页。

的难度正好对应诗歌的等级"就说得更直接了。

其次是对现代孤独个体内心经验的捕捉。现代诗学和革命诗学有着不同的经验取景框，同样面对山水，革命诗学会直接描摹山水，并从山水抽象出革命乌托邦符号；而现代诗学所写的山水，已经不是现实山水，而是山水在心灵中的投影。相比之下，革命诗学取景框往往流连于宏大对象，而现代诗学则更倾心被宏大叙事所忽略的庸常细节。革命诗学推崇英雄的主角，崇高的风格，现代诗学则青睐孤独的零余人，反讽的技法。相比之下，浪漫主义诗学与现代诗学同样倾心于内世界，但浪漫主义诗学拥有气势磅礴的主体情感，现代诗学则常常分裂出多重自我相互审视，浪漫诗学是主体凸显的，现代诗学则常常是主体隐匿的。

陈煜佳的诗歌中，诗人主体就很少出现，即使他的诗歌中出现了"我"，很多时候也是一种伪装。是诗人乔装成另一个人，用那个人的"我"在叙述，在抒情。譬如他写的很多文化名人诗，不同于王家新的《帕斯捷尔纳克》这类诗歌，陈煜佳并非在诗歌中和著名人物进行对话，他更喜好切入人物生命的某个片段，模拟人物发声：

海涅致瓦伦哈根夫妇

谢谢你们，用通心粉和精神菜肴
饱我口福。但基督徒的爱
无法让一个犹太人的爱之歌
免受斥责。我，一个没有祖国的人，
曾对我诗歌中的德语感到羞耻，
直到我请求一个肖像画家
把我的嘴画得更带反讽意味。
我不会到基督教洗礼中
寻求解放。我用罪恶、不道德
和犬儒主义的外衣打扮自己。
我奏响我的"罚入地狱圆舞曲"。
我不是拜伦的一块碎片，而是
整个的拜伦。不但拥有他的死，
而且拥有他的生——
除了成为一个诗人，我不能获救。

此诗就是模拟海涅的口吻给瓦伦哈根夫妇写信，后者所主持的文学沙龙是当时柏林的文学中心。作为一个犹太人，海涅在德国有强烈的离心感，此诗意在展示海涅身在德国的身份冲突：犹太人与基督徒的身份冲突，国家主义、民族主义的边缘人。诗中提到的拜伦同样是一个跟国家主义有着强烈摩擦的诗人，一个彻底的个人主义者，拒绝被大英的国家主义所绑架的诗人。陈煜佳借着海涅对拜伦的认同："我不是拜伦的一块碎片，而是/整个的拜伦。不但拥有他的死，/而且拥有他的生——"，阐发了对诗人身份的认同："除了成为一个诗人，我不能获救"。

如果不借着海涅这个历史人物的面具，我们很难想象陈煜佳会发出如此铿锵的声音。他的主体必须隐匿于某个面具的背后，如果主体直接出场的话，则经常会分裂成几个相互审视的主体。他的诗歌，或者说现代主义的诗歌，从不信任正在场景中的那个主体，总是抽离出另一个我来审视、凝思，总是把事件投入语言的搅拌机中，然后才觉得它配得上写进诗中。对于即时情感的不信任，大概是现代主义的重要特征，这在穆旦的《诗八首》中已经表现得非常明显，该诗的第一节写道：

> 你底眼睛看见这一场火灾，
> 你看不见我，虽然我为你点燃；
> 唉，那燃烧着的不过是成熟的年代。
> 你底，我底。我们相隔如重山！
> 从这自然底蜕变底程序里，
> 我却爱了一个暂时的你。
> 即使我哭泣，变灰，变灰又新生，
> 姑娘，那只是上帝玩弄他自己。

我们知道这是一首爱情诗，有趣的是，它不是对炽热爱情经验的书写，而是对爱情的智性凝思。浪漫主义诗人写情诗，必然在诗人正在燃烧的情感层面入笔，写"我眼睛为你而起的一场火灾"，现代主义诗人却偏不信任这个在场的经验主体，而从"你"的角度来叙述，这是现代主义特有的疏离感。"你的眼睛看见这一场火灾"，可是诗人接下来说出的却是"我们相隔如重山"，说出这话的显然不再是那个在场的主体，而是一个抽离的主体。这就是现代主义，一个躲在角落里冷静地翘起讥讽嘴角的永不在场的主体。这是一个孤独的零余人，或者说是主体身上孤独的零余人部分，是鲁迅所谓的"于天上看见深渊"的那双眼睛，很多时候，陈煜佳的诗歌也从不信任那个在场的主体，从不信任那些宏大的对象，它在抽离的角落，关注着细微细节中的存在的玄思。现代主义是孤独个体的生命玄思，所以，它很少涉及对具体事件的叙述，对客观世界的描摹，它甚至羞于对内心的情感潮汐予以直接呈现。所有这一切，如果在诗中直接出现，那将被视为诗的不道德。

> 一只蚊子在我身边
> 嗡嗡叫，似乎是
> 看在孤独的份上。
> 而我是否驱赶它，
> 已经关系到面子的
> 问题。但同样的窘境
> 并没有使我们得以
> 和解——情感并未
> 像人们所说的
> 在理智面前束手无策。
> 更像是胜券在握：
> 没有飞机场它也
> 可以降落。而我
> 拍到它的时候就像
> 在字典里找到一只
> 我们一生都不会
> 使用到的字

——《静夜思》

在诗人不动声色的叙述中，我们发现，叙述人"我"显然不是那个正被嗡嗡叫着的蚊子纠缠的"我"，他们分享着同一个身份，却分属于不同的状态。后者是在场不胜其烦的主体，前者却是疏离出来观看的另一个主体。所以才感到蚊子是"看在孤独份上"来到我耳边叫上几声，而"我"则是因为面子问题，不得不驱赶蚊子。将一个庸常得有点无聊的细节写成诗，并且也不无智慧的语言机锋使这个场面获得诗意，这既是陈煜佳本人的拿手好戏，更是现代主义诗学的典型趣味。

现代诗学较少直接关注大事件，反而对庸常细节充满流连，并且会用精心锤炼的新语言装置去捕获庸常的细节和细微的思索。如果说它有几个端点的话，那么是庸常、语言和玄思。它是庸常生活的语言化和玄思化。它因此是新语言的寻找过程，是对生命神秘性的寻找过程。现代诗人显然是这样一个孤独的灵魂，他把玩着自我庸常琐碎的经验，他有能力使庸常变得优雅，变得充满语言趣味，但同时他又把庸常语言化，使此种庸常不再是现实意义上的庸常。

事实上现代主义并非只有一种，北岛式的现代主义是英雄主义的，他认同一个作为时代文化英雄的现代主义。然而，随着时代的转换，现代主义诗人不再有资格去扮演这样的英雄角色，90 年代之后的诗坛于是造就了大批的语言亡灵，英雄的时代已经过去，诗人如何去建构新的身份认同？臧棣式、张枣式的语言现代主义建构了诗歌以语言为本体的专业身份认同。某种意义上，陈煜佳正是 90 年代以来语言现代主义这一脉的广东诗歌传人。

我认为每个诗人都会找到属于自己的道路，但是有一点陈煜佳不知是否意识到，现代主义对抒情的放逐，必须非常警惕同时把情本身也放逐了。诗歌可以有智力的成分，有知识的参与，但诗歌也好，文学也好，必然是关乎人类情感的形象表达。诗歌可以不直接抒情，但诗歌不能没有饱满的情感经验做底座。从这个角度看，现代诗学那种隐匿主体，庸常书写的方式，使它语言趣味丰盈，智力特征明显，但是否在以情动人方面有所欠缺。现代主义的冷凝如何跟文学的情感属性结合起来，也许值得陈煜佳思考。

煜佳是一个纯朴的"真人"，当代诗坛、诗场的喧嚣和扑鼻的气味自是让他非常不适，他也自有汇入真正诗歌传统的精神通道。他也是一个特别认真的人，认真教书，认真生活，认真恋爱，认真写诗，甚至连逗一个小女孩玩都那么认真（林诗铨语）。他的这些美好品质都让我心生敬意，他说过："如果到四十岁的时候，能写出一点真正属于自己的东西，那就该庆幸了。""就该庆幸"背后的谨慎和郑重，让人对他心生期待。

忧郁诗人的孤独花园

——读泽平《独脚站立的人》

独脚站立。这个姿态令我想起少年时代的独脚跳圆圈游戏。可是，作为泽平用以概括自身精神姿态的这个身姿，显然跟那种童年游戏迥然有别。游戏是嬉戏欢乐的，独脚只是为了增加难度和趣味性；而作为一个诗人，独脚站立，那种在单脚负重的失衡中寻找平衡的自我期许，确实跟诗人的某种精神面影息息相关。显然，诗人不该是那种过分平衡的人，唯有在自身失衡中，诗人才能更好地抓住世界的失衡；唯有在失衡的摇摇欲坠中，诗人才能更强烈体验到世界异于日常视角的温度、气息、色彩和重量。

那么，作为一个自许独脚站立的诗人，泽平所体验到的世界独特性又何在呢？我与泽平相识久，大学时代他是我安静的小师弟。大家激烈争论或嘻嘻哈哈时，他投入地聆听，却甚少高谈阔论，大抵是面有悦色，露出可爱的小虎牙，这是性格使然。泽平敏感多思，情感较为内敛忧郁，他自有他的思考和执着，甚至是他的不羁和执拗。可是，他的人和诗，总是围绕着自身的情感体验和生命感悟展开。多年前，泽平出一诗集——《在时光和落日之间》，我写过一文《情感叙事和青春写作的桃花岛——泽平诗歌的一种观察》。当时我说"泽平诗歌的语言光泽说明他的诗歌天分，他清晰连贯的情感叙事也给他的写作带来了真挚的情感。但是，他的诗歌过分集中于情感题材，他对情感题材相对单一化的提炼方式，以及他诗歌写作前后几年对海子稍乏反思的模仿，都使得他的诗歌显露出明显的青春写作特征"。那时，我期待泽平的诗歌能够更加及物，在诗艺上沉淀出自身的风格。几年下来，泽平的诗歌依然更多围绕自身的情感体验展开，但这种情感叙事有了更绵密的思悟支撑；当然，泽平也试图触及个人情感以外的社会文化问题，比如《1984——向奥威尔致敬》这类作品。更值得一提的或许是，泽平诗歌开始形成自己的语言气质。

狐狸

早晨的树枝上
狐狸恋上孤独的少年

她在空旷的雨水里
眺望遥远的小镇
那里的秋天很小，烟尘漫漫

她的心，充满寂寞
如素描的花
在时间里慢慢枯萎

泽平的诗喜欢以动物为心象而将抒情情景化。《狐狸》中，"狐狸恋上孤独的少年"，这只从《聊斋》中脱身而出的狐狸和少年书生的爱情脱去了古典小说的那种鬼魅迷离，更多的是纯粹唯美，盖因前面已经有了"早晨的树枝上"这一情境设定。没有被说出的"清晨露珠"覆盖了这场狐狸和少年的情爱纠葛。此后两节，狐狸退入后景却又始终若隐若现地支撑着下面的诗歌情绪。狐狸在后两节化身为"她"，她的眺望和忧愁。第二节的有趣处在于将可见的细小雨水变成更辽阔的"空旷"，却又把本该盛大无边的秋天微缩成很小的"烟尘漫漫"。这里她的心事全无涉及，却由于为"眺望"所设置的氛围而又似曲尽其妙。第三节笔触终于来到了她充满寂寞的心，这个细微柔弱的意象——素描的花/在时间里慢慢枯萎，这种微弱的情感势能恰如其分地对称于寂寞的内伤。在我看来，如果诗人有所谓音量问题的话，浪漫主义诗人基本都是声音高亢的，相比之下，泽平诗歌的音量一定是低的。这种低不是有气无力，它安静地提供了一种柔和而有辨析度的音色，从而成为一把值得倾听的入心之声。这种诗歌音色效果恐怕是因为泽平诗歌对情感肌理进行的跳跃而又连续的织造。对抒情短诗而言，情感便是这首诗语言躯体的内在呼吸。问题在于，很多诗歌由于将这种情感呼吸组织得过于直白顺滑而显得气喘如牛。如此，诗歌的跳跃便通过对语言势能的阻隔而创造出一种更优雅的呼吸节奏。可是，如果诗歌跳跃没有在上下文形成有效呼应，便会气息紊乱，或气若游丝，或干脆就断了气。因此，处理好跳跃和连续之间的关系，诗歌才能获得错落有致的肌理或曰纹路。不难发现，这种既隐藏又清晰，既跳跃又连续的诗歌肌理一直是泽平诗歌孜孜不倦处理的重要课题，不得不说，他干得还挺漂亮。且再看这首——

欢愉的山雀

但灰烬从来没有离开
落下的，寂静的，闪耀的
都只是此刻：未来正在成为
现在

树林里
山雀以歌唱为乐
她们察觉不到时间的碎片
察觉不到来时的路：她们只
剩下欢愉

而我，想伸出枝条
把这僵硬世界轻轻覆盖
雨水落下来：写满时间

　　无疑，这是一首时间之诗，它书写的是抒情主体对于终化灰烬的时间之感伤。那么便急吼吼地把这种思悟嚷出来吗，这不是恬静忧伤的泽平的调调。这首诗的情感纹路体现为欢快/感伤的黑/白虚实线。白色的实线便是那只欢快的山雀，山雀形象的细小、跳跃和叽喳的声音本来就是欢乐的对称物，诗歌前景里这只林中"山雀以歌唱为乐/她们察觉不到时间的碎片"，它们只剩下欢愉。可是千万不要忘了这是一首以"但"字开头的诗。对于习惯从头说起的散文笔法而言，"但"字是没有资格充当带头大哥的。"但"是转折，是枢纽，是门和墙之间的转叶，是部件和部件之间的连接。所以对于散文来说，"但"字开头意味着一种不可饶恕的缺位或脱落。可是对诗而言，"但"却未必不是异军突起，未必不是横空出世。因为诗法的虚实使"但"前面的下笔千言可以被隐于飞白。这确实是一首必须以"但"字开篇的诗歌，正是"但"提示着对欢愉的转折。那些欢愉的山雀呀，你们叽叽喳喳的快乐，只不过源于你们对生命之"但"的习焉不察、视若无睹。所以，这首诗中，歌唱和欢愉构成了明亮的白色实线，而灰烬和时间的碎片构成了诗歌后景那道清晰的黑色虚线，"但"隔开了它们。时间一往无前的射线中，无数此刻在燃烧并闪耀，但，现在在成为过去，"未来在成为现在"。未来一直是一个被过于明亮的想象虚饰的词，可是诗人告诉我们，在时间的香烛燃烧中，未来终将成为现在，成为过去，成为掉落地上的灰烬和碎片。这是时间带给我们永恒的感伤。最后一节，在一个充满画面感的细节中，我伸出了枝条，让它落满雨水，在雨水的闪耀中，晃荡着时间灰烬斑驳摇曳的镜像。此时，那些叽叽喳喳的山雀，在时间的面前——正是"商女不知亡国恨，隔江犹唱后庭花"呀！

泽平诗歌一直有一种时间的忧郁，又如这首《纳木错》：

> **1**
> 在湖水盛开的地方
> 一个人坐着
> 面朝念青唐古拉山
> **2**
> 有时你是水
> 有时你是那孤独的飞鸟
> **3**
> 七月就快结束了
> 这时光的碎片
> 让人感到绝望
> **4**
> 我看见自由的飞鸟
> 想到的却是大雪封山后
> 孤独的星辰
> **5**
> 人世太单薄
> 我们都像一吹就散的霞光

泽平说，这是一首关于时空的诗。如果再补充一下，这是时空中人的喟叹。纳木错的湖光，确实轻易把人从尘世的喧嚣中剥离出来，沉静的蓝带你遁入永恒。这首诗让我想起海子的《九月》，而泽平的《纳木错》其实不妨称为《七月》，都是把人放在时空中来思索的作品。

书写时空中人之忧郁必须追溯到两首著名的唐诗。其一是陈子昂的《登幽州台歌》："前不见古人，后不见来者。念天地之悠悠，独怆然而涕下。"其二是柳宗元的《江雪》："千山鸟飞尽，万径人踪灭。孤舟蓑笠翁，独钓寒江雪。"《登幽州台歌》，前后是时间，天地是空间，在前后天地的时空中动念怆然的是一个与天地万物相往来的个体。所以，这首诗的内在结构便是"时空中的人"；《江雪》的千山、万径都是空间维度，这首诗虽然不涉及时间维度，但空间通过千山—万径—孤舟—江雪的重叠映照而无限绵延，这首诗的内在结构是"空间中的人"。回头看海子的《九月》就会发现，它的内在结构同样是"时空中的人"。

　　空间在这首诗中体现为草原、远方的风。一望无际的草原是一种静态的辽远，远方的风作为一种流动的存在物是一种比草原更辽远的事物。所以，这里突出的是空间的广阔绵延；时间在这首诗中体现为"明月如镜高悬草原映照千年岁月"。中国古诗最常用来表征时间的两个意象，一个是月亮，一个是流水。所以这里表征时间的方式显然是从"秦时明月汉时关"中得来的。时间流逝，唯有日月山川永恒，明月表征的同样是一种时间的绵延。不难发现，时空在这首诗中被拉得特别广阔，这种广阔映照了其中行走者的渺小、易逝和孤独。这便是"我的琴声呜咽　泪水全无/只身打马过草原"。泽平的《纳木错》第一节便把人放在纳木错湖和唐古拉山的永恒空间里面，如果说湖和山代表着某种更加稳定永恒的空间性事物的话，第二节的"水"和"飞鸟"则代表了跟流逝相契合的时间性维度。于是第三节就来到"七月的绝望"，时光的碎片。时间的流质恰如自由的飞鸟，既予人以无限天地，又将人锁于孤独中，如大雪封山。孤独的个体存于世上，不免有"人世太单薄/我们都像一吹就散的霞光"的感叹。

　　最后，我想说，孤独和忧郁本身并不具有诗学价值。但是当忧郁成为诗人自身的语调；当孤独成为诗人穿透时空的哲学体悟的时候，独脚站立的人——忧郁诗人的孤独花园便是具有诗学意义的探索。

放飞想象的诗歌世界

——读陈植旺的《形而上的树桩》

在 2009 年澄海文学社的一次散文作品研讨会上认识了陈植旺，他说他主要写诗，这给了我一份特别的亲切感。必须承认，我对诗歌有一份主观的偏爱。不久之后就读到陈植旺出版的这本《形而上的树桩》，并且植旺也以大无畏的摩托骑士姿态穿越了潮州澄海之间五十公里的距离，来和潮州《九月诗刊》的几个朋友亲密接触，使得我们也有一番长谈的机缘。不过，诗友之间的聚会，一如既往地形式大于内容，似乎缺乏一片四通八达的高速公路网络来连接每个人内心澎湃的思路，毋宁说那些客气、真诚但又常常不得要领的交谈是一条条的泥泞的山间小路，常常在艰苦的蜿蜒曲折之后宣告此路不通。但是我们却并不失望，因为，真诚而无果的蜿蜒曲折，终究也是一种重要的形式。而且，说到底，诗友间的心灵交流，还有更重要的途径——那就是作品。陈植旺的作品已提供了足够多的通道，让我走近他的内心。

一　诗艺:转益多师,渐现个性

很容易发现，陈植旺的诗歌受到很多种诗歌资源的润泽，他也有意识地在各种诗歌经验中获益。在《秋天，陈植旺的王冠温婉呵》和《献给我的冠的夏日诗笺》中我们发现海子诗歌的影子；在《悲悯之光》中我们看到他对昌耀的服膺；在《男生宿舍》中我们看到他对李亚伟莽汉诗歌的模仿；在《初中时代》里，我们又看到他对第三代诗歌口语风的实践。陈植旺是个诗歌风格上的杂食动物，他自言并不希望自己的诗歌在某种类型中固定下来。这种写作吸纳能力使他的诗歌不单薄，但是对别人的借鉴仅仅是陈植旺诗歌的起点，写作到了一定程度，某种集中的题材或者对艺术形式的思考都容易把诗人导向一个相对稳定的风格。所以，风格的稳定是成熟的标志；但风格的过分稳定又是缺乏活力的表现。陈植旺的诗歌转益多师，有着很好的诗歌活力；但在诗歌学艺的过程中，在诗歌的经营中已经开始绽放出一些个人对生活的发现，这表现为他常常在日常的事象中摆脱出来，进入某种诗歌意象和幻象的经营之中，并因此赋予生活以诗意。

譬如他的这首《菩萨蛮》：

> 树枝本身固有的形式美
> 鸟啼本身固有的格律
> 它们有机结合
>
> 我使用老章法，一路亲近你
>
> 但火车时速 120 公里每小时
> 它一直不偏离轨道行驶
> 掠过窗外所有景物
> 在抵达目的地之前
> 让人几乎丧失耐性

这首诗用很著名的一个词牌名作为诗题，但并非那种化用古典意境的新古典诗，表达的却是穿梭于古老词律间的沉醉和无奈。诗人显然既欣赏古老格律规整的形式美，但是又深感这种形式带来的单调和乏味。有趣的是第一节和第三节他把这种思想融入了"树/鸟"和"匀速火车"这两个外在的语言装置中，一切就显得那么形象、恰当而又新颖。树枝和鸟啼在在常见，但在诗人的眼中其精神形貌却各个不同。在陈植旺诗里，体貌架构基本固定的树枝恰如古典诗词的形式感，而灵动的鸟啼就是体式之中的韵律。这个精彩的譬喻是对古典诗词美感的一种有趣表达。但陈植旺马上又从对古典美的无条件认同中走出来，道出了一个现代人对从不偏离轨道在古老的格律中的真实感受：几乎丧失耐性。这些个人化的感受和个人化的表达其实正是陈植旺诗艺逐渐内化于个人特色中的表现。

又如这首《明月鼓》：

> 一双鼓槌被夜色淹没无痕
> 空旷的寂静里，鼓面的光泽
> 呼应着明月的光华。圆月当初定是
> 一个永远丢失了鼓槌的鼓面

　　而得以安祥地悬挂在夜空里
　　穿过人间风尘我才知道
　　多么地渴求月光的朗照
　　一个鼓手也需要片刻的恬静呵

　　一轮相似的明月，曾被多少种不同的想象浸染过，曾留下多少已成绝唱的诗歌。所以，书写明月就是在一个巨大的语言之坑中跳出来，并且挖到属于自己的那片泥土。陈植旺为平静的明月安排了一个不平静的故事，明月被形象化为鼓，然后又引申出鼓槌和鼓手。在这个叙事的语境中，明月的寂静并非单纯的寂静，而是"一个永远丢失了鼓槌的鼓面"。我们暂且不去分析这首诗语言符号的所指，我觉得值得重视的是，陈植旺已经在众多成名诗人的语言光泽的笼罩下渐渐清晰地呈现出他独特的面影。这有赖于他的诗歌想象，也就是说，他在诗歌技巧上博采众长，虽未显出某种很特别的语言色彩，但是，他却能够在那些从别人那里借鉴并改装的语言装置中融入自己独特的想象，并使得他的诗歌世界异彩纷呈。这是他走向成熟的标志，也是值得我们进一步分析的部分。

二　放飞想象力的诗歌世界

　　长久以来，诗歌被视为一种抒情的文体，新时期文学以来，很多诗人开始在诗歌中尝试叙事、口语等其他方式，使诗歌在语言上被"解救"，并创造出一系列令人耳目一新的作品。但是，由于长久的机械现实主义的熏陶，今天依然有很多人片面地理解"文学是对现实的模仿"的原理，所以，不管将诗歌定义为叙事还是抒情，其思维总是被现实的外壳所限，丧失了文学——特别是诗歌最有魅力的一面——想象力。

　　在以上的背景下读陈植旺的诗，却获得意外的惊喜：如上所述，陈植旺诗艺上转益多师、兼容并蓄，但真正构成陈植旺诗歌特点的却是贯穿其诗中那种丰盈充沛、独特奇妙的想象力。

　　他的诗中，充满想象力的句子可谓俯拾皆是：面对一杯苦丁茶，他想到的是"在开水里散布谣言/一杯茶在短时间里呈现出阴暗的本质"（《苦丁茶》）；面对一柄鱼竿，他写的却是被想象浸染过的现实，毋宁说是现实之上的领悟："钓丝和江面形成的美/和杀机，同时呈现"（《无题》）；更令人叫绝的是他对"记忆"的描写，人们常借助日记来记录过去，并通过翻日记来梳理过去，但陈植旺的想象力却使翻看日记成为一场惊险的戏剧：翻看日记的人/遭到睡着的强盗//某年某月某日，阴天/初恋像是雨林里呼救的声音。日记本就是那个沉睡的强盗，当"我"在某一个不期而至的日子里跟它遭遇时，"初恋"就发出了呼救的声音。

陈植旺把一段尘封已久、不能自已的情感置于一个惊险故事的外壳中，新奇的语言感觉背后其实正是不可抑制的想象力。

陈植旺的想象力还表现为善于挖掘生活中隐而不现的关系，譬如在《少年游》中，他由洗澡时浴巾在身体上的"巡游"而联想到"丽江/布达拉宫/热带雨林/还想到徐霞客/和千里江陵一日还的李白"；由于想象力的加入，那些本来平淡无奇的细节在他的诗歌中被照亮，诗意的瞬间往往就这样被捕捉住了，比如他的《13:12》：

> 灵感还没来敲打额头
> 只是
> 胸口已经足够疼
> 你们所熟知的
> 但丁
> 就在一幅名画里
> 捂着胸口
> 和这位在午后的诗人一样
> 有一种失去心爱女人的巨痛
> 时间就这么搁浅
> 企图在瞬间挖一个无底洞

这首诗很有意思，写一个人苦思冥想的瞬间感受，这种感受很多人都有，但往往只能用写实的、概括性的词语如"绞尽脑汁""一片空白"来表达。陈植旺却放飞想象，并大胆引申：灵感不来的那一瞬间，对面画中的但丁，捂着胸口，仿佛正承受着一种巨痛，这种巨痛暗示着诗人苦思不得的痛苦，最后两句新奇有力：时间就这么搁浅/企图在瞬间挖一个无底洞。"搁浅""无底洞"难道不正是灵感罢工时刻的典型感受吗？

再看他的《春天》：

> 一朵花在微风中数数自己有几根花蕊

任凭旁边的春天盛开然后凋谢
第二朵第三朵乃至一簇鲜花都是这样的
日子就这样洋溢着芳香

几只远道而来的鸟儿收拢了翅膀
在枝头上佝偻着
像几个凑在一块儿的老人
对着岁月唠唠叨叨

还原这首诗的现实情景——几朵花，几只鸟——这些我们习以为常的场景却被陈植旺的想象力所激活并重构。这里，特别的不仅在于对花和鸟所采用的拟人叙述，更在于对"春天"的颠覆和"反写"：诗中，在风中数着花蕊的花，悠然自得，任凭春天盛开然后凋谢；而一般的思维却往往是：代表时间的春天年年如是，而花却岁岁不同，所以凋谢的是花而不是春天。但陈植旺却通过诗歌完成了对"春天"的反写：这里，盛开和凋谢的是春天，而花却在春天的绽放和凋零中永开不败，而且"第二朵第三朵乃至于一簇鲜花都是这样的/日子就这样洋溢着芳香"。在我们的文学传统中，如花的生命和如水的时间的遭遇总是被演绎成"岁岁年年人不同"的喟叹和感伤，陈植旺却以自己的想象力，以达观的微笑赋予了花超越时间的内涵。

第二节在内涵上其实是第一节的平行对应，但同样渗透着不凡的想象力：那些活泼的鸟儿，通常被作为青春年少的代表，陈植旺却又一次反其道而"写"之，让它们"佝偻着/像几个凑在一块儿的老人/对着岁月唠唠叨叨"，这里，我们浑然不觉其苍老，反在这唠唠叨叨中听到晚年岁月的春水之声。所以，陈植旺写的不是现实的"春天"，而是被想象提纯过的"春天"，是关于人如何去面对似水年华的感想，因而，也是心灵上真正的"春天"。而这无疑正来自他写作时所释放的想象力。

自20世纪80年代汕头出现"现代人诗社"以后，潮汕诗歌开始了一轮又一轮语言和观念的更新。二十几年来，潮汕现代诗人中一直不乏有个人性、有创造性、有想象力的尝试者，远者如杜国光，近者如陈仁凯、黄昏、辛倩儿等，他们都以自己的诗歌实践提供了关于诗歌美学的个人探索。而本文所论述的陈植旺，其诗歌想象力也对什么是诗歌、如何进行诗歌写作等问题提供了诸多启示。

三 诗性跳跃的美与伤

陈植旺是一个古今兼修的诗人，去年出版过个人诗词集《澄江流韵·陈植旺卷》，今年又出版了新诗集《形而上的树桩》，收录了他 202 首新诗。这足见陈植旺写作的勤奋和多产，不过我更关心的是古今兼修对他写作的影响，我觉得陈植旺内化了古典诗歌中的跳跃性思维，创造出很多富有诗意的画面和想象空间。

这首先表现在陈植旺非常善于描摹瞬间的诗意，或者说他很善于用形象、诗意的场景来表现某些抽象的概念。譬如他用"一个宽额男人翘着二郎腿/听到家具里头传来久违的鸟鸣"来表达他对哲学的认知，就很耐人寻味。（《哲学》）仔细想想，哲学家的本领不正是在没有关系的事物间看出关系甚至于创造关系吗？不正是在家具里看到木头看到森林并进而听到鸟鸣吗？这样精彩的诗意片断在陈植旺《形而上的树桩》中比比皆是，他说"爱情是习惯套近乎的推销员"（《错觉》）、"那位曾经名动一时的青楼女子/已衰老不堪/像一棵腌制过的青梅/失却往日的颜色"（《十年一觉扬州梦》）、"这个人颓废的身心/像一道错误填写的题目/顿时无法回归本真"（《天涯》），这些句子都闪烁着温润的诗意光泽，标刻着陈植旺诗歌语言的纯熟和灵性。

或许是古典诗词的熏陶使然，又或许是对瞬间诗意捕捉能力的自信，陈植旺很喜欢把几个诗意情景跳跃性地组接到一起，这成为他诗歌一个常用的结构。比如这首《提纲》：

要我把你从越来越浓的颜色中
分离出来
这太难了

还有这杯需要被原谅的柠檬汁
带着过多难以分解的酸味
争先恐后进入我口中

这等于是我一个人
编排自己
准时弄丢在这个房间

这首诗前面两节用两个片断表达诗人对感情乃至于事物复杂性的认知，情感/事物常常是由对立却不可分离的各种要素组成，因此要把其中某个合乎期待的侧面挑出来，恰如要把某种浸染于墨水中的物体从越来越深的颜色中分离出来一样难。第一节陈植旺抓住了最提纲挈领的句子，言简而意丰。第二节用一个典型的片断延续了上面对情感/事物要素不可分离的阐释：这里，柠檬汁被拟人化，"需要被原谅"的修饰语使得柠檬汁隐喻着某种情感上犯错的对象，所以，第二节又进一步指涉了一个人面对爱人情感过失的困难抉择。柠檬的酸味难以从美好的口感中分离出来，"争先恐后进入我口中"，构成了"我"不得不去面对的复杂性。

可以说前面两节深得古典诗歌简约美、跳跃美的真髓，但是第三节却让人有点费解，陈植旺或许是想暗示读者，上面的两个片断，皆是"相由心生"，可以也必须在自我心灵的维度进行解释。如果承接上面两节，第三节要写的应该是丰富的心灵难以用"提纲"的方式来编排，因此"这等于是我一个人/编排自己"扣住了诗题，但却没有凸显出"一个人"难以被编排的复杂性，而最后一句"准时弄丢在这个房间"，却似乎缺少跟全诗必要的联系，因而使得诗歌如一个充满气的气球急速地瘪掉。

或许可以这么说，陈植旺的《提纲》中的诗性跳跃，既带来言简意丰的美感，某些细节也因为跳跃过大，而产生诗意的撕裂。恍如一个在双杆上腾挪跳跃的运动员，高水准地完成了前面的动作，却在由一个杆移向另一杆的过程中连接不顺而掉了链子，令观者扼腕叹息。问题还在于，《提纲》中出现的问题，在植旺的诗歌中并非孤例，譬如这首《葬礼》：

一个黑兄弟来看我
把风啸当成哭声

一个白娘子来看我
把溪流当作呜咽

一对小蚂蚁来看我
把死亡当成生涯

我在墓志铭上沉默不语
鲜花的嘴一律涂成白色

这首诗同样是用跳跃性的组接把几个诗意片断串联起来，前面三节结构相同，想象了三个特别的送葬情景，第一人称和拟人的叙述，使这首诗别开生面，让人充满期待，最后一节"我在墓志铭上沉默不语"或许可以理解为墓碑上空无一字，但是"鲜花的嘴一律涂成白色"是什么意思呢？它跟上面三节的内在联系是什么？是指鲜花以白色的方式向"我"致哀吗？如果是的话它仅仅是前面三节的重复，并不足以压轴，如果不是的话，那么它又指什么呢？或许植旺会有自己的想法，但是必须指出，诗歌的跳跃性和创造性是必须以读者共享的解读原则或者诗歌上下文所创设的内在合理性为前提的，还是上面的比喻，双杆运动员，动作可以不同，腾挪跳跃可以各展身手，但杆在什么地方是确定的，换杆的时候可千万不能造次。这个问题，植旺或许可以深思。

结　　语

陈植旺的诗歌写作已有多年，在诗歌艺术上他博采众长、转益多师，他不愿意自己的写作被固定在某种诗歌形式经验的标杆上。这种诗歌写作的吸纳能力表现为陈植旺写作常写常新的活力和创造力。另一方面，陈植旺独特的想象力使得他目光所及，常常看到被日常秩序所遮蔽的东西。他的诗歌从不对世界进行貌似客观的描摹，而总是用形象、精准、新颖的表达勾勒出真实的心灵潮汐。但是，陈植旺写作中的某种技法的运用却值得探讨，如他诗歌中大量的诗性跳跃就既带来美感，也带来一定程度的诗性撕裂。另外，陈植旺的诗歌似乎相对缺少对现实的切入能力，他心灵的触须，似乎游离于这一个混乱、喧嚣的世界和时代之外。当然，这是每一个写作者自己的选择，但是，我理想中的诗人及其写作，既向语言、想象敞开，也向时代、历史、哲思敞开，唯此，也才是不断走向开阔的诗歌。

信仰、家史和技艺实践

——读杜可风诗集《阿兰若处》

我曾经说，2010 年以来潮汕文坛的重要现象是女诗人的辈出。就整个大潮汕而言，可圈可点的女诗人便有林馥娜、小衣、阮雪芳、丫丫、辛倩儿、苏素、古草、杨略、蔡小敏、林程娜、温科英、杜青、杨碧绿，等等，当然还有本文主要谈到的杜可风。这么多冒头的女诗人，难怪乎雪克要组织大潮汕女子诗选。怎样理解女诗人风起云涌的现象呢？就我自己的观察：八九十年代以来的个人主义的感觉化书写获得了巨大的合法性，诗歌对于个人感性领域的开发成了一种潮流，而这种倾向似乎与女性特别相宜。就潮汕而言，这些女诗人作品中那些奇特的想象力恐怕大部分是拜性别所赐。然而，风起云涌的女诗人写作并非完全没有问题，在我看来很多女诗人拥有良好的诗歌感觉和语言感性能力，但相当一部分人似乎不约而同地落入了一种"自我幽闭症"的写作之中。多年以前，诗歌写作的核心问题是语言。由于受长期的革命现实主义观念的影响，曾经有一批诗人的语言僵硬高亢如高音喇叭之声。这个问题在新世纪第二个十年中无疑是克服了，可是有时你不免疑惑，很多当代女诗人那些旺盛的语言感觉除了一己悲欢之外几乎是没有归宿的，这样的写作除了自娱之外还能持续有效吗？二三十年前，书写自我感觉的诗歌是有效的，因为它在更新着语言的同时也反抗着高音喇叭的精神秩序。可是，当这种书写已经在诗学贮备和文化观念上变得如此顺滑的时候，它反而非常值得警惕。在我看来，那些真正优秀的女诗人一定在寻求一种书写自我感觉的崭新语言，同时寻求着自我感觉跟更深广历史、精神脉动的内在呼应。我想在这个背景下谈一谈杜可风的诗歌。毫无疑问，即使放在潮汕女诗人中，她也不是语言感觉飞天遁地，匪夷所思的一位。她的特别之处或许在于她对现代诗学的习得、把握和内化的过程虽常常不太稳定，但却包含了一种将自我置身于历史和精神景深来考察的可贵倾向。

一　语言想象的变向实践

说到诗歌，我们不能从语言出发。早在 20 世纪 30 年代，朱自清便说新诗写作是"寻找新语言，发现新世界"。这个判断依然有效，它清晰地道出了诗歌技艺与存在世界之间相生相随的关系。对诗歌而言，语言的方式与其内容之间并非可以随意替换，语言与内容之间有着不可替代的合体性，语言帮助诗歌抵达存在不为人知的幽微角落。如果语言得不到更新，诗歌的写作常常是用自己的嘴巴发出前人的声音；而且这声音还因了陈陈相因而像一个散发酸腐味的隔夜嗝。对诗人而言，语言更新成为他们不可逃避的宿命。海德格尔认为人的安居来自存在于"天地人神"的四重性之中。或许，"诗"的安居也必须存在于"天地人神"的四重性中。在我看来，语言和想象便是现代诗歌赖以立足的"地"，既是大地也是质地，这是没有商量余地的绝对前提。当然，只有语言和想象的诗歌也还不是安居的诗，它还必须有另外的"天人神"三重性，在此不赘述。

显然，杜可风的诗歌具有相当独特的想象力和语言提炼能力（虽然她的语言态度不少时候仍然偏于随性），且以她的这首《蛇出没》为例：

蛇出没

他们敲响蛇皮鼓

咚咚咚，狂欢的盛筵

缓缓降临的夜色将酒席抹去

掉下东倒西歪的醉鬼

老虎和鲨鱼的残渣

春光乍泄的内衣

月光的气息引来蛇

草丛里的居心叵测者

以尾巴敲击那面鼓

咚咚咚，疼，形容另外一种痛

更多的蛇叹息着

窸窸窣窣爬出肉体的皮

彻悟成精

2015－06－02

这是杜可风短诗中的精品，它奇异的想象直指残酷的时代真相，或者反过来说，那种我们经常忧心忡忡的现实和精神困境被"蛇出没"的整体意象所统辖，充满神秘的感染力。第一节中，"蛇"没有出场，出场的是蛇皮，或者说是蛇皮制成的鼓，它们被擂响，成为狂欢盛筵中任人取用的道具。与蛇具有同样命运的还有老虎和鲨鱼，这些"凶残"不可一世的动物，被抽干了内在的活力和野兽性，成为狂欢时代的催情剂——春光乍泄的外衣——那些穿着虎皮或鲨鱼皮内衣的青春活力的身体，何曾保留下老虎和鲨鱼的野兽性，一个个不过是更高权力秩序下低眉顺眼的卖春者。第一节简短的片段中吞吐着巨量的时代经验，并显示出令人惊叹的意象想象力和精神批判格局。第二节首行同样惊艳，"蛇"终于作为活物出现，月光的气息引来蛇，在盛筵散去后，作为活物的蛇用尾巴敲击着作为器具的蛇皮鼓。这个充满象征性的情境充满了噬心和自审的况味，身为媒体人员的杜可风大概深味蛇敲击着蛇皮鼓那种身份分裂的荒诞感。可贵之处在于她对时代性的抽筋扒皮制造欢乐鼓点并从中渔利的精神异化保持了审判的态度，否则她不可能体验到"咚咚咚，疼，形容着另外一种痛"。她希望选择的是另一条"彻悟"的道路，"更多的蛇叹息着/窸窸窣窣爬出肉体的皮"，这里主体对自身的精神境遇有着清醒的认识，也无从逃避皮肉分离的精神分裂，或许它们将因其内心的清醒得以成精。或许吧，或许在窸窸窣窣爬出肉体的皮中，也爬出了大量的虚无主义者和犬儒主义者，他们也是另一种意义的蛇精和人精。那样的话，他们的"叹息"便是一出伪饰的把戏罢了。我们于是不能不感叹这首小诗的经验和精神概括力，感叹支撑这种精神格局的现代想象力。

我同样喜欢这首叫作《春天》的小诗：

> 迷人的脸蛋
> 壮硕矫健的身躯
> 豹子似的跳过高岗
> 转身撞倒逆行的河流
> 水声哗哗
> 湖面倒映我的
> 小脸蛋
> 豹子胆

冰雪心

2015－02－06

　　如果说《蛇出没》的想象涉及一种对经验的提炼造型并进一步情境化的能力，更偏向于修辞想象力的话，《春天》则是更偏向想象一个崭新精神主体的精神想象力。这首诗的看点绝不是将春天拟人化这样通俗近于烂俗的技巧，而是将春天作为镜像呈现出来那个小脸蛋/豹子胆/冰雪心的"我"那种与春天同构，"豹子似的跳过高岗/转身撞倒逆行的河流"的生命活力。我们文化土壤孕育出来的女性主体，美丽则常常娇弱，胆识豪气则常常伴以心灵粗糙，既美且豪，而有冰雪心灵，杜可风向往着这样的美好品格。也许应该说，诗人的想象力最重要的成分便是对美好事物的追慕之心。

　　我也常常会感到杜可风诗歌想象力那种颇为雄大的气魄，这种气魄来自将距离渺远的意象、事物进行的创造性关联。比如李金发"如残阳溅血在你的脚下，生命便是死神唇边的笑"（《弃妇》），便有一种雄大的想象力，它将"唇边笑"这一可视的细小意象跟随时被死神取消的生命这一悲剧主题相关联，喻象愈小便愈能见出诗人想象力的跨越性。又如张枣"那有着许多小石桥的江南/我哪天会经过，正如同/经过她寂静的耳畔/她的袖口藏着皎美的气候"（《深秋的故事》），这里江南小石桥之大跟寂静的耳畔之小的关联，袖口之小与气候之大的关联，都使诗歌幻美地在不同世界中穿越，从而成就其想象力的格局。在《大海在其南》一诗中，杜可风写道"一饮一啄，这亘古流传的烟尘已变味/吸入肺部，呼出一条步履蹒跚的练江"，这里显然不无余光中"秀口一吐便是半个盛唐"的影子，但是：

　　　　黑烟囱吐出郁闷千年的雾霾
　　　　临河人家趁夜色泼出满腹苦水
　　　　其南，极地冰山惊慌低下头颅
　　　　海水越涨越高，劫波，逼近内心

　　这样的描写虽然辨析度并不很高，但却颇能见出诗人对于家乡河山、风物及其中人情代变举重若轻的把握。有时候杜可风的想象力体现为她能跨越眼前的一事一物和此在的时间性拘束，获得一种历史的透视能力。比如她的《从前的白天是黄色的》，通过翻阅旧照片的场景，将清末、民国、解放初期三个不同的历史场景剪接起来：

　　　　我摊开一堆旧照片：

清末，民国，解放初期

青年的游行队伍

表情呆板拘谨，步伐整齐

口号铿锵像削甘蔗的刀

喊一声，阳光短一截

直到光线暗下来

月亮照着公园长椅

男人走过来，身后跟着女人

拨开她额前青草般的发丝

伤口像一穴暗流涌动的水井……

然后是林中的光线逐渐明亮

女人低头整理

蓝色衣领和纸糊的高帽

这时阳光开始褪色泛黄

我的手指划过他们的张皇失措

2015－06－18

　　三个场景中的人、事都并不清晰，照片呈现了"进行时态"人们的情感状态，可是这个翻检相片者则代表了一双历史的眼睛，于是，历史对卑微个体所开的玩笑便显得荒诞不经。那群游行队伍中的人们，他们现在何方呢？"口号铿锵像削甘蔗的刀/喊一声，阳光短一截"，时间是另一把刀，把此情此景的人们驱赶向完全不能想象的方向。此在终将进入历史，成为黄色的照片，意味着成为夹杂着喟叹、想象和剪裁修饰的回忆，此在由是将模糊不可辨认，这大概是何以三个场景的内容都在可感而不可知之间，这也是"从前的白天都是黄色的"这一悖论判断成立的基础。这份悖论修辞，是否来自顾城"你看我时很远/看云时很近"的修辞遗产呢？

　　在杜可风诗歌中，我同样很喜欢下面这首《画》：

太阳偏西

一幅画在我的注视下渐呈清晰

忧郁沧桑的大胡子

搁笔，点燃一支雪茄

透过烟雾望向暮色的村庄

再提笔补一些光，在雨积云缝

另外一束光打在辽阔额头

蓝眼睛中的忧郁澄明，敲击

我眼眸的黑白琴键

放下保持一百年的姿势

他自画中走出，抱紧我思考的肩膀

灵魂的灼热气息吹向耳垂

浑身战栗，我闭合眼帘：

窗外恰好有三个响雷滚过

马仰头长嘶，小木屋和麦田寂寥

雨就要来了，我们坐着马匹去远方

马儿要跑一百年

2015 - 06 - 01

我喜欢这首诗，是因为它镶嵌了两个互相观照的层面：首先当然是在外层注视着一幅正在完成的画的"我"，被"我"注视的还有画的创作者"忧郁沧桑的大胡子"，画是他的作品，画代表了他想象的精神世界，一个理想的远方。为了这个绘制下来的远方，他必须有一个想象中的精神远方——"透过烟雾望向暮色的村庄"。如果仅是这一层倒是平淡无奇，有趣的是被凝望、被塑造的精神世界又反过来塑造了凝望者："蓝眼睛中的忧郁澄明，敲击/我眼眸的黑白琴键"，这个精彩的譬喻意味着诗歌在文学想象中也产生了主体的塑造和位移。这种反向塑造在第二节更凸显出来——"他自画中走出，抱紧我思考的肩膀"。在我看来，最后的几行是典型的想象性场景，描摹的是写作者跟其想象中人物那份虚拟的柏拉图，然而它并不虚幻，"窗外恰好有三个响雷滚过/马仰头长嘶，小木屋和麦田寂寥/雨就要来了，我们坐着马匹去远方/马儿要跑一百年"，这个场景令人感动，感动于它的抒情节奏，以及这份节奏中深植着的人类对美好情感的热烈向往。

杜可风尝试过各种类型的写作，《从前的白天是黄色的》带着朦胧诗的鲜明印记，《坚果》《一位老人》等诗却又有着鲜明的口语诗的叙事性特征：

整个夜晚，我在切割一个坚果

零点 30 分，左切入

坚硬的果壳把刀片弹回

2 点 30 分，尝试右切入

沿着它皱褶的生理缝隙

往纵深处撬开，卡在一个节骨眼

我绞尽脑汁反复琢磨：

角度　力度　黄金分割率

白天意犹未尽的经历

似梦非梦，似是而非

持续用力，疲惫不堪

3 点 30 分，刀子被硌断

我披衣起床，磨一把新的刀具

4 点 40 分，摸索到它的软肋

斜下方 45 度，深度纵切

深入内核的过程，像切一个奶油蛋糕

酥软、顺畅、香气弥漫

我攻入一枚坚果

像一条虫子沉沉睡去

窗下，晨起的木槿花伸懒腰

对着东方的薄雾，欢喜发声

2015－05－19

　　这首诗有很浓的于坚"事件写作"的叙事性特征，但与其说它拒绝隐喻，不如说它拒绝提喻，拒绝作为修辞的隐喻。它作为一个事件本身依然具有隐喻性，正是这种隐喻性保障了其诗性。除了口语叙事性诗歌，杜可风也尝试了《惠来姿娘》等方言写作。方言写作是一个源远流长的话题，明代冯梦龙所写的歌谣便部分地包含了方言。"五四"时代，在新旧转折的时代民间获得超量象征资本，以致文言、书面写作被知识分子们大大贬低，白话诗歌的写作路径之一便是方言写作，其中尝试最力者包括刘半农、沈从文、徐志摩等人。当代不乏方言写作的力倡者，柏桦甚至认为不是方言的口语都是伪口语；杨炼也在不同场合提倡方言诗歌写作。方言如何成为现代汉语诗歌诗性建构的一种新可能，这当然值得探讨。不过方言诗写作显然有着天然的语言和接受障碍：首先它将对非方言区的读者产生巨大障碍；而且方言写作很容易产生将口语在场性当成诗性的危险。传统的歌谣便是一种经典的方言诗，然而歌谣作为口传文学形式跟现代经验之间有着巨大的裂痕。如此说来，方言入诗其实需要很强的想象转化能力。正是在此意义上，我还是欣赏杜可风《惠来姿娘》转化方言的个人表现：

惠来姿娘
伊人有清秀的容颜
名字特别：招娣、惜妹、赛巧、慧贞……
伊人有聪慧的头脑
却不敢特立独行
上个公厕也要呼朋引伴
伊人会做雅粿敬神明
惜大惜小勤俭持家
伊人呾话声音高亢尖细
内心谦卑低调

伊人年纪轻轻就结婚生一堆仔
婚后的惠来姿娘
张嘴就是"阮妈人着听安个话"
想招伊出门去踢桃
伊会呾：待阮去甲阮阿老参详
伊人将每月的工资
悉数交给丈夫
需要花钱的时候
怯生生地伸手
承接一片恩宠

回忆中的惠来姿娘老去
新一茬的惠来姿娘
因土壤、气候、水质的变化
或变成树，变成藤，变成地豆

如果这首诗没有最后一节的话将完全乏善可陈，不是因为诗人缺少才华，而是方言入诗本就困难重重。它很难穿越歌谣类的书写而进入现代性的个体书写，所幸最后一节突如其来的譬喻，使此诗显出了创造性的生机。在我看来，方言入诗是一条极为狭窄的偏路，它只容纳诗人某种突如其来的冒险实践。我真正要说的是，杜可风确是一个乐于尝试并富有才华的诗人。可是，才华并没有免除杜可风写作上的不稳定，她的不少精彩的诗行常伴以不可理解的"烂尾"，或者在精彩的架构中容留明显缺乏意义的杂质，这在有经验的读者那里是显而易见的。当然，她还在诗歌习艺的漫长学徒期，这并非贬义，很多诗人没有完成良好训练就自动取消学徒期，以大师自许，这才是真正有害的。只是在我看来，除了语言上的多元实践带来的活力（当然还有某种情况下的随意）之外，杜可风诗歌也具备讨论的其他维度和价值。

二　因信称诗：写作与信仰

杜可风很早就在文坛崭露头角，但又很快销声匿迹。最近几年才重新活跃起来，出诗集的期待则在很短时间内激起了她的写作风暴。我们自然无从得知她离去与归来轨迹中的精神波动，但在阅读其诗歌时却清晰地感受到写作在她那里被内置了突出的疗愈程序。写作既是一面精神扫描仪，让她在一遍遍检阅自己内心的过程中自铸精神镜像；写作也是一叶扁舟，将她从山重水复疑无路的困境中摆渡出来。疗愈是写作的重要功能，比较特别的是，杜可风的写作疗愈过程中，还牵涉了信仰这个第三方。

写作与信仰又是另一个可资讨论的话题。对不少诗人而言，信仰成了写作止步的开始，信仰在精神调度的同时也取消了表达的冲动；但对某些诗人而言，信仰帮助他们更好地理解世界并激发诗歌书写。看起来，杜可风属于后者。何以有些诗人的信仰会取消了写作的独特性？我想原因在于他们的写作立场发生了变化，当写作者的写作立场从置身于剧烈创痛的精神体验中提炼释放复杂的语言感性，转而作为一个蒙受圣恩的器皿去体验和承载主恩时，其诗歌由于携带着内在的神学意识形态，至少对诗歌感性而言是缩减性的。我观察到很多第一代宗教信仰诗人有着相近的诗路转折，当代诗人中如池凌云。对她们而言，信仰强烈地介入了她们的写作进程，改写了她们的写作动机和写作语言发生机制。可是对很多第二代有宗教信仰的诗人而言，这种剧烈的转折并未发生。因为对他们而言，信仰早就是生命的底座，诗歌写作一开始便是于斯萌发。对他们而言，感念神恩固是生命应有之义，但似乎也不必把诗歌都当成赞美诗来写。在艾略特（一位有着牢固宗教信仰的诗人）看来，诗歌的社会职能在于影响和改变一种民族语言的感受性。也许在他那里，扩大和维护民族语言的感受性本身也是对神恩的报答，而无须直接用赞美诗来表达。当然，后一种表达方式也是一种值得尊重的个人选择。只是它的意义在于神学传播，而不在于诗学营构。

在绕了这么大的圈子之后，我们要回到杜可风这里，她的写作显然也跟某种精神困境、精神皈依有密切关联，并呈现出独特的书写路径。杜可风的精神困境何在？或许有相当一部分来自某种家族心灵史的阴影和血缘之爱的匮乏，下一节我们将做集中阐释。但是在她的《我的黑房子》中我们不难辨认出某种浓重精神阴影的喻象：

> 焦虑从北边的厨房踱到
> 南边阳台，两米外邻居的窗户
> 窗户里的目光闪烁
> 拉紧布帘，白天和黑夜没有两样
> 偶尔透气，先灭灯，黑暗像个贼溜进屋
>
> ——《我的黑房子》

杜可风显然随身携带一份秘而不宣的精神深渊。对很多诗人而言，生命的深渊感是写作的重要源泉。于是问题也来了，你如何处理好自己身体里那口既给你灵感又张开巨口要吞噬你的深渊之泉？携带着深渊写作时，杜可风找到了信仰——佛。我们会看到她的这份精神之黑在写作和向佛而觉的顿悟中被稀释了：

> 可以随风，亦可堪大风，却无法酣眠
> 杨花柳絮和坚如磐石
> 追光灯下魔鬼和天使折腾着变脸
>
> 直到梵音响起，直到诸佛说法，喧哗转安静
> 欢喜接纳，眼睛里的砂化为珍珠
> 一根绷紧的弦在日月的慈悲关照下渐呈宽松
>
> ——《自画像》

值得追问的是，在杜可风的写作中，信仰——具体而言是佛的禅悟——究竟如何发生作用？应该说，对她而言，佛并没有将她的深渊拂去成尘，佛也不是她要每日去崇拜和赞美的偶像。毋宁说，佛提供的是一种思考生命的智慧，一种抵达"净地"的思维路径：

> 净地何须扫
> 除了风景与馨香

> 大地还有病毒、腐败、罪恶
>
> 细小的风寒与病菌
>
> 是一生的敌人
>
> 晨起清理落发和梦的余烬
>
> 抹去昨夜的蛛丝马迹
>
> 风没有清扫我们
>
> 也没有抹去污渍
>
> 大地以干净的手指
>
> 抚遍天下苍生

这是一首觉悟之诗。更重要的是，它不是用诗去图解佛的智慧，在佛光禅意的照耀下，它有着诗人独特的个人经验和精神发现。它说的不是"本来无一物，何处惹尘埃"这样广泛流传而通俗化、空洞化的偈语。它从鲜活的个人经验而来——"晨起清理落发和梦的余烬/抹去昨夜的蛛丝马迹"，又奔向更宏大的超然观照："大地以干净的手指/抚遍天下苍生"。在这小和大拉开的天地间，诗人发现了这样的事实：大地除了风景，还有病毒、腐败，"细小的风寒与病菌/是一生的敌人"。我想，这首诗的特别在于觉悟并返观生命的"不洁"，而且在更大的生命轮回轨道上容纳解释了这种"不洁"，大地以干净的手指抚遍苍生，可是风没有清扫我们，也没有抹去污渍。这意味着，在大地苍生的宏观视角中，洁与污永然相互镶嵌，而"净地"显然是一种个人的、精神的、必须永恒努力才得以抵达的状态。我以为，杜可风的诗歌写作，是她理解并抵达净地的精神方式；此间，诗学书写成了佛学觉悟的语言道场，而佛学觉悟又清理了她诗学书写中的荆棘和乱石，辟出了一条自我思悟的精神之路。

向佛而觉既使杜可风获得对尘世"不洁"的观照，又使她生出了"自净"的心灵需求。与《净地何需扫》可堪对照的是《自净其意》："弯曲身体/完成一张弓的弧度/保持适度的弹性/射出贪婪、热爱、憎恨/傲慢和怀疑，欲望/长年积累在体内的毒素/直到身体空空如也/直到手无寸铁/直到空灵替换/空虚/我欢喜的山水人物/于此安居生息/他们在晨雾中荡舟采莲。"这里无疑阐述了精神自我清理的必要性和《净地何需扫》共享着"自净"的精神渴求。

除了"自净"意识之外，佛之觉在杜可风那里，还体现为她获得了观照万物的超然视角，这在《慈悲》一诗中有典型的体现：

太阳推开山门

看到觅食的麻雀儿

我在院里撒一把稻谷

邻居大叔从墙外走过

满意地笑：丫头又作践粮食

他的身后跟着他的疯婆娘

疯婆娘的后头跟着他家的黄狗

他肩上扛的锄头吊着

一个沾露带泥的大南瓜

他们浩浩荡荡走过秋天

　　这首以物起笔（"太阳推开山门"）的诗歌，超越了以我观物的惯常逻辑，它隐含着万物之外自有更高的存在的书写伦理。诗人在压缩人无限扩张的主体性的同时，建立了另一条众生平等的生命链：麻雀—我（丫头）—稻谷—邻居大叔—疯婆娘—黄狗—锄头—大南瓜—秋天。我想所谓"慈悲"，无非平等，此诗中除了太阳高高在上"看到"之外，人与物，常态与疯癫，活物与静物被去等级化，从而组织进一种令人动容的平等伦理之中。有趣的是，诗中众生万物既在太阳（象征着超越性的、永恒的力量）的观看之下，万物之间也相互观看：譬如邻居大叔眼中的我"丫头又在作践粮食"，而在丫头眼中，大叔全家排着队上田其实不无庄严。可见，这两种观看并非互相鄙视，相互争夺意义；反而是充满善意与包容。故而，晃晃悠悠的锄柄下的大南瓜，乃带出"他们浩浩荡荡走过秋天"。我想，此诗的诗品之高，正来自一份佛光和禅悟之后对生命超越性的观照。超越指的是摆脱一己悲欢，摆脱惯常伦理框架，发现存在更高的运行轨道。如此，万物有常的生命轨迹便抱慰了精神废墟中个体的哭泣。苦难或悲伤，这一切不过是各自的"功课"：地震和海啸／沧海与桑田／都在缄默里／谦卑，完成各自的／功课（《功课》）。

　　作为一个决心自净其意的虔诚信仰者，杜可风向往这样一种信徒人格：他们如草"在大雨倾盆里／欢喜仰脖，咕噜咕噜喝水"，"他们背负帐篷与锅炉／走过山林又走进城市／吸入滚滚尘烟／口吐清新莲花"（《信徒》）。但是她又不能不面对着现实中的信仰荒芜：

今夜村民集体宅在家里

看电视，玩手机

层林蓊郁，土地荒芜

一方小小的电影幕布

悬挂在土地老爷面前

放映员在小庙里打瞌睡

几张面孔漂浮在黑色尘世

自言自语，受夜风抚弄

上引为《半夜经过大南山》的一节，在三月廿九的"伯公生"这一天，各路神仙远道而来，感受的是无限的寂寥，只有小小的电影幕布敷衍着古老的天地神明。这里写出了现实变迁中独特而内在的民俗景观。民俗已经越来越成为一种程序化的表演，而不是民间世界真正的心灵信仰。"电影"这种现代性的器具，连同"电视""手机"所携带的更新的科技，挑战了小庙所代表的古老信仰秩序。"打瞌睡的放映员"成了极有趣味的当代镜像：瞌睡和走神，懒洋洋的现代人，他们已经远离神明，他们被孤零零地遗落在世上，"几张面孔漂浮在黑色尘世/自言自语，受夜风抚弄"无疑包含着对逐神世界的现实忧思和悲怆。

三　诗写与家史

前面已经提及，随着时代前进当代诗歌语言感受性在获得巨大进展的同时，也常常陷入了一种"自我幽闭症"的写作状态。换言之，很多诗人对一己悲欢的书写背后并没有更大的格局和关怀，那种在现代语言包装下的幽闭经验在这个时代不再具有朦胧诗时代那样的挑战性和颠覆性，毋宁说它其实是一种新时代最安全的中产者书写。这种书写由于缺乏厚实的现实和精神附着而轻飘无依，穿透无能。由是返观杜可风的这部《阿兰若处》，我们会发现她的语言技艺尚未定型，但她的很多书写却有着坚实沉潜的经验底座。最典型的莫过于她通过诗歌对家族心灵史的塑形。

用诗歌来书写家族或祖辈并非一个新鲜课题，黄金明的《我的祖母张高英》、朵渔的《高启武传》、雷平阳的《祭父帖》等都是成功的范例。我以为杜可风的家族书写值得注意之处在于：它不仅是自我对家族亲人不可化解的深情，更通过对亲人的生命叙事为历史还原了一个鲜活精神个案，这典型体现在长诗《家书》中的"父亲"书写中。此诗长达八节一百多行，写作跨度长达十年，在以短诗为主的杜可风诗集中特别显眼。而且，叙事性并没有干扰诗歌内在抒情结构的生发性，现实经验的呈现也没有影响诗歌的整体语言品质。我注意到这首长诗的三个层次：其一是抒情主体"我"那种极度的恋父情结。虽然被父亲的重男轻女伤害过，但"我"并没有走向女性主义式的审父或弑父，而走向更强烈的恋父："我至今无法原谅/1989年那辆满载相思木的拖拉机/野蛮地摔断您的股骨头，扬长而去"，"整整十七年了呵，我的老父亲/我想捧起你的手，纤长的，弹过钢琴的/抓过冰冷的铁窗，也砍过各种坚硬木头/还记得吗，我骑单车摔过您/多么遥远，可是我无法原谅自己/一段崎岖不平的泥路，上坡/我是否把您摔痛了，爸爸"。当"我"从"小矮瓜的恐惧来自被藤茎抛弃/父亲在哪里，哪里就是故乡"。（《故乡》）那种依附式恋父到了"他们还对您施用什么凶器/至今是个未解的谜团/关于阴影和创伤，您从未亲口印证/那些孤立无援的年月/你是否如我一样渴望庇护"的怜父式恋父，"我"终于成为一个有能力去关怀父亲的生活和生命困境的独立精神个体，可是"我"显然无法割断血缘的牵挂。"我"的恋父既因为"我"需要在家族血缘伦理中获得身份的确定性，更因为父亲作为一个经历过历史运动和生命坎坷的医生已经成为作者自我认同的精神镜像，这不仅是出于血缘。于是便说到这首诗的第二个层次，它呈现了一个在历史风云和凶险现世中"偏向山中行"的自由知识分子的曲折命运及其特立独行、不弯不折的精神价值。父亲作为一名医生，曾在20世纪五六十年代迎来他的黄金岁月："您很牛逼，挎着进口的英国鸟枪/百发百中，小后生们争相跟班捡战利品/不只射击鸟，您还打蝙蝠抓蟒蛇伏击野猪/多么不可一世，无法无天！"不懂世故而张扬自在的父亲必然迎来风必摧之的命运，可更令人感佩的是"父亲"并没有因为挫折和磨难变得低眉顺眼、怨天尤人：

> 他们以江湖的潜规则判您终身出局
> 嘴角笑出毒液，得意地嘀咕：
> 剑客不使用剑会有什么下场?!
> 您转身潇洒而去，从牢狱之灾
> 从西医的光环，走向更广阔的山野
> 山稔树和小雏菊摇臂致意
> 攀援的鸡矢藤敞开热情的怀抱
> 您在高山密林中独辟蹊径
> 在西医与中医的圈子之外
> 孤独的，树起"中草药生物医学"的旗帜

令人感慨的不是他经历了历史的起伏和风雨，而是酷烈的历史之炉也无法给他熔铸一副世故的面具。我以为杜可风对于父亲的深情一半来自血缘，另一半则来自一个独立个体对另一个独立个体的感佩和敬意。这两者加起来，使她克服了对父亲重男轻女的疏离感，而产生了更深刻的惺惺相惜和物伤其类的共鸣和同情。说到物伤其类，这便涉及我理解中此诗的第三个层次，它最终呈现的是云谲波诡的历史中自由主义个体的身份认同危机。

> 就像儿时半夜里常被您惊醒
> 睡梦中您吼叫、跺脚、挣扎……
> 伤疤在夜里复活，流血，激烈表白
> 那些混蛋！除了我听说过的铁锤
> 他们还对您施用什么凶器
> 至今是个未解的谜团
> 关于阴影和创伤，您从未亲口印证
> 那些孤立无援的年月
> 您是否如我一样渴望庇护

这里以谜团的形式重置了父亲的恐惧和恐慌，在不能有免于恐惧的权利的环境中，恐惧是值得同情的人性反应。正是通过"渴望庇护"诗人将"我"和父亲拉到了同一起跑线上，原来他们都是在动荡生存中老无可依之人。或许正是这份身份危机使得诗人更强烈地需要强化一份恋父的文化程序，而对于"我"的父亲，他是否也在渴羡着一个可以认同的"强力父亲"呢？这里的历史陷阱在于，很多自由主义者也在历史恐惧中走向君父之认同，并终于成为威权体制的赞美者。"我"的父亲在他的身份危机中却走向了进一步自我放逐的乡野，他如何与内心那份令人煎熬的虚无日渐相处呢？我想，杜医生的精神困境和生命两难，绝非一个孤立的个案，它几乎是 20 世纪中国精神史内部最意味深长的纠结。正是在此意义上，我以为《家书》一诗是以家史而涉足了 20 世纪心灵史的作品。

杜可风用了大量诗歌来印证那份复杂纠葛的恋父情结，多年以后，她无数次地向父亲呼告和求索，默念和想象："他独自住在一个雕花木匣/左邻右舍和蔼可亲，每晚给他点亮灯盏/他右手写字，左手攀援峭壁采草药"（《故乡》）；无数次在梦中编织与父亲重逢的场景："昨夜梦中，我对他说：/'爸爸，把手张开。'/他的脸隐匿在光的背面/像一个听话的孩子/乖乖地，伸出手/我捏紧拳头，虔诚地放入/一座金黄的粮仓。"（《五分钱》）在《一把钥匙》中，父爱的匮乏成了一把丢失的钥匙，成了打开其精神郁结的切入口："一把丢失在流水里的钥匙/经由他的手，解开掌纹深处的郁结"。我想，越长大，她便越深刻地意识到父亲命运在她身上投下的浓重阴影，越深地意识到她与父亲在血缘和精神上的血肉相连："天黑了，我将踏星尘离开/像您当年逃亡黔西南一样/家族几代人在宿命的追逃中。"（《家书》）"父亲，我们有着蒲公英的命运/频繁地迁徙，带着我们孤独的姓氏"，"我们迁徙，带着外来物种的倔强/与谦卑，以及原生地的烙印。"（《故乡》）对父亲那份融合了血缘眷恋和同类钦佩的复杂情感真的成了她的呼吸和秘密，那份无法自拔的痛楚——一个黑色深渊，既给她抒情的动力，也成了她需要不断抵抗的抑郁。

然而，杜可风书写的不仅是父亲，还是家史。虽然父亲是这份诗歌家谱的核心，但如果没有写到祖父、外祖父、母亲等其他亲人，她的诗歌书写就不足以成为真正的"家书"，然而她写到了。《爷爷》只有二十九行，却书写了另一个传奇曲折的命运："爷爷的发迹来自/清末声名显赫的汕头福音医院/英国传教士治好他的眼疾/引领他走上光明之途"，爷爷的命运转折于民族历史大拐弯的关口，历史大变局使他获得成长的契机，让他成为"以西药和手术祛除顽疾"的杜医生，也将基督信仰带进了他的家族："周日歇业，爷爷命令家眷和学徒工做礼拜/教堂穹顶砌着他的血汗钱/他昼夜仰望，并且祈祷"。历史的河道蜿蜒曲折，"他治疗民国的创伤/援助大南山的当下游击队"，历史再次改道时向他露出了恶作剧的狞笑：

"土改"时西陇乡十几亩良田悉数归公
"自由职业者"来之恩赐
二奶奶则没有那么幸运
背着"地主"的恶名游街赎罪

爷爷心疼妻子，晌午送饭
被捆绑的二奶奶低头哀泣
这个立场不坚定的老人
擅越自由职业者与地主婆的界限

红色风暴铺天盖地
一堵斑驳风化的墙壁
在疾病的摧枯拉朽下坍塌
他抱紧怀中的十字架，抱住
一个甲子的荣光与屈辱

爷爷同样接受着大历史的塑形和嘲弄。如果我们将爷爷、父亲和"我"作为一个系列来对照，会发现他们系出同源，但信仰却不得不在历史的飓风中不断改道：爷爷由习西医而皈依基督，生命的尽头却只能抱紧怀中的十字架，抱住一个甲子的光荣与屈辱；作为医二代的父亲，似乎没有承继下基督之信仰，却守护了一份医学之信仰，唏嘘的是历史飓风依然远远地盯上了这份生命的忠诚，要给它加倍的打击和摧残；到了诗人这里，她似乎从家族处继承了一份无可逃避的深渊感和肝区隐痛的抑郁。所以，她没有从祖辈父辈处获得一份稳定的可继承的精神信仰，她在自己如蒲公英那样的命运之途中与佛相遇。我想，杜可风的这些诗篇特别之处在于她的"写实性"，这些湮灭于历史之飓风中的人物个案及其精神痛楚不断提示着20世纪的大历史，他们的痛苦对个体而言是百分之百的，是五内俱焚，可是在轰轰烈烈的历史现场中不曾发出声响，并最终被时间迅速而潦草地翻过，如果不是她的诗歌的话。真正令我感慨的是：家族的精神信仰之河流，何时才得以在相对稳定的历史中长流不息并获得尊严，而非永远的改道、变向、无可传承和支离破碎。然而，这破碎依然是我们共同的命运！

必须补述一笔的是，杜可风对外公的书写同样相当出色，《外公》书写了一个乡间的通灵者，屋里供奉着鬼谷、白鹤两位仙师，"从前的老马塘村没有无线网络/夜里，星星与萤火虫给外公引路/幸会神仙，周游列国"。在一个不断祛魅化的现代世界中，通灵者渐渐失踪了。我相信杜可风的书写中是有这份关于"现代"的忧伤的。于是在不稳定的"现代"和"当代"中，血缘便成为她确认精神稳定性的去处。她同样用了精彩的笔墨书写了对母亲的牵挂和深情，比如《她老了》《生日》等诗。

结　语

在诗集的后记中，杜可风不无自谦地说："我从来没有文学梦想，没有接受过系统的语言文字教育或继续教育，更没有在文学方面下过功夫，当然没有想过会写诗（不是玩诗）。""那些拙劣的诗作，在缺乏阅读量和写作经验的情况下，它们本能地从我近乎空白贫乏的大脑中蹦出来，无非是前世残存的记忆碎片。"果真如此，她是一个被诗歌所选择的人，然而她能否被诗歌持久地选择，需要的是对诗歌非此不开的认同和坚韧。她的写作确乎还处于一种自发状态，她如一个质地精良的容器承受着家族苦难、历史现实的漫延和雕琢，并任这些经验之风在其中发出时而浑浊时而清脆的回鸣。然而，她却是一个对精神觉悟和自觉的诗人。"阿兰若处"（在后记中她写道："阿兰若是梵文译音，是古印度人修行的清静之地，引申为寺庙之义。我把它当成心中的愿景：由《阿兰若处》出发，逐步洞悉生活与诗艺的原初秘密，进入一种身心俱安的状态，臻于真善美之境。"）这个题名和诸多佛光禅意的诗篇表明她不仅在书写一种自发经验，更在书写一种重构的精神体验。这部诗集由精神深渊而走向自净其意的精神觉悟和以家史涉足 20 世纪心灵史的独特表现，都使它获得充实的精神内涵，超越了一般"自我幽闭症"写作。

作为一个诗人，她有现代语言和想象的才华，她对多种诗歌类型有着敏感的感受力和可贵的好奇心。但我对她相对随意的语言态度的随遇而安的诗歌认同还是有隐隐的担忧。有才华的写作者常常缺乏珍重才华的相应自觉。诗人游子衿曾说过："我想习艺生涯总会有终止的一天。有一天，我会停止写诗，放弃这磨炼了一生的技艺，让呈现之物自行离去，回到它们存在的真相之中，不为人知也更为美丽。它们也许会回来看望我吧，它们会在我这里互相认识，从此建立了紧密的联系。爱与尊严，时刻彼此提醒、彼此给予。它们会原谅我似是而非的介入，我得承认，我的手艺一直是粗糙的。"我将他无限延长自己学徒期的写作预期理解为一种从自发到自觉写作的潜意识。杜可风还在路上，如果她能深刻地意识到诗歌不是一种阶段性的爆发性需求，而是一种不可分离的相互陪伴和审视，她的写作也必将更走向自觉，更可期待！

新诗感觉主义者的悖论

——读杨略的诗

  杨略本名杨泽芳，由于长期在外求学、工作，她虽是粤东土生土长，却并非粤东在地写作的诗人，滋养她写作的绝非本土的写作资源。她的语言奇崛甚至于剑走偏锋，她对诗歌感觉的开掘、拉伸，让诗呈现为一种语词之间的能指滑动。这使得她的诗中几乎无法聚焦出相对确定的"现实"映像。换言之，她的写作几乎拒绝了"反映论"介入的可能，从而使诗歌完全展现为一种语言创造和感觉开发的过程。在此意义上，她的写作是全然"现代"的。这种"现代"，是一种语言和感觉的"现代"，我甚至以为她是一个新诗的感觉主义者。她写作的好与坏，令人感叹与不无遗憾，也许都源于此。本文限于篇幅，无法对她写作的来龙去脉予以探究，却希望通过她的几首诗探讨她这种写作类型的启示与局限。

  我之所以说杨略是个诗歌的感觉主义者，是因为她的很多诗歌都是书写某个瞬间感觉，这种诗歌大部分极短，三五行了事。杨略迷恋对瞬间感觉空间的挖掘。一般而言，传统的诗歌无论叙事或抒情，对于瞬间的把握总是乏力的。瞬间在事件的来龙去脉中只是一个微不足道的点，无论是对古典主义者还是浪漫主义者，瞬间都是可以弃之如破履的。然而瞬间在现代的感觉主义者那里重新焕发了生机，因为对语言变异和感觉延展的强调，瞬间可以在感觉主义者的手中错位、扭转而变得意味深长。

在路上

夹竹桃破坏了
我们滴下露水
看见很多人影
都住在彩虹那边

秋意

他把妻子放在街道
也放在积木堆里。
对岸波浪型的梦
发现了悲伤的锯齿。

这些短诗，其实便是对某种瞬间感觉的拉伸和铺展，它们是杨略作品中语言相对清新的部分。下面这首诗在能指的不断滑行中便需要严阵以待：

珊瑚

珊瑚来了
珊瑚此时是一种忧伤的节奏
大海平静，船倾斜着驶出世界
沙滩躺满了人，他们扶着额头的浓雾
果子在远处往下掉，蚂蚁翘起了触角
珊瑚像是一阵气味，经过梦游者的鼻子
他卸下四肢，喉咙中间响起珊瑚
珊瑚，他镇压珊瑚，想哭
眼睁睁，忍受凉风轻轻的冬夜
整个南方消散的过程，深绿色亮光
死珊瑚浮在海上，活珊瑚在海下
水质清洁，他流动的群体蛀空
"形状象树枝，骨骼叫珊瑚"

此诗中杨略反复试验着词的弹性和拉伸度，在诗歌上下文中赋予"珊瑚"不断转移的语境义。开始"珊瑚"是一种"忧伤的节奏"，接着是"一阵气味"，再接着成了在"喉咙中间响起"的物件，成了被"镇压"的对象。在不断滑动的诗歌情景中，"珊瑚"的意义飘忽不定，大概可以做出的阐释是：珊瑚代表了某种内在的忧伤记忆，如鲠在喉不吐不快，一种在"凉风轻轻的冬夜"如潮袭来需要拼命加以镇压的记忆。诗最后那句"形状象树枝，骨骼叫珊瑚"再次通过形状/内质、肤表/骨骼这种内外区分将"珊瑚"确认为一种内生性存在。抛开对"珊瑚"意义的求索，杨略对词柔韧性的追求，用词上的别开生面大概可见一斑。与《珊瑚》相似的是这首《柠檬》：

柠檬让我吃惊

空气柠檬黄

食物柠檬绿

柠檬花

柠檬刺

应我寂寞之需而柠檬

柠檬是敞开的欺骗向上呀向上

柠檬舍不得落光全部叶子

柠檬从灰色中来

拒绝皮肤和泥土

柠檬有时沙沙沙

绝不经过我这样的嘴巴

柠檬没有空虚

我也没有

我渴望有一个温暖的灵魂

沿路丢柠檬

柠檬的含义在此诗中同样是游离而延展的，"空气柠檬黄"是通感，将吸入空气的嗅觉体验转换为视觉经验，由于"柠檬"恰能激发气味和视觉的双重想象，可谓是最佳的通感桥梁。第二行"食物柠檬绿"与第一行相似，可第三、四行"柠檬"则被还原其植物本性，然而第五行"应我寂寞之需而柠檬"之"柠檬"则已经被作为动词使用，它成为能对寂寞做出反应的动作，或者心理过程。那么柠檬的酸爽提神，柠檬沁人心脾的异香，柠檬温暖眼睛的色彩都使它成为寂寞者值得依赖的伴侣。而"柠檬"这样奇特大胆的表达，事实上正是杨略诗歌表达的常态。下面的诗歌，可以看到她语言与想象的惊险：

在海边

在海边，有一次

一个人躺在岩石上

看到翻滚的胃已经没有了身体

小螃蟹钻进沙里

暴雨过去很久了，但是她

　　污浊，独具开端
　　她的雾静止
　　她的形状来自故乡

　　这首诗可以看到杨略某些用词的习惯——省略和巨大的跳跃性。我们知道，诗歌如果不跳跃，诗行之间在内容上环环相生过分密集，思维的空间必然受限；但跳跃如果太大，诗行之间仿佛误入旁人派对的陌生人，相互之间发送的信号无法接收并错综，便只是一堆凌乱的语言线头。这首诗前三行紧凑地环绕于岩石上的人，着力点和爆破点却在"翻滚的胃已经没有了身体"，这是非常精彩的颠倒想象。仿佛不是胃从属于身体，而是身体成了胃的附属品。最终，诗人成功地使我们看到那个翻滚得几近痉挛的胃。现代的语言和感觉变异最大的功能在于，它通过对变形形象的强烈放大迫使读者发问：这是一个什么样的胃，它可以在某一瞬间获得对身体的统治权？可是我暂时真的不知道，我甚至无法确知作为一个文本之胃，它对于这首诗是否真的有意义。

　　第四行转入一个新情景。第五行终于转到了文本的感觉主体"她"身上，暴雨带来污浊的海水，这不难想象，但是她于污浊中——"独具开端"。这四个字不是一般诗人可以写出的，它是杨略的惊险之所在，它仿佛在文本前后无所依凭，却又异军突起。所谓开端，也许意味着她是自己的来源和出处，这跟后面的"故乡"隐隐然有了勾连（故乡不正是人生旅程的开端吗?）。"她的雾静止/她的形状来自故乡"，这两行特别的诗间或解释了上面那个"翻滚的胃"，我牵强地将其理解为乡愁发作而翻腾不息的胃。

　　杨略的诗便是这样，惊险奇崛，想象诡异，斜里出剑，语词场景的腾挪跳跃幅度巨大，有时你眼看她上一步身姿飘逸下一步却几乎踩空，使句子常介于可解与不可解之间。自然，罗兰·巴特的"文本的快乐"常常被作为这种词语任性的合法性解释，可是，现代诗固然要求开放想象，鼓励能指的无限滑行。然而，这并不意味着，任何词语的肆意起舞身姿必然优美。杨略的写作，最大的优势是她的语言个性，最大的危险却是她的用词常任性得连自己也忘了初衷。当然，《在海边》还是能解释来路的作品。

彩虹消失的地方
　　彩虹消失的地方
　　我在不锈钢的人群中等待
　　三十三辆公交车吐着气经过

> 季节突然中止
>
> 我把灯藏起来
>
> 一些坚强的人被割去影子
>
> 一些灰暗的人逃到了树下
>
> 我在眼睛的世界中自得其乐
>
> 松散的见闻锁于一场精密的实验
>
> 但是音乐响起
>
> 阴郁的下午，风刮着鼻尖
>
> 头上生出沉默的窟窿
>
> 一些滑稽的人逆光哭泣
>
> 一些人成为剪纸，走在空气中
>
> 偶然成为另一些人的情绪

这首诗关于人的想象展示了杨略出奇制胜的才能，"不锈钢的人群""被割去影子的人""眼睛的世界""头上沉默的窟窿""成为剪纸的人"这些奇特的形象带着象征意味，它们和诗中诸多情景配合着诠释了"彩虹消失的地方"的异化内涵。这首诗胜在奇特想象和象征主义的融合，不足在于奇特的形象之间并未形成丝丝入扣的关系，从而生成更加内在的有机性。有时候我怀疑杨略的写作存在某种自动化运作的情况，也许她常常听任于诗思对她写作的宰制。波德莱尔说："一个好的作者，当他写下第一行时，就已经看见最后一行了。由于这种奇妙的方法，作者可以从他的作品的结尾处开始写，可以随意从任何部分开始工作。"（《一首诗的缘起》）这里写作的任意性恰恰说明了文本的非任意性，从第一行到最后一行，从第一个字到最后一个字，都不是可以随意替代的。稍微遗憾的是，杨略不少作品的内在并不稳固，它们的意义阐发并不稳定，它们作为文本要素之于诗歌内在结构的关系同样似乎是可以替换的。

孔雀人

> 柔弱的，它美丽
>
> 诞生于腐烂的边界
>
> 成为孔雀人
>
> 它张开欲望，粗枝大叶
>
> 它斑斓，走着正道
>
> 多肉的孔雀人在它的国度里缓缓飞着

盲目迷醉双翅的扑打

它的手指拔下它的羽毛

瞬间的经验，反复堕落

它无法飞到极端，飞出虚无

晚风变凉，孔雀人空睁着双眼

半世是明亮的，身后浊黑

空气逐渐稀薄，孔雀人在寂静中栖息

它吞下油彩，发着低烧

它放弃过，一次，一次

一次，便可成为永世的负担

惆怅的黄色云朵没有动

可有可无的恐惧，在模糊的变形中

渊源是一阵颤抖，只有茫然等待

再一次腐烂必然来临

再一次放弃必然发生

命名逝去，苍白的情欲

孔雀人

再一次的呼吸留给她，或他

如果说《彩虹消失的地方》是通过多个形象进行象征的话，《孔雀人》则通过"孔雀人"这个奇特的核心意象来象征。"孔雀人"这个创造性的意象颇令人想起海子的"亚洲铜"，后者通过铜的颜色跟土地建立对应性关联；这首诗则通过孔雀色彩斑斓的体貌特征隐喻了某种欲望的张扬，如此"孔雀人"也许便指涉了这个时代最为盛产的那种"斑斓，走着正道"的欲望化物种。应该说，此诗开始的前六行开启了令人相当期待的诗境——"多肉的孔雀人在它的国度里缓缓飞着"无疑是兼具形象创造性和精神象征性的句子。可是，接下来的部分在书写某种欲望临界状态时却变得较为模糊和乏力。

也许我们会想起里尔克那句"诗是经验"的话来，那些缺乏经验支撑的想象性符号往往有凌空蹈虚之嫌。里尔克的意思当然不是否认诗歌的符号化、想象力和创造性，我以为，想象性的诗歌符号中必须晃动着充满质感的经验倒影。比如"我在不锈钢的人群中等待/三十三辆公交车吐着气经过"就将奇特的诗歌想象镶嵌于充满实感的经验底座上，这时经验和想象撑开的诗意张力空间是最大的。相比之下，"惆怅的黄色云朵没有动/可有可无的恐惧，在模糊的变形中/渊源是一阵颤抖，只有茫然等待"便显得抽象得多，从空到空，此时的象征如在一片雾气之中无法附着。杨略的诗给我这样的感觉：一方面她是语言本位主义者，她的诗学趣味和修养使她不屑于用套版化的语言去捕捞更可读的仿真经验，这使得她的诗中无疑源源不断地提供了语言越界、想象自由的惊喜；但另一方面，我们似乎还很难认为她那些充溢着晶亮想象碎片的文本真的堪为表率。这种矛盾纠结值得我们再饶舌几句。

一般而言，我对诗人的语言越界和想象裂帛都抱着乐观其成的态度，这源于我对新诗与自由的某种语言本位的理解，这种理解得自罗兰·巴特和米歇尔·福柯的启发。巴特说"最大的权势存在于语言中"，我们一般以为权势由具体而强制性的政治经济力量造就，语言作为一种权力甚少为我们所留意。虽然福柯曾经非常执着地提示我们，知识跟权力之间的关系——知识本身就意味着一种权力，任何知识类型本身都是某种特定权力关系的结果。虽然语言常被视为一种普遍化和客观化的工具和能力，福柯却提示我们语言其实是一种特定权力框架下被自然化的特殊知识，而巴特进一步告诉我们，在所有的权势中，最大的那一种存在于语言中。

巴特这种观点奠定了我对诗歌功能的认识（可以顺便提一下艾略特的观点，他认为诗歌最大的社会功能是维护、改善和提升一种民族语言的感受性）。我以为当日常语言被种种强势的主流观念体系所占据之际，恰恰诗歌承担了为人类寻找未被殖民化的想象飞地的任务，如此，诗就是自由，真正的诗必然捍卫并开发人类自由想象之境。

写作者常常碰到思维撞墙的现象，更多的情形是写作者撞上了一面他从未意识到的墙。当诗人在墙规划的范围中涂鸦时，他必然首先使用一种墙内语言。因此，当写作者通过艰辛的摸索获得了一种新语言时，这不是一种简单的词语雕琢的工匠式胜利，而是人类想象力永不疲倦的多元性对禁区的逸出和对墙语的超越，这是来自精神自由的胜利。

因此，我始终对于能别创新语的诗人心怀敬意。我对杨略那些横空出世、旁逸斜出、零散唐突的表达始终抱持着一种精神自由主义者的钦佩，然而，就诗而言，我以为诗的本体必须有其自洽性和有机性。诗的悖论在于，诗的想象鼓励语言的肆意妄为；但诗本身又要求把语言想象的肆意妄为提升到更值得肆意妄为的境地。所谓"更值得"意指，那些看上去肆意妄为的语言并非是一种已经被纳入安全模式的表象；其次，肆意并非仅仅是随意，肆意本身也渴求精密的组织。回头我们就会发现，20 世纪 90 年代以后的中国诗歌，语言犯禁虽然依然考验着诗人心灵对墙语的溢出能力，但也在某种程度上获得了新的文学制度支撑。其结果是，真正通过语言在守护想象多元性的诗人必须透过层层的语言泡沫去辨认。

三十年前，扮演一个诗歌的感觉主义者是艰难而危险的，然而经过批评界对翟永明"女性诗歌"以及更多"先锋诗歌"的阐释之后，一片可以翻腾打滚的语言领地已经建立起来。此时语言上的花样翻新已经远不是披荆斩棘，它甚至成了一种新的诗学政治正确，一种被切断跟现实关联的私语写作。今天诗歌批评面对的难题之一便是：如何分辨真正具有想象力强度和精神品质的花样翻新和看似花样翻新的花样翻新。

我想，这些都构成了探讨杨略诗歌的参照坐标。她的诗歌独特时而紊乱、诡异，时而涣散。她的语言在探索想象的自由边界之时，尚缺乏对文本有机性的不懈追求和将个人经验跟历史经验进行对接的冲动。我想我是否强求杨略了呢？或许！但对一个人们不抱希望的诗人而言，当然也不需要强求；对一个自觉认同诗人身份者而言，却也无所谓强求。

语言的纹路或诗的有机性

——读林非夜的诗

新诗在形式上以自由诗为主体，怎么理解自由作为新诗的内在伦理呢？难道真的会使用回车键就能写新诗？当然不是。新诗的门外汉，只能接受格式诗学。（泛）格律诗给诗提供了一套形式秩序、音韵音律上的形式美感。然而，新诗正是要打破这种程序化的美学禁锢。新诗之新，不是因为无法用那套形式秩序去写作，而是感到形式正在窒息诗跟现实经验的关联，因而要写一种完全不同的诗。关于新诗和古典诗歌不同的诗性方式，废名说了一个"片面的深刻"结论——古典诗在形式上是诗的，在内容上是散文的；而新诗在形式上是散文的，内容上却是诗的。这个判断在表述上不无简单化之嫌，但提出了一个真命题，那就是新诗该如何在形式的散文化基础上去建构新的诗性？艾青同样深深意识到新诗的审美是一种"散文化"语言构架上的审美。所以，这就是新诗所谓"自由"的内在难度：新诗的自由既不对想象力设限，但又在驰骋无边中张弛有度。新诗的自由不是废弛秩序，而是为自己立法。

如何在散文化形式上写出内容的诗？我以为诗的肌理是一个非常重要的方面。肌理是新批评的重要概念，在我看来，诗的肌理就是诗的语言纹路，它是构成诗歌有机性的重要指标。我们远观一个人的皮肤，不过是一片没有区别的色块；可是近观凝视，便会发现每个人的皮肤都以自己的方式组成了独有的纹路。如果你随便拿一块别人的皮肤贴上去，在软件上 PS 图片是毫无问题的，但对于一个活生生的人来说，纹路的完整性就受到破坏。很多人写诗只知自由，不知有度；只知肆意拼贴，却不知道这些小拼图之间如何融成一体。好的诗看似零散杂乱，其实内在已经提供了一种技法或精神的纹路，梳理出一道妥帖均匀的内在呼吸。这样的诗是活的，是整体性的，也是具有有机性的。所以，诗篇的有机性常常是我考察一个诗人是否具有写作自觉性的标准。很多语言感觉出色的诗人，能提供光彩四射的语言小色块，却不能使这些色块变成一个活着的整体。这在很多青年诗人中表现得尤为突出，难得的是，林非夜却是一个懂得经营诗篇有机性的诗人。我想谈一下她这首《玻璃》：

玻璃

妄想者把一个梦切开
从尖锐的边缘进入
在一把切割刀中
重新设置了自己

一棵秋天的树
审视自己的树枝
所有驳落的声音都是寒冷的
像割开的玻璃
飞溅出碎屑

开始对分离产生了疑问
在个体与整体之间
对视是透明的
在主动与被动之间
体温是恒久的

从一个妄想者的手中
得到了一块玻璃
脆弱被放置于高处
它会不会偶尔记起自己
在火焰中复活的形状

这首诗并没有直接写玻璃，却把玻璃所有的各种形状融入了各节的书写中。第一节，"切开""尖锐的边缘"这些词语在诗歌上下文中写的是自我精神世界的艰难重构。但是它统摄于"玻璃"所提供的诗意语域中，它并非写实地描摹玻璃，却没有脱离玻璃，局部色块跟整体的精神线索根蒂紧密。第二节由"树"入手，这是远离"玻璃"的，树审视自己的树枝，因为"审视"，所以第三行的"声音都是寒冷的"便自然贴切。不过，我们还是担心这三行跟整体诗歌语境的关联。诗人真是力挽狂澜，她用一个比喻把走远的书写圆了回来——"像割开的玻璃/飞溅出碎屑"。上面树/树枝那种整体跟局部的关系，跟这里玻璃隔开成碎屑有着鲜明的同构关系，书写像救险，却又水到渠成。而且，第二节相比第一节，进一步强化凸显了重构自我那种噬心的艰难，第一节描述为切割，第二节却是粉碎。承接上面二节的整体/局部的重构关系，第三节起句就提到"分离"的疑问和困惑。不过这一节，"玻璃"被引入到一种色彩和温度的层面。"对视是透明的"，"体温是恒久的"，这里将一种切割粉碎重构的悖论呈现出来：首先，看起来透过玻璃的对视是透明的，但玻璃的透明真的是透明吗？其次，切割便有着主动和被动之分，一块玻璃被分成很多块，或许其中一块渴望主动脱离，它之主动必然带来其他承受被动脱离结果的玻璃小碎片。这个承受的过程中，为什么"体温是恒久的"呢？玻璃被切割，必然带来某种瞬间的高温状态。这里体温的恒久或许说的是温度的守恒，酷热与苦寒之间形成的温度平均值。这个意义上，诗歌拓展出了很多哲理的空间。

最后一节，诗歌交代了某种梦呓的语境。这不是一块真实的玻璃，而是一块诗学的玻璃。这块玻璃为诗人提供了一个"剥离性"的书写框架，最后一节的"脆弱"再次完美地联结了人心和玻璃，"火焰中复活的形状"指涉的是玻璃在高温中的生成，人的一种特殊的融化状态——未定型的特殊状态。诗人怀念那个高温未定型的自我，把它指认为"自己"，却不得不面对终于成为一块冷却的、凝固的、定型的玻璃的现实，并把玻璃对未成玻璃时的怀念理解为"妄想"。我想说，这首诗在诗思上非常具有生发和阐释空间，在诗法上也突破传统拟物诗那种隐喻、转喻的机制，而发展出一种可以称为"拆喻"方式——即围绕一物引申拆解出各种层次，再进行诗歌的隐喻、象征或情境化。更重要的是，拆喻书写使整首作品获得一种难得的紧凑整一或者说是有机性。

《玻璃》显示了林非夜过人的诗歌感觉、娴熟的写作技巧和自觉的写作意识。当然并非每一首诗她都能写得完美如《玻璃》，但是《玻璃》一诗至少说明，她的写作不仅仅靠自发的感觉，更有着对诗歌内在丝丝入扣之纹路的会心。

一般来说，组诗最考验诗人的整体把控能力。组诗的内在难度在于，如何将一首诗的呼吸变成一组诗的呼吸，使它们获得相近的节奏、音色和气质从而达到"合奏"的效果。我想在组诗整一性上谈谈林非夜的组诗《海棠多支路》。

重庆荣昌确实有些街道是以海棠一支路、二支路直至七支路命名的，林非夜这组诗是否源于一次重庆游历呢？不过她所书写的"海棠多支路"却不是远方的景观，而是一种脚下的日常。能够在远方体验出日常，这是诗人的本事。或许对于大多数人而言，海棠 N 支路不过是一个称呼的符号，但诗人却执着地要把凝固在称呼中的诗意激活。这组诗共八首，我想它值得我们逐一点阅：

一支路

路边卖早点的摊贩，今天来得比较晚

树荫下日光点点。等着

八点半，那个打着太阳伞的女孩从这里经过

男孩喝完了杯子里的豆浆，站起来

旁边打钥匙的男人，看着一份报纸

他店面倚靠的那棵树，和这边的树

离得很近，叶子好像就快要

触碰到叶子

　　街道是一个观察世相的空间，熙熙攘攘、车水马龙、人来人往、市声鼎沸，这里有世相的杂汇，但能够从街道的混杂性中提炼出某种凝聚的象征的人却不多。《一支路》写的是世相日常，这里叙事性元素突出，但它是诗的叙事，而不是故事的叙事。故事的叙事倾向于去说出矛盾冲突和来龙去脉，诗的叙事却是借用叙事的元素抵达某种诗意顿悟的瞬间。这里，男孩喝完豆浆，打锁匙的人看着报纸，旁边立着的树，都是日日复日日，日常中之日常。日常得就像树触碰着树，叶子紧挨着叶子。生命的川流不息和恒久亘常都在这不断掉落又常挂枝头的树叶中涌出来了。

二支路

雨天里所有匆匆而过的车辆

像一个电影的片段

漫长，无望，心如鹿撞

海棠二支路。路口

挟带公文包的男人正在避雨

身上已经半湿

他摘下眼镜擦拭了几下

旁边，带着小孩的妇人。刚放学的学生

一个年轻的，年轻的女孩

　　和他一样，一脸迷惘

　　感觉上，《一支路》是全景镜头，里面似有故事而没有故事，生命之流寓于不变之常中。而《二支路》同样注重叙事性，但开始切换为特写的慢镜头。它写的是瞬间底下的生命汹涌。挟着公文包避雨的男人，和旁边带着小孩的妇人，他们或许毫无交集，各在自己的轨道上，萍水相逢避着这场生命的雨。这里，世界的某种隔阂和孤独感油然而生。孩子是不知道大人的世界，男人女人彼此也不过路人。就是写作者，也只是旁观着这个世界。但这个旁观里面又有着理解和感知，感知着某个瞬间背后世界的潮汐汹涌。这个日常而永恒的瞬间，类似于卡尔维诺所说的"时间零"。在卡尔维诺看来，传统叙事倾向于从故事时间轴上的－N一直写到N，可是他认为有意义的仅是写出时间轴上的零点，由此零点你可以向前想象到N，也可以向后想象到－N。所以，时间零其实就是一个瞬间与永恒、有限与无限交融无间的那个点。《二支路》提供的也是一个这样的时间零。

三支路

　　这么久了，还是不习惯汽车的喇叭声
　　反而想听到，单车的叮铃声
　　电线杆上，年年张贴着广告
　　今天贴着一张寻人启事
　　地上几片飘落的叶子
　　回家的人，停了一下
　　白色的布鞋，沾染了些许尘灰
　　如果我写一首诗把你感动
　　你会不会回来

　　《三支路》以客观视角始，后面却转入了第一人称"我"的主观视角，标志着这组诗开始从外视角转入内视角。这里写的是生命中的消逝与追忆。"寻人启事"表征的正是人事的消逝，而"你会不会回来"则是寻找者内在的呼唤。

四支路

　　还是要挑一个早晨
　　把一些希望放进果篮

路过海棠四支路的人们

路过紫荆，丁香，月桂

等待的人，开始设想

他们在回家的路上

会采摘哪一种，放进 7 月份的扉页

那些翻转的路尘

却一日比一日更多

　　《四支路》特别在于，前面主要是写"路"景，四支路却从"海棠"切入，回到了"海棠支路"的字面含义——海棠生命中的主道和支道，于是就引申出生命与选择困境的主题。古诗云"无为在歧路，儿女共沾巾"，海棠支路在这里其实就是一重重的海棠歧路。除了海棠，还有紫荆、丁香、月桂，在这回家的路上，我们会采摘什么？能采摘什么？这不仅是一个选择的问题，有时还是个命运的问题。

五支路

我们记得的情景

是真的发生过

还是在某个时刻产生的错觉呢

海棠。海棠从不开放的秋天

一些没有香气的植物，开始迷路

梧桐树栽在道路两旁

什么话都不说

它们是后视镜里的虚幻的光影

一倒再倒

　　《五支路》写的是幻觉。这组诗到了《五支路》，内视角越来越明显，它关注的已经不再是外在人事辗转和飘萍命运，而是生命内在由于选择歧路产生的迷路和幻影重重。

六支路

一些疼痛，谁又能真正说得清楚呢

就好像一些遗忘，谁又能承认

是真的遗忘

路灯亮起，夜晚的车辆

一样的熙闹，焦躁

夜里出行的人，却显得有点安静

他的嘴角微微扬起，似笑不笑

在人群里游离，像一条鱼

《六支路》写记忆与遗忘。从选择到幻影，生命历程中的某些烙印深刻地打下了，由此，记忆与遗忘似乎成为另一个必然上演的戏出儿。诗人感慨的还有这里疼痛、遗忘内在的孤独性——没有人知道。没有人知道或能真正分享你的疼痛；忽有一日你忘记了，也不会有人知道。这是生命记忆真正悲哀的吧！

七支路

夜深，路人越来越少

那些经过的车辆，在哪里停泊

静的星空

在谁的心里

放了一把火

他擅用酒精添加热量

哦，夜深

为那些没有去处的灯盏，寻一个去处吧

《七支路》承接《六支路》的夜晚场景，建立的是寻找与寄托的主题。即使是疼痛、孤独、遗忘又如何呢？支路和歧路中，还需"寻一个去处吧"，最后这个语气词，说明诗人的犹疑，犹疑中的寻找才更真实。

多支路

热闹的海棠花，谁知道它绽开的疼痛呢

它的甜蜜脆弱，入口即化

那些延伸的道路，像蒙灰的翅膀

疲倦于飞行。今日冷过昨日

过路的人，没有停下脚步

他上衣的口袋，一张薄薄的纸片

空白的纸片

一个孤独的背影。和另一个

从来不会互相消融

　　《多支路》是这组诗最后的作结。它终于将四处延伸、承载万千命运的街道写成了一朵花，一朵甜蜜脆弱、疼痛绽放的海棠花及过路人对它的错过。从这里，我们不难看出"组诗"对于一个普通写作主题的提升意义。这是一组紧密联结的作品，统摄于"海棠多支路"的多重诗意象征中，有时它突出"路"，有时突出"支路"，有时又突出"海棠"作为一个陷于情感选择之生命体的隐喻。这又是类似于《玻璃》中所使用的"拆喻"，它在技术上使全诗有了良好的构架焊接；在内涵上又大大拓展了情感主题诗歌的偏狭性。它在代表千万命运的街道底座上写一朵孤独脆弱的花，这朵花就不仅只是一朵自闭之花。事实上，这组诗中某些部分，单独看尚不够好，但组诗的整体性遮盖了这些缺陷。这带来一个启发，不懂营构诗的整体有机性的作者，往往局部的光亮无法掩盖整体的涣散；但懂得经营语言有机性的诗人，整体的运思却荫庇了某些局部的孱弱。

吴乙一的"沉默"诗写及迷思

吴乙一是个喧嚣现世的背身者、缄默者，我敬佩欧阳江河、西川这样滔滔不绝的诗人，但对沉默自省的诗人有更多会心。吴乙一的写作一直逃避喧嚣的自我建构，他深深地意识到诗歌在这个时代的边缘性位置，因此便更深地确认了写作对于自我的价值。所以，他不拿诗歌置换外物，除了一种诗艺长进的满足感。我喜欢这样的诗人，他对诗歌社会功能问题有非常清醒的认识，所以绝不喧嚣；心态是边缘的、乡野的、静观的，显示了一种高贵的静穆。我读过乙一以前的诗集《无法隐瞒》，读着很舒服，没有压迫感，但没有抽出时间写评论。这回他的新诗集《不再重来》我先睹为快，乙一又允我开诚布公、畅所欲言，我当说说我真实的看法。好诗友当然既经得起赞美，也经得起批评。对我来说，不敢面对深度诗学交流的诗友，都可以在诗歌上绝交。

一 遗世山中人的沉默之诗

吴乙一把《不再重来》编订为四辑，第三辑便是"沉默诗"。事实上，"沉默"是吴乙一及其作品的共同气质，乙一诗如其人。"沉默"表现为对安静的山中生活的向往，表现为从边缘的角度感受人世。因而，作为诗歌气质的"沉默"，并非明哲保身的避世；而是对喧嚣现世主流价值的拒绝和反思。所以，吴乙一的"沉默"诗学发展出来肉身感觉便是——"冷"——吴乙一多次在诗中书写"寒冷"，一种冷眼观世界者在灼热世界中的切身感受：

> 小雪以降，天空有用不尽的冷
> 救护车跟在洒水车后面
> 慢悠悠唱着不同的歌

——《腐烂》

我的疾病来自于恐惧
初冬的足球场。黄叶落在铁架台
不似寒凉
它们有过一场刚刚结束的密谈
像薄阳光经过身体
发出轻微的崩坍

——《无关她》

我独坐村口，眺望落日
直至寒意铺满大地

——《信使，或黄昏的等待》

"用不尽的冷""不似寒凉"，还有在《岁末诗》中"无法抱紧的寒冷"，吴乙一诗中多次书写的这种身体感觉，不仅是生理学的，更是社会学、伦理学的。"寒冷"来自对主流价值的疏离感，并由此而生的"蒙尘"感，在《蒙尘之心》中他写道：

在种满果树的山冈
我问起众神，该如何
才能结束这悲戚
与不耻

天气多么晴好
人们纵情嬉戏。阳光散落
田地间的亲人
有相似的贫穷，有不同的幸福

"日子敞开，它令我痛苦和不安"
泥土且有余温，花朵疯狂
不顾身前身后事
会有更大的风，继续吹过
吹凉一颗蒙尘之心

对此，命运视而不见
唯独我的沉默
比春天的任何喧嚣都强大

向神问询如何结束"不耻"的活法，这里包含着泛宗教意义上的伦理自审，同时也是一个主流价值之外者的审世之言。"天气多么晴好，人们纵情嬉戏"的"盛世"在沉默者的视界中不过是"花朵疯狂"，"会有更大的风，继续吹过"的不洁浮世。于是此诗事实上提出了一个重要的生命伦理的命题：在不耻之世，在蒙尘之心举世皆然的背景下如何活的问题。假如现世不善，我们如何为善？吴乙一的回答是："唯独我的沉默/比春天的任何喧嚣都强大"。那么，"沉默"便不但不是失语、麻木、逃避，而是拒绝、审视的诗学气质和生命立场了。正是有站在这重高度的观照，吴乙一诗歌的精神气质才得以提升，某些情境的轻描淡写才有了精神诗学统摄下的灵韵：

> 雨水落在远方
> 夜幕中的草木越来越深
>
> 他眉间的寒意因为潮湿
> 而值得信赖
>
> 当我从山中回来
> 看见他正往硕大的容器里填东西
> 像是收拾旅行的果实、酒水
> 又像是藏匿永无休止的
> 咳嗽和呕吐
>
> 我抬头看看漆黑的天空
> 安静、荒凉，仿佛哽咽着一场巨响
>
> ——《台风过境》

二　诗语的营构与迷思

吴乙一是梅州诗歌群落的重要诗人，写作多年，在各种重要的诗歌刊物上不断亮相，近年还多次入围华文青年诗人奖。作为一名年轻的老诗人，他确实拥有相当的语言自觉，具体表现在他对诗歌语言修辞的运用上。

> 窄小的河流像走不动的旧火车
>
> ——《靠近》

像薄阳光经过身体
发出轻微的崩坍

——《无关她》

她曾在海边高谈阔论
也曾守着一粒种子黯然神伤

——《迷途书》

终于看清，是永不停歇的时钟
搬动遥远的雪

——《岁末书》

毋庸多言，稍通诗歌者，便会发现这样的诗歌语言的质感、密度、韧性和透气感。特别是薄阳光经过身体发出的轻微坍塌，真是精彩的诗语。"崩塌"这个动词把"阳光照耀"的内在动能完全激发出来。跟多多《春之舞》"太阳的光芒像出炉的钢水倒进田野/它的光线从巨鸟展开的双翼的方向投来"有异曲同工之妙。在《梦见春天》中，他写"笨拙、鲜嫩的豆芽/却依旧绿得那么浅/绿得那么单薄，那么慢"。几个形容词用得特别有匠心；《不再重来》中，他写这些年，我把爱用钝了，把人情用薄了，把记忆用软了，把流水用脏了，把青春用凉了。同样是有意识通过对形容词的强化来营构诗意。《秋天正一点一点碎去》此诗题目中的"碎"字，也有相似的精彩。

吴乙一懂得借助语言修辞创造诗意，而且他有意识地把诗歌亮点编排在每首诗的隐秘处。像树林中突然照进来的一束阳光，照眼地亮了。譬如《无关她》全诗：

我的疾病来自于恐惧
初冬的足球场。黄叶落在铁架台
不似寒凉
它们有过一场刚刚结束的密谈
像薄阳光经过身体
发出轻微的崩坍
四周安静；我走得越来越慢
只为停在她身后
看见她一头长发微微扬起

中间的句子犹如骤然奏响的声音响彻了原本平淡的房间。可是，在我看来，吴乙一的写作在艺术上也许依然存在不少瑕疵。吴乙一的不少诗歌惯于在意象主义的范畴中展开，下面以他某些诗歌中较喜欢使用的意象主义手法来讨论。他对于意象诗法的提炼和使用，不乏精彩之笔，也有值得深思的地方。

共同的命运

我停在初秋河畔。黄昏降临
途中的鸟兽，暗淡中游走四方

并不因为我，因为秋天到来
而驻足。水草日渐枯黄，像一束束

不再新鲜的时光。泥土藏人
光阴亦藏人。微甜的气息散开

马匹饮水，路人安静。风起，树叶落
仿佛独有的命运，你我共同经历

这首诗并不复杂，但透露了吴乙一写作的审美习惯："共同的命运"这一题旨，是消融于初秋、河畔、黄昏、鸟兽、四方、秋天、水草、时光、泥土、光阴、马匹、路人、树叶等语象组合之中的。换言之，此诗呈现了某种压倒性的名词性，其实便是一种意象主义的表达路径。仔细阅读会发现，意象主义在吴乙一，不仅是一首诗的倾向，而是一个诗人的表达个性。

于是便涉及如何理解意象，如何理解现代汉语环境下的意象问题了。蒋寅认为，很多人事实上误用了意象、意境等概念。很多只是语象的对象被误认为意象。譬如吴乙一《共同的命运》中的大部分名词，在蒋寅的标准中就只是语象而不是意象。意象的本质是情意与物象相交融，对于那些只是标识出物的概念，确实只是语象而非意象。我们不必纠缠于语象与意象的命名，但在诗歌写作中，如果诗人动用的名词无法具有诗性的生发和渗透的话，这个词便是欠缺密度的。以上诗为例，吴乙一把"你、我"安排在时间语象、环境语象和指物语象的三重维度中：

时间语象：初秋、黄昏、暗淡、秋天、光阴

环境语象：河畔

指物语象：鸟兽、水草、马匹、路人、树叶、泥土

不难发现，吴乙一的写作策略是一种语象的组合和叠加，语象链构成了他孜孜以求的某种"情境"，它们共同构成了全诗唯一的意象或意境。可是，

语象之间并未有因为意义的内在纠缠、错位扭结而使"组合意象"获得意义的整体性。所以，这首诗并未能产生《天净沙·秋思》那样的叠加化学效应。全诗的闪光点反而是来自"水草日渐枯黄，像一束束/不再新鲜的时光"这个形象化的比喻。

　　90 年代甚嚣尘上的叙事性、口语写作在吴乙一的写作中并没有留下太多痕迹。有的人认为，90 年代的叙事性诗学是为了弥补朦胧诗及意象主义句法的不足而产生的。散文化、叙事性和日常性大大增加了 90 年代诗歌的及物能力，然而，这并不意味着意象主义已经失效了。不断有人指责钟情于意象主义的北岛诗歌已经过时，事实上，只有技法不够高明的作品，却没有已经过时的技法。北岛对于意象主义诗歌，也曾有所示范。不妨看一下这首《关于传统》：

> 野山羊站立在悬崖上
> 拱桥自建成之日
> 就已经衰老
> 在箭猪般丛生的年代里
> 谁又能看清地平线
> 日日夜夜，风铃
> 如文身的男人那样
> 阴沉，听不到祖先的语言
> 长夜默默地进入石头
> 搬动石头的愿望是
> 山，在历史课本中起伏

　　此诗对"传统"的解释正是通过"野山羊""拱桥""悬崖""箭猪""风铃""文身""石头"等意象自身的隐喻和彼此的串联、并联、对位关系建立起来的。

　　"野山羊"不是小绵羊，不是顺从驯服的，而是野性独行的。诗中它甚至走到了悬崖之上，如果将野山羊置换为现代艺术家的话，显然也无不可。在现代性独辟蹊径的压力下，艺术家们都走到了创新的悬崖之上，这时，他们必然要思考自身跟"传统"的关系。

　　而"拱桥"显然是出走多时的"野山羊"跟传统之间建立起来的沟通途径，惜乎在诗人眼中，它"自建成之日/就已经衰老"。

　　箭猪丛生的年代是什么年代呢？直观解释当然是厮杀的、撞击的，非诗情画意的年代，也许可以牵强附会为信仰坍塌、思维碎片化的后工业时代。那么，"箭猪"和"野山羊"又有何关系呢？同为野性之物，走到悬崖之上的"野山羊"是高处不胜寒的，这或许可以解释为孤独；"箭猪"却是热衷于在猪群中相互搏斗并厮杀逐利的。羊，特别是野山羊是清高的；猪，特别是箭猪却是现世的。前者是艺术家，后者是庸众。这里北岛的精英心态又清晰地流露出来。所以，在箭猪丛生的时代，站在悬崖上的野山羊是无法看到地平线——太阳升起的地方。

孤独的野山羊，自绝于喧嚣庸俗的时代，又无法通过衰老的拱桥去汇入传统（这是北岛跟艾略特不同之处），此时，"风铃"出现了，"风铃"本是美妙的声音的声源，是风和铃默契的合奏和共鸣，传统之风吹进当代的心灵之铃，在北岛眼中不过一种浪漫想象，因为这种风铃，如"文身"的男人那样阴沉，听不到祖先的语言。如果说"风铃"是动态的，在场的，诉诸耳朵和心灵，稍纵即逝的话；那么"文身"则是图腾化、抽象化，诉诸眼睛并且长久居留、难以抹去的。这大概是北岛对传统一种阴沉的看法：传统虽然被描述成"风铃"，事实上却不过是具有压迫性的"文身"罢了，是祖先强制性地在我们身体上留下的记号。后面三句带有反讽性，特别是"历史课本"的表达，历史不是历史本身，而是被叙述、被讲授的"课本"；"山"于是可理解为"历史课本"中确立下来的主流叙事。

北岛诗中各名词（如"拱桥""风铃"等）由于在上下文之间存在着同位、对位等张力关系，所以获得了意义的延伸和生发，获得了某种诗意的渗透性。这大概是意象主义的一个重要秘密——只有语象叠加的写法很容易陷入写作的白开水状态。

很难说吴乙一对此并不知情，他的诗歌中也会尝试某种词的"对位"：

> 有罪的人走在返乡途中
> 汽车扬起灰尘，遮蔽了送别的人群
>
> 她曾在海边高谈阔论
> 也曾守着一粒种子黯然神伤
>
> 如果你遇见，请告诉她钥匙在什么地方
> 请捎给她我在昨日采下的花
>
> ——《迷途书》

同样是把人置于某种语象组合链之中，此诗具有更强的整体性。而且，

第二节的"海边"和"种子"具有强大的"对位"效果。期待返乡的人在尘世蒙尘已久，"海边"和"种子"两个词反差巨大的暗示域在此打开了意义的阐发空间。海的雄阔被种子的微小所扭转，"海边"和"种子"又统一于相同的取消惯性中："海边"动荡的波涛、自由的声浪、壮阔的气势被"高谈阔论"所取消，"种子"暗示的"生长性"被"黯然神伤"所取消。所以，这一段显然是相对成功的意象表达。而第三节，"钥匙"和"花"的对位则显然缺乏某种有机性。

吴乙一的写作有时是精致而精彩的，但有时又颇为混乱和失调。在《雾中诗》的最后，他写道：

> 想到这么久了
> 我独自过着
> 乏味而又无望的生活
> 心忽就热了，像雾中亮起的绿灯

这一段的取象既违反常识，又没有实现诗意的重构，令人不解。"心热了"和"雾中的绿灯"真的不适合跟"乏味而又无望"进行同义性搭配。

吴乙一的诗歌主要有两种形式类型，一种是精约自由体。这种诗一般不长，不少采用两行建节的方式。相对简约的体式内部，吴乙一便多动用意象主义的诗法。这类诗如果说有不足，便在于以上所谓的语象、意象的有机性问题。但是，吴乙一事实上还尝试了不少较为庞杂的散文化、不分节的"胖长体"自由诗。主要收在此诗集的第三辑"沉默诗"中。包括《疯子在歌唱》《发胖中的男人》《露营记》《羞愧书》《3 月 23 日，大雨记》《清明，大雨记》《吴氏德文编年史》等作品都属此类，缺乏诗意提炼，是失败的作品，只有《山中，遇雨记》稍好。

散文化的诗体是当代诗坛的一种倾向，雷平阳、陈先发写得好，不乏佳作，如雷平阳的《木头记》《大江东区帖》《祭父帖》等作品。这类作品事实上在进行着中国当代诗歌的扩容工程，"散文化"进一步扩大了诗歌的词语空间，使更多生活经验得以进入诗中；"散文化"是继"白话化"之后的另一次诗歌扩容。然而，它同样面临着扩容之后的诗意提炼问题。在《木头记》中雷平阳写道：

> 用木头，我们建起了寺庙
> 或教堂，也建起了宫廷、战船和家族

的祠堂。紫檀或沉香，雕出的佛像

念珠和十字架，今天，我们还佩戴在身上

尺度和欲望不同，木头的建筑

表面上这是罗列，内在却充满了各种精心设计的分类法。寺庙/教堂和宫廷构成了宗教与世俗的分类；寺庙和教堂构成了东西方的分类；紫檀或沉香构成了木头内在材料的分类；念珠和十字架构成了木头现实化之后的功能分类。一样的木头，为不同的尺度和欲望所塑形。这种"罗列"背后充满了机心和对世界的发现。这种诗实在是极难写出的，吴乙一仅得其形，所以《吴氏德文编年史》等作品便写得味同嚼蜡（顺便说一下，这种面对祖先的诗歌，朵渔的《高启武传》是成功的范例）。吴乙一的教训在于，一方面忽略了诗歌的诗意建构，仅为一种新鲜的写作倾向所动；另一方面，他的语言芜杂，又尚没有形成一种丰富的历史、哲学和生命立场来观照世界，因此，只能在自然主义的层面上取象，世界便不能在他的诗中获得个人化的深度和广度。

三　诗歌取象的精神根系问题

如上所述，意象的成功也许不仅是技术诗学问题，更是精神诗学问题。意象作为一面镜子，折射着精神性的光亮。以东荡子为例，我们往往觉得他的诗歌并无缠绕的技法，但取象令人过目不忘。《他却独来独往》中那个总在宴会结束才大驾光临的"他"的形象；《你去天堂修补栅栏》这样的情景意象，事实上跟技术无涉，更关乎一种超拔的个人精神视野、生命立场。

意象的独特造型，同时也关涉着诗人的历史观。意象主义大师特朗斯特罗姆在这方面给了我们极多垂范。

论历史

一

三月的一天我到湖边聆听

冰像天空一样蓝，在阳光下破裂

而阳光也在冰被下的麦克风里低语

喧响，膨胀。仿佛有人在远处掀动着床单

这就像历史：我们的现在，我们下沉，我们静听

二

大会像飞舞的岛屿逼近，相撞……
然后：一条抖颤的妥协的长桥
车辆将在那里行驶，在星星下
在被扔入空虚没有出生
米一样匿名的苍白的脸下

三

1926 年歌德扮成纪德游历非洲，目睹了一切
死后才能看到的东西使真相大白
一幢大楼在阿尔及利亚新闻
播出时出现。大楼的窗子黑着
只有一扇例外你看见德雷福斯①的面孔

四

激进和反动生活在不幸的婚姻里
互相改变，互相依赖
作为它们的孩子我们必须挣脱
每个问题都在用自己的语言叫喊
请像警犬那样在真理走过的地方摸索！

五

离房屋不远的树林里
一份充满奇闻的报纸已躺了几个月
它在风雨的昼夜里衰老
变成一棵植物，一只白菜头，和大地融成一体
如同一个记忆渐渐变成你自己

　　特朗斯特罗姆的《论历史》，发表于 1966 年的诗集中，写作时他还非常年轻——相比于他漫长的写作生涯而言。

　　诗歌第一节以一个想象场景来象征，我来到冰封的湖边聆听，冰在太阳下闪光，开始冰裂，场景非常美，但更有意思的是，诗人认为，这像历史。这个场景和历史的相似性也许在于：历史叙事也是一个被冰封的湖，它美丽的闪光，但也在阳光下留下缝隙，我们面对历史，就是在湖边聆听。这种凝

---

① 德雷福斯（Dreyfus，1859—1935）法国军官。1894 年被指控犯有叛国罪。

听不是完全把握，而是一种进入的可能。历史被展示为遮蔽和去蔽的结合，相对性与可能性的结合。

第二节同样是一个具有象征含义的想象场景，而且充满动态。这个场景同样跟"水"有关，星星下，水中的岛屿、跨越岛屿或水域的桥，穿过桥的汽车。但是，特朗斯特罗姆显然没有兴趣去叙述这样的现实场景，他的现实词语都服从于内心的历史认知，"岛屿"不是作为本体，而是作为喻体出现的，而本体是"大会"，什么是"大会"，是否指历史记载中非常重要的、确定无疑的那些重要事件，如中共第一次代表大会、十一届三中全会之类。在一般视野中，它们的确定性如"岛屿"一般不可移动。但是诗人说它们"飞舞的岛屿逼近，相撞"，这大概在说明某种确定历史叙述的不可能。如果说水是既真实又危险，充满着浩瀚而难以把握的历史细节的话，那么历史叙述常常必须通过一条条长桥，打通和连接那些岛屿，从而建构出通往确定历史故事的直通路线。而特朗斯特罗姆的象征场景又一次对这种历史确定性表达了不信任。注意"米一样匿名的苍白的脸下"，一颗颗米的比喻，黄灿然用过，是《杜甫》中，"它的日子像白米，每一颗都很艰辛"。特朗斯特罗姆的"米"强调不可辨认的性质，个体细节在历史叙事中的不可辨认性。

第三节，不是场景想象，而是事件想象。1926 年，歌德扮演成纪德游历非洲，有些真相必须过后才能看到。可以说讲得特别清楚，特别厉害的是诗人的象征事件想象力，纪德、歌德、德雷福斯这几个人物的并置，18 世纪、19 世纪和 20 世纪的并置，近代、现代景观的并置。在一个特别具体的场景中展开了历史的相对性和可能性。

第四节很好理解，我们都是历史的产物，激进和反动，左和右，是历史的两只脚，在他们的婚姻中诞生了后来者。从这个意义上看，不仅鲁迅是"历史的中间物"，所有人都是历史的中间物。诗人几乎有点直白地说，作为它们的孩子我们必须挣脱。这是指个人面对历史的岩层结构的一种个人态度：像警犬那样在真理走过的地方摸索！

最后一节，回到象征性，超现实的场景想象，一份报纸变成了植物，变成了白菜头，和大地交融，最后成为我们的记忆，成为我们自己。报纸是印刷文明的造物，既承载着传播真实的梦想，烙刻着极权专制的谎言，也传播着消费时代缺乏营养的流言蜚语。可是，它将塑造我们的记忆，让我们成为那个时代中的"你自己"。再次回应历史的困难。

所以，这首意象主义杰作的背后获得支配地位的是特朗斯特罗姆的历史观和历史想象。历史终究是特朗斯特罗姆念兹在兹、挥之不去的情结，他的历史观是新历史主义式的，他已经看到了历史的建构性、被书写特征。但是，让真的阳光照进书写的缝隙处，似乎仍是他不懈的努力。他不相信被权力写就的历史，但对于在历史下水道悄悄流去的无数鲜血却不能忘怀，所以，他既写历史的黑洞，也写历史的伤痕，历史对真实经验的遮蔽和被遮蔽经验的隐隐作痛。

吴乙一的诗歌尚未构造起自身的哲学观和历史观，所以他诗歌中的生命立场是自发的感性立场；他的语言观中包含着不少关于自由和秩序的迷思，有时不免失之松散。他并非那种诗思汪洋恣肆的诗人，所以在写那种散文化的胖体诗时实在显得力有不逮，是否继续这种诗体写作需要深思。他写得最好的还是那种精约自由体。虽然诗中不乏本来已经用情境交代清楚又增补直抒胸臆的累赘之句。但那种纯用语象、意象或情境说话的诗，看来还是吴乙一所长，显得较为情味悠远，譬如这首《薄暮》：

> 收拾好农具，唤回不远处的黄狗
> 读识字课本的女儿
>
> 落日挂在柿子树上
> 它要穿过丛林，越过那条河流
>
> 有一瞬间，我对它丧失了信任和热爱
> 明天立秋，天气正在变凉
>
> 现在，我走在回家途中
> 回头看了一眼，四周空空如也

我相信乙一不会怪我在评论他的诗歌时拉扯了大量其他的诗人的作品，因为写作唯有在对照中才能找到自己的坐标。耐力是考验诗人的最大指标，真正的诗人都必须用一辈子去写作。为此，重构自己的哲思、历史和生命观照体系，锐化写作中的感性想象触觉，提升诗歌语象的有机性，吴乙一的诗歌当能释放出更加强大的潜能。

现代主义主情派：游子矜

——读游子矜《时间书简》，兼怀与老游的对话

如果给老游一些标签，可以有：梅州诗歌山寨寨主、《故乡》等刊物主编、大肚子的多情男人、外糙内滑表里不一、最具欺骗性的抒情短诗王子，当然，其中还必须有这一条，诗龄超二十年，被严重低估的诗人。我想，有必要说说我跟老游的交往，跟老游的对话，对老游诗歌的认同和对老游诗观的部分不认同。

一　梅州寨主

游子矜诗龄已经长达二十年以上，他一直扮演着"三线城市中的一线诗人"（胡续冬评语）的角色。早在十几年前我就看到他主编的《故乡》诗歌刊物，简洁朴素的牛皮纸封面，低调大气的文艺腔，是当年韩少功主持的《天涯》封面那样的格调，让我对这个梅州诗人大佬仰慕不已。

"故乡—梅州诗人次生林"，通过梅州天才诗人胡子郴来到我眼前，那时正是海子旋风仍在学生中席卷的时候，一个诗人如果不叫什么子总是不上档次的。所以，胡子郴就叫胡子，而游子矜我们都称为游子。梅州籍有天分的诗人极多，远的如李金发，那是在文学史上"须仰视才见"的人；近的如胡子，把诗歌写在五线谱上，一手弹钢琴，一手写诗，嘴上喝着啤酒，心里想着女孩子。可是胡子很早就不写了，老天把语言的天分放在一个人的身上，却不让他走在一条诗人的路上，这就是定数。所以，我很多年没有把胡子当成诗人了，我只是把胡子郴当成一个老朋友，生活让我们这些曾经熟悉的朋友如今重新变得陌生，胡子终究没有继续当诗人。现在梅州青年诗人中经常被提起的却是吾同树，承担着生活的严寒，分享了死亡的点滴光荣，于他自身，竟有何用！

　　说这些，只是感慨持久写诗之难。每个人在持久写诗的路上总有些不为人知的障碍，这些障碍包括个人的失败与成功。这些时间所制造的障碍，游子矜基本上挺着结实的大肚皮，轻轻地穿过了。

　　2010年，在知道了游子11年之后，我在梦亦非组织的"东山雅集·辛波斯卡集"活动中第一次见到他。那时，他正在自己的内心旋涡中，在内心怀旧与告别中，讨论中极为低调，或者是走神。我们是在返程中才开始了对话的，那时我到汕头上课，黄昏和游子与我同车到汕头转车。汕尾到汕头200公里的路上，基本上是我和游子在争辩，黄昏在一旁观战。我同时身兼司机，辩得很不尽情。坏处是一路担心高速公路上一不小心，危及老游和老黄这两位现役广东著名诗人的老命；好处是轻易地谋杀了时间，不小心就到了汕头。少不得由黄昏做东，谈些彼此的诗事情事家事闲事。

　　此行中，我和老游有约，十年后再好好谈一次诗。因为，我虽然读过一点老游的诗，但他谈话中所秉持的诗歌标准却让我非常迷惑不解；老游以一个诗龄二十年的中青年老诗人的身份，觉得我的一些判断让他产生"不知你自信从何而来"之感。

　　老实说，游子矜的诗歌被我毫不犹豫地列入好诗的行列，但这个写出好诗的人在关于何为好诗的标准上却跟我分歧很大。这种困惑在2011年夏天的梅州潮州诗人交流中得到了部分解决。其时，梅州诗歌大佬游子矜率领一班梅州青年诗人设宴款待，以强迫性的热情、初甜后烈的客家酿酒和上中下三场连环把几个平素不怎么喝酒的潮州诗人杀得人仰马翻。当晚回到住处歇下来时已近凌晨一点，运筹帷幄的老游巡视酒店，打来电话，说夜未央，正是谈诗时，遂和向北赴会。

　　老游他们住在酒店一个套间中，陈剑州、吴乙一已经在里间鼾声四起（或为逃避出来对话而假装鼾声四起），子亮陪老游在客厅坐，不过他已经是用背坐着了，眼睛时开时合，疲倦至极。只有老游仍眼神炯炯，谈兴甚浓。

　　老游和我谈对潮州诗人作品的观感，并动手和向北改诗，我和老游介绍我和向北中午读艾略特《普鲁斯情歌》的感受。最终，我们有一次在关于何谓好诗的问题上撞了车。老游斩钉截铁地认为：臧棣不会写诗，于坚有些好诗，而诗从其本质讲，就应该是短诗。至于长诗，他推崇高斯的《太阳石》。老游用得最多的词是诗味，他的标准是，这首诗很有诗味，这首诗没有诗味。但关于何谓诗味，他并没有清晰的定义，他认为好诗读多了，关于何为诗味自有答案。（问题是，哪些才是好诗呢？）我谈对诗歌语言审美现代性的理解，他说你不应该从理论去进入诗歌，那样只能败坏你的诗歌感觉。我们的分歧很多，他无法理解为何我会把他的诗歌和臧棣的诗歌同样看成好诗。他说"你的诗歌标准太混乱"；我渐渐明白了老游内心为诗味所圈划的边界。我们的共识是，都喜欢博尔赫斯和辛波斯卡。我纳闷的是，他为何欣赏辛波斯卡，却不喜欢臧棣。在我眼中，臧棣和辛波斯卡都是理智想象力创造出诗性技艺的诗人。

我们手中没有现成文本，只好约定以后再谈。在此之后，我一直希望把游子矜心中那个"诗味"的标准说出来。而后，通过他的诗集《时光书简》，我较从容地阅读了他的诗歌。假使我不能全面谈游子矜诗观中的"诗味"，我想我可以通过他的诗集，谈他的诗歌创造的"诗味"。诚然，有的诗人只喜欢自己创造的那一款，但也有诗人更欣赏他没有能力创造的另一款。

二 语言现代性和坚韧而日常的朴素写作

如果说有一个标准是老游最为重视的话，那么应该是语言的现代性问题。陶东风曾经说："活在当代并不是思想当代性的充分保证，事实上，到处都是活在当代的古代人。"同样，用现代汉语写诗也不是诗歌语言现代性的充分保证，这一点游子矜是自觉强调的，他不止一次说，某人的诗歌只是古典意境的白话翻译，现代性不足。他既是自负的，也是自觉的，他的诗歌实践中非常在意的便是经营一种具有现代性的语言形式。

但他诗歌语言的现代性往往是不容易被人察觉的，他极少采用离奇的诗歌想象，也几乎没有炫目的修辞手段。但明眼人却能够轻易地在那些看似明白如话的语言中发现其内在的难度。一种包含难度，并恣意地显示难度的语言，是容易被识别的；而一种既包含难度，又隐藏难度于平实之中的语言，可谓朴素写作。它包含的不单是诗歌技巧，还是诗人的写作态度和生命态度。

玫瑰

她的睡眠招来了这场雨
突然的雨，陌生的雨
雨点拍打着她的脸庞
不停地。她没有醒来
只是在慢慢绽放。第一瓣
是她的眼睛，看完了一场戏
忍着泪水。第二瓣是嘴唇

微微张开，在说着话

但被沉默取代。第三瓣是前额

掩映在刘海中，没有被吻过……

这是一朵没有在阳光中

绽放的玫瑰。她懂得拒绝

懂得忍受，懂得要这样

永远地睡着，不着急

也不犹豫。那些尚未展开的花瓣

蕴藏着惊人的秘密

2006－11－19

　　这首诗在游子矜的博客上配上一张沾着雨珠的玫瑰照，带雨的玫瑰应该是诗歌的取象来源了。这张照片和诗歌的对照正深刻地显示出诗歌语言在视觉性之外的想象魅力，内在婉转清丽得让人销魂。就想象而言，花中窥人，实在别为出奇。那些高超的修辞，一句也没有。但第一句"她的睡眠招来了这场雨"就令人驻足，令人心奇。往下看，你知道，她是花吧，而睡眠又是花的一种状态，而"招来"又让花与雨顿生各种缠绵，各种纠葛。这里，她与花，花与睡眠，花与雨之间的种种语言修辞关系全被推出语言的表述层，只剩下了无痕迹的表层去猜想。何谓现代性的语言，这就是；何谓现代性语言的朴素写作，这也就是了。所以，游子矜的诗歌常没有什么惊人的大题材，没有什么炫目灿烂的语言机巧，但总能让我第一行就惊心，之后再步步领略其婉转丰富，其妙也无穷。

　　就此诗，妙无穷处不仅在于诗人融高超于朴素的语言态度；更在于诗人把花设想成眼睛、嘴唇、前额时嵌入的想象场景，这些场景背后的生命质感。"第一瓣/是她的眼睛，看完了一场电影/忍着泪水；第二瓣是嘴唇/微微张开，在说着话/但被沉默取代；第三瓣是前额/掩映在刘海中，没有被吻过……"

　　如果说修辞是诗人的技艺 X 光片的话，想象则提供了诗人的心灵扫描图。修辞入脑，而想象入心。美的事物串联起何种心灵事件足以透露一个诗人内心的生命质地，或者说那些场景想象其实透露的不是美的技巧，不是美的经验，而是诗人经验的审美境界和生命境界。他要的不是全情的绽放，他要的不是灿烂的皇冠金边上的高贵，他要的是那样日常化，那样片段化，那些幽微的、无用的、稍纵即逝的破碎之后，只有在很多年之后，才会被回忆重新书写，并久久怀想。所以，这不但是一首语言具有现代性的诗，也是一首朴素现代性的诗，更是一首中年之诗，必须有生命积淀才能共鸣的诗。它怀想的是一种懂得拒绝，懂得忍受，不着急，也不犹豫，坚韧而日常地守护着生命惊人的秘密的态度。一种坚韧的日常，一种朴素的尊严感。

应该说，这是游子矜诗歌中很典型的一首，典型是因为它并不突出，诚然有比这一首更好的，也有不如它。所以它最有代表性，它既不显眼，过分拔高，也不跌份，有损水平。我在它上面，读到的既有游子矜对语言现代性的自觉，有一种朴素写作观对语言现代性的融合，更有一个有历练、有智慧的诗人坚韧和日常的生命尊严感。这一切融于一身，既是一首简单的诗，也看得出二十年诗龄的年轮。寻找一个超然的关注世界的视角，同时拥有一种绝对超然的语调：

> 我的一生，只不过是死亡的
> 一个仪式。说来简单：孤独中
> 度过童年。青年时期在爱情的苦痛中挣扎
> 此后的光阴，一直都在为抹去内心的阴影
> 而忙碌。历尽人世间的风霜
> 偶尔开怀一笑，生命已经苍老
> 我怎么能说我是一棵树
> 蓊郁过，现在将要离开
> 我只能说仪式已经结束
> 只有两个事件被孤立、被遗忘
> 未参与其中：一、1969 年，我出生在一个
> 陌生的地点；二、1999 年，我踏入了一条
> 陌生的河流。它们将带我走向永生

——《永生之境》

游子矜从不屑于直接写出生命的感悟，他孜孜不倦地探求生命中承上启下、从具体而走向神秘、从一点而走向无限的细节。他有意识地用一种超然的视角，一个渡尽劫波者的眼光来看世界，所以才能给人生以举重若轻（简单说来，青年时期，此后）而又举轻若重（痛苦中挣扎，为抹去内心的阴影而忙碌）的概括。诗歌的超然视角既是技巧，也是智慧，它同时带来了诗歌独有的语调，平静从容，幽幽渺渺，拒绝排比的铿锵，也回避反讽的刻薄，日常的俏皮，他是一种生命沉思者的絮语语调。写作获得自己的语调，便获得了内在的辨识度。视角和语调，都是诗歌语言现代性的要素。

三　情感之于诗歌

游子矜对于理念性太强的诗歌极不认同，理念的诗往往会被他指认为非诗，比如他对世宾《碎了》的批评。在他看来，理念先导，无疑是诗歌的迷津。这样写出来，就不再是诗了。

中国传统有所谓"诗缘情"的思想，西方浪漫主义诗歌更强调主体情感在诗歌中的中心地位。游子矜的诗歌既强调艺术构思的过程，强调语言现代性，同时也强调诗歌绝对不能离开情感。所以，读他的诗，虽然不必句句言情，但绝对句句含情。或许在他那里，没有包含着情感波澜的句子是不值得写下来的。

浪漫主义诗歌当然以情为主，中国传统诗论也有所谓言志抒情之说，甚至在当代，也不乏学者理直气壮地认为"诗歌的本质在于抒情"，情感在诗歌中究竟居于什么样的位置？正如王光明指出："从本质上看，诗歌是情感的审美驾驭而不是情感的发射器""从肌理上说，一、情感只是诗的动力背景或要素之一，不是唯一对象，片面强调感情，将排斥许多别类诗歌的居留，大大缩小诗的范围；二、即使将情感作为诗的直接对象，它也不过是诗的原料，要经过语言的精细提炼才会变成诗；取消了从情感到艺术品之间语言形式的艰苦转化工作，简单地把美感经验的传达看成是情感的交递，将导致诗歌自足性的虚缺。"①

从情到诗之间需要充分的符号转化过程，这是属于诗的语言部分，惜乎20世纪漫长的诗歌行程中，很多人有意无意地忽略诗歌的语言符号中介，即使是像郭沫若、艾青这样的大诗人，由于对诗歌语言符号的物质性没有充分的理论自觉，他们虽然曾写出过伟大的诗，但是也能够写出令人惨不忍睹的诗歌。然而，游子矜对于诗歌语言符号的物质性却有着充分的自觉性，这被他称为诗歌语言的现代性。在他的博客首页上，他记下这样的写诗座右铭：

我想习艺生涯总会有终止的一天。有一天，我会停止写诗，放弃这磨炼了一生的技艺，让呈现之物自行离去，回到它们存在的真相之中，不为人知也更为美丽。它们也许会回来看望我吧，它们会在我这里互相

---

① 王光明：《现代汉诗的百年演变》，河北人民出版社 2003 年版，第 136 页。

认识，从此建立了紧密的联系。爱与尊严，时刻彼此提醒、彼此给予。它们会原谅我似是而非的介入，我得承认，我的手艺一直是粗糙的。①

游子矜把写诗当成是寻找技艺的漫漫旅途，这种追寻诗歌现代语言的自觉性，使他的诗歌在表情达意时总是那么老练、精准，写诗二十几年，他几乎没有写出有失水准的诗歌，因为写情是一回事，而如何将情诗化则是另一回事，是考验诗人专业素养的环节，这方面游子矜是自觉的。

但是，游子矜给我们的启示，不仅在于如何用现代语言去抒情，也在于当现代诗歌以冷凝理智的技巧放逐感情之时，游子矜仍执着地坚持诗歌对情感经验的观照。

诗与情的关系，在中国新诗的发展历程中有过迷思。现代诗歌甚至有放逐抒情的倾向，这种倾向为40年代的穆旦、袁可嘉等人所反思，但在进入90年代之后，又有重新抬头的倾向。

现代诗歌放逐抒情，似乎是一个内在的倾向，庞德这样的现代诗人正是在被浪漫主义的滥情折磨得奄奄一息时提出他们的意象诗歌主张。然而，诗歌不直接抒情并不意味着诗歌可以没有感情，诗歌中的感情更多时候是写作的动力，是表达的对象，而不仅仅是写作的手段（抒情）。某些现代诗人走向其反面，诗歌充满智力玄思，技巧经营，但缺少最朴素的情感，因此也缺少直指人心的力量。

游子矜的同乡有两个著名的诗人，一个是20年代象征主义诗人李金发，一个是30年代提倡大众诗歌的中国诗歌会代表任钧，前者是典型的现代派，其象征的表达在为汉语引来异域之风的同时，却失之生涩，缺乏情感的调剂；后者是典型的革命诗歌倡导者，其诗歌在强调某种政治正确的立场和大众情感之时，显然忽视了诗歌语言物质性的层面，流于口号而失却诗歌艺术方面的自觉。我相信游子矜的诗歌资源中并没有来自同乡诗人的直接营养或教训，但是作为后来者，他却显然规避了同乡前辈的两条歧路。

相比于浪漫主义滥情派，他的诗歌语言是现代的；相比于现代主义智力派，他的诗歌情感是动人的，他的诗自然而然，却是千锤百炼的结果。他的情朴素纯粹，明眼人却能辨识其中细致的语言肌理。他主情而不流于滥情，他重视语言现代性却又不走向生硬晦涩。

我不反对智力玄思的诗歌，但是那也仅仅是诗歌的一种，和滥情诗歌一

---

① 游子矜博客：时光书简 http://qqzj.blog.sohu.com/。

样，滥智诗歌也充满危险。滥情诗歌常常失之于语言现代性，滥智诗歌又常常失之于情感空白症。游子矜的诗歌在语言现代性自觉的同时，寻求着诗歌最动人的情感内核，我认为这是他诗歌最有启示的地方。

四　好诗：种种可能

如果简单概括，是否可以说，游子矜的诗观中，诗必须是形象的、情感的、现代的。他不反对诗歌去靠近神秘，但是反对直接用诗歌去承载理念。即使为理念加一些语言修辞的装饰，在他看来都是无效的。他的观念中，诗歌必须有自我设限的意识：诗歌不可能处理全部的经验、表达全部的体会。由此，它自觉地维护着诗歌的诗性边界，明白诗的能与不能，正是基于此，他甚至认为长诗是不符合诗歌精神的。没有一种诗歌包纳世界的野心，游子矜的诗歌也显示出通透的语言质地。这种相对防御姿态的诗歌观当然显示出其利与弊。

就利而言，诗歌写作的自我设限意识规避了种种实验文本越界的野心，守护着现代性语言的诗性。就其弊而言，它仿佛一个高度敏感的杀毒软件，对很多不能被识别的新成分一律格杀，未必是一种最佳的方案。

在我看来，现代诗歌是一个内涵大有先锋诗歌的概念，当然，也有人认为这是两个不同的概念。比如格勒比就认为现代艺术是追求自律性的，而先锋艺术是反自律性的。比格勒的说法很有启发性，但是置之于中国诗歌的现实中，追求语言自律性的现代诗歌在某个阶段也曾是引领潮流的先锋。所以，我倾向于认为现代诗歌是一个完整的足球队：它的前锋就是先锋诗歌，它的中场是典范性的现代诗歌，它的后卫则是与传统艺术相邻的诗歌实践。这个比喻当然有不恰当的地方，特别是后面，貌似我在贬低现代诗歌中吸纳古典传统的部分。可是事实上并非如此，球场上的情况永远是移步换景、随物赋形的，后卫有可能前场助攻，前锋也可能后撤防守。这就是说，诗的种种可能，是一个在共时空间形态所必然存在的现象。

诗有种种可能，同时也是一个历时的现象：诗随现实时代而被历史化，呈现其具体面貌。这里，我想用两个概念"文体流动"和"文学想象"来说明。

文体流动：

文体不可能是一种定型化的存在，必然在时空转化、话语气候变幻和个人探索努力中被投射进不同的内涵。

文体原为后设的"架子"，却常常过分"自明"以至被设想为亘古不变的"天地"，反而束缚了后来者的想象。

文体当然有其模糊的审美边界，这个边界似乎必然存在，不然如何解释诗不同于散文的面貌，但这个边界又不可能清晰，不然又如何解释无处不在、不可归类的跨文体写作。当我们在设想文体时，就遭遇了柏拉图的难题：是先有椅子，还是先有椅子的"理式"。文体是写作实践的"理式"，承认先有"理式"，就陷入了客观唯心主义，人们可以轻易设计出一只既有椅子功能，又不同于已有椅子的"椅子"。辩证地看，"理式"其实是实践的映射域，实践变化了，"理式"也就变化了。可是，这样的流动的、理想的"理式"，很可能只存在于未来，尚未被说出，在很长时间内，要被旧的椅子的"理式"所压抑。

这就是文体内部变动不居的流动面貌。这种文体流动的本质，马尔库塞曾经用理论的语言表述过：

> 艺术的内在逻辑的发展，导致另一种理性和另一种感性向已经为统治的社会惯例所合并的理性和感性挑战。这种理性和感性决定了艺术形式的不稳定性，诱发已经恒定的艺术形式和艺术种类裂变，超越出自己的社会界定（限制），冲破自己门类的疆界封锁，推翻经验的独特作用，闯入一个新的领域，创造出一个新的美学形式。①

文体流动性所带来的自然是新文体和文体新内涵的产生。问题是这两种文体新质素的发生并不可能被自然而然地接受。新的思维逻辑如何从边缘进入中心，如何从被压抑的状态而进入人们关于文学的主流想象，必然是在话语抗辩和争锋中完成。"文体流动"是一种过程，是实质，但"文体流动"的本质常常无法被看到，而呈现为某个阶段的"文学想象"。

文学想象：

文体流动和文体博弈在某个阶段的结果，就是读者关于文学及其相关问题形成了一定的理解契约，这种契约就是本文所讲的"文学想象"。不同时空的读者对于何谓诗歌常常有着极不相同的观念，这是因为他们关于文学没有达成理解的契约。之所以谓之"文学想象"，既强调它是契约的结果，同时也

---

① ［美］赫·马尔库塞：《现代美学析疑》，绿原译，文化艺术出版社 1987 年版。转引自王珂在《文体学视野中的散文诗文体生成》，《南京社会科学》2004 年第 2 期。

强调它的内部存在着巨大的流动性、不平衡性和差异性。只是说，某个时空中，可以存在着一种或多种解释文学的模式，根据它们的影响力，可以称为文学的主流想象和文学的个人想象。在主流想象和个人想象之间，还存在着一种文学本体想象。如果说主流想象和个人想象都是由很多变量组合的文学解释模式的话，文学本体想象则是一种基于语言、文体和艺术规律的相对确定性形成的恒量。任何解释模式的最终形成，必然要在某种程度上考虑这个恒量的存在，现实主义和现代主义文学想象的区别，某种程度上在于它们的解释模式为文学本体这个恒量所设置的重要性参数。

在话语气候转化的背景下，文体流动加速，文学想象也随之转化，以 20 世纪诗歌为例：二三十年代的新诗，呈现出人道主义白话诗（胡适、周作人、朱自清）、象征主义白话诗（李金发等）、新古典主义（闻一多等新月派）和语言现代主义（卞之琳等）的多元并存。三四十年代左翼革命诗歌的强劲崛起，我们不可能从诗艺方案的优越性来解释，只能从现实中弥漫全球的左翼思潮去解释。政治形势的急剧变化加速了左翼思潮在中国的传播，左翼话语又改变了人们对于诗歌功能的想象。所以，人们愿意为了现实而让渡诗歌的审美，并且认为这是唯一合乎道德的。于是，30 年代末，艾青、何其芳和卞之琳才会来到延安，并产生了诗风的转变。

我当然不是说，艾青、何其芳和卞之琳 40 年代在解放区创作的诗歌是今天意义的好诗。我想说的是，关于诗歌并没有一个固定化的标准：即使没有政治思潮的介入，在诗歌的自然发展中，好诗的标准也是不断变化的。

我真正想说的是：现代诗歌实践必然是一个多元的实践，不可能定于一尊。因此，我非常欣赏游子矜写作的诗歌，但也欣赏他很不喜欢的一些诗歌。就诗人而言，他的写作必须区别于他人，所以他总在寻求一种最有效、也最特别的表达，因此形成自己的写作观。写作观并不就是写作规律本身，写作观是写作规律的具体化、个人化及个别部分。我认为游子矜在写作上可以坚持自己的写作观，但在理解诗歌时不妨给不同类型的诗歌以更大的包容。当然，这并不意味着没有标准，丧失了判断好诗的标准。

拥有自成体系的诗歌观是写作成熟的标志，但它也有可能使写作僵化和板结；拥有开放的诗学视野是诗歌吸纳外来营养资源的机制，但是也可能使写作混乱、以致模仿、缺乏自我创造性。所以，诗人如何在自我写作观的个性和固化倾向之间找到平衡；如何在多维写作资源的开放性和混杂性中找到平衡，长期维持写作的个性和自我更新，是一个非常困难的问题。

在我看来，游子矜的写作有着自己鲜明的立场，而且他所持的立场在当下并未耗尽其诗学意义。所以，我目前并不是在写作上批评游子矜；但是我觉得，游子矜的写作立场并非永远都有效，对于中国诗歌和对于他自身都是如此。写作到了在技艺上自我重复的时候，它就需要新的东西来冲击。从理想的状态而言，诗人喜欢的诗歌和自己写作的诗歌，差异性越大，写作就具有越大的潜力。因为喜欢的诗歌和自己诗歌的差异性部分，正是有可能在未来的某个时间成为诗学给养的。

结　语

游子矜的诗歌总是唤起读者生命中的感性和神秘时刻，诗语本身却亲切通透。现代诗歌内在的现代性和晦涩问题，被他轻轻地化解了。必须承认，有不少糟糕的现代诗以现代性作为技艺不精的盾牌，生产出大批让人消化不良的诗歌。也有一类现代诗是以白话翻译古典意境或乏味的家常，现代性淡薄，游子矜自觉地和这两种倾向区别开来。他的诗最大的贡献是把语言的现代性诉求和诗歌的情感诉求自然无间地结合起来。在很多人错误地把诗歌的口语风格当成诗性的不竭资源的一端，游子矜的诗歌彰显了口语与语言自律性的内在连接；在很多人过分地强调诗歌语言自律性追求，诗歌玄奥复杂，机智超越情感的一端，游子矜的诗歌重申了情感在文学特别是在诗歌中不可替代的作用。在我看来，游子矜的诗歌正是在对情感性、交流性和语言现代性的综合追求中彰显其意义的。

第三辑

视

野

返观与复魅

——近年潮汕文学的一种观察

作为一个潮汕本土文学的研究者，这些年我有幸跟很多真心写作的作家有密切联系，近距离观察了他们作品和思想的变化、发展。我也写过关于潮汕文学或者文化的评论文章，从前我对潮汕的文化非常不满：以为这里盛行着一种物化的文化符号——刺绣、木雕、瓷艺、潮剧，我以为这些艺术形式已经无法表达当代人的经验，变得跟当代生活毫无关系。潮汕文化是一种非常缺乏现代性的文化，如果你是一个有现代性思考的作者，很容易在这片土地上感到疏离。你不但找不到一种由现代画展、前沿文化讲座、艺术家群落构成的都市文化，你甚至找不到可以交流的人。但这些年似乎有了变化，网络突破了人们交往中的空间障碍，更大范围的人以群分开始变得轻而易举。我于是不断认识一群在写作上不但体现着鲜明的现代性思考，而且已经体现出一种可贵的对独特现代性的追问。

一　现代性和特殊现代性

今日，很多人的心中，仍只有现代化之概念，而未有现代性之概念；涉及现代性，又多只有社会现代性的思索而没有审美现代性的自觉。这里先做一点概念辨析：

人们倾向于把现代化作为过程，把现代性作为结果，用以描述从农业社会向工业社会转变过程中所呈现的社会特征。于是把民主化、法制化、工业化、都市化、均富化、福利化、社会阶层流动化、宗教世俗化、教育普遍化、知识科学化、信息传播化、人口控制化作为现代性的主要特征。[1] 这显然是一

---

① 罗荣渠：《现代化新论——世界与中国的现代化进程》，商务印书馆 2004 年版。

种社会学的现代性标准，又被称为社会现代性。这种对现代性的宏大叙述中，凸显了现代性的理性之光，却浪漫化地搁置了对现代化过程中被损害和被侮辱者的关注；同时也搁置了处于巨大城乡冲突、传统现代冲突的中国现代化所面临的特殊问题。无条件地认同于社会现代性的描述，必然以社会达尔文主义的观念无情地忽略那些活生生的血泪，正如柳冬妩所说："自由主义的经济学家可以无视这一过程中人们所承受的物质磨难和精神痛苦，把它看成是每个社会都必然要承受的'现代化阵痛'的一部分，但是诗人却不能如此，他们必然要用人道主义的眼光来看待这一过程中的人和事，对之寄以无限的怜悯。"① 所以，在宏大的社会现代性叙事之外，人道主义激情常常被现代性内部的批判性所激活，成为具有现实情怀的文艺面对现代化创伤的重要方式，并发展出一种面对现实的批判精神。人道情怀和批判精神无疑是"文化现代性"极为重要的立场。

但是文化现代性并不止步于此，它还内蕴着"审美现代性"的立场。在谈到文化现代性时，崔卫平这样说道："'文化现代性'则意味着在韦伯'除魅'的前提下，即一种高高在上、无可置疑并贯穿一致的整体世界观崩溃之后，自然、社会和主体之内这三者得以独立地发展出自身的文化意义，而不再是相互依赖。在文学艺术领域中，主要体现为某种强烈的自主性，任何力量不再能给出文学某种特殊的任务或者使命。文学是个人想象力的结果，是由作品内部诸要素组合起来的小宇宙，所创造的是另一种真实，它不能等同于人们生活于其间的日常现实；对于作者的想象力来说，所谓'日常现实'并不具有潜在的优越和权威地位。"②

也就是说，文化现代性体现于文学领域，还显现为一种对文本自律性的追求。文学技艺并不被"内容—形式"的二分法所排斥为雕虫小技，而是被视为堪与现实对抗的独立世界，这正是一种典型的"审美现代性"立场。

但是审美现代性显然也不是一个普适性的概括，西方的审美现代性是否具备通约中国审美现代性的能力和合法性？近来人们开始发出这样的追问。这种追问之下，以祛魅为特征的现代性又开始了一个复魅的过程。重回被现代性祛魅的世界中寻找精神和审美资源，以更好地对称于我们的生活，成了当代思想和艺术界必须处理的问题。

在韦伯看来，现代性的发生是一个持续祛魅的过程。传统社会是一个充

---

① 柳冬妩：《从乡村到城市的精神胎记》，花城出版社 2006 年版，第 6 页。
② 崔卫平：《海子、王小波与现代性》，《当代作家评论》2006 年第 2 期。

满各种"魅"的世界，这些魅，却被波德里亚称为"象征"——种种前现代的生活仪式（波德里亚：《象征交换与死亡》）。如果说韦伯意义上的"魅"是一种跟现代生活格格不入，不无落后色彩的前现代文化的话；波德里亚显然并不这样认为，他认为作为象征的"魅"，为人们提供了象征交换的仪式，以此承诺了生的意义，分担了死的痛楚。从韦伯到波德里亚，不难看出西方思想家从祛魅到复魅的思路转变。

我们且说艺术上的现代性，它一方面表现为作家笔下世界中"摩登"符号（电车、报纸、广告等）的进入，李欧梵的《上海摩登》是这个思路；也表现为作家在接受现代观念之后对传统乡村世界的疏离、审视乃至于批判。鲁迅在《故乡》《孔乙己》《祝福》等一系列作品中，都表现了一个接受了现代观念的知识分子处在旧与新交界线上，在传统世界中"无处还乡"的苍茫感。事实上，人们还从第三个方面探讨艺术的现代性，即现代的发生使艺术形式在功能、叙事、形式上发生的变化。这方面，本雅明的《机械复制时代的艺术品》和《讲故事的人》至今依然是经典，但也并非把话说尽了。

如果说前现代是一个充满魅的社会，那么，前现代的故事、说书的魅从何来呢？是什么使得说书、讲故事的形式在现代不再有效？

在我看来，讲故事的形式显然对应于前现代尚未分化的世界，在分工并不精细的农业社会，主体也未分化。人们共享着相同的价值观，因此价值"交往"并不是难题，因为价值并未分化。当人们在进行艺术欣赏时，他们的水平或兴趣或者有别，但他们本质上没有从集体化的主体中分化出一个个人主体的需要。个体自我的产生及其对孤独世界的探索，都是现代的产物。是一个分化严重的世界在艺术欣赏上的投影，因此，我们可以理解在转入现代的节骨眼上，为何是拜伦、雪莱这样的个人主义者浮出历史的地表。

在我看来，现代个人的产生是现代艺术的内核。以诗歌为例，在前现代的歌谣中，那些说话人、抒情者都是集体的，而并非不可替换的个体。但在现代诗歌中，我们会发现，即使是一首极其简陋、乏善可陈的作品，同样极少从集体的角度去抒写——主旋律诗歌、革命诗歌、社会主义诗歌除外——对自我的放逐本身是一种反现代性的行为，革命诗歌呈现了反现代性的革命现代性，另类现代性。但工业社会、消费社会进入之后，这类取消自我、体现革命现代性的作品并不能持续。

能否创造一个现代的个人，并且将这种个人性体现到艺术形式上，往往是衡量作品是否现代的标准。我们不难发现，现代小说注重叙事，强调以限知叙事替代全知全能的叙事。问题是，为什么全知全能的叙事就是不现代呢？为什么章回体就是不现代的？事实上是因为，现代艺术需要提供一个现代个人化的主体，呈现这个主体观察到的人生。因而，全知全能的叙事显然是一种集体主体的叙事，"知道得太多"的叙事人，反而冒犯了现代艺术的"真实观"。

可是，叙事上的限制仅仅是现代小说的皮相。只知限知叙事，而不知为何限知叙事，其结果必然是，在小说形式上很罗生门，在内核上却很"全知全能"。技巧叙事训练之外，小说家最重要的准备是，能否从个体的角度出发，重构一个完整而独特的宇宙，一个可以在更高精神层面解释现实、对抗现实的精神世界、个人视野。优秀的小说家，每一部作品各不相同，却都推开一扇窗，可以望向它独特的世界去。这个宇宙必须完整，才具有对现世方方面面的解释力；又必须独特，才不至于雷同于主流推销给我们的伪共识、假和谐。

小说家有自己的精神宇宙，才会发现使用意识流、限制叙事不是玩技巧，而是非如此不可，如果他有足够的悟性，便会在叙事中形成自己的语调，或者是多种语调。

这是我对现代小说的简单理解，但是，这并不够，当我们这样从共性的角度来解释现代小说的时候，我们会认为，现代小说就是传统故事的祛魅，然而，将故事之魅祛除后，小说就结束了吗？我们且学鲁迅所问，娜拉走后怎样？第三世界国家的小说现代性是否必然复制欧洲国家的小说现代性？赵树理的《李有才板话》虽是板话，但难道不正是一种中国式的现代性？这是当代中国新左派理论家提出的不无意义的诘问，但我并不认为"特殊现代性"的有效性是没有限制的。

从启发方面看，"特殊现代性"确实让我们警惕简单地去复制一种西方主体。叶维廉在比较文学的研究中，早就提出突破"认知模子"的限制，警惕把西方经验作为普遍性的中国经验。举例来说，在莫言获得诺贝尔文学奖之后，德国汉学家顾彬在接受德国之声采访时说，莫言的小说很糟糕，写的是一堆稀奇古怪的故事。他认为，在19世纪末之后，小说就不能这样写了。大概在他看来，莫言小说属于西方拉伯雷《巨人传》那个系列，而现代小说必须由普鲁斯特来代表，即从特殊个体出发，以意识流方式，写极短时间内个体生命世界的无尽绵延。而莫言小说恰恰相反，写多个人物，动辄几代人的命运变迁，在他看来，这是现代性缺失的表现。

只能说，顾彬看似振振有词，观念却相当保守狭隘。他是用一种单一的现代性标准，一种西方标准，甚至是一种西方都并不以为具有普遍性的标准来衡量中国小说的现代性问题。如果现代小说只有普鲁斯特这一条道路的话，那么何必有其他小说家？如果伟大作家的标准是把另一个伟大作家的路再走一遍的话，那么何必有后来人，何必有文学？

"特殊现代性"观念在批驳某种典型的西方中心论者的时候能发挥巨大作用，但是"特殊现代性"的危险在于将特殊性绝对化，并拒绝承认任何共享的现代性特征。更危险的是，特殊现代性如果仅仅是出于为某种庞然大物生产合法性的目标，那么等于在以一种貌似挑战的姿态再次锁定历史。

仍以赵树理40年代小说的现代性为例，我们或者可以承认《李有才板话》有着一种特殊时代的反现代性的现代性，一种抑制知识分子主体，在大众化方向上发展的革命现代性文艺。但是，这种大众化的革命现代性也必须被再次历史化：它是知识分子跟国家政权之间达成的短暂协议，以新型民族国家为媒介，知识分子在认同革命的同时，让渡自身的个人性。这份左翼知识分子跟国家之间的协议在40年代以自发为主、以革命整风为辅形成了；在50至70年代，则以政治运动为始，以人格格式化为终，一直延长其签约过程。但这份协议终于在北岛等朦胧诗人出现时正式破产。如果不放在这个背景看，把40年代的革命大众文艺的现代性引申为中国文学必然贯穿于各时代的现代性面相，那么不是太愚蠢，就是太聪明了。

那么，什么是中国式的文学现代性？其共性，是我上面所谓的阐释世界的个体宇宙、叙述世界的独特语调和体式；其特殊性，则是从与当代和历史的持续对话中，发展出来的能对称于当下中国精神复杂性的特殊形式。这种形式，形式上可能是"说书"，反"现代"的；但精神的底子，是对中国经验的持续焦虑和有力消化。

当下的中国现代性，首先必须去见证——见证时代经验的暗角，精神世界的破碎和价值体系的离乱；同时必须有能力看见——在个人宇宙中，挣脱遗忘的规训，解释我们如何从历史绵延而来；最后必须去确认，不再存在一种集体性的确认，一种通盘解决的确认——这本来就是现代性的结果。去确认意味着真正的作家不能浅薄，简单地乐观；不能犬儒，卸下肩上的重担；更不能投机，可耻地合唱。真正的作家看见艰难、解释艰难，同时在自己的世界中勉力地对抗艰难。这种经验，便是中国文学特殊现代性的经验；其才华卓越者，由此发现的形式，都是中国文学特殊现代性的形式。

二 散文复魅：重识乡巫的世界

我在上面谈到中国文学特殊现代性的核心是"确认"，这事实上是现代性的当下延续。有精神抱负的文学并不甘于成为消费品和宣传品，而要去提问、去理解、去挑战，并且去再造。它归根结底要回答人为何这样活着、人该如何活着的问题。但是，从前的现代性，想象了很多现代的乌托邦——启蒙的乌托邦、科技的乌托邦、革命的乌托邦。所以，便以启蒙、科技、革命等价值全面地放逐传统，一个持续祛魅的过程。所以，当代的现代性，是乌托邦破碎之后人如何活下去，祛魅之后如何复魅的问题。

20 世纪的中国文学，既有"五四"的启蒙现代性、左翼以至社会主义文学的革命现代性、80 年代以来的新启蒙现代性和审美现代性，90 年代已降，新启蒙偃旗息鼓，强调技艺的审美现代性细水长流以至蔚为大观。具有当代意识的艺术家，并不愿意在审美现代性的精致小木屋中蜷缩着，如何去确认的焦虑还在困扰他们——重返乡土，为乡土复魅是其中一种路径。我在这个意义上理解林渊液包括《乡神》《乡巫》在内的散文创作。

林渊液有极强的写作自觉，我说过，她的写作经历了从性情写作到生命写作的过程。现在，我认为她正在艰难地进行着新的蜕皮和转化，她正在致力于一种大生命写作。之前的生命写作，她的着眼点在个体自我的生命历程，活着活着，突然产生重溯往事，理解生命的强烈念头，也因此拓展了写作的空间；现在，她要领悟的不仅仅是自我，而是自我与他者，个人与故乡的关系。她的散文当然是以一个"我"来运转的，这个"我"的关切依然是从自身体验出发，但这种体验已经渗透了对人何以如此的浓厚兴趣。

当林渊液用新目光打量乡土时，她发现了一种从前——认同启蒙现代性者——所不能看到的新乡土。

她究竟写了什么乡土之"魅"呢？她写的甚至不是隐喻意义上的"魅"，而是事实上的"魅"——神和巫——只是，她又发现了这些事实上的"魅"如何成为乡土的精神之"魅"。

神和巫是很容易被启蒙现代性或科技现代性话语轻巧地打发的，我们还记得小时候刚从课本习得一些"进步"知识之后，是如何从父辈"迷信"的行动中获得智力优越感的。我们认为"迷信"终将被"科学"战胜，可后来"迷信"不但没有销声匿迹，反而常常被人以科学话语重新包装一番出场。再后来，我们才知道了，"迷信"是一种文化，一种话语体系；而"科学"不过是另一种文化，另一种话语体系。"科学"对"迷信"祛魅之战断然不能攻无不克，很多时候反而被"和平演变"了。

林渊液一提笔就言及巫顽强的生命力：

> 在我们潮汕平原，在乡间，巫的磷火明明灭灭，一不小心，就被哪一根火柴擦燃了。

林渊液于是发现一个不算秘密的秘密，巫不但在乡土世界生生不息，在科技武装起来的城市世界，同样有市场：

> 这些巫们，各有各的绝活。有"巡家门"的，显的是各路神仙；有"拖死鬼"的，显的是自家的亡灵。在农村几乎家家户户都问过巫，得过其恩庇。城市里的生活似乎离巫很远，那些能够代表城市的特征，现代化建筑物、广场、路灯、笔直宽敞的大道、咖啡厅、宾馆、调酒器、计算机、手机、互联网……所有的意象都不利于巫的孵育。可是，说来稀奇，城里人也有心里打结的时候，十里八里外，他们不时会慕名寻访了来，穷乡僻壤只当作神仙殿堂。

巫事实上充当着乡土世界人们的心理医生，这些人包括那些终究不能在文化上挣脱乡土的都市人。纯粹的都市人，从生活方式到精神方式，并没有那么多。她的《乡巫》如此传神地刻画了巫为都市其皮，乡土其里的人们疗伤的过程：

> 红花婆眯上眼睛，口中念念有词，就把亡灵拖来了。亡灵先与大家寒暄几句：家宅大门口的左手边有一把老椅，年代久远了，还是他爷爷在世时用的。右手边有一个潴米水的搪缸，缸水深，阴气重，回去以后撤了吧。院子中间的莲花缸，这两年的莲花总也种不好……在场的一众蓦地就愣住了。神，太神了。心下便相信了十二分。亡灵如果是新丧的，儿女们见得阿父阿母出来，任是铁石心肠，聊着聊着也会哭成一团糨糊。媳妇们的哭反而是节制的，有要紧的事体需要她们过问呢。阴间的日子过得好不好，忌日和年节吃得到祭祀吗，寒衣尺头是否足够了三年祭还要多烧一些吗，有没有碰到不讲理的厉鬼需要阳间帮忙来打点……阳间

是强势的，可以明白给予的。而阴间是柔能克刚，亡灵虽然幽眇，却胸藏万象，手眼通天。建筑新厝与邻人口角了该不该退让，阿弟的泥水工生意稀了是否要转行，三妹受了夫家的气回来掉眼泪阿舅是不是该出头？这些都是要亡灵来指点的。城里人会没有为难的事吗？错了。衙门里职位大换岗何去何从，谁谁拉了一宗大生意风险不小接还是不接，一年一度晋升职称的时间到了，阿爸能否助我一臂之力。很多人只消在红花婆这里一转，心便定了，即便事有不谐，红花婆吩咐了，初二、十六在家祭拜地主爷（就是土地爷）的时候加个什么仪式，她会下力帮忙的。这人暗下里就底气十足了。辞过红花婆，出了小村庄，从哪里来还往哪里去。庄稼人取了化肥往田头去，城里人钻进小汽车，汇入到城市那条长长的河流里……

《乡巫》有一个有趣的结构，它通过"我"一次探访乡巫红花婆的经历，既观察了乡巫的工作、功能，同时追问着亡灵与生者的关系。或者说，林渊液事实上真正想勘探的是奶奶的生命密码。这是作品巫之外的另一层，如果说其他人能够在巫身上轻易获得寄托的话（譬如"我"婆婆的心病就是被红花婆疗愈的），那么乡巫之魅并不能成为"我"这样的知识分子的认同资源。"我"迅速地意识到红花婆的破绽，她并不能为"我"带来奶奶的亡灵——"我"和奶奶隔世对话的通道并不由巫提供，"我"对巫的兴趣显然来自一个已晓生命滋味的女知识分子寻魅的需要。

小时候，"我"对奶奶的生命并无兴趣，现在"我"对奶奶的兴趣其实来自于自身的生命困惑。"我"强烈地渴求着通过对另一个女子——一个真切地在世上走过的身边人、普通人——生命的辨认来确认自身。这是对生命的返观，也是对乡土的返观。这种中年之际向祖辈的回望，事实上在很多文学家身上都有，莫言的《红高粱家族》通过对爷爷奶奶们故事的讲述，去展望一种充满原力的生命状态；朵渔的《高启武传》则通过对"大跃进"时代祖父对真话的朴素坚守，在血缘史上寻觅到抵抗谎言时代的资源。

朵渔那首诗最后一句写道：

我在抽象地思念你、还原你、答复你！

"抽象思念"，精神寻魅是这类文学寻祖现象的真实动因。

奶奶是个有故事的女人：

十几岁奶奶从海边小村庄被卖，来到太姑姑的家里帮佣，据说，很得太姑姑心意。爷爷来太姑姑家里寄读，才子佳人朝夕相处，衷曲便互通了。奶奶自幼没有名字，爷爷给她取名恒芳，皆因他自己名为瘦梅。一支瘦梅恒芳馥，爷爷谅必是在名字里寄寓了深意的。爷爷一生从医，严谨而不拘泥，医名甚好，况且文才了得，书法精湛，如果生在当今，应是花月风雅的人物吧。惜乎生逢乱世，爷爷一生辛苦遭逢，多年蒙冤流放，文革开始之后，爷爷纵身跃入江底，彻底以一支瘦梅的形象遗世了。这一支瘦梅身边的女人……她起早摸黑的，担过番薯，卖过桃李，走过深山，下过海塍……她生过二女一男，二女俱因贫病夭折，只有父亲独子传承下来。

奶奶的疼爱使奶孙之间建立了强烈的认同感，如今我想到奶奶那里去追问的是：一个女人，是什么力量让她在中年丧夫的困境中撑着坚硬的身子骨，将穷山恶水活得面不改色而细水长流呢？一个已经晓得了生命酸涩的女人对另一个女人的疑惑，也是一个生命对另一个生命捎去的问候：亲爱的奶奶，你的认同在哪里？是什么让你挺着瘦梅已落之后的残枝呢？

这是一个认同的问题，也是一个寻魅的问题。正是在意义已经成为问题的现代性视野中，才会有这样的追问。遭遇乡巫红花婆，作者大概只能感慨终究无法在乡土中还乡。

可是这番返观，也许让她明白了：世界是在复杂的暧昧性中存在的，其他人或许可以在巫中复魅，可她终究不能；反过来，虽然她不能在巫中复魅，但并不影响巫在乡土世界继续生生不息：

真伪判断对于巫来说真有那么重要吗？她只是一个民间的心理治疗师，不用药不用石，在伤口上呵气成烟，那血便止了，新的肉芽生长起来，人的元气也便生长起来……如果我们的乡村，还有人需要在红花婆的咒语声中获得安静，获得能量，那么，就让她留在山村的门楼和山墙里吧。

到达奶奶的那个世界，想必还有别的路子可通。

是的，复魅也非轻而易举，复魅并没有一个共同的公式，每个遭遇现代性的人，都只能孤独地去继续个人的复魅之路。这也是另一种收获！

三　民谣如何为县城复魅

对于近年的潮汕诗歌，我是比较熟悉的。但我却想介绍一支从潮汕走出去的青年乐队以及他们可以作为诗看待的歌词——《县城记》。我说的是一个两人组成的民谣乐队——五条人。

五条人实际是两个 80 后的小伙子——阿茂和仁科。很多人关心"五条人"这个名字的由来？"条"在粤语中有时用作人的量词，那为何是"五"呢？好多年前他们住在广州石牌时，同屋的还有好几个同乡朋友，一旦找乐玩音乐，常常是谁在谁就是第"N"条人（几个人都能创作，风格各异）。确切地说，他们是为了一次在家乡海丰的原创音乐会才随便起了这个名字的，当时他们刚刚看了一部电影，杜可风导演的《三条人》。

"五条人"的音乐之树结出了《县城记》这个果实，他们用在外地人恍如外语的海丰话＋吉他＋手风琴的音乐形式吟咏着他们熟悉的县城生活。当大部分歌手在歌唱城市里的爱情时，他们却执着地唱着他们身边的、此时此地的事物。他们音乐中所散发出的浓烈的人本气息和现实关怀却都来自日常可感的县城经验。他们不但认为县城的，才是世界的，而且漫不经心又胆大无比地提出奇特的口号："立足世界，放眼县城"——只有在复魅时代才有的口号。

2009 年以来，"五条人"获得七项音乐大奖。其中包括《南方周末》"文化原创榜 09 年度音乐"大奖；第十届华语传媒音乐大奖"最佳民谣艺人奖""最佳新组合奖"这些有着音乐和文化分量的奖誉。《南方周末》称赞"五条人"的音乐："舒展了原汁原味的乡野中国"，"所富含的原创性彰显了音乐的终极意义——吟咏脚下的土地与人。"

五条人有时会碰到来自诗歌圈的赞美，有诗人称他们的《县城记》的歌词才是真正的诗呀！中国诗歌自现代以来，诗与歌就分流了。歌专营音乐性的范畴，而诗则探索文学性范畴，所以具有文学性的歌词不是主流。但也有例外，音乐圈中能思考，有文学素养的也不乏其人，罗大佑、崔健这些人的歌词都被作为诗歌来看待。

音乐和电影一样，是一个商业化程度比较高的领域，这样比较烧钱也比较赚钱的领域往往是向大众而非小众敞开。特别是在消费社会中，类型化的商业电影、流行音乐占据主流，而且他们占据了这个社会的主要传播渠道。

你不能向这样的对象索求生命体悟，但它们无疑分流了文学过去曾经有过的很多职能。过去人们在饭桌上作诗，朋友分手后也写诗酬唱，这是非常普遍的社交方式，但现在人们在饭桌上讲段子，吃完饭唱卡拉 OK 或者去洗脚桑拿。这种情况下，诗歌变得非常内心化，那些非常外在的东西诗歌都不碰了。诗歌内心化的同时必然就小众化、圈子化。一个越来越空心化、无心化的时代，诗歌必然只能是少数人的爱好。这是诗歌的现代命运，它已经只是诗，徒担歌之名。这样的好处是诗歌发现了很多以前没有发现的可能性，现代诗歌对语言和内心深度的发现，都不是古典诗歌能够相比的。但也有弊病，诗歌变得越来越需要借助阐释，解诗成了一种非常辛苦、门槛很高、需要严格训练的事情。

现代诗变得非常晦涩，这是诗歌现代性的趋势，甚至是命运，它越来越离开了古典的传统，变成了一种用眼睛看，用智力去面对的对象。它在及心的同时，变得越来越不及物。不及物正是当代诗歌一个很大的问题——也有想及物的底层诗歌，但这些诗歌却往往文学性很一般，那么究竟有没有一种诗歌，能够进入我们的生存现场，具有文学性，而又不流于晦涩呢？

我认为五条人的歌词正是这样的"诗"。

首先我以为五条人的歌词是现代的。他们虽然书写县城，书写脚下，他们的音乐类型虽然是民谣，他们的歌词写作借鉴了歌谣的文学形式，但跟前现代社会流传的那些民谣已经截然不同。

毫不夸张地说，潮汕的传统民间歌谣的文学性实在令人骄傲，也难怪五条人会从中获得营养。我们看一首著名的歌谣"老丑歌"：

> 三枝竹板有竹青，白食白呾说平生，棚下听歌老朋友，不才请您食烟茶。老伙看戏看外江，后生看戏爱乱弹，中寅爱看白字仔，看戏合目各在人。念不才，食饱卖青菜，满街走，赌钱会抽九。抽九走路直，池湖蔡陇人喷笛。横笛喷来真好听，赤轴出好靴。好靴众人踢，浮桥顶，卖粿汁，粿汁香胜又香葱，佘府街人状安。安公圣，省城人铸镜。铸镜照人影，贵屿出有好胜饼。胜饼亘喉甜，崎山人耙盐。耙盐生沙微，东津堤顶人抽捶。抽捶好相台，城内做戏做英台。英台出有二三班，意溪人锯杉，锯杉做二畔，西北关外人饲蚕。饲蚕会耕丝，东门股人卖相思。相思畔红又畔乌，下市人在破桶箍。桶箍好箍桶，仙街头在经篾囊。篾囊竞幼篾，府前街人卖碗碟。碗碟假饶器，深山林内人凿碓，凿碓好舂米，开元内闯皮先生会挟齿。挟齿使痹药，四目井脚人打石。打石使石

锤，枫溪人烧缶。烧缶烧扁，黄金塘出桃李。桃李逢人多子孙，学角出好烟。好烟众人食，下市拐师在钉屐。钉屐实在便，大埔师父打铁钳。铁钳好挟火，缴戏铃伯做菜粿。菜粿好准饭，厦沟陇师父缚篮饭。篮饭好掛物，学角好出袜。袜袜袜，长袜穿了穿袜瓜。①

这支歌谣同样有着充分的及物性，它在婉转的韵脚转化中，生动呈现了潮汕传统社会的人情风物及各地职业。同样是用方言去触及脚下的乡土和乡人，我们来看看五条人歌词中小县城中的人：

乐乐哭哭（01）

天上有一头猪，地上有一架飞机
天上有一头猪，地上有一架飞机
一个小屁孩穿着开裆裤做游戏
一眨眼就成了老头子看大戏

河边有人在唱歌，山上有人在守寡
河边有人在唱歌，山上有人在守寡
一辆三轮车从早上开到傍晚
开到半路被交通警察追赶啊

有人发财 有人发痒
有人发财 有人发痒
这个社会"乐乐哭哭"，不知什么时候会结束
不去理它 不去理它
看一会儿电影 看一会儿书
吃碗小米（02），打个嗝

注：（01）乐乐哭哭：海丰方言（音），为乱七八糟、光怪陆离之意。（02）小米：一种海丰特有的饺子。

凭语感我们就能判断出，前者是一种传统的歌谣，而后者则是现代性进入之后的现代歌谣。作为歌谣，它们同样有因物起兴、自由联想的特征，不同在于传统民谣是一种集体创作，非个体化的口传文学形式，表达的往往是前现代社会稳定的集体经验。因此，传统民谣基本上是非个体化的，它没有

---

① 丘玉麟：《潮州歌谣集》，香江出版有限公司 2003 年版。

现代文学那种深度、紧张的主体。民谣用于书写民风民情，透视某个区域的风俗人情、生活状貌乃至于审美心理极为有效，但传统歌谣中那个观物者——比如老丑歌中的老丑其实是一个集体的位置，从这个位置出发看到的是共性的内容，而非个体的体验。

而在五条人的歌谣中，一个现代个体的观物位置被创造了出来。它虽然也有诸如"天上有一头猪，地上有一架飞机""河边有人在唱歌，山上有人在守寡"这样民谣特有的起兴、联想和悖论式修辞（天上猪，地上飞机），但是它表达的是一种变动不居的生活，一种意义感、稳定感匮乏的个体观察。这个个体面对"乐乐哭哭"的社会，只能"看一会儿电影 看一会儿书""吃碗小米，打个嗝"。这种处世态度和观物立场同样不是共享的。它以县城旁观者的观物角度书写了意义成为问题时代的县城生活图景，只不过借用了民谣的修辞而已。所以，它不能被视为旧韵文，而是包含现代性的新诗歌。

我的意图并非仅仅在于指出五条人歌词的现代性，更在于指出这是一种带有返观意味的本土现代性。

五条人最获肯定的专辑《县城记》音乐上的本土性体现为"方言"，文学上的本土性则体现为对充满在场气息的乡土的书写。我曾问过五条人这样的问题：

> 有人说五条人的民谣，就如一部音乐化的"侯孝贤电影"，当你们用方言的形式，并且把着眼点放在小县城的具体事物时，是否其实是受到了侯孝贤电影的影响？

他们的回答是：

> 一位艺术作者的作品总是跟他以前的生活经历相关，这是肯定的。我们来广州之前都生活在南方的县城，后来进行音乐搞创作时，自然会从最熟悉的题材写起。我们从侯孝贤的电影里看到，乡土台湾和县城海丰，在很多方面都相像得不得了，连爆粗口的口吻都一模一样，亲切啊！有感觉当然就会受影响，但是对我们产生直接和间接影响的作品和人太多了，估计有些东西把我们影响了，我们自己没发觉都很多。

显然，侯孝贤电影对台湾本土性经验的传达帮助他们确立了一种在地音乐观，他们的文字思考同样由此衍生。他们出场的时候，新时期知识话语的西方化已经持续了二十年。对于西方中心主义的反思已经使得"生活在别处"

不再是一种很"潮"的东西，反而是民族风、本土性开始成为全球化时代建构民族身份认同的资源。因此才可以理解近十年的电视、电影中东北方言、陕西方言、四川方言开始大行其道，没有这种背景，五条人的方言音乐表达被广泛接受是不可想象的。

这正是我所谓的独特现代性的问题，如上所言，诗歌的现代性常常被简单理解为一种西方诗学体系的移植。它虽然在 80 年代更新了长期被革命意识形态和机械反映论所压抑的诗歌写作，在某个向度激活并延伸了汉语内部的可能性。但是，它使诗歌变得很难兼容生活经验、直观可感性和审美品质，仅仅是一件需要精密拆解的器械。这显然也是一种现代性，但它也许是一种西方式的审美现代性，对中国人而言，它是一种渴望远游，生活在别处的现代性。而现在，人们越来越寻求一种从脚下生长，但并不放弃审美品质的本土现代性；远游太久，它也是一种返观的现代性。

五条人的返观于是不但体现为"立足世界，面向县城"的口号，还体现在以现代性恢复了歌谣的传统，从而创造了一种本土现代性的诗歌形态。潮汕诗歌写作一直有很多出色的诗人，比如潮州的黄昏、冷雪、丫丫，汕头的陈仁凯、陈煜佳、小衣、辛倩儿等人。他们的诗歌积累很好，基本是 80 年代以来纯文学思潮下的写作。当代的诗歌写作如何以返观的姿态获得一种本土现代性形态，诗歌圈外的五条人也许提供了有益的启示。

补　白

本文本来准备从小说、诗歌、散文三个方面分析近年潮汕文学中所存在的一种返观现代性的写作趋势。散文以林渊液为例，诗歌则以五条人为例，小说则以谢初勤为例。在我看来，谢初勤的小说写作是一种认命的写作。往实里说，在现在的写作环境下，不认命，在写作中寄托功名与利益，不但是缘木求鱼，最终损害的还是写作；往虚里说，写作都是在认命——辨认命运。写小说不是讲故事，而是要通过讲故事去建构自己的宇宙，去呈现自己解读的命运谜底。我以为谢初勤是当下潮汕本土小说家中最有可能写出辨认命运作品的小说家，而且他也是非常突出地体现了以返观姿态实践本土现代性探索的作家。但是，我不想再在此文中去展开对他的分析了，一来将使文章变得太长，二来这种合论也不免束缚了对他的充分剖析。所以，就另外专门分析谢初勤的小说了。

必须说，审美现代性是 20 世纪 80 年代留给我们的重要文学遗产，但是它并非没有值得反思的地方。令人欣喜的是，在潮汕这个相对边缘化的地域，这些并非职业作家的写作者，其写作中却延伸着一种非常前沿的问题意识和审美探索。这甚至让我不免感到一点点意外的幸福！

新世纪潮汕文学的崛起

——近年潮汕文学的一种观察

  对 20 世纪八九十年代的潮汕作家而言，他们最大的困扰来自偏远的地域和相对单一的文学平台之间的冲突——作为地方作家，他们的写作很难走出去并获得普遍的承认。然而，这一现象在新世纪有了很大的改变，熟悉潮汕文学的人甚至完全可以用"崛起"来描述新世纪潮汕文学的面目。

  以小说而言，涌现了厚圃、林渊液、谢初勤、陈崇正、林培源、吴纯、王哲珠、黄蜂、陈润庭等实力突出的青年作家。其中，厚圃、吴纯先后获得台湾联合文学奖小说评审奖（厚圃获奖的是《喜娇》，吴纯获奖的是《驯虎》）。林渊液、陈崇正、吴纯则在《人民文学》《花城》等重要文学刊物上登场。厚圃的小说，从题材到写法都不以新潮见长。然而，他的叙事手法圆熟，对人物微妙心理把握入木三分，他对乡土题材有独到的把握。吴纯大学时代的新诗写作就让师友侧目，她的长诗具有令人惊讶的肺活量，而小说则显示出跟其年龄不相称的深沉和老练。原来主要从事散文创作的林渊液近年来充满热情地从事短篇小说写作。对她而言，小说是虚构，提供了散文所不能有的自由和可能性。她认为："散文是骨血，小说是肌肉，肌肉是可以练出来的，骨血却只有那么一点。"这说的是散文内在生命经验的不可再生性，正是散文和小说的这种文体特征推动了她的转型。她的短篇小说聚焦于女性、性别体验和短篇小说的艺术创新。其《倒悬人》由历来对短篇小说最为苛刻的《人民文学》刊出，她小说的"特色"应该说得到了某种认证。如果读过她更多尚未发表的新作，甚至不得不承认她事实上在创造着中国当代短篇小说的文体边界。最近几年，陈崇正以其勤奋和活力在传统文学场和新媒体领域中积聚了越来越多的文化资本。陈崇正诗歌与小说兼修，近年来主攻小说，他的小说擅长结合想象传奇元素和严肃的文化、现实寓言主题，受到了广泛关注。从"新概念"走出来的林培源，拥有大量读者，更重要的是，他拥有对消费型青春文学的反思立场，并努力完成写作上对青春消费文学的剥离和对严肃艺术的靠近。事实上，尚大学在读，几乎不为人知的陈润庭同样出手不凡，值得期待。

诗歌方面，新世纪潮汕文学出现的韩山诗群绝对是广东诗歌的重要群落。广东诗歌在广州这个中心之外，存在着梅州次生林诗人群、中山诗人群、阳江诗人群等诗歌群落，韩山诗群显然是其中最重要、最活跃的群落之一。在办刊已超十年的《九月诗刊》的持续催动下，这个诗群依然保持着充分的活力和连续性。在黄昏、傻正、泽平、向北、余辜、丫丫、阮雪芳等较为人熟知的诗人之外，杜伟民、辛倩儿、程增寿、郑子龙、郑泽森、纪仲龙等人都是优秀的诗人。

散文方面，新世纪潮汕散文呈现出文体观念的更新和停滞并存的局面。新世纪潮汕散文创作多元并存，各具特色。就写作类型看，有对明代以至五四小品文传统的秉持，如林诗铨和余史炎的散文；有蔡妙芳、吴芫、陈洁浩、余冰如等用性情与民间风物相遇的才女散文；有林伟光的书话散文如《思索晚年的孙犁》等；有黄国钦的历史文化散文《向南的河流》；有辛倩儿接续何其芳《画梦录》传统，将情感经验象征化的散文《梦魇三章》等；有林渊液试图从个人经验、区域文化经验中梳理出某种生命体悟的智性文化散文《黑白间》《乡巫》《乡神》等；也有世宾将日常生活哲理化的哲思随笔《女儿：我们的怕与爱》等作品。一方面，像林渊液、世宾等人的散文写作已经体现了对散文文体观念的新突破，他们的写作致力于从"经验之文"向"体验之文"甚至是"存在之文"的转变，从生活性情向生命哲思的转变。当然也有不少作者，他们对散文"文体"尚缺乏自觉领悟，写作往往仅是性情、经验和才情的勾兑。

在全球化时代，潮汕文学和任何其他区域文学概念一样面临着本质主义的质疑。换言之，在人口快速流动，文化同质性无以复加，城市生活变得像无处不在的"seven-eleven"或肯德基一样标准化的时代，区域如何证明它依然有能力在文学表达上形成稳定的表征？潮汕如何证明自身不仅仅是一个地理概念？所谓的潮汕文学是否仅仅是潮籍作家文学？果如其然，那么潮汕文学这样的区域文学是否依然具有意义？所以，潮汕文学便不仅是潮汕文学，它隐含着对试图通过地理—文化板块理解文学这一固有观念的重新质询。

非常有趣的是，新世纪潮汕文学作为一个例证，恰恰印证了区域文学与全球化之间的复杂关系。诚然，全球化进程持续稀释了区域文化的独特性，使得潮汕籍作家及其作品与故乡的关系似乎仅仅体现为单薄的籍贯联系。然而，全球化催生的"短平快"世界同样打破了地方—国家文学的区隔。在区域文化稳定地对本地作家写作习惯予以塑形的时代，区域同样牢牢地把本土作家拴在那片并不广阔的土地。某人作为市级作家、省级作家或国家级作家并不完全意味着写作水平的等级，更多时候是地理政治和文化资本的等级。然而，网络某种程度上打破了这种隔阂。借着网络，偏居一隅的作家有可能与远方大都会的编辑联系并在大刊物亮相。过分乐观地否认地理文化政治的存在当然是幼稚的，但网络无疑为边远地区的作者提供了更多机会。从前在《人民文学》《文艺报》发表作品是一件"地方作家"不敢想象的大事件，如今却日趋常态化。新一代潮汕作者借着网络突围，获得了比上一代更强的影响力。他们之间，也借助网络而形成了一个松散但有效的"共同体"。对于区域文学写作，不妨继续观察。

小径分岔的花园

——汕头中短篇小说印象

并不夸张地说，潮汕诗歌的中心在潮州；但潮汕小说的中心却在汕头。这从此次研究会的稿件号召力可以看出来。而且，事实上依然有实力的汕头小说家未参加此次征稿。仅就我们看到的稿件而言，就充满了各种各样的小说类型：比如，陈继平的先锋小说、陈跃子的潮味小说、谢初勤的乡土小说、林渊液的女性主义小说、黄峰的都市小说、林培源以清平街为中心的小镇小说、陈润庭的青春小说。这些小说的差异绝不仅是题材上的，事实上，不同题材，不同的生活经验领域在要求着独特的审美表现方式。因此，汕头当代的中短篇小说确乎构成了一座汇乎一体、路径各异的分岔小径的花园。

陈继平的《枪》带着80年代先锋小说余韵，这里夹杂着孤独、心理变异的宿命主题，无疑依然奏响着先锋小说的主题和技法的回声；陈跃子的《抱扑斋》是各方面都很"熟"的潮味小说，它试图通过一个潮汕青年书生陈守素在抗日背景下的家族生存来展示潮人的智慧。我们看到，它的主角是男性，但其核心却是恋母的。它事实上塑造了两个潮汕大地的"女神"形象——代表着智慧的盲姑和代表着勇敢的邢若云，她们都共享着坚忍不拔的品性。这篇小说涉及的依然是小说与地域的关系，小说如何去为一片土地及其文化"立心"，这对小说史而言依然是个未完成的探索；黄峰擅长的却是当代都市小说。他显然对都市里的"夜"和"酒吧"及在此出没的人尤其有感觉。因此，他颇善于去把握都市生活那种稍纵即逝的爱及个中人的心灵状态。《稻草》《少年》《没有窗帘的家》都是从一种已逝或正在逝去的情感关系入手，这是黄峰的经验阈限，还是都市小说这种小说类型的阈限？我想这里其实引申出我们如何理解"都市"，如何理解"都市小说"的问题。很多乡土作家在面对都市时显得手足无措，但这是不是说，都市仅仅是一种感觉，能够把某种都市感写出来的便是好的都市小说呢？在找到跟都市感觉对应的小说形式之后，如何用小说来创造作者所理解的当代的、想象的"都市"也许更加重要。这就是说，都市不仅是写实的，是社会学的，是感觉性的；都市还是想象的，是精神分析的，同时也是批判性的。因此，都市不仅仅是一种题材，卡夫卡的《城堡》也应视为某种都市小说；都市不仅仅是现代当代题材，卡尔维诺的《看不见的城市》写马可·波罗向忽必烈描述东来之途所见的城市，它同样是都市小说。我认为黄峰的小说在把握住某种"都市感"或都市人心态之余，人物的历史和现实性常常被掏空。因此，这些小说便缺了些锐利的穿透力和见证历史的厚重感。

相比于黄峰对都市小说类型的熟悉，谢初勤则显然对乡土题材更有感觉。这些年，谢初勤一直希望进行为乡土复魅的工作。然而，小说如何为乡土复魅？乡土之魅又寄身何处？这些都是令谢初勤困惑的。他的《天涯》以散文化的方式，以"牛"的命运，祭奠乡土世界中未被骗、被去势的一种混元生命力。他的《饕餮吧，鸭子》涉及乡土中的痴人及其当代命运。值得关注的是，谢初勤同样对于小说文体——特别是短篇小说文体的特殊性还必须有更深的认识，否则即使在自己熟悉的题材领域，即使在自己有极鲜活体验的对象面前，写出来的依然令人有尚未完成之感。

林渊液写的是另一种类型的小说，一种可以称为女性主义哲理小说的类型。即使在这次研讨会的作品中，我们依然不难读到很多典型的男性视点小说，这些小说很容易令具有性别文化的思考者不安，甚至愤怒。然而，如今这片土地却也孕育了林渊液这样具有女性主义思考深度的小说。《倒悬人》以他者自我化的思维，思考性别和谐的可能；《双心人》探索了情爱乌托邦及其裂缝。有趣的是，即使林渊液本人对小说的思想性更加强调，但她在这些短篇小说中却无疑娴熟地使用了一种短篇小说的按钮式写法。

林培源是从青春通俗小说向纯文学写作转型者。这几篇小说正是他的转型之作，《一个青年小说家的自画像》勾勒了自己的写作历程；《搬家》同样是很浓的自传色彩，但增加了一个朋友"搬家"的故事，家之必须搬，必有现实的痛楚和理想的坚持，所以，这是一篇关于理想的坚持和"家园"的寻找的小说。它有趣地写出"每个人都在自身的困境中"。《小镇生活指南》和《最后一次"普渡"》写的不是乡土，也不是都市，而是一种介于中间的小镇生活。相比于乡土的封闭和都市的喧嚣，小镇是日常的，又是宁静的。林培源的小说人物很可能来自他自己的家乡生活，他更喜欢去写这种宁静小镇中普通人在飘摇命运中的坚持和破碎。因此，《最后一次"普渡"》中一开篇就出场的"台风"变得颇有寓意，可是，高裁缝以智慧躲避台风，却似乎无法绕过命运的台风。所以，普通人的心灵破碎有着另一种悲剧性效果。

我注意到此次研讨会两个非常年轻的作者：杨与千，1989 年出生，她写的是非常典型的通俗小说，她的《羽闻花》是这样开篇的：

> 扶桑之国的京都，是室町幕府的政治腹地。
> 来来往往的，多是些手握权柄的政客，满腹经纶的士子，腰缠万贯的商人，和杀伐如花的武士。阡陌市井之间，锱铢琳琅，艺伎歌女，慵挑红妆。

从个人趣味而言，我并不太欣赏这样纯以讲故事为任的作品，这样的小说其实是在"五四"以来的"新文学"之外的，它从属于古代中国源远流长的说书和演义传统。只能说，它代表了此次作品的一种类型，花园里另一条分岔的小径。

另一个更年轻的作者——陈润庭，1993 年出生。他的小说资源显然既有中国先锋文学、英美现代派，还有非常突出的日本作家村上春树的影子。他的三篇短篇，是三种不同的写法。《你说》采用从《喧哗与骚动》以来就经常被采用的分角色叙事，从三个室友的不同角度，叙述其中某人跳楼自杀后其他人内心潜藏的恍惚和恐惧；《举起空杯》是日本风最明显的一篇，甚至连女主角的名字都是日式的"佐美"，这虽是汉语小说，但是那种从叙事人到小说人物的语气，基本上是村上春树的——书面化的口语带来的奇特体验。比如由第一人称叙事人进行讲述时有这么一段：

> 让我始料不及的是，她开始否认，只要我有丝微"也许你是如此"的意思，她就要一口否认。或者说，她拒绝任何的类比。否认时脸色倒是和平时一样。她只是盯着你否认，褐色的瞳孔突然像猫眼石般有某种冰冷坚硬的宝石光泽——直至她觉察你的退让，才又显出各种人情的风采。

在场景呈现中包含了大量叙事人的思维语言，所以，这是一种第一人称转述。转述的过程中，叙述人精确的观察能力常常使小说捕捉住某种复杂的生命暗物质。这在一个这么年轻作者身上，是让人惊讶的。而本来该是口语的对话语言则是这样：

> 你讲的我也曾想过。但感觉较之以往受过的情伤完全不同，不是类型或程度的不同，而是本质上的差异。

"也曾""较之""不是，而是"，据村上春树研究专家孟庆枢先生说，村上春树对于日本文学语言的改变正体现于在日本原有的诗化语言体系中融入这种逻辑性语言，这使得村上春树在世界各国的流行成为可能。实际上，当我透过林少华的翻译阅读村上时，常常感到这种书面化口语的叙述体式确实打开了某种意义的可能性，它不是矫揉造作，而常常触及了某些日常不被触及的复杂性。这种捕捉复杂性的叙述能力，陈润庭同样具备，这是我对他非常刮目相看之处。陈润庭的小说往往情节极为简单，几近于无，他的人物不但是去历史化的，同时也是去现实化的，人物所承载的社会现实信息极为薄弱，可是在这样无所凭借的情况下，他的小说却依然有自己的展开方式，那便是对于"感觉"的索取和依赖。《举起空杯》中写"我"由于某种冲动而对女同学"施暴"，描写甚至可以称为特别精彩：

> 围着脸庞四散在床上的黑发，不知何时已经平展开来的双臂。我用手指揉揉太阳穴保持清醒，但我还是看见黑发在水中沉沉浮浮，她的身躯随着水波开始变形，她仿佛成了我的倒影：缓缓沉入海底三千米处的忧伤的胜利女神。此刻她的眼神不再有光，一种习惯的慵懒开始充斥其间。就像只要我再不行动，她会就此睡去。醒来时忘却这一切，甚至带着微笑。这是我更为陌生的她。我几乎无法动弹，像被冻僵的蝼蚁。

当然，我以为《举起空杯》是一篇精致的青年作品，却不是一篇有厚度的作品。去历史化是 80 后以至 90 后作家的通病。去历史化、去现实化的结果是，叙事人一直带着距离感进行叙述，陈润庭的三篇作品全部都是冷调处理。《你说》舍弃了死亡的惨烈或悲伤，以近似余华当年《现实一种》那样克制的、疏离的方式来讲述一场自杀。这当然是艺术对于现实的重构，但这种重构背后的艺术伦理，依然是值得追问的；《举起空杯》中的"我"似乎是不需要家庭背景的，由于事件需要发生在佐美的家中，所以不得不交代一下佐美的母亲。然而，小说中家庭对佐美而言同样是可有可无的。正是在这种去历史化、去现实化、去家庭化的设置中，"我"有可能展开一场以佐美为媒介的欲望凝视。作为欲望客体的佐美是中学生，却拥有令人难以置信的成熟身材；为无数男生所仰慕，却独独钟情于"我"，并且主动创造相处机会；这些幻想特征是通俗小说和青春小说同样具备的。所不同者，通俗小说常流于色欲，而青春小说的欲望想象却一定有着某种神秘的幻美。佐美虽然美艳，但却并非肉感的 AV 女神。这虽是一场青年主体欲望想象之旅，然而这种欲望却不是单纯的色欲和肉欲，它必须带有神秘的情感性，使这份想象的感情增值。因此，佐美身上带着不可征服的神秘感，她不抵抗"我"的身体进攻，但那种无谓近于颓废的神情却能够卸甲三千。所以，《举起空杯》创造的这个在身体欲望和神秘颓废之间的青年女神，其实是极端抽象的。她终究是一种青年主体的想象投射，她的抽象性，正是陈润庭作品"青年性"的体现。与陈继平、陈跃子、谢初勤、林渊液那些有着强烈进入历史记忆、文化规训愿望的作品相比，我们就会发现，它们的区别不是作品与作品的个性区别，而是两种有着不同文化支撑的作品的类型差别。比较一下陈跃子的《抱扑斋》和陈润庭的《举起空杯》还是蛮有意思的，这其实是两篇想象"女神"的作品。其实，陈跃子笔下那种伟大的女性形象直接接通了地域文化之根，而陈润庭笔下那个神秘幻美的佐美则被有意识地悬置于任何现实感之外，显出了某种宫崎骏漫画的极度过滤之美。

即使陈润庭有能力在切断了跟历史现实的联系之后进行精致的感觉刻画，这依然不是我所认同的好的纯小说。我相信，在走过青春期之后，如果他依然热爱小说，他对于小说一定会有重新定义。因为他是这样有才华的作者。

我想接着从小说与文体、小说与历史、小说的文化立场三个方面谈谈我对这次阅读过的小说的一点看法。

小说与文体。在我这里，我把文体理解为叙事的普遍性和文体的特殊性两个层面。叙事的普遍性是指写作小说时是否符合了某些具有普遍特征的规律，文体的特殊性是指写作是否找到了最适合小说、也最适合小说内容的特殊形式。前者是个基本功，后者却是更高的要求。看上去，很多作者的叙事问题依然亟待解决。比如，全知全能的叙事并非可以包打天下，第三人称限知叙事，第一人称限知叙事对于某种内容能够发挥更有效作用，这是很多潮汕优秀小说作家很多年前已经解决，而今天依然有很多小说作者尚未意识到的问题。比如有一位作者，写一个民国背景的小说，但全篇都是第三人称转述。她显然没有明确意识到叙述与描写的基本差别。叙述往往是概括性的，而描写却是展开性的。对小说而言，只有叙述而没有描写便必然缺乏场景性，缺乏小说肌体独特的绒毛。所以，那篇小说也有对话、也有情节、也有人物，但给人的感觉不是小说本身，而是一篇小说的缩写。我们看电影，镜头语言如果没有景别的变化，推拉摇移的变化，电影便会显得极其乏味。小说的叙事关如果没有解决，结果就像看一部采用全景长镜头拍一场激烈的群体性械斗的电影一样。事件的激烈完全无法在叙事语言上得到表达，急死读者了。叙事自觉性在不少作家那里已经得到解决，但第二个层面，文体的特殊性却是很多有叙事意识的小说家依然需要解决的问题。我举谢初勤为例，他是一个具有很好生活积累，良好的文学感觉的作家，他的小说是讲究叙事的，所谓叙事自觉性在他那里没有问题。他的很多小说都有意识地采用孩童视觉，比如《老弟的饕餮》这样的作品。也就是说，他早就意识到小说叙事的重要性，也早就摒弃了采用上帝式视角讲故事的倾向。但是，在小说文体的特殊性方面，他却缺乏自觉性。他写的主要是短篇小说，那么短篇小说的文体特征是什么？短篇小说并不是讲一个比较短的故事。短篇小说如何区别于我们每天都在电视报纸上看到的媒体故事？小说作家必须是追求小说的文体，短篇的文体、中篇的文体和长篇的文体都极为不同。在我看来，短篇重要的文体特征其实就是极大地约束小说的情节性而强化小说的象征性。至于如何做到，小说家则八仙过海各显神通。在短篇的文体自觉方面做得最好的大概是林渊液最近的小说，我认为她创造了一种按钮式的短篇写法。她的小说不仅仅讲故事，也不仅仅讲究叙事的方式，她知道短篇这种文体某种意义上其实是一种装置艺术，所以小说中必须有很多有象征性的"道具"——譬如"戏中戏"，譬如"倒悬人"雕塑、譬如"面具"和"梦"这样符码，对于短篇小说的意义拓展和生成发挥了极大作用。林培源以小镇生活为背景的小说叙事老到，娓娓道来，但显然也缺乏这样几个象征装置。当然《最后一场普渡》中是有一个弱装置的，那就是最开始的台风和高裁缝抵御台风的屋顶铁皮板。但林培源后来一篇《他杀死了鲤鱼》则有了更好的象征性，那是一种人物身份的象征，一个守庙的庙祝的身份和牙医身份之间的象征性反差，鲤鱼的象征，等等。我曾和谢初勤讨论过短篇的玄关式写法、按钮式写法，等等。短篇当然是在某种文体规约性之下实现多种可能性，所以，也许只有认识到限制才能抵达更高的自由吧。对于短篇文体特殊性的充分认识，才能够避免以长篇或中篇的写法来写短篇。正如本雅明所说，"现代人不能从事无法缩减裁截的工作"，"现代人甚至把讲故事也成功的裁剪微缩了。'短篇小说'的发展就是我们的见证。短篇小说从口头叙述传统中剥离出来，不再容许透明薄片款款的叠加，而正是这个徐缓的叠加过程最恰当地描绘了经由多层多样的重述而揭示出的完美的叙述"。如果接着本雅明的思路，我们甚至可以说：不经过裁截微缩的短篇小说，很难找到以一点容纳万象的结构。

小说与历史。这次我只看到很少的小说具有进入历史记忆的愿望，陈继平的《档案》和陈跃子的《抱扑斋》。小说不一定要以触摸历史为己任，但问题是很多小说在疏离历史的过程中其实呈现出严重的掏空历史的倾向，这是当代小说必须警惕的。譬如黄峰的小说，我认为黄峰在叙事语言和技法上已经有自己的心得和特点。他善于把握都市夜生活的某种氛围，书写都市青年人的新情感心理。但是，历史记忆不但在他小说中缺席，甚至常识也有被掏空的倾向。他写一个中年女性的短暂精神出轨，其实没有这么严重，姑且这么说。心理刻画可谓细致形象。但是，令我感到意外的是，当他写这个中年女性凌女士的大学生活时，他其实把一个 70 后的大学生活当代化了。他描写中的这个人大学期间和男友的同居生活，那种茶米油盐、小情小调、平淡如水的方式以及其中透露出来的俗世价值观，当然并非没有可能，但对他们那一代人而言却是非典型的。从时间上推算，假如凌女士的"出走"是在2013 年的话，那么她的大学生活结束于 15 年前的 1998 年，如果是本科的话开始于 1994 年。这是一个 90 年代的大学生，90 年代大学生当然可能在外租房同居，黄峰这样设想他们当年的生活：

> 大学时的 A 先生是一个很会煮饭的男生，他通常都是提前先把汤煮好，盛在保温瓶中，然后继续用电饭煲炮制出暖暖的饭菜，有时是在米饭上蒸了一碗小排骨和一碟青菜，有时则斩了十来块钱的烧鹅，煨在煮熟了米饭中互相渗透，做成烧鹅饭。有时干脆就煮了一锅香喷喷的嫩肉片青葱粥，粥上还要放个架子，摆个碗，蒸几个水鸡蛋。

大学时的 A 和凌姑娘过着平淡如水、甜甜蜜蜜的同居生活，没事四处兼职，期盼将来留在大城市。可是这样的描写给人直观的质感是 80 后的大学生活，而不是 70 后的大学生活。黄峰把自己所经历的大学生活无缝对接到上一个十年的人物身上，结果当然是掏空了历史应有的质感。

问题其实在于，当黄峰必须写到一个跟他不同代的人物时，他的小说立场并没有强迫他对这个人物的现实性进行准备。因此，写作过程中便移花接木地把自身经验嫁接到另一代人的经验上。这对我而言，其实是感到不适的。这里其实更深地涉及小说的文化立场问题，我下面再说。

在处理小说和历史记忆问题中，陈继平的《档案》有很精彩的表现。档案与保密是共和国时代中国人特殊的生存境遇之一，档案影响甚至塑造着我们的人生，陈继平此篇显然是抱着一种一贯的自由知识分子的反宰制思路，以小说的虚构反思档案文化所塑造的档案人的悲剧人生。张默是一个档案保密人员，他因为保密而得以以组织的名义不跟一个农村妇女结婚，娶上了漂亮有文化的女教师。从他个人角度，他爱保密，感谢保密工作！可是，保密工作必然跟他年轻葱茏火旺的身体有冲突，所以，他有一次不惜擅自离岗逃回家跟妻子圆房。就是这次单位出了事情，档案被盗了。抓出凶手的过程，其实便是档案对人的异化过程，档案对良知的扭曲过程。张默为了自保，不惜"告发"同事，并且供出这个意志坚韧同事的软肋。作为一种反向的惩罚，张默因为正常的性需求而卷入档案旋涡，他最终在旋涡中因良心的责问而丧失了性的兴致，最终挥刀自宫，而完全丧失性的能力。这是一个很有想法的小说，它的主题是体制与异化，良心的惩罚。这些都是很精彩的，但我对这篇小说尚有不满足之处，其一是小说的发展和脉络其实是可以猜出来的，这对小说而言是"保密"工作没做好，良心的惩罚这个主题的表达似乎太激烈了，我觉得不是太有中国特色，中国人良心谴责的结果常常是自欺，所以阿Q是更中国式的。当然，这是个见仁见智的问题；其二是小说把张默妻子这类人物写简单了，我以为短篇小说也必须有立体的人物谱。写作上虽不可能平均分配笔墨，但二线人物的复杂性依然是可以通过寥寥几笔暗示出来的。显然，这篇小说是集中全力于一点，这一点似乎也值得重新思考。这就是说，小说进入历史记忆，其实是充满难度和各种挑战的。

　　小说的文化立场。这是说我们为什么写小说？为了提供一个可供消费的故事？为了现实生活的匮乏而需享受虚构的快乐？为了透过虚构对世界提问？这种种不同的小说价值观必然也导致不同的小说技巧观。我其实并没有底气以纯文学立场反对通俗文学、网络文学，只是我认为小说作家对于为何写作问题必须有自己清晰的认知，如果你有志于通过虚构对世界提问，那么你对小说的要求，你对自我的要求必然更高。如果你希望成为一个提供故事的作家，那么也应该在叙事上更加精良，虽然在文化诉求、在价值观上也许未必要特别用力。小说的文化立场这个看上去跟小说写作距离最远的问题，很可能却是同等才华作者谁走得更远的决定性因素。

现代性追寻中的多元景观

——新世纪潮汕小说的"澄海现象"

区域文学作为一个文学概念常常被人质疑，人们很难证明省级"区域文学"的行政一致性必然兼具文学一致性。但是，如果"区域"指向具有文化同一性的地区的话，那么"区域文学"无疑具有不容置疑的切实内质。问题在于，当"区域"被细分至较小层级时，高水准作家却又凤毛麟角。正是在这个文学的"区域"悖论下，我以为新世纪潮汕文学中确实存在一种值得探讨的"澄海现象"。作为潮汕文学的重镇，澄海为当代潮汕文学贡献了一大批具有相当活力和抱负的小说家，他们有陈宏生、陈继平、林昂、陈跃子、厚圃、林渊液、谢初勤、林培源等人（后继也不乏人，还就读大学的陈润庭也表现不俗）。这批澄海小说家皆出手不凡，他们的作品频频在全国顶尖文学刊物（如《人民文学》《花城》《北京文学》《钟山》《芙蓉》等）露面，他们的思考和探索即使置于全国范围中也不乏前沿意义。

毋庸讳言，潮汕地处"省尾国角"，文学自难得风气之先。可是在20世纪80年代的现代文学思潮冲击下，潮汕作家也开始在现代主义资源导引下完成自身的文学现代性转化。20世纪80年代之后成长起来的作家，现代性的追寻构成了他们写作的共享主题；然而，力求创新也正是现代性的题中之意，因而，在通往现代性的途中，这些小说家便构成了颇有差异性的多元景观。

多年来，解构英雄、反思历史一直是陈继平重要的写作主题，他以文学的虚构和变形深入被遗忘的历史，从中离析出饥饿、异化、盲从病等悲剧性的人性主题，颇能发人深思。《赵林一个人的兴奋》以"兴奋"为关键词，写的既是"文化大革命"期间的饥饿悲剧，更是特殊年代"身份"的诱惑和异化。陈继平还以"档案"为切入口对集体化时代进行历史反思。他的《档案》等作品，抱着一贯的自由主义思路，反思档案文化下"档案人"的悲剧人生。此外，陈继平还以多样的写作尝试书写了城市化背景下的异化悲剧及戏剧化都市人生。他的《鱼人》和《异味》是典型的当代异化书写，呼应着鲁迅开创的"先知者悲剧"题材；他的《误车》则是精彩的意识流尝试，将现代庸人无意义漂流的精神状态刻画得分外细腻有趣。

写作小说多年的厚圃已出版了《结发》《清水谣》《只有死鱼才顺流而下》三部小说。厚圃的中篇小说《喜娇》曾为他带来台湾联合文学奖小说奖的荣誉。《结发》《清水谣》《喜娇》都是潮汕小镇平凡生命的曲折心灵叙事。厚圃极擅人物的形象刻画和心理描写，以叙事错位推动小说的情节发展，将口语化的"潮汕方言"融入书面化的小说表达也是厚圃小说的重要特色。近年来，厚圃致力于一部《百年孤独》式的乡土长篇的营构，令人颇为期待他的大作。

由散文而入小说的林渊液一出手即技惊四座，其小说以短篇为主，在短短两年间便创作出"性别省思"系列和"生命省思"系列。前者包括《倒悬人》《花萼》《黑少年之梦》等作品，后者则包括《鸟事》《失语年》等作品。发表于《人民文学》的《倒悬人》处理的是性别话题。更具体说，是现代女性知识分子如何对待"情欲"复杂性的问题。小说中，作者从女艺术家提兰出发，探讨了一种"理解之同情""他者自我化"的情欲伦理。只是到了《鸟事》和《失语年》这里，作品主角虽依然是知识女性，但追问的主题已经从"性别可能性"转移至"生命何以如此"了。值得注意的是，在这两个系列中，林渊液都表现出对短篇小说文体性的充分自觉和惊人天分。某种意义上，短篇小说既是一种切面艺术，也是一种装置艺术。优秀的短篇小说常常内置某种意义装置，使其作为隐喻统摄全篇。林渊液的写作正是如此，其小说的技法创新使其几乎置身于当代中国短篇小说最前沿。

谢初勤的小说写作是一种返观乡土、辨认命运的写作。其作品是以返观姿态实践本土现代性的文学探索。他的《江湖》是采用儿童视角、诗化营构的佳作，简单情节中的诗化叙事，隐隐接续着沈从文、汪曾祺那种在当代小说中已经颇少后继的小说类型。此篇作品在日常中擦拭出温润的光泽，却又发现了生命中如碧玉断裂的伤痕。所以，它是诗性的，又是悲剧性的。这种日常人生的诗性和悲剧性，需要一颗足够温润而浑厚的心灵才足以道出的。他的《天涯》是散文小说不可多得的篇章，它写的是一头黄牛的成人史和生命史，隐喻的却是乡土世界的生命程序，寄托着作者对不被规训的野性生命世界的礼赞。

林培源近年由青春文学转型现代主义文学，最近两年连续出版了短篇小说集《第三条河岸》和《钻石与灰烬》。值得注意的是，作为一个80后作家，他始终以超越代际的立场关怀生命。他的《搬家》写的是当代青年的精神流离，而他的《躺下去就好》则是在物质世界中流离失所的一代，对于"流离"和"安居"的继续想象。"流离"者庆丰父，他所精心雕琢的是一口棺木——有死者最后的安息地；而他的恋人，也在死前念念不忘情人亲手创造的"安居"。作者借此指出，蝼蚁般的小民，原来在流离中无时不在盼望着安居。我们不免奇怪，一个出生于 1987 年的青年作者，何以为这样一个上辈人流离生命史中的悲剧感动。但也正是这种超代际立场使他的作品获得更高意义。

无疑，这批作家写作技法上经历了现代性的转换，他们关切的话题也都跟现代性相关：陈继平关切的社会现代性、林渊液关切的性别现代性、厚圃、谢初勤关切的乡土现代性……因此审视这批作家，现代性的多元性确是一种概况；但也切切不可忽略故乡文化认同或反思对他们小说叙事的潜在建构。这已经必须另文论述了，但它又反证着这批作家的丰富性。

近年粤东诗歌观察

近年来粤东诗歌在微信时代发生了很多传播上的新现象，也由于传播的便利和诗歌情谊的联结使很多人的写作浮出水面，在诗歌格局上显得更加活跃、多远、丰厚、有层次感，特别是诗人们在语言现代性意识的内化方面取得令人瞩目的成就。但是，粤东诗歌的活跃和发展也可能掩盖了一些一直存在的写作意识上的根本问题。

首先，何谓粤东诗歌？粤东是个地域概念，包括大潮汕和梅州。在迁徙越来越普遍化的今天，地域文学概念必然不可能仅局限于在地者。比如，世宾、林馥娜、陈崇正、许泽平、杨略、林泽浩、阮雪芳，这些诗人都是土生土长的潮汕人，他们在移居外地之后依然写诗并关心粤东诗歌发展。他们的身份是多重的，可能被视为广州诗人、东莞诗人、深圳诗人、北京诗人，可是当我们探讨粤东诗歌时，他们依然应该被视为粤东诗歌的一部分。换言之，正如潮汕文学更实质上是潮人文学一样，粤东诗歌的"粤东"不仅是区域地理问题，而是"文化地理"问题。将粤东作为文化地理问题来看时，我们会发现几点：首先是在地诗人和出外诗人之间形成了密切互动，一方面是在地的诗歌机构、诗人代表、诗歌氛围带出了一批诗歌写作者，他们在获得相当诗歌素养之后移居外地，取得更大的诗歌文学成绩。比如陈崇正、许泽平、阮雪芳；另一方面则是出外诗人对于粤东在地诗歌现场的关注和反哺，他们长期保持着跟粤东诗人的联系，对粤东诗歌的关注、关心和真诚的批评和期待。比如世宾、林馥娜、林泽浩、阮雪芳、陈崇正、许泽平，他们不但自身相当频繁地参与了粤东诗歌的各种探讨，并且介绍各方专家参与到粤东诗坛活动中来。这是一种令人欣喜的互动。另外，尤其值得指出的是，如果说外出诗人是作为百分之五十的粤东诗人的化，在地诗人作为百分之百的粤东诗人在近年来取得了令人瞩目的发展。一方面是资深诗人的持续写作，比如游子衿、黄昏、雪克、陈仁凯等诗人依然保持相当写作活力，其间既有在相对沉潜中对写作进行反思和调整的，也有激发出更加活跃状态从事诗歌活动组织策划并不断推出新作者，一个地方写作的厚度正是由资深诗人和年轻诗人构成的。同时，粤东在地诗人的中坚力量也可以轻易地映入眼帘，潮州的向北、余史炎、丫丫、林伟焕、翁义彬等人，汕头的小衣、杜伟民、辛倩儿、陈煜佳、黄春龙、苏素等人，揭阳的林程娜、古草、蔡小敏、杜可风、温科英等人，汕尾的杜青、蔡赞生、杨碧绿、陈思楷等人；梅州的吴乙一等人。这些中坚诗人大部分在诗歌技艺和诗歌想象方面有了相当的心得，其中不乏在全国产生了相当影响的诗人；那些尚未形成影响的诗人，很多也是因为个性恬淡，更习惯将诗歌作为一种个人修炼所致。就某种意义上说，当代粤东在地诗人的中坚力量，以诗学素养而言，在全国各种诗歌区域对比中一定居于前游。

其次，微信时代的诗歌传播。这是个新课题，但明显对粤东诗歌产生了不小的影响。首先是通过微信群和公众号、朋友圈进行诗歌内容的制作和传播。表面上看，从纸媒到博客到微博再到微信仅仅是一种传播介质的变化，可是媒介也成为一种重要的内容生产机制。就文体而言，微信是跟诗歌契合度最高的媒介空间，相比于小说、戏剧甚至散文而言。所以，诗歌确实借着微信空间而相当活跃起来。突出的例子是雪克本人对揭阳地区诗人的发掘和推介，显然古草这些人的写作绝不是雪克的功劳，但正是通过雪克的传播古草的诗歌在粤东诗歌圈被接受和肯定。近两年来揭阳一批相当优秀的女诗人被大家关注到，使得揭阳在粤东诗歌版图中的分量大大加重，这跟雪克的微信传播有很大关系。因为，雪克以前也许也做着这样的推介和传播，但在没有微信推手之前，收效并不明显。第二个粤东诗歌借助微信传播的典型个案是黄春龙、程增寿依托《粤东文萃》所推出的一大波行动：粤东诗歌年鉴、濠岛诗群、同题诗会、诗聚沙龙、众筹产生的粤东诗歌发展基金会，以及接下来的粤东诗人奖，等等。在微信时代，《粤东文萃》做出了重大的调整，即把重心完全转移到诗歌上。由于微信通过群、朋友圈所构建的共同体对日常生活的全面覆盖，春龙他们的工作确实很好地起到勾连、激活并建构粤东诗歌新阵地的作用。

微信作为移动互联网时代的自媒体的出现，促使我们思考诗歌刊物的功能分化：在微信这种廉价快速的媒介的冲击下，粤东以往的诗歌刊物如《九月诗刊》《故乡》是否已经丧失了存在的必要？我认为，微信在快速便捷高覆盖度的同时，也存在迅速被覆盖的弊端，人们在手机端进行的阅读也往往有着相当的长度限制。因此，微信的网络传播跟纸质诗刊的传播依然是一个互补性而非替代性关系。

再次，粤东的诗歌生态。粤东诗歌既是平行的板块状，我们可以将它分为梅州诗歌、潮州诗歌、揭阳诗歌、汕头诗歌、汕尾诗歌，在不同板块中又可以细分板块，比如汕头诗歌就有澄海诗歌板块、濠岛诗歌板块、潮阳诗歌板块。可是粤东诗歌同时又是渗透性的，因为韩山诗群所输送的诗歌力量渗透到各个诗歌板块之中，形成了各种互动。因为板块的存在，粤东诗歌也便存在着各位诗歌代表；因为渗透性的存在，目前各板块之间依然存在着良性互动。从诗歌生态而言，我特别乐于看到不同板块的发力、发展，愿意看到他们的多元发展；而不愿他们之间有一较高下、互不服气的山头意识。粤东诗人近年来多次通过粤东诗歌论坛、潮汕文学论坛或各种研讨会、诗会形式聚会探讨，这种同行切磋技艺的方式基本是民间的、学术的。我认同的切磋方式是：开门见山，一剑封喉，但只针对诗歌问题。简单说，团结而非分裂的；论是非而不是争座次的。

最后，被遮蔽的诗歌问题。最后我想说的是，诗歌是孤独的，所以我们不能把近些年粤东诗歌的活跃和发展当成已经抵达的表现。布罗茨基将诗人视为文明之子，他是通过曼德尔斯塔姆来论述的。这里的文明意味着以更优雅的方式跟"野蛮"做出区分，对野蛮进行批判，同时以一种时刻自审的力量构建一种更具文明质地的语言方式。从这个意义上说，文明既是非政治的，也是政治的。三十年前，对中国诗人来说，习得一种区别于阶级性革命诗歌的现代主义诗歌方式便是向文明走进一步；三十年后的今天，大部分诗人的语言都或多或少带着"现代"气息。这种气息"优雅"而"无害"，它已经不再是文明的"优雅"，而是被驯化的优雅。我们的当下的写作不乏聪明和才华，甚至不乏批判，可是真正在存在意义上持久的反抗和重建却几乎没有。这应该是不断拷问着每一个人的问题。

我在《"第三代诗歌精神"的历史性终结》中曾经这样说道：

> 越来越多的当代诗人意识到 80 年代第三代诗歌确立的写作伦理不能作为一种当下的支配性资源来使用。这意味着它已经历史性地终结，将它引入当代诗是有条件的。这也意味着当代诗歌写作的"当代"必须被重新发现和创造。有洞见的诗人们从前辈或者过去的自我的阴影中转身，去寻找匹配与这个时代复杂性的诗歌形式。①

1985 年到 2015 年这三十年可以粗略概括为第三代写作精神或第三代写作

---

① 陈培浩：《"第三代诗歌精神"的历史性终结》，《山花》2016 年第 10 期。

伦理的发生、延续统治和终结阶段。在我看来，第三代诗歌精神是口语解构诗歌伦理、身体写作伦理、纯诗写作伦理、圣诗写作伦理的综合体。过去的三十年，这几种迥异的写作之光都曾经照耀过很多写作者。可是并非所有的诗人都能够意识到旧的写作伦理已经失效，意识到诗人最大的困难不仅在于技艺，还在于对自己精神立场的发现。

在革命中国统治下，诗歌曾经成为一种传声筒式的客体。这种僵化的高音喇叭政治抒情诗在当下有还魂之势，过去三十年先锋诗歌很多的成就在于将客体诗歌转变成本体的诗歌。写作者捍卫了语言作为诗歌的肉身这种基本常识，在特定的环境下，诗歌回归语言也是具有政治批判功能的。可是，当诗歌被圈定在语言的范围内时，守护本体的诗歌并非不重要，但显然并非最迫切的任务。今天的诗人的任务在于，避免成为客体诗人，并在努力洞悉诗歌本体秘密的同时，建构一个真正强有力、灵敏的主体，这个主体能对时代做出批判，也能在诗歌的遮挡和迷雾中发明一种发声的方式。我期待粤东出现这样的诗人。

韩师诗歌的四季轮回

加拿大批评家弗莱的文学原型批评方法包括了一个叫作"文学循环发展论"，弗莱从前人的理论中，尤其是从生命和自然界的循环运动中得到启发，认为文学的演变也是一种类似的循环。弗莱根据自然界周而复始的循环变化规律，归纳出四种原型：

（1）黎明、春天和出生方面，这是传奇故事的原型，狂热的赞美诗和狂想诗的原型；

（2）正午、夏天、婚姻和胜利方面，这是喜剧、牧歌和田园诗的原型；

（3）日落、秋天和死亡方面，这是悲歌和挽歌的原型；

（4）黑暗、冬天和毁灭方面，这是讽刺作品的原型。[1]

弗莱用四季来对应四种不同的文体，但是我们发现，在某种文体当中，其实也存在着某种循环发展的规律。当我系统地回顾韩师诗歌的时候，可以发现，其实韩师诗歌也存在着对应于春夏秋冬四季的诗歌类型。只是，此时春夏秋冬不再是弗莱那里文体的对应，而是写作技巧和风格的对应。本文将对韩师诗歌的诸种不同类型进行探讨，将原型理论渗透到对具体的诗歌文本的阐释中，试图勾画韩师诗歌发展的大致轮廓。

一　春天：古典的书写

古典的书写，它对应于春天。这类诗歌衔接着中国古典诗歌传统，追求和谐的音韵和节奏，在诗歌氛围和思想内涵上都散发出浓烈的古典美。这类诗歌在韩师诗歌的各个阶段都持续存在，并出现了大量的代表作。其代表者从 95 级的严惠容、林应婉，到 98 级的刘映辉、00 级的黄春龙、陈剑州，02

---

① 参见王宁等编《弗莱研究：东方与西方》，中国社会科学出版社 1996 年版，第 161 页。

级的余史炎。虽然黄春龙、沉剑州、余史炎等人对其他诗歌形式也有着尝试，但是，他们骨子里所流露出来的古典气质，他们对古典美学的服膺以及他们在诗歌中营造古典气氛的能力，使他们共同建构了韩诗书写古典的传统。春天是有着得天独厚的土壤的，同样，书写古典的诗歌也有着千百年诗学经验得天独厚的土壤。春天是和谐的季节，古典的诗歌同样有着内在的一种和谐。严惠容的《四季断章》是其中有代表性的一首：

> 柴门青黛　预告/春天/星光下　我的影子/开始幸福得疼痛/一个夜不闭户的年代/开始了回归//最初的惊讶融成春雪/和酒下咽　无言间/有星光落入眼眸/将手轻轻放入你的手心/就这样　很好/我们说　夏天来了/月落下①

这样的诗歌，从语言到节奏，从意象到氛围，从柴门青黛到星光下的影子，从和酒下咽的春雪到落入眼眸的星光，无不闪耀着古典诗学的光辉和诗人对古典美学的偏好。更重要的是，这是一种内在和谐的诗歌，这种诗歌中，诗人不质疑生命，不追问生存，不追求形式创新，即使有爱情的忧伤，也往往被古典美学转化成一种可以慢慢沉吟的风雅。这样的诗歌还有：

> 两扇对开的窗/独自完美/我朝着天堂的方向/十指呵护心造的影像/你说，该为我点燃一檀香/烟雾袅绕……此刻，我们坐在冬天的尽头/像两根单纯的琴弦（林方敏《写不成的春天》）；清流从十月流失/失掉爱情，失去秋天秋水/一望苍宇/江南几近老了几百年（黄春龙《十月的河》）向河流打听一位少女/想知道谁做了她的丈夫/并托南风跟她说/我一直在去乡的路上//别问我是谁/我只想知道谁做了她的丈夫/并且想让她知道/我一直在去乡的路上（余史炎《过路人》）

在古典诗歌风格上一以贯之的人，当属刘映辉，她并非没有尝试过其他的写法，但是那些写得好的都是古典类型的。这方面的代表作有《江南》《描述四季》《中国纸扇》《清明》等。刘映辉善于把古典诗歌中沉淀下来的意象重新组接，让它们在她的诗歌中点染成彩，熠熠生辉：

> 春天永远是一首江南小令

---

① 选自黄景忠主编：《韩师诗歌十五年》，中国戏剧出版社 2007 年版，第 22 页。本文所引诗歌，如无特别说明，均引自此书。

风姿绰约 亭亭玉立

肥的是若梅的雨 丁香油纸伞

分明不分明的一缕清笛

瘦了那闺中少妇蹙起的绿眉

懒洋洋地只想倚在湘妃塌上

梦着一江的春水

悠悠地流

——《描述四季》

竹做的骨头

足够硬 足够直

足够撑起纸

徐徐展开的面

抑或清清白白"素面朝天"

抑或龙飞凤舞狂泻几许吟哦

亦闲书一树傲梅 几丛疏竹

数笔

源远流长、诗情画意、浓烟淡墨、错落有致的

中国

——《中国纸扇》

刘映辉的这一类诗中，吟咏的永远是古典的物事，用的也是古典的词汇，内容是古典的，语言是古典的，气氛也是古典的。可以说是这类古典诗歌的最顶峰造极者。

20世纪的中国诗歌乃至文学，革命成为一种时尚，颠覆成为一种文学史权力欲和文学发声机制的双向结果。正是基于此，谢冕先生说中国新诗是在一路爆破中前进的，如果不建设将没有出路。如何建设，很多诗人其实早就将目光投向悠远的历史，如何发挥诗歌的汉语性特征，传承古典诗学千百年积淀下来的审美经验，这是一个既古老又崭新的课题。

必须指出，中国古典诗歌所提供的意象、意境、韵律、节奏乃至于诗歌修辞等重要经验都可以相对容易地化用进新诗并且装点起一种优美的古典风格。但我们必须重申，当代诗歌必须触及当代的经验、心灵和存在，古典意趣和风格如何不成为当下经验的遮蔽物，这其实是韩师这类古典型诗歌必须解决的问题。

二　夏天:形式的激情

在弗莱那里，正午、夏天、婚姻和胜利方面，这是喜剧、牧歌和田园诗的原型。但是这种胜利在韩师诗歌这里表现为一种形式创造的激情。当诗人进入诗歌的季节有了一定的时日，他在春天的土壤中破土而出，他感到了土壤中的闷，于是夏天就成了一个成长、创造、追求和胜利的季节。它对应于那些开始对诗歌有了不同理解和追求的诗歌，它们开始尝试着在形式上去超越过去，并以此书写自由的个性和显露的才情。对诗歌形式创造情有独钟者在韩师诗歌发展历程中不乏其人，最先的有谢玄，接下来的杜伟民、阿兽、傻正、郑子龙、纪仲龙等人在这方面都显露出前仆后继的姿态。

> 1974 年　我双唇寻找左边的乳头
> 母亲奶粗我客家的方言
>
> 1975 年　母亲坐在矮凳上
> 或摇篮边
> 轻吟我新鲜的乳名
> 缝补着破破烂烂的尿布和生活
>
> 1976 年 因为没有长出翅膀
> 我只好叩响身后的木门
> 扶着高高的木槛
> 看一只蚂蚁搬走早晨阳光
>
> 1977 年 开裆裤
> 敞开我小男人的风景
> ……
>
> ——谢玄《我的简历》
>
> 夏季　悄悄
> 隆起在姑娘的胸膛上
> 黄昏
> 如盖的榕树下
> 品尝我们易拉罐里的爱情

　　打开冷柜

　　热情

　　端一个清凉清凉的夏季

　　解暑

　　七月切开西瓜

　　橘红色的夏天

　　便流了出来

　　夏天穿起五颜六色的泳衣

　　扑腾进水里

　　游凉了秋天

——谢玄《观察夏季的十二种方式》

　　谢玄为韩师留下了两首诗：《我的简历》和《观察夏季的十二种方式》，这无疑是韩师的两首经典，以编年体的方式写诗、从十二个不同的角度书写夏天，这一方面显露出谢玄的形式激情，但是，必须看到，形式创造其实是一种冒险，如果没有足够的诗歌才华，编年体或多角度的描写，都可能仅仅是一个形式主义者笨拙的学步。但是，谢玄出手不凡，"母亲奶粗我客家的方言""轻吟我新鲜的乳名，缝补着破破烂烂的尿布和生活""夏季 悄悄/隆起在姑娘的胸膛上"这样出众的想象和诗语组接能力，也因此点燃了后来者形式创造的热情。

　　杜伟民是谢玄之后，对诗歌的形式革新表现出热情的诗人，他成熟阶段的大部分诗歌都是如下这种被我称为"汪洋体"的诗歌，杜伟民喜欢在一行之中并列许多的句子。所以，他的这些诗歌在视觉上首先就给人一种汪洋恣肆的感觉。譬如：

　　在蓝色海岸吗？我们清楚地记得天空的模样，一朵云的模样，以及

　　我和一棵苍老的树站立的地方，和

　　一面迎风扬起的白帆遥相呼应，是的，白帆！像白云一样流动！

　　但是地图绘制者，在高山与大地之间，我突然出现，比闪电还快，

迅速地

　　改变路线，在我不在的地方树立经典，还有比经典更快的叹息，比

死亡更快

——《在蓝色海洋》

诗歌在每一行之中的空间被杜伟民大大地拓展了，诗人还有意识地利用各行诗之间不同的缩进间隔来创造一种视觉上参差的美感。但"汪洋体"这种形式上的特征毕竟并非杜伟民首创（于坚的很多诗也喜欢在一行中并列多个句子），我们关注的是，这种形式特征为杜伟民的诗歌带来了什么样的诗性内涵。在我看来，它为杜伟民的诗歌创造了一种浓烈的抒情意味，成了承载诗人浓烈情感的有效形式。

跟那些一行一句的诗歌相比，杜伟民的"汪洋体"获得了一种更加舒缓的语调，诗人不必苦思冥想如何将澎湃的情感化为简约的意象，在广阔的空间中，诗人尽可以直抒胸臆，使自己的情感倾泻其间。杜伟民的诗歌给人最大的观感其实正是情感的丰盈澎湃。

阿兽同样尝试过诗歌的形式革新，他的《三月二十四日下午》尝试以戏剧的形式入诗，这首诗一开始竟然像是一个剧本的开始：

> 时间：暮春下午两点
> 地点：韩文公祠门楼内侧
> 人物：我、朋友、游人、拐者

接下来，诗人就从"我""朋友""游人""拐者"四个不同的视角描写了同一个时刻不同人的诗性感受。这种戏剧形式、小说视角融进诗歌的尝试使这首诗成了韩诗中非常独特的一首。但是，必须说，形式革新并非是一首诗成功的充分条件，我认为这首诗已经超越了诗歌的界限，成了某种具有哲思意味的戏剧了。成为戏剧的诗是不是诗呢？这显然是形式革新带给我们的难题。

在形式革新这种"夏天"的诗歌中，傻正和郑子龙值得一提。傻正是一个诗歌的形式主义者，你无法回避他诗歌中那种丰盈的想象力和轻逸的诗歌技巧。

> 一只蚂蚁从洞里爬出来
> 它将爬完它的一生
> 从出生爬到老死
> 它也有过轰轰烈烈的恋爱
> 刻骨铭心的背叛
> 有生别离，有求不得
> 我和它都想到一个地方去

> 只是我走得快一些
> 它走得慢一些
>
> ——《无法写完的诗》

> 假设我是父亲
> 我该死的儿子早恋，我九岁的女儿偷情
> 我是不是会手持鞭子把他打
>
> 假设我的父母死了，父母的邻居也死了
> 我回到家乡去，也已经老了
> 我是不是该像童年一样，再到溪水里游泳
> 让水把我的尸体带走，带到海里去喂鱼
>
> 假如我当了爷爷
> 我是不是也坐在门口，像我爷爷做的那样
> 央求我孙子帮我买一支两块钱的雪条
>
> ——《以未来光阴的身份写诗》

傻正对诗歌形式的追求表现在他的诗歌想象力上，他总是能从一个别人意想不到的角度开始进入诗歌，从一只蚂蚁，从成为父亲、成为爷爷、成为老年人的"我"的角度来写诗，很多时候，傻正对诗歌的追求就表现在他对这种奇特角度的追求上。傻正虽然并未把形式革新落实在诗歌形式的转换上，但他注意"预习爱情""温习悲伤"这样的诗语搭配所可能产生的修辞效果，他注意奇特角度进入诗歌所可能到达诗歌的深度，从这个角度看，他无疑是一个内在的形式主义者。

郑子龙对诗歌形式的探索表现在口语诗的尝试上，当口语诗在中国诗坛已经成为一种主流，甚至成为一种新的话语霸权的时候，在口语诗已经日渐与口水诗难以区分的时候，子龙却还是相信口语诗歌尚未被探索出来的诗性空间，他希望他的诗歌能够"贴着大地生存"，希望以琐碎的口语去贴近卑微的生存，从而使存在在不经意间敞开。虽然他未必已经做到了，但是，他却在执着地坚持着。

> 我住在大海边很多年了
> 夜夜气势宏博的涛声，让我知道
> 怎样是伟大
> 怎样看待伟大

我没有见过大山，没有养成
仰望的习惯

我住在大海边很多年了
见过太多的水，比眼泪更咸的水
承受着有方向的船，或者
随波逐流的船
漂洋过海
在生命的尽头都摆脱不了岸

——《我住在大海边》

这样的口语诗，不再有对称和韵律，但是诗人却善于举重若轻的提升，"我没有见过大山，没有养成仰望的习惯"和"在生命的尽头都摆脱不了岸"是子龙了无痕迹的过渡能力，但却是诗人站在口语的此岸向隐喻的彼岸求救。这显然还不是子龙满意的口语诗，于是他尝试着新的突破：

在一间玻璃房子里，呼吸
窗外阳光明媚。从后街 39 号
走到南街 39 号，十三目光自由无限
然后吃盒饭，然后
挤公车，站在城市角落
出售自己。被过往的女人弧度和雪白
唤醒欲望

十三用玻璃守住横溢的欲望
在玻璃房子里用玻璃守住
对远方一个女人遥遥无期的怀念
然后洗澡，然后
在光滑的玻璃上寻找缝隙
突围，保持自己夏天的温度
拒绝融化

——《十三在夏天的状态》

简短诗歌中对琐碎细节的把握，琐碎细节中对存在本质的探寻，并进入触摸到一种曾经被抒情的诗歌所忽略的状态，这是龙十三（郑子龙）希望到达的。

傻正、子龙之后，纪仲龙、郑野弟他们也希望尝试诗歌形式的变化，他们的尝试接近于杜伟民，即在同一行中并列多个句子，以此来拓展一首诗歌的艺术容量。

> 20070704 云之彼岸，我在期待一场风雨的到来，水分渗透的中午，那个独立在人群之外的转身，挥手又挥手，斜坡，真正的旋转，真正的告别，摇晃了铁和积木的建筑。人们至死缅怀那个转身。
>
> 20070706 烟丝和刘海。你在黑色的相框里，手指平凡，隐藏于昏暗深处的闪亮银饰，你甚至应该略微转过身子，看我一眼就没有抬头……你的鲜红和迷茫同时映照在睫毛上……
>
> ——纪仲龙《绊马》
>
> 我的故乡樟林位于东经 116 度，北纬 48 度，澄海以北，中国的南方
>
> 这片土地像我的母亲，用沉默收藏起她多年的苦难：耕作与疲惫，日复一日
>
> 田垄的防空洞里留残着死亡的阴影，废墙上血红的标语隐约作痛
>
> 每到潮湿季节，泥泞和青苔漫无目的生长，行人和雨点拥挤着这南方的一隅
>
> 像每一座沿着河流建立的村庄，我的樟林，也随着河流般的历史起伏
>
> ——郑野弟《故乡》

纪仲龙和郑野弟都尝试着这种肥胖体的诗歌，但是，除了使诗歌在比较少的行数内容纳了更多内容外，除了一种视觉上的新奇外，这些诗歌如果进行一句一行的编排，其实在审美效果上没有更大的变化。

形式革新作为一种"夏天"的诗歌总是能够让那么多人充满激情，并激励着一代代人前仆后继。诗歌繁荣时代，也必然是这类诗歌层出不穷的时代。韩师诗歌形式革新类型的涌现既是自身发展逻辑的必然结果，也是中国诗歌发展季候风吹进韩园的必然结果。20 世纪 80 年代以来，中国文学逐渐摆脱政治工具论和语言工具论的双重束缚，在文体方面的探索热情甚至引发了轰轰烈烈的"回到文学自身"，"从写什么向怎么写回归"的共识。事实上，诗坛的形式探索其实还在小说的先锋实践之前，关于诗歌写作技艺的重要性，臧棣说过一段特别好的话：

"在写作中，我们对技巧（技艺）的依赖是一种难以逃避的命运。……在

根本意义上，技巧意味着一整套新的语言规约，填补着现代诗歌的写作与古典的语言规约决裂所造成的真空。"①

技艺实质是"主体和语言之间相互剧烈摩擦而后趋向和谐的一种针对存在的完整的观念及其表达"，它可被视为"语言约束个性、写作纯洁自身的一种权力机制"，因此，更为内在地说，"写作就是技巧对我们的思想、意识、感性、直觉和体验的辛勤咀嚼，从而在新的语言的肌体上使之获得一种表达上的普遍性"。②

技艺或者说形式探索是主体和语言的碰撞并使表达获得普遍性的重要途径，臧棣在理论上对技艺的重要性予以概括和提升。只是，我们也必须说，形式探索并非诗歌乃至文学的唯一燃料，诗歌写作既面向语言，也面向经验、想象，语言言说、诗歌澄名而存在敞开，技艺层面上的语言并不能囊括对世界的全部发现。诗人必须同时是个思考者，甚至是个哲学家，所以我们说，在思考了写什么，怎么写之后，我们面对的是"为什么写"的问题，如果写作没有确立一个大的精神向度，如果对日常经验只有审美观照而没有伦理提升的话，形式对于很多人而言其实是一口要必然枯竭的井。韩师诗人中，谢玄、杜伟民、阿兽、郑子龙和傻正，他们近年来在写作上陷入的停顿，其实正是"怎么写"的形式燃料耗尽而尚没有得到"为什么写"的目标燃料的支撑的结果。一个有心在诗歌写作上的突破者，必然要追问为什么写的问题，必然要建立自己的精神根据地，这也是韩师诗歌后来者必须解决的问题。

三 秋天：存在的思悟

弗莱认为，日落、秋天和死亡方面，这是悲歌和挽歌的原型。事实上，和悲歌、挽歌相连的秋天其实也联系着生命的成熟期，正是思索的季节，是沉思、质疑、追问、顿悟、不解，是质询生命的天问，是若有所悟的总结，是生命的荒凉和萧瑟。于是，那些在诗与思中沉浸已久的人，那些不满足生存于程式化生活的诗人，总是会借着诗歌去追问生命并缔结一个个诗歌的果实。

---

① 臧棣：《后朦胧诗：作为一种写作的诗歌》，《文艺争鸣》1996 年第 1 期。
② 同上。

韩师诗歌中，较早表现出这方面自觉的人，应该数周运华和郑景森。周运华走入诗歌大门时，思考的就是比较高的精神问题，《太阳之子》比较深入地进入了一个不合时宜的艺术家的精神痛苦之中，并且也开启了韩师诗歌思考艺术家命运的主题（后来陈培浩的《诗人的一生》和杜伟民的很多诗其实都涉及了艺术家命运的问题）。

"凡·高低头走过麦田/瘦瘦的影子被阳光打落在地上"是对艺术家命运的概括，诗人与现实的冲突在本诗的第四节中得到了充分的渲染：

> 冬天
> 太阳
> 被千万只饥饿的头颅抬向更高的地方
> 你打赤脚
> 站在太阳下看太阳
> 北方的候鸟回来了
> 在诗人坐过的这棵树下
> 孤独地死去
> 太阳之轮从鸟的头颅从鸟的躯体
> 从鸟的肝脏
> 轰轰辗过
> 血或肉浆
> 向远方流淌
> 乌鸦在黄昏飞过
> 天空一闪一闪
> 掉下一本线装的《新旧约全书》
> 上帝传来了声音
> "天国近了
> 你们应当悔改。"

在诗中，候鸟成为诗人的一个隐喻，孤独地死去，太阳之轮轰轰碾过，乌鸦飞过的地方，天空中掉落一本《圣经》。宗教的受难色彩、悲剧氛围在这个场景中有突出的表现。可以说，周运华诗歌对艺术家现实遭际的思考，宗教受难的氛围渲染都直接开启了杜伟民充满形而上意味的诗歌。

周运华其他的诸如《南方，出售候鸟及其他》等诗歌同样是对现实的思考，他的这类思索型的诗歌都显得意境开阔，但是他写的抒情感怀的诗歌就要等而下之了。

郑景森同样是韩师诗人中比较偏于思想者类型的，他的代表作《都市，缺色的抒情》《致卡夫卡》《对一棵树的表达》等是对都市文明中人性异化的反思。

《都市，缺色的抒情》中，诗人从物质和精神的二元对立出发开始想象，现代都市是霓虹灯照耀下一副僵硬的外壳，而人心灵在其中找不到位置。

> 都市
> 丛林林立
> 进化了的人站在黑色的生活
> 岸边　忙着给野兽
> 让路

在对都市批判背后，是一双充满乡愁的眼睛："一排排的楼宇、广告牌/挡住了我望向大海的视线/都市日渐倾斜/借助北斗星微弱的光亮/我登上了岁月苍茫的礁石/一阵浪花扑来/　我/一脸仓惶"。

如果说此诗中诗人以回归传统的宁静来对抗都市中的灯红酒绿，诗人对于生存的表现还停留在对腐败、糜烂的夜生活的批判上的话，那么到了《致卡夫卡》中，诗人对生存显然有了更进一步的认识，而这种认识中渗透着个人的精神痛楚。诗歌借着对现代主义精神流浪者卡夫卡的对话关系，力图表现跟卡夫卡相近的精神际遇。诗人承继了卡夫卡小说中的封闭的城堡和异化的主题，在我的世界中：

> 我的城堡空寂凄清/会有几声巨雷把大地撕开/此后 我将与多栖动物为伍/相互吞吃 或者 对望着/冷漠的死去。
>
> 在这里：我或者我们都被人类/客气的流放/我们的脸上没有烙下/奴隶的印记 但/我们的锁链却为何在别人的手上

对城堡、人兽互变、锁链以及无法摆脱的虚无的认识，意味着诗人对于生命存在的认识更进了一层，诗歌中的存在是我心灵中的存在，它影响着我的生命，包含着我无限的精神痛楚。而最后，诗人滴血吟出的这几句，至今读来依然令人震撼：

> 卡夫卡　我们不知道被谁背叛

> 都是在梦中　仅仅一场雨
>
> 我就已经颗粒无收
>
> 我的田野无数只睁着红眼睛的巨鼠
>
> 瞪着我　等着吞噬我的躯体
>
> 我的命运就是放干蓝色的血
>
> 成为盛展中鲜活万年的木乃伊
>
> 昨夜又是谁走进你的梦中
>
> 掠夺你钟爱之笔　并以光荣的名义
>
> 馈赠我　戴给我伟大与尊贵的花环
>
> 强迫我去写下那些你还未写出或
>
> 拒绝写出的真实

颗粒无收的生命境遇中，我们都成了在盛典中鲜活万年的木乃伊。这样的比喻和生命体验，也是诗人具备了跟卡夫卡对话的精神高度。

杜伟民的诗歌，既是抒情的诗歌，也是思考的诗歌，虽然他在诗歌中表现出来对生命的认识广度并非很大，但是他对诗人严酷精神环境的思考和追问，他对受难者姿态的坚守都使他弥补了他诗歌智性的缺乏而使得诗歌动人心魄。

在此之外，辛倩儿、郑泽森的作品也属于这种秋天型的思索。辛倩儿在韩师诗坛初次露面之作——《抵达遗忘》就是对现代文学史上一个重要精神命题的思索：我们该如何纪念鲁迅。对于这个问题，她的回答是：

> 只愿泛滥的祭有一天摇摇欲坠
>
> 你的微笑成尘
>
> 火与水的孤独
>
> 能够同时在遗忘中永生
>
> 答你——然后，离开，走
>
> 在死掉的雨融化之前
>
> 领略你苦涩的容颜
>
> 明白在这个世界上
>
> 爱与蔑视不可分离

以遗忘来真正靠近大师，诗人在此表达出来的思考不能不令人动容。

四　冬天:讽刺的辞章

在弗莱看来:冬天和黑暗、毁灭相连,是讽刺作品的原型。生命季节的冬天,也催生着韩师诗歌中的讽刺型作品。讽刺不是对家园的建构,而是以质疑的声音对无法认同的现实进行解构。

朱大可先生曾经在其《流氓的盛宴》中分析到由于身份在中国传统文化中的重大地位,它的破裂必然导致灾难性的结果。当代中国,由于身份的大规模破裂,由于修复身份机制的破裂,为流氓主义话语的泛滥开辟了广阔的空间。在一个价值失范的时代,流氓主义话语必然风起云涌而取代传统的正谕话语①。朱大可概括出色语、酷语和秽语在当代的网络亚文化中极为流行。而此种话语类型也必然要进入诗歌写作中,当代诗坛如伊沙式的酷语、"下半身"式的色语曾一度引发尖叫,也成为人们切入现实的一种方式。

这种大的外部环境,不能不影响到韩师诗歌的创作,不过韩师诗歌中色语型的极少［傻正写过的"一千年后人们说　传说中　古时候　大学里有个傻正　活得很阳痿"(《大学里的傻正》)和"这使鸽子时代的遗老感到惶恐　但他们没有性欲　不敢起义"(《城堡时代的傻正》)是极少的色语写作］,酷语型的相对少,这或许是粤东文化内在的古典性所致。所以,我们姑且把解构型、讽喻型的韩师诗歌列入其中。

很早开始此类写作的可能是郑景森,他在《都市,缺色的抒情》中写道:

> 夜晚　女郎脆弱的青春适合于
> 潜泳浮泳
> 硕鼠们挺着国有大中型的
> 肚皮　鱼贯而入
> 斟酌着国计民生 或者
> 网住三三两两的生猛海鲜
> 朝着某方贫瘠做着
> 庄子之游

诗人机智的词汇搭配透露出的并非形式创新的热情,而是对现实的强烈

---

① 朱大可:《流氓的盛宴》,新星出版社 2006 年版,第 59 页。

不满，诗中拿青春赌明天的女郎，大腹便便的国有硕鼠们以及风雅出世的庄子哲学都被涉及，只是背后我们看到的却是诗人审视的，几乎没有温度的目光。"国有大中型"此种当代色彩浓厚的熟语入诗，当然没有带来与优美相关的联想，毋宁说是对优美的一种破坏。但如果从讽喻的角度看，此词所勾连的现实领域中的黑暗正好成了诗人讽喻的基础。

又如陈培浩在《诗人的一生》中写道：

> 在社会主义分到自留地
> 却不种植畅销的大米小麦
> 每当爱情号台风来临
> 玫瑰与丁香一齐走俏
> 琼瑶牌香皂将生活洗得
> 充满芬芳的肥皂泡

如果从优美的诗语角度看，这几乎就是一首打油诗，但讽喻型诗歌冒着打油、非诗的危险来针刺现实，正是因为它其实站在一个不同的价值评判维度上。

韩师诗人中，郑子龙也尝试过这种讽喻型、结构型的诗歌：

郑子龙诗歌中有一种很特别的因素，那就是解构式反讽，他恍如一个捣蛋鬼，对一切美好的东西发出质疑，所以他的叙述中就有解构的味道。譬如《在一个有雨的深夜》，前面复制了很酸的古典情景：千年不变的雨绵长又绵长/一个不愁吃穿的男人，临窗而立/惆怅再惆怅，感叹生命的无常，但是这仅仅是一个反讽性的铺垫，因为后面，在相似的雨夜，"我有时在高温难以入睡的中午也涂鸦一些狗日的诗句"，没有女人的深夜，被雨吵醒/我就起来去厕所撒尿，嘴上骂着恶毒的话/然后回来，继续睡觉。此种调侃，有着很浓的《有关大雁塔》的味道，只不过韩东解构的是一个具体的文化符号，子龙此处解构的却是一种古典意境。对第三代口语诗歌的服膺，对郑子龙不仅仅是一个诗歌习艺者的模仿行为，更是郑子龙本人所有的怀疑气质，这种怀疑的气质和郑子龙对"直达存在本质"的追求是一致的。请看下面一首诗：

> 我在夏天，在一个不可能
> 下雪的夏天，在一个夏天不可能
> 下雪的南方城市，等待

一场雪，等待

一场悄无声色的雪，等待

一场把大街铺白的雪，等待

一场把整个城市都覆盖了的雪

我只是想看看雪是怎样下的，看看

街道是怎样变白的，看看

整个城市是怎样被覆盖的

然后我再用脚

把它踩脏

——《我在夏天等待一场雪》

夏天，南方城市和雪构成的反差，以及雪本身所特有的晶莹剔透的意涵，使得这样的表达背后的美学规定性是浪漫的、理想的。这首诗却是借由浪漫主题的渲染和践踏，完成一个冷峻观察者对生活的一次解构。南方，对雪的等待，一个典型的无望中坚持的理想化姿态，在诗人的层层铺叙中，最后被"踩脏"。这份冷峻，不是一个顽童的捣蛋，而是一个坚定的现实者无法收回的眼光。

必须指出，解构也是一种能力，也可以达到对现实沉默部分的照亮。譬如伊沙的诗歌，就如尖刀一般划裂了文化躯体中日渐麻木的部分，事实上也是对存在的敞开。但是韩师讽喻型诗歌相对较少，它其实只是诗人们尝试的诸多诗歌技巧中的一种，没有任何韩师的诗人把讽喻作为一种诗歌风格来经营，也没有任何韩师的诗人能够以讽喻达到对生命存在的揭示。

小　结

以上提到的诗人诗作或许代表了韩师诗歌的主要类型（但任何概括都必然会有挂一漏万），在大致的勾勒之后，我们或许可以尝试得出一些结论：

韩师诗歌诸种类型的内在循环。韩师新诗创作已有将近二十年的时间，校园诗人们写作的作品数量、类型之多，放在整个中国高校中都不多见。而且，我们似乎可以看到近二十年来韩师诗歌写作类似四季轮回的更替中的生命力。

第一个轮回从李让畅开始，李让畅、严惠容那种古典审美的诗歌代表着诗歌春天的开始，谢玄的形式创造则代表着诗歌盛夏的来临，到了周运华和郑景森，则是一种思考型的秋天诗歌。接下来，简短的沉寂代表着第一个冬天的结束。刘映辉的古典诗歌代表了第二个春天的开始，傻正、子龙代表了新的夏天，辛倩儿、郑泽森则是一种思考型的秋天诗歌，而目前，韩师诗歌又进入了新一轮冬天的沉寂。值得注意的是，第二个四季轮回中，秋天思考型诗歌是比夏天创造型诗歌提前到来，因为，韩师诗歌已经形成了第一个季节的轮回，各种不同风格的诗歌也积累了相应的经验。后来者会根据自己的偏好而选择某种喜欢的类型，因而思考型诗歌比创造型诗歌提前到来也没有什么奇怪。事实上，所谓的两个轮回只是一个粗略的概括，实际情况可能是，在第一个轮回没有结束的时候，已经有新的春天型诗歌的产生，而第二个轮回中提前到来的秋天，也可能是对第一个轮回中秋天型诗歌的回声。

韩师诗歌有着这么丰富的类型和积淀，它们各自有着独特的价值：春天型的诗歌在古典的吟唱中呈现诗性的生命；夏天型的诗歌在形式的革命中彰显创造的激情；秋天型的诗歌又在深层的思考中追问存在的意义；冬天型的诗歌，在讽喻话语的支撑下叩问现实，介入存在。但必须说，各种类型的诗歌尝试也都存在着诸多不足，未来的韩师诗人，需把自己置身于本土和全国诗歌技艺的深厚传统中，并在对自我、生命、世界、存在的省思中确立自己为什么写作的精神背景，也许只有这样才能突破前辈，走得更远。

"青草居住在它细小的腰上"

——近年潮州诗歌印象

由于区位限制，潮州诗歌乃至潮州文学并不能站在高岗上，获得更多被倾听的机会。然而，韩山师院作为一个大学毕竟为这方水土的人文和诗性提供了心脏起搏器和源源不断的血液。世宾认为潮州诗歌的特点是院校文学跟地方文学之间的紧密结合，这个判断是根本性的。所以，在很大意义上，潮州诗歌这个纯地域概念小于韩山诗群这个院校文学概念，当然它们之间也是交叉互动的。所以，必须说明的是，这里所列的诗人仅是"潮州诗歌"这个狭义的区域文学概念下的对象，但他们的成长，大部分得益于韩山诗群的诗歌氛围。

诗人黄昏是《九月诗刊》的主编，2004—2009年这五年间，这份诗歌民刊由他个人独力操办，半年出刊，在全国已经有了一定影响。2009年，在一贯支持校园人文教育的黄景忠教授鼎力支持下，韩师成立诗歌创研中心，《九月诗刊》作为中心刊物出版，季刊，经费由韩师支持，但保证主编办刊的自主性。必须说，2009年是潮州诗歌乃至韩山诗歌不可代替的年份。《九月诗刊》后来渐渐走向以专题为主的办刊方向，既推出了十几集"诗歌地理"，又推出了"长诗""叙事""散文诗""80后诗歌"等十几个专题，2012年还举办了全国性的"九月诗歌奖"，邀请谢冕、王光明、黄礼孩等诗界著名人士担任评委，在全国诗歌界产生了不俗影响。表面上看，《九月诗刊》较少发表本地诗人作品，然而它对于潮州诗歌氛围的营造起到了心脏的作用——所谓心脏，血液从这里输出，又回到这里来。

本小辑所列的诗人，黄昏、向北、余史炎、阮雪芳、丫丫、翁义彬这些朋友，经常在一起操办活动，或到韩师的诗歌创研中心跟大学生们举行读诗会，是联系非常紧密的一群人；而林伟焕、洪健牛、林非夜、林立升等诗人，大家也都有所联系，正循着诗歌的血管，慢慢来到心脏，又奔赴自己所要抵达的精神腹地。

　　这些诗人，大部分在网络上相当活跃，并且取得了外界发表、评奖上的认可。比如丫丫就获得了诸多奖项，作品也频频在各大刊小刊露面；阮雪芳的诗歌沉潜傲放，近年写作上有重大进步，作品频录于各重要选本，渐渐被视为广东诗坛不容小觑的女诗人。余史炎、林非夜等诗人也具有很强的网络感光性，很善于借助网络吸纳当代诗的营养。然而，沉潜的同样有一批好诗人。黄昏的诗艺纯熟老到，但他几乎没有向正式刊物投过稿，所以也甚少在上面发表过作品，这并不影响他作品的分量。像向北、洪健生、林非夜、翁义彬、林伟焕等人，也各自有对诗歌语言现代性的领悟和探索，这只要读其诗歌就一目了然。

　　在我看来，所谓文学，便是让我们把逝去了的生活重新再过一遍；而所谓诗歌，不但要把生活再过一遍，而且要把它凝聚成语言的结晶，并站在一个超越性的层面上悠悠地将其凝视。我无端想起海子《亚洲铜》里面的句子："亚洲铜 亚洲铜/爱怀疑和爱飞翔的是鸟 淹没一切的是海水/你的主人却是青草 住在自己细小的腰上/守住野花的手掌和秘密"。诗歌是一束从土地中闯出的青草，带着露珠和青草气息，碧绿地居住在土地细小的腰上。大部分人只在土地上来来往往，并不知道土地细小的腰何在，而诗人必须看见。

完整性写作:为梦想招魂

2003 年,诗人世宾、东荡子和黄礼孩共同提出了"完整性写作"纲领,并由世宾完成了诗歌论著《梦想及其通知的世界》。"完整性写作"理论提出以来,获得了国内很多诗人的呼应,也为不少评论家所关注。围绕着"完整性写作"纲领,集结着一群有相近创作旨向,有较强创作实力的诗人。他们连同他们所实践的诗歌理念,确实成了近十年来广东诗歌浓墨重彩的一笔。我关注的问题是,"完整性写作"是在什么样的话语背景下提出来的,完整性写作是对何种诗歌和时代问题的回应,它所出示的诗歌方案在这个时代众多的写作方案中又有何独特的地方? 更进一步说,作为当代由诗人提出的众多写作方案之一,"完整性写作"能否持久地在诗歌写作中发挥其有效性,我们该如何去面对它浓厚的乌托邦色彩以及实际写作技巧层面上的阙如。

一 工业时代、破碎的生活和批判的美学

东荡子曾经说,当世宾说出"完整性"这个词的时候,他马上觉得,这就是他一直在寻找的那个可以概括他的体验和认知的词。事实上,完整性的寻找,或许伴随着工业化时代相始终。最著名的,无疑是马克思所说的人的全面发展。应该说,世宾他们在完整性中所描绘的工业化破碎的场景,是呼应着一直延续的科技现代性批判的命题:

> 世界的完整版图展现在世人眼前,大量的处女地和新大陆等着人们去开垦,去征服,地球上已无一处安宁的地方。它强烈地象征着自然中可能存在的庇护之地已被彻底敞露。对于自然来说,诗意是隐匿于秘密之处。当高速的机车、轮船和探微入幽的显微镜主宰了世界,秘密之处

便不再存在了。①

世宾同时审视着工业现代性制度下审美原则的转换，那些在古典主义时代自然而然的审美原则或者说古典主义的审美取景框在面对工业时代时突然变得测焦不准，画面模糊：

> 我们的祖先曾在山水自然中发现诗意，车尔尼雪夫斯基及其革命者曾在"生活"中挖掘诗意，挖掘美。但至今日，"生活"一词已被物质和功利彻底占据了，人们为了自身的利益划分了集团、民族、国家，以意识形态作为借口，向不合作的一方诉诸武力或明争暗斗。平民阶层因为得到了物质实惠，已不问世道的是非黑白。②

这里，既是对工业时代诗意荒芜的质问，也是对特殊的中国式生存的质问。世宾曾一再强调：工业化时代诗意的产生方式跟古典时代已经发生了重大的变化，那些存在于山野之间、俯拾皆是的自然花草山水之美在充满再造之物的世界中已经隐匿，或者说它们的身上只剩下些诗意的外壳，对它们的抒写不可避免地回避了正在呼啸而过的时代，成为对当下的新遮蔽。所以，世宾一再提倡一种批判的诗学，在"批判为诗意打开一个缺口"中，他说：

> 至此，我们终于明白了诗人与他置身其中的世俗世界的关系。世俗世界就像一个堆放着各种杂物和原材料的仓库，诗人必须在这里借用工具和各种材料，然后通过他梦想的心灵去重组和建设，把这些物质材料转变成"自己的生活经验"，那如何转变呢？我认为第一个手段就是批判。因为我们的现实生活被再造物质和功利欲望所占领了，分裂和异化作为本质存在于生活之中。我把它定义为黑暗，包括个人心理内部的异化、怯懦、痛苦、绝望，以及外部世界强加给个体的战争、疾病、灾难。是这一切构成了人的生存世界的背景。叙事艺术的伟大功能就在于对这种状况的揭示，而抒情艺术的伟大功能在于对这种状况的征服，但它不是像医生或政治家一样要祛除人体或社会的疾病，而是在于指出精神世界有着战胜的可能，以及对着可能世界的展示。诗人们清楚这种黑暗是人生这枚硬币的另一面，它不可能像癌症或贫困可以去除掉的，它只是

---

① 世宾：《梦想及其通知的世界》，中国戏剧出版社2010年版，第51页。
② 同上书，第53页。

在召唤着诗人去超越和承担。①

此处，我们仿佛看到"完整性"诗学和法兰克福学派阿多诺文化理论的迎面相遇：面对着工业化时代的文化事实，阿多诺提倡艺术的批判和拯救功能。他认为，现代艺术的本质是否定性，其主要功能是社会批判。他指出，艺术通过追求尚未存在的东西而与既存社会分离、决裂。阿多诺在《美学理论》等论著中认为 艺术通过其单纯的此在批判了社会。这里的存在指的就是资本主义的现代工业文明、异化现实和野蛮制度。同时，在阿多诺看来，艺术的批判是为了拯救，在他看来，现代工业社会是一个压抑人，造成人性分裂、异化的社会。他在《最低限度的道德》中甚至认为人只是"非人化"和"幻想性意识形态"。面对这样一个走向野蛮和虚无的社会，人们需要一种精神性的补偿来消除绝望，拯救心灵。艺术能把人们在现实中所丧失的希望，所异化了的人性，重新展现在人们面前。因此，阿多诺在《提示语：批判模式之二》中就认为：艺术就是对被挤掉了的幸福的展示。艺术补偿性地拯救了人曾真正地并与具体存在不可分地感受过的东西，拯救了被理智逐出具体存在的东西。

法兰克福学派充满现代主义、英雄主义气息的现代性反思诗学被援引到"完整性写作"之中，并且嫁接出一个令人向往的精神果实——梦想。但是梦想放在后现代取消一切本质的视野中，也并非自明之物，在德里达看来，西方的形而上学就是通过各种各样的逻各斯来建构其深度模式的。就此而言，柏拉图的"理式"是一个待解构的逻各斯，马克思的"历史理性"是一个待解构的逻各斯，萨特的自由是待解构的逻各斯，王阳明的"良知"也是待解构的逻各斯，因此，世宾所谓的"梦想"也难免被后现代取消一切价值判断的眼光目为又一个逻各斯，一个先验的、自我建构的存在。如果说所有的价值立场和判断都难逃先验论（难道上帝不就是一个最大的先验神话吗?）的命运，那么我们会发现，"完整性"这种现代性的诗学理论，在这个时代却陷入了一种腹背受敌的状态。但是，我们却依然不能否认价值的力量？或许梦想该如何去建构依然是问题？但是这是每一个个体的问题。所以，"完整性写作"并没有办法给诗歌或者生命一条终南捷径，它给的只是沿着破碎生存逆向而回的方向。

---

① 世宾：《梦想及其通知的世界》，中国戏剧出版社 2010 年版，第 37 页。

二 分化、审美现代性和诗歌焦虑症

如果说在没有进入发达资本主义时代之前，现代诗人还可以借着精英艺术和大众艺术的划分而确认自己的诗艺经营的合法性的话，那么进入所谓的消费主义的后现代之后，精英和大众的划分便不再毫无疑义，诗人也不断遭遇各种读不懂的质疑眼神。那些诗歌的门外汉常常不无讥讽地说：什么是现代诗呢，是不是那些叫人读不懂的就叫现代诗呀？同时，也不乏一些文学界人士，甚至于就是诗歌评论家，对于今日诗歌难以读懂的"积弊"发出友好的劝告或者是严厉的抨击。他们希望现代诗歌写作者放弃对繁复技巧的沉溺，重新回到清新可人的语言和现实中来。殊不知，这实在是太冤枉现代诗人了。

格林·伯格在《现代主义绘画》中说，现代主义艺术都面临着这样的命运，每门艺术都不得不通过自己特有的东西来确定非他莫属的效果。显然，这样做就缩小了该艺术的涵盖范围，但它也更安全地占据了这一领域。

现代性其实正是一个不断分化的过程，艺术的功能不断地细化，在这种审美现代性的驱动下，古典诗歌身上所承担的那种赠别、酬唱、求仕等现实性功能被分离出去，甚至于一般性的抒怀功能也大部分地让现代流行歌曲给取代了。在这种功能分化之后，诗歌如果不是在特别的时间中被征用（譬如政治对诗歌的征用，灾难对诗歌的征用）的话，它的基本功能就是对语言技艺的探索、对特殊经验范畴的拓展以及对诗歌特有想象方式的寻找。

由于审美现代性的发展，诗歌等现代艺术越来越成为一种需要专业技巧才能够进入的领域。正如耿占春所说，在现代式生存中，报纸化的透明阅读的环境下，诗歌这种类经书文体的身份就显得极为可疑了。诗人何为？诗歌何往？这是纠缠着现代诗歌的幽灵。如果将现代诗歌放置于 20 世纪 90 年代以来的中国语境中，诗人们又面临着种种特殊的苦难了。"完整性写作"无疑真是针对这些问题的思考和回答。

"完整性写作"的倡导者和实践者大部分是 70 后诗人，他们的观念和艺术成长成熟于 90 年代末和 21 世纪的第一个十年。90 年代以来的诗歌转型在他们身上起着潜移默化的影响。

关于 90 年代以来诗人的身份变化和危机，周瓒描述为"从一体化的体制内的文化祭司，到 70 年代末至 80 年代末的与'体制''庞然大物'既反抗又共谋又共生的文化精英，到 90 年代以来身份难以指认的松散的一群人"①，这首先指的是职业身份的变化"这期间，诗人的身份、职业、经济来源等也发生了微妙变化。在 90 年代，那种当代意义上的'专职诗人'已很少，他们或者是'自由撰稿人'（由于靠诗歌以维持生计的可能性不大，他们往往主要从事其他文类写作），或者同时从事商业经营，而更多的是大学教员、报刊编辑、记者、公司机关文职雇员。他们与国家、'体制'的关系也呈现复杂状况"。②

90 年代以来，对诗歌写作的不满几乎成为评论界的共识："90 年代的诗歌既不能满足大众的文化消费，也难以符合对抗'现实'的批判性功能的预期。一些在 80 年代积极支持朦胧诗和'新生代'诗歌探索的批评家，对诗歌的现状和前景也十分忧虑。这种情形，导致新一轮的新诗'信用危机'的出现，新诗的价值、'合法性'的问题被再次提出。"③

我在《迷舟摆渡》中写道："表面上这是诗歌合法性的问题，是诗歌创作被质疑，其背后，却是诗人诗歌写作认同的问题。是经历八九十年代之交精神剧变，走进新时代镜城所交织出的破碎身份加在诗人身上的晕眩感。所以，寻找诗歌'写作认同'会成为当代对诗歌有抱负的人所必须解决的问题。"④

三　完整性:为梦想招魂

可以说，90 年代以来的诗歌写作，是一种走出政治神话、走出诗人神话、摆脱焦虑、寻找认同的写作。在此过程中，似乎出现了几种非常不同的探索路径。

如果说有一个共同的轨迹的话，那就是走向语言。80 年代以后，没有一个先锋诗人会宣称内容先于语言。90 年代以后，很多诗人的写作已经转向了纯能指的试验。诗歌的语言试验带来了一种先锋的效果，同时也为诗人找到一个可以自我沉迷的开阔空间。90 年代以来中国先锋诗歌确实开始变得繁复、精致，有着曲折幽深的艺术和语言本体论确立之后呈现的新世界。很多诗人的写作危机正是在语言探索领域的高歌猛进中克服的。这无疑也是

① 洪子诚:《在北大课堂读诗》，长江文艺出版社 2002 年版，第 424 页。
② 洪子诚、刘登翰:《中国当代新诗史（修订版）》，北京大学出版社 2005 年版，第 244 页。
③ 同上书，第 243 页。
④ 陈培浩:《迷舟摆渡》，中国戏剧出版社 2009 年版，第 13 页。

90 年代诗歌以写作技艺化重建写作认同的重要成果，譬如臧棣、周瓒等人的诗歌。

也有诗人在语言实践的同时，提出了更加个人化的实践方案，这里想讨论一下于坚的"拒绝隐喻"。由于痛感中国语言中过分成熟的隐喻积淀，现成的修辞业已使词与物严重分裂，诗歌抒情无法到达事物的现场，于坚用自己汹涌而庞杂的诗论以及持久又略微自相矛盾的诗歌实践来提倡一种回到事物现场，重新命名事物的"拒绝隐喻"写作。

"拒绝隐喻"是将词语革命与伦理革命结合起来的诗学实践，理论惊世骇俗，也产生了像《0 档案》等的神奇的文本。"拒绝隐喻"同时又是诗人朝向诗歌焦虑发出自己声音的一种方式，这一次，于坚找到了一把解构之刀，为自己清理出一条充满个性的诗歌之路，但是，解构毕竟附着于被解构对象之上。于坚的尴尬或许在于，哪些他认为回到事物现场的写作，因为是对事物的重新命名，所以，远比以隐喻的方式靠近事物的写作更加让一般读者感到陌生。"拒绝隐喻"成了一种只有于坚一人能够实践的策略，既成就了于坚的独特性，也宣告了作为诗学道路对其他诗人的意义阙如。很容易可以发现，走向技艺的诗人们紧紧抱住语言，而"拒绝隐喻"的于坚则以祛魅的思路完成语言和生命伦理的双重更新。于坚驱逐语言中所附着的任何灵韵，诗人曾有的语言巫师属性被置换为一个彻底的及物的市民角色。

相比之下，我们却看到完整性写作的倡导者，沿用了一种完全相反的思路，那就是招魂。耿占春先生在《失去象征的世界》中以波德里亚的《象征交换与死亡》为理论支撑，把持续祛魅的现代社会命名为"失去象征的世界"。所谓象征，并不是指作为修辞技巧甚至于文学流派的象征，而是传统社会所存在的大量的生活和民俗仪式。这些仪式构成了生活中的灵韵，正是透过这些仪式，传统社会生存的人们得以交出死亡的恐惧，以仪式担保了他们生活的意义。这些仪式的核心就是各种各样的神，他们的生命于是在神的庇护和抚摸下获得意义的满足感。但是，启蒙理性启动以来，现代性法则开启了对种种"象征仪式"的驱逐，于坚的驱逐隐喻正是此种现代性的思路。然而，在神迹渐远的生存中，完整性写作却以招魂的策略，期望为破碎的生存重新建立意义，他们希望借助的是梦想和诗歌。

但是，在弑神已经成为现代性基本事实的情况下，现代生命的魂不再可能是古典意义上的上帝，而且招魂也不再是一个一劳永逸的事情。毋宁说，神是一个需要持续自我建构和自我约束的虚无，与其把完整性对梦想的呼唤，对神性的向往，对生命完整境界的描述视之为一种确定的实存，不如把它视为对我们虚空生命的一种警示：写诗不过就是一种自我拯救，写诗必须是一种自我拯救。所以，写诗必须深切地去洞悉生命的危机，写诗也必须去思索渺小的躯体如何爬出无处不在的伦理泥坑或沼泽。我不想说，世宾他们的思路是唯一有效的，但是在90年代诗歌身份危机的解决方案中，"完整性"确实是最让人温暖的并感到人的尊严的。

四　作为生命诗学的完整性

置身于各种流派宣言四起的新世纪诗坛，"完整性写作"也不可避免地以流派的面目出现，争取发声。但是，在我看来，"完整性写作"有其流派的一面，譬如说写作宣言，同人团队，诗歌活动，等等。但是，就其诗学内核而言，他们最有价值的部分，并不是作为某个流派的指针，而是作为一种生命诗学对当代文化生命的诊断和提醒。当代诗坛，流派很多时候只不过是啸聚群居制造的眼球效应，真正写作实践和流派宣言能够严格相符的几乎没有。所以，很多诗人，他们既可以被归类于甲流派，也可以很方便地归类于乙流派。就此而言，追问完整性写作的旗下聚集了多少写作干将，他们又在何种程度上实践了"完整性诗学"我认为是没有意义的。有意义的是，"完整性写作"警示诗人应用诗歌去目击生命的沦陷并反抗这种沦陷，这种警示是针对所有人的，所以，所有人都有可能成为"完整性写作"的诗人。所有人都可以在具体的写作技巧上保留自我的探索而在生命立场上去拥抱完整性。

因此，我们又必须说，"完整性写作"不是一种技巧诗学，而是一种生命诗学。这是一个不解决具体写作技巧问题的诗学，如意象派、象征主义；也没有聚焦于某个确定的题材领域，如下半身写作。与其说它是一部写作纲领，不如说它是诗人对当代心灵命运的认知和觉悟。所以，完整性很难作为一个流派，一个写作群体被清晰地界定。它只能借助于人为界定，惯性认同使写作实践与诗歌方案获得同一性。举例来说，黄礼孩也是完整性写作的提出者，黄礼孩当然就成了完整性写作的代表性诗人，黄礼孩的诗歌实践大体上可以用完整性去概括，但黄礼孩的诗歌实践也可以从其他路径去概括，这就意味着，完整性是一个关乎生命态度和写作立场的方案，但更进一步的审美趣味和写作风格问题，却不是完整性所能够解决的。但我认为这并无损于这个诗歌方案的精神价值，正是因为它是在生命态度和写作立场的宏观层面而非审美趣味和写作风格的具体层面对当代诗歌建设提出构想，它反而更有可能持久地发挥作用。但同时，也有必要提醒那些将完整性写作理论视为诗歌写作 ABC 的阅读者，此种误解必须抛开，即使你怀抱梦想去拥抱完整性的心灵生活，即使你用批判性的眼光去审视工业时代的再造世界，诗也并不必然产生，完整性生命立场之后，诗歌的符号化和个人审美劳动的差异，依然存在着。

文学守护者的文学见证

——读郭作哲先生《郭氏文评》

郭作哲，我是未识其人，先闻其名。大学时代，我有一帮来自澄海的文学友人，经常从他们口中听说澄海文学社郭作哲社长提携后进的事情。友人口中的郭先生，诚然是和蔼热情、思与时进的，却也是一方文学的聚焦点和磁场中心。我于是对澄海文学氛围，颇心向往之；对于郭作哲老师，也有了几分好奇。十年前的一天，作哲老师、仁凯兄来潮，海阳叔、景忠老师和我相伴在韩江边小酌，当时首晤郭老，至今记忆犹新。之后在各种文学场合不时会遇见郭老，吴芡的散文研讨会、陈宏生老师家中的文学聚会……

我突然意识到这些年我跟澄海文学或隐或显的缘分：我的诸多知交文友都来自澄海，以潮汕论之，我的文友中，以澄海为最多。有时候，我甚至觉得，我和澄海文友的交往，要比和潮州文友来得广泛。结识郭老、仁凯兄后，我对澄海文学开始有更多认识：初会了陈继平、林昂等人的小说，随后则拜读林渊液、吴芡等人的散文，与渊液姐在文学上更是多有交流；诗歌方面，则除了陈仁凯外，陈植旺、金森峰等人也都有所拜读。就是澄海的诗歌隐士——在本地诗坛绝少显山露水的诗人陈煜佳与我也因为机缘巧合而颇结诗歌之谊。去年，更是机缘妙遇，与谢初勤兄在广州有一番深入交流，又结识青年才俊，比我远为年轻，却已是四部长篇小说作者的林培源，继而结识厚朴多才、文学书画俱佳的厚圃兄。这一切，都令人惊讶澄海文学积淀的深厚；而这一切，在过去十年，竟是润物细无声地进行着，我自觉从未刻意靠近澄海文学，可是澄海文学却总是枝繁叶茂地伸到我的窗前。

事实上，早在与澄海文学有较多接触之前，我便读挚友林诗铨、许培峰、余冰如、陈枫等人的散文，那些或是恬然世外的文气，或是少年凌厉的锐气，都让我感慨澄海这方山水的文气。他们如今多不再吟风弄月，或者正儿八经自称文学作者，可是他们的日常行至、兴趣和言谈，又总难免显露其文学来路。私下里，诗铨、陈椰等朋友有时觉得我的澄海印象是一种他者浪漫化的结果；我却固执认为他们大概也难免"只缘身在此山中"中的偏颇。同为潮州人的海阳叔跟我有同感，至少我们都觉得澄海人有趣。区域性格论虽难免本质主义之嫌，但姑妄言之，总也触及些大概。说到澄海近几十年的文气绵延，海阳叔和我都不约而同地想起郭作哲老。阅读作哲老即将出版的《郭氏文评》，更加强了我的此种感觉。

我以为郭先生的存在，串起了澄海文学几十年文学氛围的连续性。从老辈作家蔡英豪、陈由泓等人到林昂、陈继平、陈跃子这批 60 后，到林渊液、谢初勤、陈仁凯等 70 后，再到吴芡、金森峰、陈植旺、余冰如等七八十年代之交生人的作者，到更年轻，已近 90 后的林培源，郭老师无一不熟悉，无一不认真观察，细致评论。因而，郭老师的评论集不但已经成为澄海文学新时期三十年春华秋实的绝佳见证；而且，他的评论作为文学活动，事实上正是凝聚澄海文学连续性的重要因素。

文学在商业化时代到来之前，曾经在中国的社会生活中占据重要位置，文学为很多人提供改变命运的通道。可是八九十年代的社会剧变，文学迅速边缘化，文学的现实光环迅速褪去，文学提供给人的不过是一个自我观察、自我栖息的语言和精神世界。当此之时，文学的热闹风流迅速散去，各种地方的文学社也不复存在，大概只有那些校园文学爱好者会在满腔热血无以投寄时才凑一下文学社的热闹。可是澄海文学社作为一个地方文学社团，却风流不减，活动频仍，这期间，郭老实在是功不可没。

地方文学有其特殊性，没有经费，全靠热情；没有光环，冷暖自知。在这样边缘的环境中，地方文学圈中并不乏浑水摸鱼、沽名钓誉者，他们的存在往往吓退那些真正的文学热爱者。大部分地方文学氛围的败坏，跟这些人占据重要位置有关。所以，地方文学风气的清明，全赖核心组织者为文学工作辛勤劳作所获得的圈内威望，当然跟组织者自身的眼力见识、魅力胸怀也有密切关系。每个人都难免有自身的认识局限，总难免从自身立场出发对青年一代的写作风格、立场和趣味看不顺眼。个人恩怨之外的"代际偏见"几乎是不能避免乃至于情有可原的。可是反过来，能超越"代际偏见"对于年轻一代甚至几代人的文学创作有理解之同情，实在非虚怀若谷者不可。郭老似乎正是这样一个人！

《郭氏文评》令人感佩之处在于，它让人看到一个真诚的文学评论家用一生去拥抱文学，并以火般的热情完成自身知识更替的过程。以作哲老之年龄，其青年成长期的知识饥渴必然无法在干涸禁锢的时代中获得满足。时代塞给他们的阶级分析法、庸俗社会学分析、僵化的反映论和意识形态分析法很容易成为一种智力花岗岩，堵住很多人认识文学性的通孔。80 年代所开启的新启蒙运动，自然使人们对于纯文学以及文学性有了更深入的认识，可是这股启蒙时代的甘露对于年轻人是自然而然，对于已入中年，受过火热年代文学教育的人而言，简直是一种认识论上的脱胎换骨。

郭老确乎是一个虔诚的文学评论者，他作为一个文学编辑必定长期地进行着多方面的理论贮备和更新。因而，当他对重要作者进行评论时，往往能迅速找到对其进行文学史定位的谱系，并在这种谱系中发现作者的写作特点；他也善于从多种文学理论中找到与评论对象最契合的一种，从而得出切中肯綮的判断。

他在《凡人情结和庸常人生的书写——陈宏生乡土小说》漫议中，出于一种评论者的史识而做出这样精彩的判断：

> 陈宏生的乡土小说沉潜着浓浓的凡人情结，直指乡村墟镇中的平民百姓。田间乡野、小镇社区的平民百姓的平凡人生，是社会的一面镜子，最能反映当时当地的社会风貌。他用充满忧患的眼光看待变化了的乡村和变化了的人们。他在大时代的背景下观照、思考、挖掘、剖析沉潜于民间的乡土人物的心灵，既控诉了文明的失陷所造成的人性的裂变，也看到传统的本质文化在衰落的同时，又是如何顽强地存在着。

此文在当代乡土小说的艺术难题背景下分析陈宏生的小说如何展示文明失陷造成的人性裂变和传统衰落中人性的顽强生存，我以为既是对陈宏生小说的准确定位，也是对乡土文学使命的有效概括。

当他评价厚圃的长篇小说《结发》时，他也将作品置放于"乡土小说"的文学谱系中予以阐发。在乡土与底层的背景下，评论者再次显露了他的史识，他指出："中国小说的底层叙述并不是新兴的，鲁迅早在 30 年代就以中国乡土透视中国文化。他称之为的'侨寓文学'，是作家身处异地、以城市视角审视乡土、释放乡情的文学。他笔下那个穿长衫喝酒的孔乙己，和那打肿脸充胖子的阿 Q，就是他关注当时社会底层的典型。此后的茅盾等作家，则开始直接描述乡村、描写农民的现实生活。由于意识形态的束缚，40 年代的赵树理、丁玲对农民的关注，变成对新生活的向往和对旧时代的批判；50 年代至十七年文学，底层已经充满'阳光'了，乡土文学却成了精英化、符号化的写作。底层文学的真实回归，是在新世纪开始以后几年的事。这时候底层叙述不再边缘化，它已经成为中国文学创作的主流。"在文学史的背景下作者指出，"厚圃以对现实主义创作的坚持捍卫了文学的神圣。他的底层叙述手法是继承'五四'的写实传统的，人道主义价值关怀成为他的创作动力。"

以"写实主义"和"人道主义"来为一个新世纪作家开路看上去并无新鲜的理论旗帜，却需要另一番眼力和胆识。"现实主义"作为一种写作手法乃至于文学风格、文学流派从19世纪的批判现实主义就蔚为大观，进入新中国之后，社会主义、现实主义更是在革命话语中被作为文学等级制中的最巅峰和唯一合法方向。某种意义上说，80年代先锋文学的生成正是以对现实主义的背叛而实现的。在现实主义被某种程度污名化的背景下，郭作哲却从现实主义和人道主义的背景下肯定厚圃的《结发》，这也许不是他不知现代主义理论，而是他真诚的艺术直觉使然。如果我们进入《结发》原著，则不难发现这种判断并非偏离之语。

作为一部具有浓重写实意味的乡土题材风格的小说，《结发》具有深厚的艺术魅力。这种魅力所来何自？它难道是对传统现实主义手法的复制吗？果其如是，则《结发》便不足观。所以，郭作哲对《结发》的探讨，便是对《结发》如何在传统现实主义的基础上进行艺术新创的探讨。循此，作者便发现了《结发》中所存在的意识流写法并加以浓墨重彩的分析。确实，读过《结发》者都难免被小说跌宕起伏、扣人心弦的心理描写所打动，厚圃的心理描写又多借助心理错位来完成，青年苏庆丰传递情书于孙瑞芬，被李春水错读，引发一番奇特的心理波澜；多年以后，孙瑞芬设计，让根勇以苏庆丰之名幽会李春水并得手，又引发另一番多重错位的心理震荡。读来煞是好看，郭作哲对于《结发》的心理描写则是抽丝剥茧，洞微烛幽，娓娓道来，越发引人入胜。

从事过文学评论的人都知道，文学批评最忌生搬硬套，用一个理论套子装所有人；文评最需随物赋形，理论内蕴于对象的特殊性之中。郭作哲《直逼灵魂的拷问——陈继平小说印象》最能让人看到他批评方法上的灵活多样。在澄海籍小说家中，厚圃善讲故事和譬喻，林渊液善于玄思和象征（林渊液之前一直以散文家名世，最近才开始热心写小说），谢初勤的诗化小说极出色，陈继平的特点却是多变和善变。把握"善变"的陈继平并非易事，郭作哲在文中指出："小说的最终价值是给人们提供一种思想。真正能感动人的小说是直抵心灵的，这是作品能否飞腾起来的关键。陈继平无意对社会做出评价，但他笔下人物的心灵，恰恰反映了那个年代的变迁和当时人们的精神状态，是人物灵魂深处的暴动。"

反映论的文学观往往把文学作为社会学的附庸，因此，反映论视域下，文学的意义便是"反映了什么"。陈继平的写作，显然在先锋文学处汲取了营养，一开始便显示了对反映论的反动，从而使文学从现实之再现转而成为灵魂的风暴。因此，郭作哲指出他的作品呈现"人物灵魂深处的暴动"实是解人。但他也并非停留于此，对于"善变"的陈继平，当然也必须"善变"地采用各种方法。郭文既触及小说的心理层面："小说没有给人留下布道说教的感觉，没有将人物当作图解主题的工具，而是通过细微的心理剖析，在读者面前呈现一个内心世界复杂微妙的人物。"同时又从叙事学角度（叙事学是在20世纪90年代末21世纪初才在国内学界兴起的，这足以说明郭老对新理论的关注）分析陈继平小说的儿童视角："儿童是纯真的，儿童的视角是直接的、感性的。陈继平的好多作品如《无人看守的道口》《街灯》《梦游症患者》《维系我们幸福生活的螳螂》等都是以儿童的眼睛营造成新的视角，写得自由放松。"既注意到陈继平小说的象征性："作家的小说《街灯》围绕一盏灯的明灭展开故事。作品中的'街灯'是象征意象，是'照耀我们的幸福的光'，'是我们街上的风景'，虽然'不是想象中那么亮'，却是照耀那个特殊岁月的新生事物。但街灯却一再被砸了。"同时也注意到更多的手法转换："《找人揍一顿》，采用意识流、切割时空、视角转换、潜意识独白等，在马球人生'逆境—顺境—逆境—顺境'的变换中，揭示出一系列的社会问题。对马球人生的乐和苦作对比，随心理流程而变换场景、人物，推进情节发展。当他被老麻揍打的时候，他是一个什么都不是的人；当他发迹以后，他不可一世；当他去'找人揍一顿'那时光，他是一个狗屎球；当他再回归马总的位置时，他变成一个连自己都不能把握的人。"

在以深入先锋的艺术理论深入陈继平小说之后，郭作哲却又发现陈继平小说与先锋的差异：

> 陈继平的小说不像先锋小说那样消解意义、解除文学的表意功能，而是为某一观念进行创作的。他冲破了传统现实主义创作方法的桎梏，投入了个人化情绪和个人化经验。他的作品中，有暴力、死亡、性、血、荒诞、梦魇、幻觉、恐怖、怪异、颓废……的描述，但这些描述不是先锋小说的"非中心""非深度""非形象"的对文学意义的颠覆，而是他自己所坚守的"追求喻义的丰富"。

因此，郭作哲认为，陈继平小说创作的突破，"是借鉴先锋小说的表现技巧，为现代主义的创作手法，找到的一种新的表现形式。他的文学天地拓宽了，他的作品文学意味鲜活了。不论是直击生命意识也好，心灵的驰骋也好，他的作品都集中了一个响亮的声音，对现实做出震撼天地的叩问：是什么灼痛了我们的灵魂！"但是，他却又从自己对艺术更高的价值追求中敢于贡献诤言：

> 我在他的作品中，也发现他在个别生活事件的认识上并不是十分透彻，停留在感觉层面，缺乏对事件的抽丝剥茧，因而他的作品，显得格局还不够大气。作家因为对生活某些层面的陌生，只能用文字敷衍过去，因而不能更好地发挥作品的力度。只有对事件作深层的理解和发现，才能成为灵魂真正的载体。在作家的作品中，还有个别篇章对矛盾的揭示过于明确，其作品的背景可以再延伸，表述可以再隐晦些，才能更好地发挥艺术的表现力。

《郭氏文评》评论的对象包括厚圃、陈继平、陈宏生、陈跃子、林昂、李西闽、李伯勤、陈文惠、林渊液、陈仁凯、谢初勤、陈由泓、蔡英豪、余冰如、吴芪、林培源、周子越、陈彦生、陈可、杨景文、邢凤梧、陈景霓、李立群、金森峰、洪梅、陈琦、陈少华、谢郁珊、陈洁恬、山鹰、蔡妙芳等31位，绝大部分为澄海籍作者。这些评论跨越小说、诗歌、散文、散文诗、歌词、旧体诗词等多种文体，兼有对汕头女作家群体写作现象的观察。郭老以一人之力，绘制了一幅详细的澄海文学地形图。再没有任何人在澄海文学评论方面比郭老更全面细致了。但作哲老师秉性虚怀若谷，一再要求我挑刺，我想我也是一家之言，心到手到，一些不同的个人意见，请郭老师反批评。

如果说《郭氏文评》有什么使人不满足的地方，我想在文章的写法上，郭老喜欢使用一种犹如陈慈黉故居那种"四马拖车"式的写法，从几个平行的方面剖析对象。比如他分析林渊液的散文时就重点分析其"真情美""才智美"和"语言美"，林渊液散文性情之美之外，另有独特的智性，所以分析真情、才智或语言都是有理有据的。但是，这种分析法也许同样适用于其他大量作家。所以，它别有一种一目了然的清晰感，却恐怕缺乏一种层层深入、探微发幽的效果。又如分析余冰如的散文，郭老同样运用此种"四马拖车"的结构法，从"情性、诗性、知性和理趣"几个方面予以分析。这种写法在郭老是自成一家，但如果换个方式，可能会别有洞天。郭老的写法是"对象化"的，以归纳概括法贴切评论对象的审美特点。也有人喜欢用一种"问题化"的写法，即是并不力图全面介绍评论对象，而是抓其一点，不及其余，但却把某一点充分"问题化"，从而提炼出某个关于文学理论、文学史的话题，并在这个话题的框架下讨论。譬如李陀在讨论汪曾祺的小说语言时，就在汪曾祺的诗化语言中提炼出"汉语性"这个话题，在现代汉语的欧化背景下审视汪曾祺对小说语言汉语性的贡献。这样的写法既有理论高度又令人耳目一新；又如许子东写的《一个故事的三种讲法》，从《沉香屑·第一炉香》《日出》《啼笑因缘》三部作品中提炼出相同的结构，并在同一篇文章中予以比较讨论；这种种别致的写法对于文章的层层推进也许别有裨益。但每个评论者都有自己的风格和套路，这样要求也许是强求，郭老师勿怪！

　　另有一点小小感受，当代的散文、诗歌、小说在其文体上都有着独特的追求，这些追求常常突破"现实主义""真善美""情理趣"等评价范畴。郭老师评论厚圃、陈继平、陈宏生等人作品时充分调动了多种方法以贴近文体的独特性，这种努力令人钦佩。但也有一些篇章使用的理论话语不尽合身，这又是何故？仔细想来，郭老师热心提携后辈，有时不忍苛责，如此之下，"真善美"不失为放之四海而皆准的立论法则。这是郭老的善良吧！

附　录

从性情到生命的书写

——读林渊液的散文

　　林渊液也许是当代潮汕散文家中最有文体探索意识、最具自我反思精神的一个了。她的写作，从《有缘来看山》到《无遮无拦的美丽》，相同的好评背后，文体、创作观念、艺术经验上面有什么样的变化？或者说，她在写作中完成的转身，给了我们什么样的启发。这是本文努力要去触及并思考的问题。

一　性情书写：古典诗意的审美避风港

　　从某种意义上说，每个人的写作都是对自我与世界关系的一种确认，因而，一个人写作的变化，也意味着作者在悄悄地调整着自我与世界的关系。反之，一个写作者，如果自我跟世界的关系恒定不变的话，恐怕写作上的改变便是空谈。从这个角度看，我相信林渊液内心的世界图景在过去的十年已经悄然地发生了重大的变化，她的作品变得更加知性、开阔和自在，这有赖于她在长期的阅读自省中不断建构起来的新的自我。

　　十年前，林渊液就凭其散文集《有缘来看山》获得广东省文学新人新作奖，那时的林渊液笔意灵动，执着地寻找生活中的古典诗意并视之为"诗意地栖居"。此时，林渊液的作品状情，既有和爱人相偕读书的款款爱情，也有对古代女才子、古诗词潜心对话的远隔时空的"移情"；既有对现实中生命浮沉命运辗转的同情（《潘五叔》），也有对相近年龄不同遭遇的小女子不幸遭遇的"凄情"（《十七岁的午后》）；既有对师辈、尊长的感激之情，也有行走于喧嚣的大街却突然和蓝天相遇的顿悟之情（《黄师傅》《感谢红灯》等）。十年前的林渊液早就有着文字的巧手妙心，去体会并采摘生活里的一串串感激、感动和感悟。

那么，写作《有缘来看山》时的林渊液，她透过作品确认的是一种什么样的自我与世界的关系呢？我们知道，人自来到世上，就被不断地推向世界的旋涡之中，在成人的过程便是不断被固定于语言的象征秩序的过程，并由此获得一个为世界所接受的身份。对很多人而言，职业身份影响至深，我们看到太多的人，职业身份塑造了他的气质和行为方式，他自己安心地藏身于职业身份的外套中与世界或激情相拥或虚与委蛇或跳着离合有致的小狐步舞。人虽是行走的精灵，但很多时候其命运却更像一棵树，被固定于某个地方。所以，你可以愤怒不满，你可以欢声笑语，但你无法移动，树是你难以超越的身份限制，所以，你只能开花，只能落叶，只能四季黄绿辗转，你依然无法摆脱树的命运。开花或落叶都是树对自我身份的一种超越，写作却是写作者对被世界固化身份的一种融化。真正服从于内心的写作，一定是对一种更加流动的、自由的身份的寻找。

正是基于对生活的庸常、世俗和琐碎一面的拒绝，《有缘来看山》的林渊液总是努力去寻找生活的古典诗意。但是在我看来，古典诗意是一个审美的避风港，从庸常的世界中出走的人们，常常会走到这里来，在古典审美经验所绽放的语言花朵中释放内心的焦虑，并缓和了内心与世界的紧张关系，这使得他们可以定期地重返肉身无法脱离的庸常世界。

这是我对古典诗意写作的一个判断，可用《有缘来看山》中的《人，诗意地栖居》来略作分析。这篇散文其实是对四首古典诗歌的解读和感悟。每一节诗中，作者皆用心做笔，寻找与千载之上诗人的内心共鸣，并进一步发掘对生活的感悟。譬如在"三公只得三株看，闲客清荫满北窗"中解读文人们的村野逍遥情怀，接下来又联想到张晓风的《不知有花》，张晓风被满山桐花所吸引，当地一个好心的赭红皮肤的妇人问："你们来找人？"张晓风说，我们来看花。"花？哪有花？"此事当然可以引发多方面的感慨，有人会反思文人对村野诗意想象脱离村民的日常生活；有人也有发出"不识庐山真面目，只缘身在此山中"之叹。林渊液却试图在不同身份、不同眼光的错位中寻找感悟：文人们从喧嚣的世界中抽身，想去寻找村野的逍遥，而村野之人或许正想着如何以仕进的态度来融入世界，"位列三公"。作者于是感慨：

> 小时候玩过一个"剪刀、铁锤、草纸"的输赢游戏，其原理是草纸输于剪刀，剪刀输于铁锤，铁锤反过来又输于草纸，如是反复。人生事输赢得失也大多如此吧。

这篇散文说明十年前林渊液就已经形成成熟多姿的笔致了，这类感悟性散文的核心是作者的"性情",其功能则是舒缓了写作者与世界之间的紧张关系。在这种文章的写作中,作者可以"兴观群怨",也可以"移情净化",这是一种传统的并且也是主流的审美关系,这种关系既保持了写作者跟世界的部分疏离,但又把写作者固定在与世界若即若离的位置上,以感悟消解了作者对世界、对自我的批判性立场,并因此使得写作者的重新出发被搁置。我这样说并非贬损感悟文字的价值,但是正如林渊液在她的文章中提到的一句话"所有具体的形式都是局限的形式",每一个作者所走向的那种具体的艺术思维、艺术形式都既玉成你也局限你,这使得写作的重新出发成为困扰大部分人的问题。

但是,林渊液写作的重新出发并没有被搁置,这只能归结为她的智性气质、对文学乃至于内心生活的强烈热爱了。在《有缘来看山》这本散文集的后记中,林渊液表达了对出版作品集的犹疑和乐观。因为相较于自我期待,她觉得出集子犹如"赊账",但她又对于文学上的"还债"抱有信心。应该说,《有缘来看山》并非一个"赊账"的集子,所以"还债"也就无从说起,这仅仅是作者本人的自我期许和文学志向的一种转喻罢了。但是,我们却不得不说,及至《无遮无拦的美丽》,林渊液的写作完成了一个精神的转身。

二　性情书写的知性延伸

如果说《有缘来看山》中林渊液更乐于采摘生活中的诗意小浪花,抒发疏离而又紧贴生活的小感悟,因而其写作的核心是性情的话,那么到了《无遮无拦的美丽》,林渊液成了一个智性的思考者,此时,她阅读的目光越过了古典文学而到达更广阔的空间,"现代性"成为她开始在写作中思考的问题。此时,她也常与古代人物对话,但是叙述对象已经成为她重构自我身份的建基性他者。跨入21世纪,林渊液的写作观念和心中的世界图景常处变动不居之中,但是原有的性情写作、感悟写作中那个相对固定的自我想象却开始瓦解,《无遮无拦的美丽》除了文字的老练与灵气并存一以贯之外,最大的特点是变化。

这本集子里有非常成熟的感悟文字《落花禅》,此时林渊液的文字比之前,内敛处更内敛,灿烂处更灿烂。此文第一节写我和好友相邀,各自突破现实种种琐碎限制,来到高校听一次高水平的讲座。然而,在如潮水般汹涌和喧嚣的讲座现场,我们却逃了出来,并意外地邂逅了春天的落花。写落花的一段非常精彩：

> 洋紫荆是合乎本名的那种紫红的颜色，枝头已开到了极致，有风无风早不是花落的理由，只是风来而密，风过而疏。疏的时候，是单瓣单瓣悠悠地下，不像花谢，像花飞。密的时候，纷披中夹杂了整朵整朵的，才有了一些坠的意味，喜的是她坠而不毁，像贞洁又烈性的坠楼女子，绿珠或者关盼盼，生命走到了最后一步，平生的美丽和璀璨才随着那飘飞的裙袂一起绽放，一起舞蹈。

这段文字里透露的既是文字的功力，更是感悟的目光，所以，作者是不会仅满足于状物，这一天阴差阳错的遇与不遇被作者进行了一番颇具禅味的演绎：

> 意料中的行程与落花无关，但我们这个行程的终极价值却只发生在落花里。更有意思的是，当我们重新去评价这一天的行径，那一个与我们毫无缘分的名人终会被删除出局，剩下的就是这么一句：请假看落花。

这篇写于 2001 年的文字是林渊液之前性情感悟文字的升级版，但她一定也深深感受到这种圆满的匮乏，感受到一种圆熟体式对那些无法命名的思想、情感的压抑。知识资源成了林渊液散文的新质素，并产生了她文章中特别的智性特征。她的《红颜七绝》，从题材看乃是书写古代女才子命运，但它并不是《写给薛涛》的简单延续。《写给薛涛》写于 1996 年，早《红颜七绝》六年写出，该文是与薛涛对话，援引了大量的诗词之外，时而发出"原来你的心中一直在等待着一个刻骨相思的时刻""知音难觅。现实终于不顾你的梦想自管现实下去"之类的感叹。这篇文章，让人读到的其实不是薛涛的苦楚，而是作者的古典才气，因为缺乏一道穿越黑暗的语言之光来照亮薛涛的诗人命运，那些援引的诗词，更像是写作者房间里的山水画，和主人的心灵无甚关联，但却装点了主人的优雅身份。到了《红颜七绝》，那些大量的诗词引用被简化到了最少，在对鱼玄机经历的简单叙述之后，林渊液的解读不动声色却一剑封喉：

> 鱼玄机是她那个朝代的微机读不过去的一张光盘。出于惺惺相惜，我希望能够为她找到容错功能较好的一个朝代。宋？元？明？清？哪一个朝代的主机可以为一个吃了智果的多情弱女子开开绿灯呢？

古典才人与现代比喻之间的错位效果折射出林渊液思想光源的现代出处，那些装点性的引用被代之以澄明的思考，鱼玄机与时代之间的错位悲剧便彰显无疑。但是，我必须说，这一类文字中林渊液试图突破以情感把握世界的方式，而跟世界、历史建立一种既智性又审美的联系。而这个过程，却并不真正涉及林渊液本人的生命体验，文字如何延伸至生命的体验，林渊液在《无遮无拦的美丽》中也做了有益的尝试。

三　生命书写：个人生命史的回溯和重铸

人生活在世界上，在认识过程中产生了知识，知识是指那些跟人的情感等主观因素无关的，描述某个领域规律或状态的智力结晶；但有知识并不够，知识既是人把握世界的工具，也是把人固定在某个确定身份的驯化工具。知识无法解决人的情感与格式化世界的冲突，审美感悟于是成为解决这种冲突的重要方式。审美感悟并不否定世界，却在疏离世界和重返世界的过程中保持内心的独立天地和肉身对世界的依赖性。而生命体验提供了解决人与世界冲突的另一种方式。在海德格尔看来，人被推向世界，大地于是被遮蔽起来，所以人必须要有返乡的愿望，诗就是人心灵返乡的一种重要方式。此处的心灵返乡是指对自身悲剧命运的洞察，对自我与世界关系的重新认知，使被世界所固化的自我回复流动的状态，从而获得自我的自由。所以，此处的生命体验指的是对世界的批判性思考，对世界加之于人身上的重负所产生的悲剧性命运的思考。

就此而言，我觉得《无遮无拦的美丽》中的很多文章，林渊液开始了对自我的审视和重铸，原来的那些感悟，在对世界深层人情物理的想象性把握的同时，也隔绝了与自我悲剧性命运的联系。此时的林渊液，文章中开始伸出了长长的触须，在现实的衣物、潮剧人物的积尘和自己身体的王朝起落间去触摸自己，在对自己的回眸中重建自我，这使得她的散文的取景范围大大拓宽，也使得她的散文成为自我成长史的透视镜，更成为以文字重塑自我的基石。

譬如《走过我初恋的狄青》，狄青是传统戏文中的英雄角色，只不过这里不再通过各种文化知识的互文来装点自我了，狄青这个传说人物、舞台人物成为走过"我"初恋的人物，已经跟"我"的成长史、情爱史相关了。所以林渊液说"那么索性就由那种镶顿到我生命里的感受说起吧"。文章于是勾连起少年看戏的记忆，少年时钟情狄青，乃是被一个悲剧英雄藏得最深的爱情流露所打动。而这次看戏，居然就影响了一个十岁小女孩看世界的目光：

> 课本里的内容怎么就那么遥远。有时，她会望着窗外的合欢树的叶子出神，然后心里有了一丝甜甜的忧愁泛过。班里的哪一个小男生也许会在眼前一闪，一瞬间就风过无痕了。她的心里有爱，对于一个男子的爱。这爱是她第一次面对自己以外的人的无条件付出。仿佛有什么东西在她身体内完成了，她由此走向了陌生的两性世界，也走向了广阔的爱。

将散文的触角伸向历史早不新鲜，但林渊液和叙述对象之间建立的不是一种纯粹的知识关系，也不是余秋雨式的知识展览加国家主义式的抒情，写作者于叙事对象之间是一种双向嵌入的关系：林渊液在生命的记忆里越走向狄青，其实狄青就越深入林渊液，她走向了历史人物，但却返归了自己的成长中的生命。这是《无遮无拦的美丽》中林渊液的散文显得更加开阔、自由和内化的原因。

我想特别提到林渊液刚刚完成的一篇散文《黑白间》，此文涉及林渊液常常会提及的题材——书法。林渊液少年习书法，大学习医，却在获得了医生的专业身份之余保持着一份更热烈的文字之恋。所以，书法、文学、医学在她那里是一种复杂的纠缠关系，她之前的散文就常常提到书法，但那时书法可能是一种代表风雅气度的符号，譬如《鹅》《从兰亭到〈兰亭序〉》中所提的书法掌故；也可能是作者进入祖辈记忆的重要途径，譬如《家传》等。但是，这些外于自我生命的因素显然要被排除在《黑白间》之外，因为年近不惑的林渊液借着《黑白间》回溯自己的生命河流，在审视自己离弃书法的抉择之后，她重新获得了对书法的理解和激情。此时，"书法"其实就是另一个狄青，它和他都是作者的情人，他们都是人到中年并在探求突破的林渊液的一个生命瞭望台，和向着过去出发的心灵渡口。作者从少女说起，书法在她那里，是少年的虚荣、师长的期待和自我心灵表达的复杂结合体。作者说：

> 身体和精神的在场和参与，无疑地延续了我的书法生命。可是，有一种痛一直没有离开过我。它并不是属于我的！我与它肌肤相亲，却始终没有灵魂交融过。我与它之间，一直硌着，把我硌疼的是父亲肃穆的表情和期待。我努力过，然而适得其反。

作者显然一直追求书写方式和心灵之间的谐和关系，而这种"肌肤相亲"

的关系却隔着太多外在的目光，所以，反思书法为何进入我的生命，作者说：

> 或许，我的内心从未参与。我在进行的是一场旷日持久的表演。纵
> 是偶尔地投入，那也是因为一时忘情，进入到角色里了。

青年时代虽未有如此的体悟，但抵触的情绪造成了相同的后果，离开。
而离开的另一层原因在于一些与艺术场内伴生的杂草。作为一个不足二十
岁即有作品入选国展的少女，"我"罕有地成为小城书协的理事，在这个看
似幸运的社会角色里"我"却遭遇了那时尚无法处理的一股"离心
力"——一场发生于小城书法界的王朝更替所浓缩的微型权力景观。"在一
个小县城的视域里，审美的引导和艺术的仲裁是云端里的事情。把仲裁的
执杖交给那些没有翅膀的人，会飞的人也将随之折翅坠落。"这是作者对离
开的第二层叙述。

然而，多年之后，在北京的一场书法展却意外地重新叩开了"我"通往
书法的心门。

> 我执笔的手开始了它的征程。墨水在纸上流转，思绪在心里升腾。
> 我的书写热情从没有如此强盛，书写的情绪却从没如此淡定。没有谁在
> 鞭打我或者解救我，我只是整个人在不停地翻滚，快速的，或者迟缓的，
> 流畅的，或者阻滞的。墨水积聚了，很快又婉转起来，行走起来，渐渐
> 如飞，竟至有了飞白。而我身上的绳索，终于一圈圈地松解开来。我听
> 到了大海的潮汐和呻吟，我触到了风抚摸的手臂，我的视线有些迷离，
> 我奔跑的身体有了融融的爱意和坚定的意志，而海边的木麻黄，长长的
> 望不到尽头……等到停下来时，才发现我的身体有着一层薄薄的汗津。

时间终于冲刷掉书法曾在我心灵投下的功利阴影，当岁月终于为我积淀
起更从容圆融的观看世界的目光时，那些曾经绑在我书法生命上的功利之绳
早已脱落，而那些因为我的拒绝而产生的其他绳索也终于脱落，书法穿过了
生命多岔口的河道，再一次抵达"我"的身体和灵魂，完成了一次心灵和书
写的亲密舞蹈。因此，她重新看王羲之，也获得了更多的体悟，与王羲之相
比，自己年轻时的遭遇实在太微不足道了。然而，艺术是王羲之政途遇劫的
退路，那么，在艺术遇劫之后，我的退路何在呢？林渊液发出这样的追问，
这是多年来亘在她和书法之间的结，多年之后她轻轻伸出手，这个悄然风化
的结于是归于无形。

此时的林渊液在散文中找到了各种打开自我生命感受的通道，《蒜茸和一个女子的成长史》她用的是极为细微的饮食调料；《无遮无拦的美丽》则是从一个女子的服饰；《一个人的王朝》则是借身体短暂停顿罢工之机的回眸。可以说，这些散文中林渊液借着对每一件细微之物的描绘，回溯自我的成长历程，并由此完成新的自我认同。我觉得最重要的不在于她这些散文本身走到了一个多么高的艺术高度，而是写作者本人从一个被世界固定的位置上摆脱出来，开始绘制自己生命记忆的地图。她的视野里不再是公共的图景，也不是固定的角度，她在对着记忆的不断后撤中回眸，成长记忆便成了一幅波澜起伏的画卷，而过去也重新塑造了现在的自我，使她永远保持重新出发的状态。

但是，林渊液写的毕竟是艺术散文而非思想随笔，所以她在追求智性、审美的结合而非纯粹的对生命的智力思索。她的很多文字如果从理性的角度看，似有可以继续推进的地方，譬如上引的《红颜七绝》，林渊液说鱼玄机是一张唐朝读不过去的光盘，一语洞悉鱼玄机的生命悲剧，但是她又说"也许鱼玄机该到我们现代来。即使我们不能保证给她一份完整的爱，即使我们不能够为她搬移一塌，让她对着青山酣眠或者吟诗，她还可有最后的一条出路"。

窃以为林渊液对现代女子的生存悲剧过于乐观了，因而林渊液写的毕竟只是鱼玄机的悲剧，而不是我们现代的悲剧。林渊液的家庭生活是极其美满的，因而她作为一个现代的知识女性也是进退裕如，所以鱼玄机这个女性悲剧似乎就难以回溯进她的生命。

四　一点延伸：写作是对庸常身份的反抗

林渊液的写作，从性情书写到生命经验书写，显示了她的探索意识和反思精神。在我看来，它提供了一个启示：作家如何保持创作活力，并且是一种自我更新、突破的活力，我认为来自对庸常身份的反抗。我想进一步阐述这个观点。

海德格尔认为人有一种庸常的生命状态，这是一种制度、风俗、文化的平均数的生活，它的最直观的生命外壳就是职业身份。很多人的一生就被固定在这样的外壳中，并由此塑造了他的不完整的生命观和爱欲情仇。但是作家显然必须对这种庸常身份有足够的警惕，并出示自己对生活的发现才可能走上写作之路。就这个意义上说，写作，正是对庸常身份的反抗。作家反抗世界加诸自身、固定化自身的身份而使大地现身，就走上了寻找返乡之路。

庄子说朝菌不知晦朔，一个人没有从烦的身份中走出来，就是一种井底之蛙的状态。人，特别是文化人会去追求精神返乡，追求生命的本真状态。处在烦的状态中而不自知的人，他的生命并不像我们设想的那么悲惨，因为世俗世界提供了非常多可以让他依赖的东西。所以，任何规训，其实也伴生着许多的文化补偿。比如母职作为对女性的一种束缚和规训，主流文化又建构了一种母爱的神话使其成为很多女性的精神支撑。在我看来，日常生活和知识实践是两回事，日常生活中任何人都不免进入某种具体的生活形式而被规训，但是思想却有可能从规训中走出来，在文字想象自由生命的多种形态。

随着写作的深入，很多作者会发现：原来跟主流世界观若即若离的性情书写成了一堵难以突破的墙，许多人终身就在这堵墙围起来的精神后花园中流连了，许多人在世俗生活中浸染日久，渐渐地觉得连这个后花园都觉得无趣了；也有许多人在文字中摸久了这堵绕不开的墙，也只好无可奈何地止步了。那么，林渊液的写作却又为何能绕过了这堵墙？

写作的持久和更新，对写作者提出了"伦理重构"上的挑战。写作有赖于新鲜的经验、奇特的想象、个性化的语言，很多作者往往是从这些要素的某一方面出发而进入文学的世界，但更深入的文学行走，却有赖于作者对经验、想象和语言的伦理重构。在我看来，经验本身并不能获得一种文学品位，经验只有被加以审美的、哲理的、伦理的观照才获得了文学的独特性。文学的入门者，或许可以凭借经验、想象、语言的任一方面或任意组合而为人关注，但文学的创新者，伦理重构确实是他们不能不思考的问题。这就为写作者提出了重要的智性挑战，写作者必须大量阅读，必须深入思考，在此过程中跟庸常的肉身拉开足够的距离，以思想的自由和生命的多种样态为旨归，不断突破过去的自我，不断发现某种固定化身份的伦理困境，才能获得自己独特而持久的写作能量。在我看来，林渊液写作的突破，或许正源于她很自觉地以生命伦理来重构自我经验。

庄子说"至人无己，神人无功，圣人无名"，一个人要获得思想的自由必须摆脱各种看得见或看不见的"待"，必须推倒一座又一座看不见的思想的墙，并因此而日益远离人类，在黑暗的孤独的角落目光如炬。我想苏珊·桑塔格、波伏娃等人，也都如此吧。事实上，智性的伦理思考跟审美创造某种程度上是相互冲突的，但林渊液的作品显示了她这方面的警惕性，她的审美创造力从不会被这种相对极端的智性思考所破坏。我相信一个在生命伦理的意义上来确认自我与世界关系的人，可以在美满的日常生活以外，获得更加广阔邈远的思考视点，也可以跟形象化的语言和想象结合，创造出有个人性的审美话语。

时代与历史，魔幻与虚无

—— 陈崇正访谈

一 "无法容忍自己成为一颗螺丝钉"

陈培浩：先从你的写作聊起吧。我不知道最初是什么把你引向文学的？童年和故乡岁月你是如何完成文学的自我启蒙的？从什么时候你开始真切地渴望过上一种写作者的生活？

陈崇正：作为 80 后迟早者中的一员，我和很多白手起家的作家朋友一样，成长于非常恶劣的人文气候环境中。在我的童年生活中，作家是一个只有在杂志励志专栏中出现的概念。如你所说，书本是极度匮乏的，我曾为了读完一部《天龙八部》和邻居的小伙伴打架，还偷过亲戚家的书，也曾因为偷书店里的书被店老板罚站示众哇哇大哭。我家曾是一个豆腐家庭作坊，当时的塑料袋还没有完全普及，豆腐是裹在纸张里头出售的，所以家里每个月都要买进一些旧图书，我总能在里头发现很多奇奇怪怪的故事。除了读，我最早接触的文学类型，其实都是"听"来的。当时收音机里经常有"讲古"的节目，我就是守在收音机前面听完金庸的大部分小说的。很怀念那样一段岁月，有时候突然想起儿时爷孙俩守着收音机的情景，莫名感怀。前些日子我还托一位朋友去打探汕头一位讲古师林江先生的消息，可惜已经不在人世。当时家里很穷，每个学期都要为学杂费发愁，学校的老师基本都按教科书念完一节课，语文老师讲不了普通话，数学老师爱打人，初中有了英语课，英语老师又喜欢跟家长告状，每次都害我挨揍，这直接影响了我对英语的兴趣。而除了语数外之外，其他科都是副科，副科的意思就是可上可不上，反正也无聊透顶。所以跟现在的孩子相比，当年我有更多的时间无所事事，只能读闲书。而家长对所有的闲书都是管制的，我老妈就曾撕掉我的《水浒传》。当时四大名著也是我们家的闲书名单之列，父母都是农民，他们想当然地认为只有课本才是正经书，好好读书就是读课本，他们心目中的理想工作是教书，因为教师是他们能接触到的最有可能的"领工资的人"，除此以为，其他人都必须靠天吃饭。那时候下田都是赤脚，我有一回穿鞋下田，他们就骂，你以为你是教书的啊！

因为太调皮，我经常挨揍，揍完揍我会写日记，千篇一律地感慨一番。写，大概是最原始的情感需求吧。而当时的农村，语文是唯一可以自学成才的学科。我很小的时候就喜欢对偶的句子，喜欢在本子上摘抄一些古诗词句，继而喜欢现代诗，也会涂鸦一些分行的句子。而作文后来几乎成为我校园生活的唯一骄傲，我会写一些比较惨的经历，博取老师的同情。而事实上我童年也过得比较惨，本来觉得还好，写下来就觉得真的很惨，内心也得到一种释放。这样一直到了高中，我离开村子到城郊去上学。凭得作文写得好，我混成学校文学社的社长，而此时所有科目中唯一有点把握的就是语文，语文中唯一有点把握的就是作文。这时候韩寒的盗版书已经上了地摊，而我在考虑的是快高考了，我以后该干点什么。身边很多同学也说我以后会成为作家，但我开始想去学法律，后来阴错阳差到了中文系。中文系离作家其实也是挺远的，直到我发现写稿子还能赚点稿费，而且写文章对我来说几乎是唯一技能。所以别人说你为什么写作，我说因为干不好别的。听起来像开玩笑，其实也是实话。而且我相信对许多作家来说也是实话。

陈培浩：大学期间你有过一段"激情燃烧"的文学生活。毕业后有几年时间你是一个中学教师，应该说那段时间你尚未引起足够的注意，我很好奇是什么使你热切地渴望写作？应该说在教师这份全职工作之余保持高产优质的写作绝非易事，何况期间你又要经历买房子、结婚、女儿出生等日常生活的困扰。这期间你出版了小说集《宿命飘摇的裙摆》《此外无他》和诗集《只能如此》，看上去还挺"风光"的，至少作为一个东莞的业余作家人们会觉得你是很活跃的。可是这三本书的书名却透露出某种"悬空"状态，你看"宿命"呀，"此外无他"也，"只能如此"也，都有种"你别无选择"的味道。这种别无选择究竟是"别无选择地被文学所选择"呢还是你感到被生活挤压得"别无选择"，"只能如此"呢？此间你动过放弃写作的念头吗？事实上身边就有不少文学朋友写着写着就写到别的轨道上了，似乎也别开生面。

陈崇正：大学毕业的时候我踌躇满志，但因为家里确实太穷，我当时考虑了三种职业：一是大学老师，二是中学老师，三是编辑记者。主要考虑的是收入稳定，能有闲暇时间写作，能有自己的精神生活。老实说，八年的中学生活，我过得比较压抑，因为我一直无法习惯中学教育的游戏规则，一方面我无法降低自己去获得所谓的精神交流，另一方面我也一直有意识地抵制职业化给我带来的伤害。我无法容忍自己真的成为一颗可以随时替换而又不能随意挪动的螺丝钉，镶嵌在庞大的教育机器上。所以进入中学讲台的第一天开始，我就觉得自己应该到大学里头去，那里应该有更自由的空气，应该更适合我，可惜我数次考研都因为英语太差而失败。所以转而我只能写作，那时候我觉得，写作大概是我唯一的出路。但其实从一个农村小子到一个中学教师，我一直在文坛的视野之外，我很害怕自己坠进自叹自怜的深渊里。生活中层层的压力和工作中的挫败感，常常使我感到焦虑——我担心一地鸡毛的生活会破坏写作的根部气息，将文学创作所需要的生活养分连根切断。所以那段时间，我的诗歌是走在小说前面的，诗歌对生活细腻的情绪感应，以及直接对情绪直接的抚摸，很大程度上促成了我后面小说的转型。我开始注意到一个人在特定时空中的生存感觉，所以生存感觉，其实就是情绪和认识。或者说，我意识到情绪有更深层的表现方式，而不是单一的煽情，生存有更为内在和深层的焦虑，于是开始书写"宿命"和"恐惧"这样的主题。加上后来家庭发生的一些事情，也间接巩固了我对于人生和小说之间关系的理解。在"呈现"和"发现"之外，我也有了"抽象再造"的需求。

你刚才提到是否想过放弃写作，我想每个写作者一定都考虑过中断写作，至少闪过这样的念头。但当我想放弃或者不干的时候，我会对自己说，写吧，赚点稿费吧，除此之外你也没有别的赚钱的本事。人有时候把自己整得比较庸俗，日子也就容易过去；借助一些原始的欲望，可能更能成就相对圣洁光辉的艺术，所有的莲花都是在淤泥里偶然开出来的。淤泥是大多数，连通着大地。

二 "在坑坑洼洼的误读中写作"

陈培浩：你大学时主要是作为校园诗人行走江湖的，当然大学时你一定已经在悄悄地写小说了，我曾经也写文章指出小说叙事性——比如"元叙事"——在你诗歌中的体现。回头看，从诗歌到小说这个战略转移的部署是什么时候决定的？我知道你其实并没有放弃诗歌写作，那么这两种写作对你来说有什么不同？诗歌是否在你的小说中打下烙印？其实很多诗人转写小说非常成功的，比如朱文、韩东，比如卡佛，我们发现他的短诗也非常出色。

陈崇正：我最早写诗歌，其实是当成日记在写的。我非常感谢诗歌这样一种艺术形式，不是我写了诗歌，而是诗歌成就了我。甚至可以说，诗歌让我变得健康。诗歌让我直接面对人生的两个最重要的命题：死与爱。因为思考死亡，人就会变得豁达和真诚，人是必然要死的，机关算尽也不过大地茫茫，何必活得那么猥琐；而对于爱情的书写和记录，会让人变得善良。爱让人脆弱，让人痛苦，也让人和人之间多了一种万有引力。可以爱，心存善念，人才能完成性格的再造。能诞生美丽诗歌的心灵，应该是这人世间的珍宝；无论裹在外面的皮囊如何浊臭不堪，诗之心都可以不管不顾，直面人世。

诗歌影响了我的性格，诗歌对于情绪的敏感也影响了我的小说创作。而我最终选择以小说创作为主，一个是出于世俗的考虑，一个是诗歌已经很难满足我对于这个世界的表达欲望。对我而言，当下最高的诗歌功能应该是"发现"，而无法"再造"，遥远的史诗传统已经没有叙事的土壤了。而小说天然具有"再造"功能，它有足够的容量去容纳我们的思虑和时代的焦灼，它要求更为缜密的心思，而不再像诗歌那样需要鲜嫩的触觉。随着年龄的增长，我也意识到自己很难完美保护心灵中某个鲜嫩的区域。换言之，我选择小说这样一种艺术形式，来继续我对诗歌之于情绪和人生的表达。当然，说半天，更为庸俗的理由是，小说比诗歌容易换钱，可以赚稿费贴补家用。

陈培浩：这里谈到写作之途中的困难和障碍，我以为这种障碍其实是永恒存在的。比如你在韩师时是小地方"处江湖之远"的障碍，你在东莞时是教师和作家两种身份的冲突，如今你在《花城》杂志当编辑则又变成了编辑与作家的身份冲突，以后还可能是媒体人跟写作者的身份冲突。也许应该这样理解，写作选择了某个人，然后创造了那么多障碍让他去跨越。你怎么理解你写作途中的这种种障碍？

陈崇正：卡夫卡说，任何障碍都能摧毁我。卡夫卡所说的"我"，应该是一个写作的卡夫卡，而不是物理意义的人。所以，其实所有的障碍都能摧毁写作的路径。形象地说，一个作家的成长，就如大风夜行，作家凭着感觉认定脚下的路，然后大风会将他吹走，刮到另一条路上去。但没有人规定另一条路就不是写作的路，写作只是一个方向，人的学识只是行囊，有人丰盛有人干瘪，但走路的姿势是可以由自己决定的，走不走也是可以由自己决定的。当然，并非说你铆足劲写作，就一定能走到彼岸。余华曾说过一个感冒就可能毁掉一部长篇小说，所有的生活障碍对于写作的伤害，经常是在不经意之间发生的，它悄无声息把你刮到荒漠里，毁掉路径可能你就不再惦记远方。

陈培浩：再谈谈你的写作资源问题。其实你的写作受到的中国古典文学影响非常小，中国作家可以看出对你影响大的就是王小波、余华和金庸。关于王小波究竟是个优秀作家还是个伟大作家，你、我和王威廉还有过热烈的讨论，你依然是立场坚定的王粉。这个不说，但你小说倒是可以分辨出很多外国小说家的影子，比如福克纳，比如博尔赫斯，比如马尔克斯。可是他们对你的影响既不深刻也不稳定，你不像某些写作者，学某个作家就会稳定地呈现出某个作家的风格。你似乎更接近于"拿来主义"，这有用就拿一点，那有用也拿一点，好处是永远不用担心你的写作会成为某个大师廉价的倒影；坏处是接受的真气太多太杂，有时会相互打架，造成气脉不畅。你不妨就写作资源方面的话题谈一谈，哪些作家、作品给过你深入的影响，让你产生心向往之的感觉。

陈崇正：有人说一个好作家首先是一个好读者，但其实很多作家的阅读量是非常有限的。相对于评论家而言，作家更需要时间去创作，也更需要时间去经受生活，虚度时光发发牢骚，学者型的作家毕竟是少数。所以在我看来，很多作家说受到另一个作家的影响，很多时候也是不全面的一种误解。我看余华、马原等人写的一些读书随笔，经常会被他们的赞叹声弄得很错愕。作家读作家，中间的误解可能更能让人获得写作上的进步。如果我的这个谬论成立，我就是在坑坑洼洼地阅读中误解和受益的。如果非要自圆其说，我要说好作家都是擅长误读的。

陈培浩：20 世纪 90 年代以来的中国作家你喜欢哪些人？哪些作品是你内心喜爱的？

陈崇正：除了金庸、余华、王小波，还有钱钟书、阿来、莫言等。其实我的频道是比较窄的，我的阅读非常挑剔，但如果喜欢上了，我就会一头扎进去反复读。现在回头去读金庸和王小波，又有一些新的体会，也看到很多他们的极限。

陈培浩：有的作家喜欢的是一类作品，但想写的又是另一类作品。对于你尚未写作的作品，至少在方向上你有什么样的设想吗？

陈崇正：我觉得有一类小说属于神品，就是神来之笔，比如阿来的《尘埃落定》，比如王小波的《黄金时代》，我希望自己能够写出能跟他们并肩的作品。

三　文学地理与魔幻现实

陈培浩：谈谈你的小说吧。如今你小说被聚焦最多的角度大概是"文学地理"和"魔幻现实"了。先说文学地理，用你自己的话说，你习惯"将所有人物都栽种在一个叫半步村的虚构之地。在这样相对集中的时空之中，一些人物不断被反复唤醒，他们所面临的问题也反过来唤醒我。"在半步村中，碧河、木宜寺、栖霞山、麻婆婆、傻正、向四叔、破爷、孙保尔、陈柳素、薛神医等地点或人物反复出现，他们确实已经形成了一种方阵效应。是什么启发你进行这种"文学地理"的培育呢？

陈崇正：开始是因为命名上的懒惰，开始一个新小说，经常不知道人物名字应该叫什么。我估计王小波也遇到过这样的问题，所以他小说的主人公干脆都叫王二，只是各个小说中的王二都不尽相同。按这个思路，我就想以前写过的小说里有没有一些好听的配角的名字，拿来用一下。然后就发现，不同小说里头，名字一样性格设定互相矛盾。有搞评论的朋友跟我提出了这个问题，说应该统一一下。那就统一一下吧，但其实到目前为止，很多也还是没对应上。于是就形成现在的情况，同一个人物在不同的小说里串联，也挺好玩的，这样既省事还能成系统，我觉得这是个不坏的做法，但其实很多前辈都做过，不算什么新奇的招数。

陈培浩：老实说在我看来，"文学地理"并非作品优秀的必要条件，也不是充分条件。在福克纳、莫言这些作家之后，"文学地理"要成为一种值得一提的艺术要素，还必须有其他条件。你一定意识到这个问题，因为你的半步村，更是折射当代社会焦虑的综合性空间符号。比如在《半步村叙事》中我们看到村官恶霸化、女青年卖身；在《秋风斩》《夏雨斋》《冬雨楼》中我们看到农村空心化、强征强拆；在《春风斩》中看到执法队强抓计生；在《你所不知道的》中看到贩卖儿童；在《冬雨楼》中看到校园暴力；在《双线笔记》中看到宗教商业化等社会问题。从这个意义上说，你写的是一种与时代肝胆相照的小说。这里其实带出了一个话题——小说如何表现时代？事实上你往往把这些时代焦虑化为一种虚线叙事，它们是故事的背景，给小说提供更广阔的空间，但是在小说的前景，你有另一番营构。在用小说表现时代的过程中，你有些什么思考，这些思考又有什么变化？

陈崇正：这十几年来，博客、微博、微信等信息传播方式的出现让本来在电视和报纸上的社会新闻涌现到每个人面前。这样的趋势很多成名的作家其实也看到了，我也看到了，新闻比小说还要精彩。我玩微博和微信都比较早，同时我开始意识到自己的短板，就是自己对纷纭世相出现了失语的状态，不知道说什么。所以这几年，我有意识在提升自己对世界发声和言说的能力，有时候会写点时评，也有一些人关注。但我没有成为一个时评作者，我意识到呱呱乱说一通并不是一个小说家应该干的事，作为一个可以成为时事评论家的小说家，我不能忘记自己根子里是个诗人。（笑）我更不能将小说变成时评，那样是在抢时评家的饭碗。我能做的是，在小说中"被动地呈现"，不是主动去批评和批判，而是因为人物本来就不可避免地卷入这个时代。如果将当下时代的社会万象比喻为一条河流，我的人物应该是河流中的石头，这个时代的洪流会经过他们，会浸润他们，会冲刷他们。我能做的，是去呈现和再造，让本来属于他们的想象重新回到他们身上。

陈培浩：你小说的辨析度其实还来自"魔幻"，魔幻元素确实给你的小说带来了新的生长点。这样说其实是因为，我觉得你并非一开始就"魔幻"，而更多是有趣、顽童、黑色幽默，一种王小波式的气质。比如《半步村叙事》一开篇钱小门那些令人眼花缭乱的检讨书，这种反复叙事和顽童叙事确实有点王小波附体。可是后来就"魔幻"了，比如"分身术"。但我要说，魔幻同样不是优秀小说的充要条件，魔幻可能成为前现代故事和现代类型小说的主料，但作为有抱负、想对世界发言的小说，魔幻后面还必须有更多东西，这便是魔幻的象征性。也就是说，魔幻其表，象征其里，你必须找到一种方式将魔幻的概念（如分身术）跟表层的故事和深层的精神叙事象征性地勾连起来。就此而言，《黑镜分身术》是你具有转折性意义的小说，你是怎样一步步获得这种小说上的顿悟的呢？

陈崇正：王威廉曾在一篇文章中提到"深度现实主义"的概念，他说得很对。与此同时，另一个词也在我脑海中浮现，那就是"深度魔幻现实主义"。光有现实主义是不够的，我希望我笔下的世界，还是必须有一些神秘的东西，有一些让人着迷的魔幻设置，这可能跟我的阅读和兴趣有很大关系。我从小对神秘的世界就有一种好奇，我喜欢武侠小说，喜欢《西游记》和《封神榜》这些电视剧。这些趣味的选择会影响我对小说的理解，我觉得无妨在现实的荒谬之中注入一丝荒诞，在荒谬和荒诞的叠加中，很多东西也许可以不言而喻。小说家要对世界发声，又要显得比较矜持，所以最好的方式是不言而喻。

陈培浩：你早期小说一直对宿命、孤独、恐惧等人心的黑暗深渊有执着的表现，后来对时代和历史也有兴趣。时代焦虑我们上面已经有所涉及，你对历史记忆的忧思在《碧河往事》中有精彩的表现。这篇作品刊于《收获》，《文艺报》"新作快递"也有推荐。林培源关注那种逼使读者在读完之后必须"再读一遍"遮挡式写法，我则关注里面历史如何"雕刻"现实的精神忧思。老实说，关于集体记忆的话题其实在十年前文化研究领域热闹过，哈布瓦赫的《论集体记忆》认为记忆是一种文化建构，于是某个时代刻意锻造和刻意遗忘的东西就显得特别有意思。这个话题对于"文化大革命"后的中国人而言更是心有戚戚焉。其实很多作家都花大力气表现了，比如毕飞宇的《平原》。那么在这种情况下，你为什么有信心再进入这个话题？你携带着什么秘密武器来克服影响的焦虑呢？

陈崇正：我什么武器也没有，只是觉得"文化大革命"这样一个话题远没有停止。物质意义上的"文化大革命"结束了，但精神意义的"文化大革命"还在继续。那段特殊的岁月影响了中国的精神和历史，也影响了一代人的文化基因，它的改变是巨大的。很多前辈写"文化大革命"，有的控诉，有的呈现，有的戏谑，我可能都干不来，毕竟我们这代人没有经历过。但我觉得，我们依然可以在广场舞、碰瓷和网络舆论中得以了解当年的思维方式和行事模型。一种没有反思的写作非常可能是无效的，或者可以这么理解，书写"文化大革命"只是我切入当下的一个缺口而已，这跟我写计划生育和网络游戏其实是一致的。

陈培浩：在你的《夏雨斋》中其实也展开了一个历史的叙事层面，里面的大学讲师"我"通过阅读外曾祖父留下了的日记而进入了一场民国初年曾真实发生、死人无数而如今已经被历史烟尘所掩盖的大水灾。当然这篇小说最后的落脚点其实还是在当代的叙事层面，是无法理直气壮地自命"夏雨斋"主人的"我"在家庭、事业、社会多方面，在入世与避世之间无地徘徊的精神迷惘。小说中夏雨斋作为历史派往当代的使者被拆迁的命运其实包含了很深的寓意，它不仅是一种时代现实的"拆迁"，它其实是一种认同的破碎。"我"已经找不到精神认同了。所以我认为你不仅是书写作为现实镜像的半步村，更是通过半步村书写这个时代这个民族的存在与虚无。你这个人看上去乐呵呵、心宽体胖的，可是你小说的底色却是深沉的虚无。虚无在你以往作品中其实是全局性的。你一直强调"我们都是命运的囚徒"，《半步村叙事》中，直如天神般守护着爱人的何数学被恶霸张书记害死了；何数学的儿子钱小门的复仇只能是一把火烧毁村委大楼而后把自己送进监狱了。张书记代表的恶之秩序依然存在，更大的恶的秩序是将纯洁少女宁夏转变为高级妓女的世界程序。站在狱中的钱小门对此无能为力。他能有的便是满腔的感伤。虚无更深一层便是上面提到的认同的破碎。宗祠及其象征体系作为传统乡土的信仰空间，一直源源不断地为乡民提供精神支持。《秋风斩》中，许辉的母亲便是"守旧"而精神笃定的一代，在闻悉媳妇的病状之后，她挑着一担祭品把乡里的神庙转了一圈，她用一种古老而繁复的严谨程序祛除了内心的焦虑和不安。可是，许辉一代是无法回归父母辈的信仰程序了，如何消化内心汹涌的不安和不能说出的秘密，成了时代性的精神难题。小说中，代表现代医学的"薛神医"（精神病科主任医生）、《圣经》以及在广播里布道的高僧面对时代的精神病都言辞振振但苍白无力。作者在小说中提供了一种现代反思下的"虚无"，这种虚无表现在，最后连代表着某种精明理性的企业主许辉也开始迷糊了，他已经无法确认妻子阿敏仅仅是目击了车祸，还是他们当时就是车祸的制造者。你是怎样看待你写作中的虚无的？它干扰过你的写作吗？或者说从什么时候开始你使虚无成为写作中的一种生产性元素？

陈崇正：并不是我去写"虚无"，而是世界本来就是如此。可能再过五十年、一百年回头来看我们这个时代，我们会更清晰地看到我们的荒诞和乏力。80后这一代注定是两个世界的见证者，我们看到旧秩序的瓦解和新秩序的不再建立。我们可以从祖辈和父辈中感受到某种属于20世纪初延续下来的精神秩序，也可以从比我们年轻的下一辈身上看到全新的精神建设。我们看到城市对于乡村的摧毁和乡村对城市的反覆盖，看到城市越来越像农村，而又是"失神"的农村，没有神了，上帝已死。我们有义务在小说中去呈现这种的时代变迁，去记录旧的乡情伦理网络逐渐失效。我们身边众多活着的生命标本在告诉我们，虚无是一种真相而不是一种感觉。

陈培浩：其实我觉得这里的讨论某种程度解答了上面提到的文学地理、见证时代、历史记忆等价值的非自足性问题。即是说，并非你建构了"文学地理"、力图见证时代、书写历史记忆阙如的焦虑就一定是好作品。我觉得你一直在做加法，文学地理加上了时代焦虑，加上了历史忧思，加上了魔幻象征。在做加法过程中一定有某个时候秩序突然乱了，但是当作家的心智骤然被一种更高的秩序照亮时，也会有豁然开朗的感觉。我觉得你小说有意义的地方在于，文学地理之上其实有民族寓言，时代焦虑和历史忧思之外又有精神象征。这是实和虚的辩证，齐白石有句很出名的话，用在这里似乎也恰当，他说"画妙在似与不似之间，太似则媚俗，不似则欺世"。表现时代、历史也必须在实与虚之间寻找平衡。假如半步村完全平行于现实恐怕便缺少文学的魅力；假如半步村完全看不到生活的只鳞片爪的话，读者又如何会心有戚戚焉。这算是由你小说而产生的一点感慨吧！感谢崇正！希望读到你更多的作品，包括小说、诗歌、散文，甚至还有你还未尝试过的文体。谢谢！